Doctor Pasavento

Enrique Vila-Matas

Doctor Pasavento

EDITORIAL ANAGRAMA

BARCELONA

Diseño de la colección:
Julio Vivas
Ilustración «Emmanuel Bove y su hija Nora en el jardín del Luxemburgo»,
París, h. 1924, foto © Fonds Emmanuel Bove / Archives Imec

© Enrique Vila-Matas, 2005

© EDITORIAL ANAGRAMA, S. A., 2005
Pedró de la Creu, 58
08034 Barcelona

ISBN: 84-339-6882-3
Depósito Legal: B. 35288-2005

Printed in Spain

Liberduplex, S. L., Constitució, 19, 08014 Barcelona

A Paula de Parma

I. La desaparición del sujeto

1

Paseábamos por la llamada *alameda del fin del mundo*, un melancólico sendero junto al castillo de Montaigne, cuando me preguntaron:

—¿De dónde viene tu pasión por desaparecer?

Mi acompañante deseaba saber de dónde venía esa idea de desaparecer que tanto anunciaba yo en escritos y entrevistas, pero que no acababa nunca de llevar a la práctica. La pregunta me cogió más bien desprevenido, pues andaba en ese momento distraído pensando absurdamente en un gol que había marcado Pelé en el remoto Mundial de fútbol de Suecia. Así que no escuché bien del todo la pregunta y pedí que me la repitieran.

—Pues no lo sé —terminé al poco rato contestando—, ignoro de dónde viene, pero sospecho que paradójicamente toda esa pasión por desaparecer, todas esas tentativas, llamémoslas suicidas, son a su vez intentos de afirmación de mi yo.

Sonaron muy pertinentes estas palabras *ensayísticas*, dichas allí, nada menos que en la cuna misma del género literario del ensayo. Como se sabe, Michel de Montaigne escribió sus libros en lo alto de una torre anexa a su castillo cercano a Burdeos. Los escribió en un estudio y biblioteca que estaba en la tercera planta de la torre. Allí inventó el ensayo, ese género literario que con el tiempo iría ligado a la construcción de la subjetividad moderna, construcción en la que participaría asimismo Descartes, que también decidió encerrarse a pensar en un lugar solitario, en su caso en la bien caldeada habitación de un cuartel de invierno de Ulm. De modo que puede decirse que el sujeto moderno no surgió en contacto con el mundo, sino en aisladas habitaciones en las que los pensadores estaban solos con sus certezas e incertidumbres, solos consigo mismos.

Mientras subía por la estrecha y empinada escalera de caracol que conducía al estudio y biblioteca de Montaigne, y enlazando con la respuesta que le había dado poco antes a mi acompañante, pensé en el misterio de la desaparición de los hombres. Montaigne, sin ir más lejos, había estado *allí* una multitud de veces, aquélla era su casa y en lo alto de la torre había inventado el ensayo, y sin embargo no parecía que quedara ni su más remota sombra en los lugares por los que había pasado.

Miré a mi acompañante y la imaginación me hizo verle distinto de como lo había visto hasta entonces. Al mirarle con más atención, vi, o creí ver, que era Dios.

–¿De dónde viene tu pasión por desaparecer? –volvió a preguntarme.

«*Fortis imaginatio generat casum*», es decir, una fuerte imaginación generó el acontecimiento, que decían los clérigos en tiempos de Montaigne. Lo mismo puede decirse de mi visión de Dios en aquel preciso instante. Allá en lo alto de la torre, creí descubrir que Dios repetía al menos dos veces las preguntas. Como mínimo, algo torpe parecía. ¿Tenía ese Dios inteligencia suficiente para, por ejemplo, escribir ensayos? Le miré para volver a contestarle y entonces vi que había ya dejado de ser Dios para volver a ser la persona que me acompañaba. La visión pasajera se había desvanecido. Respiré aliviado. Seguramente, no me había hecho ni la pregunta. Mi acompañante no era tan estúpido como para insistir en preguntas ya contestadas. Miré hacia las vigas del techo, donde Montaigne había grabado sentencias griegas y latinas que todavía hoy se conservan perfectamente.

–¿De dónde viene tu pasión por desaparecer? –oí que volvían a decirme.

Mi acompañante no había dicho aquello. Estaba de pie junto a una de las ventanas, como si quisiera ver exactamente lo mismo que en su tiempo veía Montaigne por aquella abertura. Estaba inmóvil. No, él no había podido ser. Además, estaba completamente ausente. Entonces, ¿quién había dicho aquello? ¿Era un eco? ¿Era una voz que procedía del interior de mí mismo? ¿Era el fantasma de la cuna del ensayo?

2

Unas semanas después, soñé que alguien a quien llamaban *dottore* Pasavento había desaparecido, en lo alto de la torre de Montaigne, cerca de Burdeos, sin dejar rastro, ni una sola huella. El *dottore* se parecía al escritor vasco Bernardo Atxaga, un buen amigo desde hacía muchos años. Pensé en lo mucho que los escritores aparecían en mi vida, en mis sueños, en mis textos. Aunque la gran mayoría de ellos suele ser gente engreída y cicatera, hay una extraña sección minoritaria de escritores que tienen ángel y que son mucho más fascinantes que el resto de los mortales, pues son capaces de llevarte con asombrosa facilidad a otra realidad, a un mundo con un lenguaje distinto.

¿Quién dijo que la palabra escritor olía a pipa apagada, dedos manchados de tinta y pantuflas rancias? No, señor. Casi todas las escritoras y escritores de la sección con ángel son adorables seres que fuman y piensan frente a Olympias portátiles muy antiguas, seres atormentados que parecen estar viviendo en un lugar aparte. Suelen estar angustiados y ser

13

muy inteligentes y, de no estarlo o de no serlo, se las apañan para parecerlo. Recuerdo muy especialmente a un escritor de esa sección angélica que en una película que se titulaba *En un lugar aparte* vivía en un hotel con una gran ventana frente a un abismo y un mar en una ciudad sin nombre. Y también recuerdo que siempre deseé ser algún día como el protagonista de aquella película y vivir en algún lugar que tuviera el mismo duende que aquel hotel frente al abismo. ¿Quién dijo que todos los grandes escritores decepcionaban si uno los conocía de cerca? No, señor. Los de la extraña sección angélica son encantadores y viven en lugares siempre muy abismales.

Imaginé de pronto que yo subía a un tren en la estación de Atocha de Madrid porque había quedado esa tarde en Sevilla con Bernardo Atxaga. En el quiosco de revistas de la estación me compraba dos novelas de las que se hablaba mucho en aquellos días. Una de ellas llevaba este epígrafe: «Al final todo pierde su sentido, pero la máquina de escribir sigue conmigo.» Las dos novelas eran españolas y de ellas se decía que estaban cambiando la historia de la literatura. Me pareció incluso aterradora la posibilidad de que España pudiera volver a intervenir en el curso de la historia. Compré, no obstante, las dos novelas y me dispuse a viajar con ellas, camino de Sevilla, donde esa tarde me encontraría con Atxaga. No le veía desde hacía cuatro años, desde que se había encerrado a escribir en su casa de Zalduondo y casi había desaparecido como el *dottore* Pasavento en lo alto de la torre de Montaigne. Debíamos participar en un acto cultural en Sevilla, hablar los dos de un tema general que no recordaba en aquel momento. Por encima de todo y después del largo tiempo que habíamos pasado sin vernos, tenía ganas de abrazarle, de contarle historias de los últimos cuatro años, repetir y tal vez mejorar gestos y risas de otros encuentros anteriores.

Subí al tren con aquellos dos libros y me pregunté si me sentaría bien confirmar que, en efecto, no se equivocaban

14

quienes decían que las dos novelas acababan de revolucionar la historia de la literatura. Una se llamaba *Fantasía poética*, y la otra *Erraba por París un coche fúnebre*. El título de la primera, aunque de dudoso gusto, me hizo pensar inmediatamente en el escritor Robert Walser, que en cierta ocasión calificó de «fantasía poética» su novela *Jakob von Gunten*, uno de mis libros preferidos. En Walser pensaba yo a menudo. Me gustaba la ironía secreta de su estilo y su premonitoria intuición de que la estupidez iba a avanzar ya imparable en el mundo occidental. Me intrigaba la gran originalidad de sus relaciones con el mundo de la conciencia. Y siempre había encontrado infelices pero muy bellos sus melancólicos paseos alrededor del manicomio de Herisau, donde, remedando el destino de Hölderlin, estuvo internado durante veintitrés años, hasta el final de sus días. Desde que entrara en el manicomio de Herisau hasta que murió, no había escrito una sola línea, se había apartado radicalmente de la literatura. Murió en la nieve, un día de Navidad, mientras caminaba por los alrededores de aquel sanatorio mental. Se ha dicho de él que es el poeta más secreto de todos, y seguramente esto se aproxima a la verdad, pues para Walser todo se convertía por entero en el exterior de la naturaleza y lo que le era propio, más íntimo, lo estuvo negando a lo largo de toda su vida. Negaba lo esencial, lo más hondo: su angustia. Tal como él mismo decía en su novela *Jakob von Gunten*, disimulaba su desasosiego «en lo más profundo de las tinieblas ínfimas e insignificantes».

En Walser, el discreto príncipe de la sección angélica de los escritores, pensaba yo a menudo. Y hacía ya años que era mi héroe moral. Admiraba de él la extrema repugnancia que le producía todo tipo de poder y su temprana renuncia a toda esperanza de éxito, de grandeza. Admiraba su extraña decisión de querer ser como todo el mundo cuando en realidad no podía ser igual a nadie, porque no deseaba ser nadie, y eso era algo que sin duda le dificultaba aún más querer ser como todo el mundo. Admiraba y envidiaba esa caligrafía suya que, en el último periodo de su actividad literaria (cuando se volcó en esos textos de letra minúscula conocidos como *microgramas),* se había ido haciendo cada vez más pequeña y le había llevado a sustituir el trazo de la pluma por el del lápiz, porque sentía que éste se encontraba «más cerca de la desaparición, del eclipse». Admiraba y envidiaba su lento pero firme deslizamiento hacia el silencio. El escritor mexicano Christopher Domínguez Michael había llegado a decir que en mis libros la aparición rutinaria de Robert Walser era tan necesaria como la de Sandokán en el ciclo salgariano.

Al tomar asiento en el tren, volví a decirme que si realmente aquellas dos novelas españolas eran tan buenas, difícilmente iba yo a poder soportarlo. Sería mejor que no pasara de la lectura de los títulos. Miré largo rato las portadas y decidí que, para ocupar mi tiempo durante el viaje, iría *escribiendo* mentalmente las dos novelas. Sobre todo la que me traía el recuerdo de mis lecturas de Walser. Con la otra trataría de hacer un esfuerzo hasta conseguir que el bello y tenebroso título acabara por tener algún sentido. De este modo, cuando me encontrara con Atxaga en Sevilla, si por casualidad él deseaba saber de qué trataban las dos exitosas novelas de España, siempre tendría algo que contarle, sobre todo acerca de la primera, la que yo relacionaba con Walser y que me parecía que me resultaría más fácil de inventar.

Lo más curioso de todo fue que, unas semanas después de haber imaginado este viaje a Sevilla, me invitaron realmente a esa ciudad para que dialogara con Bernardo Atxaga en torno a las relaciones entre realidad y ficción. Una casualidad bien grande. No puede ser, pensé en un primer momento. No, no puede ser. Pero sí que podía ser, claro. No era la primera vez que aparecía la ficción en mi vida y, sin casi mediar palabra, pretendía configurar la realidad.

La voz del hombre que me habló por teléfono y me invitó a Sevilla tenía un timbre muy metálico. En un momento determinado de la conversación, la voz se extravió algo cuando dijo: «En definitiva, queremos que usted y el señor Atxaga nos hablen de cómo la realidad baila con la ficción en la frontera.» Durante unos segundos, permanecí callado, irritado. ¡La realidad bailando con la ficción en la frontera! ¿Cuántas veces había oído decir eso? Decidí aceptar la invitación, pero dejando mi impronta personal, soltándole una rareza a quien me había invitado, sólo para que supiera quién estaba al otro lado del teléfono. «Está bien», le dije, «acepto la invitación. Después de todo, llevaba tiempo deseando reunirme con el *dottore* Pasavento.» Hubo un silencio. «Llevaré mi librea de hogareño», añadí tratando de decir algo aún más raro, y en este caso ya casi totalmente incoherente. «No comprendo», dijo entonces el que había llamado. «Tampoco yo entiendo eso del baile en la frontera», le contesté.

La invitación tenía fecha y hora. Las ocho de la tarde del 16 de diciembre de 2003. Para que lo imaginado unas semanas antes coincidiera lo máximo posible con la realidad, me las arreglé de forma que el 16 de diciembre por la mañana, el día en que debía reunirme con Atxaga, yo, en lugar de estar en Barcelona, donde tenía mi domicilio, me encontrara en Madrid y de la estación de Atocha fuera desde donde saliera para participar en el diálogo sobre realidad y ficción que por la tarde tenía lugar en el Monasterio de la isla de La Cartuja de Sevilla.

A la una del mediodía del 16 de diciembre, nada más salir el AVE que une Madrid con Sevilla, eché en falta –pues todo entonces habría sido aún más redondo– las dos novelas de España. Y es que en todo lo demás la realidad era casi idéntica a lo que había imaginado unas semanas antes. Pero estaba claro que esas dos novelas no existían, pertenecían exclusivamente al mundo de mi imaginación. Era lo único que impedía que la ficción y la realidad encajaran a la perfección, lo cual, si lo pensaba bien, no dejaba de ser un alivio, no estaba nada mal saber que las dos novelas de España habían desaparecido a la misma velocidad con que un día yo las había imaginado. Y, por unos momentos, disfruté como un loco conjeturando la desaparición de las dos novelas geniales y no escritas precisamente por mí. Alguien las depositaba sobre la cumbre del Everest, junto a las toneladas de basura, de desperdicios envenenados que allí hay, y una tempestad de nieve las borraba de un golpe certero.

Arrancó el tren de alta velocidad y, mientras por los auriculares que me había dado la azafata oía yo a todo volumen música de flamenco, abrí pausadamente el periódico y encontré en él una entrevista con el escritor argentino Alan Pauls, que el día anterior había presentado en Madrid su novela *El pasado*. Yo había asistido a la rueda de prensa que él había dado y me habían llamado la atención unas palabras suyas en torno a la lentitud en el arte: «Es una experiencia única quedarte dormido en una película de Tarkovski y despertarte de repente con una de sus imágenes.»

Comencé a preguntarme cómo enfocaría mi intervención por la tarde en Sevilla, qué era lo que diría allí en la isla de La Cartuja sobre las relaciones entre la realidad y la ficción. Se me ocurrió que podía contar que, no hacía mucho, había imaginado que me citaba en Sevilla con Atxaga y cómo, unas semanas después, la ficción había terminado por hacerse realidad. Pero mientras pensaba qué tono elegiría para hablar de todo esto, de pronto me asaltó una duda importante. ¿Iría Bernardo Atxaga a Sevilla? Hacía cuatro años que no le veía, llevaba él cuatro años de radical retiro casi monacal y, teniendo en cuenta que se comentaba que últimamente le habían esperado en lugares a los que no había ido, no veía yo muy claro que él acabara acudiendo a la cita de Sevilla.

¿Y si mi trayecto en tren al final se convertía en un viaje parecido al del protagonista de *Le Roi Cophétua*, de Julien Gracq, una narración que me había impresionado en otros días? En esa novela corta se contaba la historia de un joven que, a comienzos de la Primera Guerra Mundial, se citaba con un amigo en la propiedad que éste tenía en la villa de Bray. Viajaba largas horas en tren, siempre expectante ante el *acontecimiento* que le esperaba, el reencuentro con el amigo. Pero, cuando llegaba a la casa, sólo encontraba a una criada que le preparaba una cena a la espera de que llegara el propietario de la casa, que no llegaba nunca. A la mañana siguiente, la criada había desaparecido, el amigo no había llegado, y el protagonista iniciaba, con cierto estupor y perplejidad, el viaje de regreso. ¿No había pasado nada o tal vez, bajo la apariencia de que no había ocurrido nada, había *pasado* mucho?

Me dije que en Julien Gracq las narraciones adoptaban siempre la forma de un itinerario, eran recorridos de carácter iniciático, animados constantemente por la búsqueda del conocimiento y la espera del acontecimiento. Y también me dije que si me pasaba a mí lo que le sucedía al viajero de Bray, es decir, si Atxaga no se presentaba y, por tanto, no tenía lugar el *acontecimiento*, podía yo comentar en el Monasterio de La Cartuja la ausencia de mi amigo vasco y desplazar todo el tema de mi intervención hacia el tema general de la Ausencia. Si Atxaga no acudía, supliría yo mismo la media hora que a él le tocaba hablar y disertaría acerca de un tema que me obsesionaba desde hacía tiempo. Porque más que Ausencia, la palabra exacta, el tema sobre el que podía hablar si Atxaga faltaba, era el que más venía persiguiéndome en los últimos tiempos, el tema de la Desaparición.

Podía hablar de Maurice Blanchot, por ejemplo, que era amigo de Julien Gracq y que, al escribir sobre *Le Roi Cophé-*

tua, había reflexionado ampliamente sobre las desapariciones. De hecho, el tema recorría toda su obra ensayística. En cierta ocasión, por ejemplo, le habían preguntado por la dirección que estaba tomando la literatura. «¿Hacia dónde va la literatura?, le habían preguntado. «Va hacía sí misma, hacia su esencia, que es la desaparición», había contestado impertérrito.

Si Atxaga no acudía a la cita, me explayaría en torno al tema de la Desaparición. Pero era preferible que él acudiera. Mientras me decía todo esto y el tren iba dejando atrás la ciudad de Madrid, mi mente se fue desviando del camino emprendido y me vi a mí mismo andando por una alameda en el fin del mundo. Me di cuenta de que era el lugar ideal para escribir de verdad, tal como yo entendía que había que hacerlo, pero también para despedirse de la literatura, que era otra forma de escribir de verdad: un lugar ideal para plantarse en el abismo y tratar de ir más allá y, por tanto, desaparecer. Pero para la desaparición era necesaria cierta valentía y que el miedo −siempre he pensado que el miedo es nuestro único maestro− me ayudara.

Me vi caminando por aquella alameda, cuyo nombre parecía indicarme que paseaba próximo al más allá, y volví a escuchar la pregunta:

−¿De dónde viene tu pasión por desaparecer?

Entré en una breve ensoñación y casi palpé una especie de sentimiento de bella infelicidad, un estado de ánimo al que yo aspiraba. Hasta que de pronto, abandonando aquellas sensaciones, miré por la ventanilla del tren y, al ver las tierras secas y tristes de Castilla, consideré una experiencia única haber regresado a la realidad de aquella manera, tan de golpe, con aquella súbita y feroz imagen de Castilla que parecía surgida de las profundidades de una película de Tarkovski.

Cuando, recuperado del choque que había tenido con aquella imagen, regresé a mi anterior posición de explorador de abismos allá en el fin del mundo, pensé en la tan socorrida

20

figura literaria de la fugacidad de los paisajes de ventanilla de tren. Y también en la literatura misma y en que precisamente la característica más notable de ésta consistía en escapar a toda determinación esencial, a toda afirmación que la estabilizara, pues uno nunca podía fijarla en un punto cierto, siempre había que encontrarla o inventarla de nuevo. Pensé en esto mientras el tren avanzaba con velocidad de ave rápida dejando atrás estaciones con nombres de pueblos imposibles –Balagón fue el que anoté en aquel momento–, apenas entrevistos. Retomé los auriculares y vi que la música seguía siendo andaluza, pero había evolucionado hacia la bosanova, la rumba y el pop de Rosario Flores. Una música que parecía con exagerada antelación anunciar ya Sevilla, aunque el paisaje de ventanilla y de película de Tarkovski decía la verdad y era sobrio y castellano. Era como si Andalucía quisiera hacerse presente allí, antes de hora, para luego desaparecer cuando llegara a ella. Recuerdo que miré con tanta intensidad hacia la lejanía que hasta creí presenciar el momento en que una hoja caía y, sin hacer ruido alguno, tocaba la línea del horizonte.

3

«Hay episodios de nuestra vida dictados por una discreta ley que se nos escapa.»

Así podía iniciar yo mi intervención esa tarde en Sevilla y pasar a contarle al público de La Cartuja la historia de mi reciente exploración de la rue Vaneau de París. Me pareció que no contaba con una historia personal más adecuada para ilustrar hasta qué punto la ficción y la realidad se fundían en mi vida.

Ensayé mentalmente la forma en que podía contar mi historia de la rue Vaneau. Podía empezar diciendo «Hay episodios...» y luego continuar por la farmacia Dupeyroux, en el número 25 de la rue Vaneau, y explicar cómo entré en ella a comprar aspirinas francesas, porque me habían dicho que eran mejores que las españolas. Yo me estaba hospedando por tres días en el Hotel de Suède, al lado de la farmacia. Había viajado a París para promocionar un libro que me habían traducido al francés, y la editorial de Christian Bourgois me había asignado ese hotel en la rue Vaneau. Nada habría sucedido si la joven farmacéutica no hubiera reaccionado de aquella forma tan espontánea y sorprendente. Desmintiendo que las dependientas de esa ciudad estén siempre en un permanente malhumor, me preguntó si era que daba dolor de cabeza pasear por París. Soy tímido y, además, aquella pregunta me cogió por sorpresa. Precisamente porque soy tímido, a veces reacciono con cierta agresividad verbal. Mi respuesta poco tuvo que ver con lo que ella me había preguntado, pero sí mucho con la verdad. «Vaya con cuidado, porque yo he espiado a fondo esta farmacia en Internet», le dije.

Era cierto. Desde el mismo día en que supe, a través de mi editorial en Francia, que me hospedaría en el Hotel de Suède de la rue Vaneau, me había dedicado en mi ordenador a reunir un poco de información en torno a la calle en la que iba a pasar tres días. Había seleccionado y anotado cinco datos: En el número 1 bis (hay una placa que lo recuerda) vivió durante veinticinco años, hasta su muerte, el escritor André Gide; en el 20 se encuentra la embajada de Siria; en el 24, la bella mansión de Chanaleilles, construida en 1770, habitada por Antoine de Saint-Exupéry en 1931 y adquirida por el multimillonario griego Niarchos en 1951; en el 25, la histórica (histórica porque lo decía Internet) farmacia Dupeyroux; en el 31, el Hotel de Suède.

Había anotado estos cinco datos sólo por tener una noción más amplia de lo *que podía encontrarme* en aquella breve calle en la que iba a pasar tres días. Pero la verdad era que, cuando en París entré en aquel lugar a comprar aspirinas, ni me acordaba ya de que había estado observando, hasta el último detalle, la fotografía de la fachada de la farmacia. Es más, de no haber hecho la dependienta aquella inesperada pregunta, ni me habría acordado de mis actividades de espionaje desde mi ordenador. Pero, sea como fuere, el hecho es que la pregunta de la farmacéutica puso en marcha el relato que publicaría yo un mes después en un suplemento cultural español: una transcripción fiel, pero sin duda demasiado precipitada, de lo que *percibí* en la rue Vaneau a lo largo de los tres días que pasé en ella.

Mi relato no empezaba en la farmacia, sino que arrancaba antes de mi entrada en ella, empezaba con la narración de mi llegada al Hotel de Suède y contaba cómo, al entrar en el cuarto que me había reservado la editorial, lo primero que había visto era que la ventana daba a la rue Vaneau y a los jardines de Matignon, la residencia del primer ministro de Francia. Después, el relato narraba cómo había yo salido de mi habitación y paseado largo rato por París y cómo, al regresar a la rue Vaneau, había hecho una incursión en la farmacia Dupeyroux, donde había ocurrido lo que podríamos llamar el incidente de las aspirinas. Contaba esto y cómo a continuación había entrado en el hotel, donde el periodista que allí me esperaba me había dicho que acababa de verse con Daniele del Giudice, escritor y aviador, el autor de *Despegando la sombra del suelo*, una bella novela en torno a la realidad y la metáfora del vuelo. Yo era amigo de Del Giudice. Pero, más que pensar en él, mi atención se centró en el invisible y tal vez misterioso nexo que parecía de pronto ligar la mansión de Chanaleilles (donde había vivido el escritor y aviador Saint-Exupéry) con la rue Vaneau, donde acababan de hablarme de Del Giudice, también escritor y aviador.

Todo eso conté en el apresurado relato del suplemento cultural español, donde también expliqué que, tras la asociación mental entre los dos escritores-aviadores, me dije enseguida que el Hotel de Suède, la mansión de Chanaleilles y la farmacia ya se habían de alguna forma *relacionado* conmigo. De los cinco datos de la rue Vaneau que había yo seleccionado, sólo faltaban dos por aparecer, André Gide y la embajada de Siria. ¿Se *manifestarían* también esos datos?

Por la noche de aquel mismo día, en la puerta del hotel, Christian Bourgois, después de uno de sus legendarios silencios, me habló de pronto de la mansión de Chanaleilles, supongo que para que reparara en la casa más distinguida de aquella calle. Se quedó algo sorprendido cuando le dije que ya había oído hablar de la mansión y que sabía, por ejemplo, que Saint-Exupéry había vivido en ella y que también sabía que la había comprado Niarchos en 1951. Debió de preguntarse cómo era posible que conociera tantos detalles, pero no dijo nada. Al poco rato, para romper de nuevo el silencio, Bourgois desvió su mirada hacia otra de las grandes mansiones de la rue Vaneau, una que estaba a cuatro pasos del hotel. Nadie en París, me dijo, sabía quiénes eran los propietarios de aquella misteriosa casa. Aunque sin duda estaba habitada, no se había visto nunca a nadie entrar o salir de ella. A veces, de noche, se veían unas discretas luces, única y exclusivamente en la planta baja y en tan sólo tres de las doce ventanas de esa planta.

Al día siguiente, al ir a fotografiar la placa recordatoria de la casa de André Gide, había mucha policía por allí (la hay siempre, es la policía que custodia los alrededores de Matignon) y preferí no complicarme la vida, no fuera que se les ocurriera comenzar a preguntarme qué interés tenía yo en fotografiar aquel inmueble. Desayuné en el bar de la esquina y luego regresé al hotel. Sentía cierta frustración, para qué negarlo. Una de las cosas que antes de viajar había decidido hacer cuando estuviera en la rue Vaneau era retratar aquella placa, con destino a mi colección de fotografías de placas recordatorias de todo el mundo. Sentado en uno de los sillones del hall del Suède, me dije que Gide, Chanaleilles, la farmacia y el hotel ya habían, de un modo u otro, entrado directamente en mi vida allí en la rue Vaneau, habían *conectado* conmigo, faltaba sólo Siria. Me dije que era bastante improbable que este país emitiera alguna señal para mí. ¿Qué sabía de Siria? Nada. Tan sólo que la capital de Siria era Damasco, lo había aprendido en la escuela. ¿Y algo más? Aunque no conocía su nombre, sabía cómo era físicamente el presidente de Siria, había observado en las fotografías que llevaba bigote, era bastante joven y alto y solía vestir al estilo occidental. Pero apenas sabía algo más de Siria.

Unas horas después, vi en la sala de espera de la radio independiente Aligre algo que leí como una señal que, en forma de mensaje del mundo exterior, tal vez estaba tratando de indicarme que insistiera e insistiera en volcar aún más mi atención sobre la rue Vaneau. Y es que al término de la entrevista que me hicieron en esa emisora de radio independiente (en el 42 de la rue Montreuil, a veinte minutos en taxi del Hotel de Suède), me demoré en el vestíbulo de la emisora mirando en unos paneles unos recortes de prensa y descubrí de pronto, entre ellos, una carta de Julien Green con elogios para aquella radio. Era una carta escrita por Green desde su domicilio, desde el 9 de la rue... Vaneau.

No sabía que Green (al que tanto había leído en mis días escolares) había vivido también en la rue Vaneau. Poco después me informé y supe que el *Diario* de Green abarca un periodo de setenta años (1926-1996) contra los sesenta y dos años del *Diario* de André Gide (1889-1951), que es el segundo clasificado en el ránking de los *records* de diarios escritos por franceses. Ya sólo por eso la rue Vaneau debería ser considerada una calle excepcional, pues había tenido como vecinos durante muchos años a los dos máximos *recordmen* de la escritura de diarios de toda la historia de la literatura francesa.

Cada vez más, la rue Vaneau parecía querer adentrarse en mi vida. Ese mismo día, a la vuelta de Radio Aligre, creí detectar algo tal vez exagerado pero que pensé que, por si acaso, haría bien en tener en cuenta, y es que me pareció que el extraño y profundo silencio de la rue Vaneau ocultaba algo así como el infernal y sordo horror de mundos al borde del grito, mundos muy reprimidos y callados a punto de explotar. Pero luego pensé que era una impresión demasiado literaria y paranoica, y la olvidé. Sin embargo, esa impresión volvió cuando, caminando por la rue Vaneau al atardecer de ese mismo día, al retirarme ya a dormir al hotel, vi como de pasada (pero lo vi perfectamente) las tres ventanas iluminadas de la enigmática mansión de la rue Vaneau y observé que tenían pocos vatios las bombillas, y también vi las tres angustiosas siluetas, muy apretadas e inmóviles en una de esas ventanas. Y fue entonces cuando, al llegar a mi habitación, pensé que hay episodios de nuestra vida dictados por una discreta ley que se nos escapa. Lo pensé sobre todo cuando poco después, tras haber encendido la televisión y encontrándome en la ventana mirando hacia los jardines del primer ministro de Francia, el locutor de los informativos del primer canal dijo que en Siria el presidente Bachar el Asad acababa de cambiar de primer ministro.

Me resultó imposible no pensar que aquello era demasiado casual y tal vez el signo de *algo* que debía tener muy en cuenta. Y no sabiendo muy bien qué hacer, hice literatura, desvié mi atención de nuevo hacia la casa de las sombras inmóviles y acabé anotando esto con destino al relato que iba a publicar en el suplemento cultural: «Será mejor que por mi propio bien sepulte el recuerdo de unas discretas luces que hay en una mansión de la rue Vaneau. Yo no he visto nada. No es mi trabajo investigar qué clase de callada amenaza surge de lo más hondo de la rue Vaneau.»

Así, haciendo literatura al sugerir que había una discreta e indefinida amenaza en el centro mismo de París, concluía el relato que envié al suplemento cultural. Al hablar de esa amenaza me había basado en las vagas intuiciones que me habían llegado de la muy casual casualidad de lo sucedido con la televisión y el primer ministro sirio y los jardines del primer ministro francés. El hecho es que escribí el relato, lo envié a Madrid, y precisamente el día en que publicaron mi cuento, leí en el mismo periódico que el estado de Israel acababa de bombardear territorio sirio.

Recuerdo que me quedé desconcertado en mi casa de Barcelona, preguntándome si seguirían estando allí, apretadas e inmóviles en la mansión misteriosa de la rue Vaneau, las tres siluetas. ¿O estarían ya en movimiento y la callada amenaza, un poco literaria al principio, se había vuelto realidad? ¿De qué lado provenía esa amenaza? ¿Tenía más sentido del que yo pensaba aquel infernal y sordo horror de mundos al borde del grito que había yo creído detectar en aquella calle?

Y en fin, cuando unos días después los periódicos trajeron la noticia de que los reyes de España se encontraban de visita en Siria, comencé a sospechar que el propio relato, libre ya de su autor, había tomado el relevo de mi escritura y continuaba por su cuenta, a su aire, solo. Me había pasado medio siglo sin saber nada de Siria y de pronto ese país había comenzado a cobrar una importancia inesperada. Pasé a comprar cada día el periódico con la sospecha de que en él me esperaban nuevas noticias sobre Siria que pondrían en evidencia que había colocado demasiado pronto el punto final al relato enviado al suplemento.

4

¡Ay, la rue Vaneau! No sé si todo el mundo sabe que cuando uno se queda solo durante mucho tiempo, donde para los demás no hay nada se descubren cada vez más cosas por todas partes.

Unos días después (me dije que continuaría contando

esa misma tarde en La Cartuja de Sevilla), estaba tan tranquilo en mi casa de Barcelona, a la hora de la siesta, cuando me llamaron por teléfono desde la editorial francesa y me dijeron que, por unos asuntos que habían quedado pendientes de la promoción de mi libro, debía regresar a París. Habían vuelto a reservarme una habitación en la rue Vaneau. Viajé un jueves por la tarde y, al llegar al Hotel de Suède, vi que me habían asignado una habitación completamente distinta de la de mi estancia anterior. En esta ocasión, para llegar a mi cuarto había que atravesar un pequeño jardín interior y subir a pie unas escaleras. Mi habitación no daba a los jardines de Matignon, sino a la parte trasera del edificio. Mi cuarto era el número 7, lo recuerdo bien. La gran sorpresa me esperaba al día siguiente cuando llamé por teléfono a la editorial y pregunté por Christian Bourgois. Se puso Eve, su sobrina. Tras un breve silencio, reconoció mi voz y me dijo que Bourgois no se encontraba en París, pues a última hora había tenido que salir de viaje. Pregunté adónde había ido. «Está en Siria», dijo Eve Bourgois, y yo creí que era una broma o que había entendido mal. Pero no, era verdad. Por motivos familiares, Bourgois había tenido que viajar a Damasco y sentía no poder verme en esta ocasión.

Aquel mismo día, compré *Le Monde* y ahí, entre las noticias, volvía a estar Siria: «Los reformistas sirios creen que Estados Unidos potencia el inmovilismo.» Y, claro está, regresaron entonces a mi memoria las sombras inmóviles de la extraña mansión de la rue Vaneau. Y, en fin, a lo largo de dos días hice mi trabajo bajo la cariñosa mirada de Eve, relaciones públicas de la editorial. Fui a varias entrevistas y a dos librerías, y cuando todo hubo terminado, regresé a Barcelona. Allí seguí comprando los periódicos y viendo cada día cómo continuaba mi cuento por su cuenta. Los titulares que día tras día encontraba («Bush ha hecho saber a Siria que confía en que refuerce la vigilancia en su frontera», por ejemplo) parecían empeñados en que mi relato de la rue Vaneau no se acabara nunca.

Un día, decidí retomar mi cuento sirio y añadirle todas esas historias de última hora, incluida la del sorprendente viaje de mi editor francés a Damasco, Siria. Amplié mi relato con los nuevos acontecimientos y lo envié a un suplemento cultural mexicano. Con el relato ya enviado pero aún no publicado, volví a viajar a París, esta vez por mi cuenta. Fui para asistir a la inauguración de una exposición de fotografías de Daniel Mordzinski, al que dos semanas antes había conocido en Barcelona. Como viajaba con una agencia, fui a parar a un hotel distinto del Suède, a uno de la rue Littré. En la fiesta de presentación de las fotografías, Fernando Carvallo, un amigo de Mordzinski, me habló de pronto de *la callada amenaza* de la rue Vaneau. Comprendí que había leído mi relato en el suplemento cultural español y le comenté que no había inventado nada, que había yo percibido de verdad esa amenaza. «Si te compras un libro que se llama *Paris Ouvrier*», me dijo enigmático, «verás que la amenaza lleva en la rue Vaneau más tiempo del que imaginas.»

Intrigadísimo, compré al día siguiente *Paris Ouvrier*, de Alain Rustenholz, y no tardé en encontrar allí más información sobre la rue Vaneau. En el número 38, en octubre de 1843, se había instalado allí Karl Marx con su familia. Y allí, el 1 de mayo (curioso día para nacer) del año siguiente, había venido al mundo Jenny Marx, su primera hija. Y en esa casa, un 26 de agosto de ese mismo año, había nacido la gran amistad entre Marx y Engels. Incluso hay una pintura de 1953 de Hans Mocznay (que hoy en día se encuentra en el Deutsches Historisches Museum de Berlín) donde se ve a los dos intelectuales en el apartamento del 38 de la rue Vaneau, a finales de agosto de 1844, entre libros y papeles, conspirando –nacía el comunismo– junto a una mesa con tapete blanco.

Comprendí que no me quedaba otro remedio que dar un nuevo vistazo a la rue Vaneau, la calle donde había nacido el comunismo. Era domingo y la farmacia estaba cerrada. Seguía habiendo mucha policía en la calle, pero, como siempre, se encontraba toda concentrada junto a la antigua casa de André Gide. Apenas se veían transeúntes. La enigmática mansión, a la luz del día, carecía de misterio alguno. La de Chanaleilles, por su parte, lucía más esplendorosa que nunca. La mansión misteriosa se intuía habitada, pero eso era todo. Había que esperar a la noche para que aparecieran las inmóviles y apretadas siluetas en la ventana de la luz de pocos vatios. Fotografié el 38 de la rue Vaneau, el edificio de apartamentos de lujo en el que no había reparado en anteriores estancias y cuya fachada vi que había sido restaurada recientemente.

El lunes, al volver a Barcelona, envié un e-mail a la redacción del suplemento mexicano esperando poder llegar a tiempo para incluir en mi texto el dato crucial del apartamento de Karl Marx, pero me contestaron que nada se podía añadir ni cambiar, pues el relato ya había sido publicado. Lo busqué en Internet y allí estaba. Era lamentable ver que faltaban precisamente los datos tal vez más interesantes, los que inesperadamente *cuadraban* toda la historia de mi exploración de aquella calle.

Seguí navegando por Internet y en Google busqué de nuevo la rue Vaneau y encontré una fotografía del living room de un apartamento perfectamente amueblado en un edificio que llamaban, con léxico capitalista, *Jardín del Edén* y que estaba situado en el número 38 de la calle. El apartamento tenía lavaplatos, jardín interior, microondas y televisor con DVD. Había visto aquel anuncio en mi primera inspección digital, pero no había considerado relevante anotar la dirección de una agencia norteamericana que alquilaba en el centro de París un apartamento amueblado. Lo alquilaban por noches, pero el anuncio no decía que allí había vivido Karl Marx, ni advertía, por supuesto, del fantasma que, en forma de difusa amenaza, recorre toda la rue Vaneau. Y evidentemente no había alusión alguna en el anuncio a las siluetas apretadas e inmóviles de la ventana de los pocos vatios, ni tampoco se decía nada de los jardines de Matignon ni de Siria ni de la histórica farmacia Dupeyroux. El apartamento salía muy caro, a 540 dólares la noche.

5

No he abandonado el AVE. El tren en el que vamos (en el que iba) sigue avanzando, marcha sigilosamente mientras, en la soledad radical de este cuarto de hotel con una ventana ante el abismo, yo recuerdo cómo no tardé en descartar la historia de la rue Vaneau a la hora de decidir sobre qué disertaría en la isla de La Cartuja. La descarté porque de pronto me resultó más atractiva la idea de, por la tarde en Sevilla, desarrollar una historia a partir de la primera imagen que el azar me trajera a la mente en el momento mismo de comenzar mi intervención. Una especie de pequeño relato improvisado sobre la marcha, totalmente improvisado en directo ante el público de La Cartuja. Una especie de triple salto sin red, una manera de demostrar en directo cómo espontáneamente trabaja la imaginación creadora, cómo azarosamente se va construyendo una historia. Una manera de demostrarme a mí mismo que era capaz de correr este tipo de riesgos ante el público.

Fuera llueve. Fuera de dónde, podría preguntarse alguien que se asomara ahora casualmente a este cuaderno en el que escribo estas notas. Pues fuera de este cuarto de hotel en el que me encuentro. Tengo una habitación con una gran ventana que se abre a un abismo que se desliza poderosa-

31

mente hacia la ciudad y el mar. Desde aquí veo la hermosa, bellísima ciudad. Y también veo una hoja que cae en el filo del horizonte. Fuera, en efecto, llueve. Y yo aún no sé muy bien cómo enfocaré las líneas que siguen, pero sospecho que podrían dar paso al enigma del habitante del cuarto contiguo al mío.

Mi vecino de al lado tiene la misma vista (el mismo mar, lluvia, abismo y horizonte que veo yo), pero tiene terraza, algo que yo no tengo. Por la noche, si el tiempo es bueno, fuma puros habanos, en silencio, mirando al mar. A veces, cuando me asomo a la ventana, me mira y se limita a sonreír. En otras, me habla brevemente del tiempo o del estado de la mar. Es italiano, «italiano del Norte», me ha dicho, y habla bien el español, llegó el mismo día que yo, hace dos noches. Como le veo en la terraza trabajar por las tardes con un ordenador portátil, a veces me digo si no será un escritor. Adopta poses muy propias de alguien que está escribiendo una novela. No quiero preguntarle si escribe, no quiero que se rompa el misterio y el hechizo. A veces me digo que nosotros dos somos como Gide y Green, la pareja de vecinos en lucha por el diario personal más largo de la historia de Francia. Él no sabe que escribo, por suerte no lo sabe. No puede verme escribir porque escribo a mano en este cuaderno Moleskine, y lo hago con un lápiz, sintiendo que éste me acerca más cálidamente que una pluma a la idea de desaparición, de eclipse. Escribo como un poseso, en el interior de mi cuarto. No quiero que el vecino me vea, pues pienso que dos escritores, uno tan cerca del otro, suponiendo que el italiano también sea escritor, a veces son una bomba de relojería.

Mi vecino, en cualquier caso, trabaja con hábitos distintos de los míos, lo digo sobre todo por lo del ordenador portátil. Yo escribo aquí a mano porque me siento más cercano a cualquier idea de desaparición, pero también por motivos más prosaicos, porque dejé en mi domicilio el armatoste moderno con el que trabajo. A medida que el lápiz va trenzando las letras de este texto, noto que cada vez más detesto ese aspecto tan mecanizado de la escritura en ordenador, me encanta, me exalta haber regresado al lápiz. A veces mi vecino me recuerda físicamente al escritor italiano Angelo Scorcelletti, pero sólo a veces. Si alguien hubiera conseguido localizarme en este escondite y hubiera deseado inquietarme, no lo habría podido hacer mejor colocándome en el cuarto de al lado de un escritor. A veces, tengo ganas de salir de dudas y estoy a punto de preguntarle a bocajarro si sabe quién es Scorcelletti. O decirle simplemente: «Es usted Scorcelletti, ¿verdad?»

¿Y yo a quién me parezco? Pues seguramente tengo algo de equilibrista que, en una alameda del fin del mundo, está paseando por la línea del abismo. Y creo que me muevo como un explorador que avanza en el vacío. No sé, trabajo en tinieblas y todo es misterioso. Sólo sé que me fascina escribir sobre el misterio de que exista el misterio de la existencia del mundo, porque adoro la aventura que hay en todo texto que uno pone en marcha, porque adoro el abismo, el misterio mismo, y adoro, además, esa *línea de sombra* que, al cruzarla, va a parar al territorio de lo desconocido, un espacio en el que de pronto todo nos resulta muy extraño, sobre todo cuando vemos que, como si estuviéramos en el estadio infantil del lenguaje, nos toca volver a aprenderlo todo, aunque con la diferencia de que, de niños, todo nos parecía que podíamos estudiarlo y entenderlo, mientras que en la edad de la línea de sombra vemos que el bosque de nuestras dudas no se aclarará nunca y que, además, lo que a partir de entonces vamos a encontrar sólo serán sombras y tiniebla y muchas preguntas.

Entonces, cuando nos pasa algo así, yo creo que lo mejor que podemos hacer es seguir adelante, aunque sólo sea para tener la impresión de ser empujados hacia delante por nuestra propia renuncia a avanzar. Miro a mi vecino y le veo, ahora que ya no llueve, en plena acción en la caída de la tarde, y me divierto y al mismo tiempo me angustio imaginando que en su página está introduciendo cambios, cortando aquí y allá, alterando el orden de lo escrito, una tarea casi infinita, el misterio de la creación. Miro de nuevo a mi vecino y me da la impresión de que sabe muy bien lo que se lleva entre manos, no parece afectado por la línea de sombra y tiniebla. Mi vecino parece un escritor que lo tiene todo muy claro. Diría yo que escribe sin problema ni oscuridad alguna. No se parece nada a aquel poeta inglés del que Chesterton decía que era oscuro porque tenía siempre tan claro lo que iba a decir que no veía razones para explicarlo.

Yo soy amigo de la tenebrosa línea de sombra de estos años de ahora en los que todo por fin se nos ha vuelto incomprensible y, cuando nos hablan del mundo, no sabemos ya de qué se trata y sentimos que precisamente todo eso podría ser el comienzo de algo que podría tenernos muy entretenidos, tal vez obsesionados, por un largo periodo de tiempo, aunque, eso sí, siempre con nosotros estupefactos, sin entender nada, sin saber de qué trata todo este maldito embrollo de la vida, la muerte y otras zarandajas, sin una sola idea válida para comprender el mundo, y ya no digamos para comprender Siria.

6

Hagamos sitio aquí a una historia, que diría Montaigne (lo decía a veces cuando quería introducir un relato dentro de sus ensayos). Hagamos sitio al que ha sido siempre mi primer recuerdo de infancia –hay quien lo va variando, yo no–, y para ello digamos, antes que nada, que yo nací en 1948 en Barcelona, en el mismo año en que en Nueva York, a lo largo del East River, a partir de los arrasados mataderos de Turtle Bay, como en una carrera con el espectral vuelo de los aviones, los hombres acababan de construir la sede permanente de las Naciones Unidas. Yo nací en marzo de ese año en Barcelona y, cincuenta años después, en mi primer viaje a Nueva York, entré un sábado por la tarde en el edificio de las Naciones Unidas y, de la mano de Telma Abascal, entonces funcionaria de la ONU, subí de golpe en el fulgurante ascensor hasta el gigantesco y elegante lavabo de señoras que hay en la última planta de aquel rascacielos que, cuando yo nací, era el mayor proyecto urbanístico del mundo.

Desde allí vi una impresionante vista del *skyline* de la ciudad, y me acordé de la hoy en día cada vez más maltratada Declaración de los Derechos Humanos y me reí angustiado al darme cuenta de cómo había ido pasando veloz el tiempo desde aquella lejana tarde de diciembre del 48 en Barcelona en la que, ni llegando aún al año de vida, me llevaron a la casa de mi abuelo paterno para que le diera una alegría antes de morir. Mi abuelo se hallaba débil, pero sonriente en su lecho de muerte. Le saludé y, al parecer, superé lo que se esperaba de mí, pues pronuncié la primera palabra de mi vida, dije «Adiós». Y mi abuela quedó conmovida. Y yo ya no volví a ver al abuelo. A los pocos días, él murió, desapareció para siempre. Era italiano de nacimiento y hombre de gran coraje, nunca supe muchas más cosas de él.

Mi primer recuerdo, relacionado con la imagen de mi primera aparición en el mundo, ya está ligado pues a una idea de despedida y desaparición. Tal vez ésta haya sido la causa de que siempre yo me haya dicho que quien quiera ir más allá deberá desaparecer. De algo creo estar seguro, me parece que fue precisamente mi afán por dar un paso más allá lo que me llevó a dedicarme a la escritura, llegando mi aparición como escritor acompañada de una fuerte voluntad de ocultamiento y de desaparición en el texto. Empecé pues a escribir sólo para mí mismo, sin ánimo de publicar (tal como estoy haciendo ahora, pues) y sabiendo perfectamente que la literatura, como el nacimiento a la vida, contenía en sí misma su propia esencia, que no era otra que la desaparición. Pero más tarde publiqué un libro, y eso arruinó el enfoque radical de mis comienzos. Me había iniciado en el mundo de las letras considerando que escribir era un desposeerse sin fin, un morir sin detención posible. Publicar lo complicó todo. Me convirtió a la larga en un escritor relativamente conocido en mi país y eso me puso en contacto con el horror de la gloria literaria. «Si uno busca el éxito, sólo tiene dos caminos, o lo consigue o no lo consigue, y ambos son igualmente ignominiosos», dice Imre Kértesz.

Me convertí en un escritor del que espero estar ahora librándome en este cuarto de hotel, escribiendo sólo para mí mismo. Encerrado aquí, cuento la historia de mi viaje en tren a Sevilla y simultáneamente voy ensayando ideas que me sirven para estudiarme a mí mismo y a mis soledades. Creo que quien está escribiendo todo esto, con su frágil lápiz y rodeado de otros lápices y un buen número de afilalápices, ya no es exactamente el escritor de antes, el que había conseguido un nombre, una cierta fama, y que había comenzado a sentirse muy agobiado por haber atraído la atención de algunos lectores. Ahora soy un más que discreto literato escondido, un narrador de escritura privada que mira desde una ventana al vacío y al mar y sabe que si uno mira largo rato al abismo, el abismo acabará observándole a él también.

7

Dije que escribir es un desposeerse sin fin, un morir sin detención posible. Y ahora creo que me corresponde decir que aquel día quien sí iba a detenerse era el AVE, que avanzaba a toda velocidad hacia Ciudad Real, donde tenía una breve parada. Creo que me corresponde decir esto y también que se me ocurrió volver a colocarme de nuevo los auriculares, pero no hallé el mismo placer de un rato antes con la música andaluza y decidí pasar a otra emisora. Escuchando *Underground* de Tom Waits, pensé que si bien había sido siempre grande la atracción que yo había sentido por esa clase de viajes que hacemos sin una idea de retorno y que nos abren puertas y pueden cambiar nuestras vidas, más grande aún había sido siempre mi atracción por ese otro tipo de viajes o excursiones breves, sin aventura ni imprevistos, que nos conducen en pocas horas de nuevo a nuestro puerto, todos esos viajes que antaño nos llevaban al cercado de la casa familiar en los veranos de la infancia y ahora a nuestra casa de los días actuales.

Pero como, en aquellos momentos al menos, el que yo llevaba a cabo no me parecía un viaje sin retorno ni tampoco un viaje pensado para volver pronto a casa (nadie me esperaba en ella), acabé preguntándome qué clase de viaje era exactamente el que estaba haciendo aquel día. Y no supe qué contestarme. Tal vez lo descubriría a medida que fuera avanzando y desvelándose la historia que todo viaje, importante o insignificante, lleva dentro. Pensé en esto y en lo curioso que era ver cómo cambiaba para mí el paisaje según la música que escuchara. Ahora, con Tom Waits, los campos de Castilla se me habían vuelto melancólicos y urbanos, hasta el punto de que un olmo en el horizonte podía llegar a parecerme la luz verde de un semáforo de la Quinta Avenida de Nueva York. Ya se sabe, *fortis imaginatio generat casum*.

¿Podía comentar todo esto por la tarde en Sevilla cuando me encontrara con Atxaga y me tocara hablar en público acerca de las relaciones de la realidad con la ficción? Podía, evidentemente. Pero me dije que por el momento sería mejor descansar después de haber dado tantas vueltas en torno a cómo debía enfocar mi intervención de aquel día en la isla de La Cartuja y haber descartado ya algunas ideas. Y es que todas las que se me ocurrían, a pesar de reunir las mejores condiciones para analizar las relaciones entre realidad y ficción, desaparecían con la misma facilidad con la que aparecían, como si la Desaparición estuviera queriendo indicarme que era sólo de ella de quien tenía que hablar aquella tarde en Sevilla, pues en el fondo era ella el único tema, el único y verdadero centro de mis obsesiones aquel día.

Buscando otra forma de ocupar el tiempo, volví a abrir el periódico que había comprado en la estación de Atocha y que apenas había leído, y fue allí donde encontré la noticia de que al día siguiente se cumplían cien años del primer vuelo, en una playa de Carolina del Norte, de los hermanos Wright, el primer vuelo de la historia. Me concentré en la lectura de la historia que contaban allí acerca de aquel día en el que comenzó la era de la aviación y el mundo jamás volvió a ser el mismo. Y leí que para aquellos que tienen miedo a volar probablemente haya de resultarles perturbador saber que los físicos y los ingenieros aeronáuticos aún debaten apasionadamente sobre la pregunta fundamental: ¿qué mantiene a los aviones en el aire? Por lo visto, no existe una respuesta válida sencilla. Aunque la explicación más común dice que el aire viaja más rápido sobre la superficie más curvada de la parte superior del ala que sobre la parte inferior mucho más plana, lo cierto es que esa explicación, aunque veraz, no explica realmente por qué el aire que fluye sobre el ala se mueve más rápidamente. Y el no saber esto causa una gran confusión. En realidad, nadie entiende, pues, por qué podemos volar. Pero muchos volamos, aunque no entendamos nada.

Leí esto y me pregunté qué habría sucedido si lo hubiera leído en un avión. Tal vez me habría asustado. Por suerte, iba en tren y la canción de Tom Waits, *Underground*, me remitía más bien a viaje subterráneo, a un escasamente arriesgado viaje en metro. Metro, tren, avión. Me pareció que faltaba el automóvil para completar el cuadro de honor de los transportes que yo más utilizaba. De golpe, una noticia sobre Siria que encontré en el periódico me recordó de nuevo la rue Vaneau y eso me llevó a acordarme de la guerra de Irak y de los bombardeos de las tropas norteamericanas, y éstos a su vez me trajeron la memoria de las conferencias que W. G. Sebald había pronunciado en Zurich, a finales de otoño de 1997, con el título de *Guerra aérea y literatura*, conferencias sobre el silencio culpable que ha envuelto siempre la barbarie de las bombas de los Aliados sobre Alemania durante la Segunda Guerra Mundial.

De pronto, mirando la fecha en el periódico, caí en la cuenta. ¿No había muerto W. G. Sebald en una carretera de Norwich en accidente de coche un 14 de diciembre de 2001 y el día 16 se había difundido la triste noticia? Pensé que el automóvil que le mató merecía el calificativo de fúnebre, y me acordé de *Erraba por París un coche fúnebre*, uno de los títulos de aquellas dos novelas de España que un día yo había imaginado. Y ese recuerdo me llevó de nuevo a Robert Walser, y recordé que existía un hilo de conexión entre los dos escritores. W. G. Sebald había pasado toda su infancia junto a su abuelo materno, que no sólo tenía la costumbre de las largas caminatas como Walser sino que, además, se parecía mucho físicamente a éste y, por si no fueran pocas las coincidencias, murió en la nieve mientras paseaba, parece ser que el mismo día en que murió Walser.

Si Walser escribió elegantes fantasías poéticas y conocía a fondo el arte de desvanecerse, la literatura de W. G. Sebald remite a veces a una especie de poética de la extinción, de la consternación del escritor al ver que todo a su alrededor se deshumaniza o desaparece y que incluso la Historia misma se desvanece. «Esto no es un lamento general», dice W. G. Sebald, «porque siempre ha existido la desaparición, pero nunca a este ritmo. Es aterrador mirar cuánto daño y extinción se ha causado en los últimos veinte años, y el proceso de aceleración parece imparable. Conviene que la literatura se haga cargo de esta consternación.» W. G. Sebald era consciente de la necesidad de una literatura que denunciara el ritmo mortal de las desapariciones y albergaba algunas dudas pero también ciertas esperanzas acerca de la capacidad de resistencia de la escritura y del papel fundamental que ésta podía jugar en la supervivencia de la historia de la memoria humana. Tal vez por eso comentó un día, muy deliberadamente, lo mucho que le asombraba que un rastro desaparecido en el aire o el agua durante años pudiera permanecer visible a través de la palabra escrita. Lo comentó en su libro *Los anillos de Saturno,* donde, tras decirnos que en el *Sailor's Reading Room* de Southwold ha estado examinando las anotaciones del cuaderno de bitácora de una patrulla marina anclada en el muelle en el remoto otoño de 1914, reflexiona sobre las huellas que se han desvanecido y dice: «Siempre que descifro una de estas notas me asombra que una estela ya hace tiempo extinguida en el aire o el agua pueda seguir siendo visible aquí, en el papel.»

Una estela de muertos. «A todos esos muertos a nuestro alrededor, ¿dónde sepultarlos sino en el lenguaje?», pregunta Adonis, el poeta sirio-libanés que comencé a leer días después del fin de mi experiencia en la rue Vaneau. Como todo lo que me sucede con Siria, supe un buen día, por azar, de la existencia de este poeta y me puse a leerlo. Nacido en 1930 en Qassabine, en el norte de su país, habla, en uno de sus mejores poemas, de gente que se viste con las ropas del mañana y las encuentra estrechas. También yo encuentro estrechas mis ropas del mañana, me dije mientras el tren de alta velocidad entraba lentamente en la estación de Ciudad Real y yo constataba que, tras haber logrado huir de mis especulaciones sobre qué decir por la tarde en la isla de La Cartuja, había terminado, sin embargo, enredado en la densa madeja

40

del mundo de W. G. Sebald, el mundo de la extinción y la escritura. Parecía como si cada vez más el tema de la desaparición tirara mucho más de mí que el de las relaciones entre realidad y ficción. Y entonces, aunque podía equivocarme, decidí dar ya por sentado que en el fondo era ella, la Desaparición, el único tema y el verdadero centro de mis obsesiones de aquel día y que sobre ella debería girar mi intervención por la tarde en Sevilla.

Pero ¿qué podía decir de la desaparición? Pues que ya estaba harto, como el poeta sirio Adonis, de «la estrechez de mis ropas del mañana» y de no poder disponer nunca de nada a la hora de expresar mi vida, salvo mi muerte y desaparición. Pero eso eran sólo palabras, literatura. De pronto, decidí que debía dejarme de rodeos y desaparecer yo mismo. Desaparecer, ése era el gran reto. Se trataba de no olvidar que yo siempre había pensado que hay que intentar ser infinitamente pequeño, que seguramente es la perfección misma. Pero ¿cómo conseguir ser tan infinitamente pequeño que uno desapareciera del todo? No parecía sencillo. Bastaba con acordarse del cuaderno de bitácora del *Sailor's Reading Room*. Nadie se va del todo, me dije. Me pareció que una desaparición absoluta era imposible y que, si esto era así, estaba claro que aquello que para W. G. Sebald había sido motivo de alegría o de esperanza, para mí no podía ser más angustioso.

8

Estando ya más allá de Ciudad Real, me quedé pensando en el embrujo de las despedidas radicales, en el encanto de las despedidas radicales de esas personas a las que tanto admiramos cuando nos enteramos de que han sido capaces de mandarlo todo al diablo, han dado un portazo y se han largado sin más, no sin antes decir *ahí os quedáis, cabrones*.

Cuando oímos contar que alguien *dejó a todos plantados,* nosotros en silencio, con rabia contenida, aprobamos ese audaz, purificante, elemental impulso. ¿Cómo no lo vamos a aprobar si todos odiamos nuestro domicilio, aborrecemos el hogar, tener que estar en él? Yo, al menos, había comenzado ya a tenérsela jurada a mi domicilio. Era un entusiasta de *Teoría de los abandonos,* un poema de Philip Larkin: «Todos odiamos nuestra casita, / tener que estar en ella: / yo detesto mi cuarto, / sus trastos especialmente elegidos, / la bondad de los libros y la cama / y mi vida perfectamente en orden.»

Pero sobre todo pensé en el embrujo de aquel fascinante comienzo de *Thomas el oscuro,* la extraña novela de Maurice Blanchot. Se escribe siempre por afán de aventura. Todavía hoy, cuando miro hacia el abismo desde la gran ventana de este cuarto de hotel, me llega de pronto el recuerdo de la fascinación que un día sentí por ese extraño arranque de la novela de Blanchot, esas primeras páginas en las que Thomas, según se nos cuenta, se atreve con muy mal tiempo a adentrarse en exceso en el mar y está a punto de ahogarse, pero finalmente alcanza la orilla. Lo raro de esas primeras páginas es que el lector no lee en ningún momento las angustias de muerte de alguien que se está ahogando ni su lucha desesperada con las olas, sino una experiencia extraña y radical. El mar se le escapa, y con ello pierde simultáneamente la sensación del propio cuerpo. Él mismo y el mar le parecen ser sólo objeto de un pensamiento que avanza como si fuera un explorador que caminara en el vacío. En lugar de pensar en su salvación, se introduce por completo —como yo acababa de hacer con la sombra— en lo que le amenaza. No puede decirse que esté inactivo, pero toda su acción es interior, y está dirigida a alcanzarse a sí mismo como el muerto que ya es. Lo que Thomas vive en ese arranque de la novela es su transformación en el que piensa, en el que escribe.

Al entregarse al lenguaje, abandona la vida real. Muere y, sin embargo, permanece vivo. Le imaginé en ese momento –y lo sigo imaginando ahora– en un lugar con una gran ventana que se abre a un abismo que se desliza poderosamente hacia una ciudad y un mar. En otro tiempo, cuando vivía en su ciudad natal, odiaba su casita y detestaba su cama y el cuarto donde tenía sus trastos especialmente elegidos, pero ahora –sí, ahora– ha abandonado la vida real y sólo tiene que vérselas con palabras, un mar en el que se pierde y en el que tiene, sin embargo, la sensación de estar en una situación de plenitud. Soledad, locura, silencio, libertad. Su experiencia sólo se puede expresar mediante paradojas y decir de él, por ejemplo, que, al igual que al tren de alta velocidad que va a Sevilla, le domina la sensación de ser empujado hacia delante por su renuncia precisamente a avanzar. Eso le trae una gran sensación de bienestar, digámoslo mejor, de bella infelicidad.

9

Una hoja cae, sin ruido alguno, y toca la línea del horizonte, allá en la *alameda del fin del mundo*. Todo sucede en un único instante, en mi imaginación. Luego, sigo viéndomelas con palabras y con un mar en el que me pierdo. Y después, mirando por la ventana, me llega el recuerdo del momento en el que, durante aquel viaje a Sevilla, se me ocurrió que por la tarde, en La Cartuja, podía hablar del genial creador de *La vida y las opiniones del caballero Tristram Shandy*. En lugar de la rue Vaneau o de improvisar una historia sin red sobre la marcha, hablarles de Laurence Sterne, que había casi inventado con su libro la novela-ensayo, un género literario que mucha gente creía que era una innovación fundamental de nuestros días cuando en realidad la novela-ensayo, con su peculiar tratamiento de las relaciones entre realidad y ficción, ya existía desde que Sterne, buen lector de Cervantes y de Montaigne, la había reinventado.

Precisamente, el libro de Sterne es uno de los pocos que, como si hubiera viajado a la insoportable y tópica isla desierta, me he traído conmigo, en un maletín rojo, a este lugar frente a un mar y un abismo desde el que escribo todo esto. Me encanta de ese libro su levísimo contenido narrativo (el narrador-protagonista no nace hasta muy avanzada la novela, pues antes está siendo concebido, lo que hace que podamos leer *Tristram Shandy* como la *gestación* de una novela), sus constantes y gloriosas digresiones y los comentarios eruditos que puntúan todo el texto, la innovadora *puesta en página*, con tipografías diferentes, asteriscos, guiones, hojas en negro, en blanco, imitando el mármol. Me encanta su gran exhibición de ironía cervantina, sus asombrosas complicidades con el lector, la utilización del *flujo de conciencia* cuya invencion luego otros se atribuirían, su inteligente tono humorístico: la historia, por ejemplo, del engendramiento de Tristram es, como la novela entera, una historia de coitus interruptus, basta recordar la frase absurda de la futura madre de Tristram cuando está con su marido en plena faena en el lecho conyugal, la noche de bodas: «Perdona, querido, ¿no te has olvidado de darle cuerda al reloj?»

Tal vez el gran invento de Sterne fue la novela construida, casi en su totalidad, con digresiones, ejemplo que seguiría después Diderot. La divagación o digresión, quiérase o no, es una estrategia perfecta para aplazar la conclusión, una multiplicación del tiempo en el interior de la obra, una fuga perpetua. ¿Una fuga de qué? De la muerte, dice Carlo Levi en su prólogo a la traducción italiana de *Tristram Shandy:* «El reloj es el primer símbolo de Shandy, bajo su influjo es engendrado y comienzan sus desgracias, que son una sola cosa con ese signo del tiempo. La muerte está escondida en los relojes (...) Tristram Shandy no quiere nacer porque no quiere morir.»

Todos los medios, todas las armas, son buenos para salvarse de la muerte y del tiempo. Si la línea recta es la más breve entre dos puntos fatales e inevitables, las digresiones la alargarán. Y si esas digresiones, nos señala Levi, se vuelven tan complejas, enredadas, tortuosas, tan rápidas que hacen perder las propias huellas, «tal vez la muerte no nos encuentre, el tiempo se extravíe y podamos permanecer ocultos en los mudables escondrijos».

No puedo olvidarme de que en otros días el cometa *shandy* pasaba cada día por mi mundo. Me fascinaba Sterne, con esa novela que apenas parecía una novela sino un ensayo sobre la vida, un ensayo tramado con un tenue hilo de narración, lleno de monólogos donde los recuerdos reales ocupaban muchas veces el lugar de los sucesos fingidos, imaginados o inventados. Y donde la risa estaba siempre a punto de estallar y de pronto se resolvía en lágrimas. Triste y chiflado yo era. Mi vida estaba llena de saltos, de idas y venidas imprevistas, como la línea del pensamiento sinuoso de Sterne. Me acuerdo muy bien de que entonces la muerte todavía estaba escondida en los relojes. Ahora quien está escondido soy yo. Me acuerdo, me acuerdo muy bien de todo aquello. La vida era *shandy.*

10

A la altura de Corral de Calatrava, descarté recurrir a Sterne, porque me pareció que, de todas las que hasta entonces había barajado y desechado, la historia de mi espionaje de la rue Vaneau era en realidad la más apropiada para comentar las estrechas relaciones entre realidad y ficción. Pero poco después volví a descartar la historia de la rue Vaneau, porque me sedujo de repente la idea de alejarme de esa calle de París y del mundo en general y no sentirme atado ya a nada, no sentirme atado, por ejemplo, a las directrices que marcaba el título general de mi encuentro en Sevilla con Atxaga. Después de todo, nada me impedía situar a la Desaparición en el centro de mi intervención, dedicarme a una breve pero intensa perorata en torno a mi admiración por aquellos que han sabido practicar con maestría el arte de desvanecerse.

«Cansado del yo», comenzaría diciendo aquella tarde en Sevilla. Es más, lo afirmaría rotundamente. «Cansado del yo.» Y pasaría a disertar sobre esa cualidad tan exquisita de Hamlet que consistía en no tener identidad y menos aún un rostro propio. «La identidad es una carga pesadísima, y hay que liberarse de ella», diría entre otras cosas. Y recordaría aquellos consejos de Polonio a Laertes: «Escúchalos a todos, pero que el tono de tu voz lo conozcan sólo algunos y que nadie sepa lo que piensas, déjalos a ellos explayarse. Deja que los demás hablen, tú mantente en tus cuarteles de invierno.»

«Me gustaría», les diría (y así contaría cuál había sido mi mayor deseo a lo largo del viaje que me había llevado hasta aquella ciudad), «poder llevar a la práctica, algún día, ese consejo de Polonio y aislarme, en realidad desaparecer en un cuartel de invierno que fuera una casa frente al mar en una ciudad sin nombre, con mi identidad convertida en un hueco vacío y con toda mi experiencia expresándose mediante recuerdos de un viaje en tren a Sevilla, por ejemplo.»

Haría, por la tarde en Sevilla, un mínimo discurso tímido, de muy breve duración, y luego dejaría que las palabras de Atxaga llenaran el resto del acto. Una forma como otra de desaparecer, en este caso de desaparecer en público. Pero ¿qué pensaría Atxaga al ver que me desentendía tanto de aquella sesión sobre ficción y realidad? Entonces me dije que lo mejor sería que, por consideración a Atxaga, ampliara mi breve discurso tímido con unos pausados comentarios en torno a cualquier otro tema. Podía hablar de Robert Walser, por ejemplo. Podía hablar de este escritor y del sublime arte de desaparecer que esconde su prosa. Pocos autores, les diría, han conseguido *eclipsarse* con tanta perfección, embozados en sus propias palabras, satisfechos de su invisibilidad.

«Qué extraña depravación alegrarse secretamente al comprobar que uno se oculta un poco», recuerdo ahora que escribió Walser en cierta ocasión. Fue un escritor que supo deslizarse lentamente hacia el silencio y que, al entrar en el sanatorio de Herisau, se liberó de los oficios que había tenido que practicar hasta entonces y también se desprendió del agobio de una identidad contundente de escritor, sustituyéndolo todo por una feliz identidad de anónimo paseante en la nieve. Para él sus largas caminatas alrededor del sanatorio de Herisau no eran sino un modo de abandonar el «cuarto de los escritos o de los espíritus». Y, en cuanto a su estilo, fue más bien de prosas breves y tentativas de fuga, un estilo hecho de aire libre y de un muy personal sentido del vagabundeo: «Yo no voy errando, vivo sin sentir, no tengo acceso a ningún tipo de experiencia.» No es raro que alguien que decía cosas así deseara ser «una entidad perdida y olvidada en la inmensidad de la vida».

Buscaba desaparecer en la inmensidad de la vida. Un día, una mujer le dijo al pasar: «Ven conmigo. En el tumulto eres pobre.» Ya se disponía Walser a seguir la llamada cuando sucedió un imprevisto, la corriente humana le arrastró. La calle era demasiado irresistible para él, le ofrecía la posibilidad de borrarse en ella. Walser se dejó llevar y anduvo con la masa largo rato hasta que acabó también alejándose de la muchedumbre para salir a un prado, donde la calma era total. Lo habría sido aún más de no ser porque se oyó a lo lejos el ruido de una locomotora. Walser vio pasar en la lejanía un tren con ventanillas rojas tras el que adivinó un sendero en una montaña nevada, un sendero por el que caminó más tarde, ascendiendo lentamente hacia una cumbre incierta, en medio de una tormenta de nieve ligera. Caminó hasta llegar al borde de un abismo en el fin del mundo. «Si quiero ir más allá, deberé desaparecer», pensó entonces Walser.

11

El AVE se detuvo en la estación de Puertollano y, absorto como iba yo en Robert Walser y su tren de ventanillas rojas, miré con extrañeza el mundo y todo lo que me rodeaba. Un joven muy trajeado, con aspecto de ejecutivo incipiente, fue la única persona que vi descender de mi vagón. ¿En qué consistiría la vida de ese joven? Me era ya imposible saberlo. Pero en cambio podía averiguar qué vida llevaba el pasajero que había entrado en el vagón y se había sentado a mi lado, en el asiento que hasta entonces había ido desocupado y que yo había tenido la esperanza de que no llegara a ocuparse en todo el viaje.

Tenía unos treinta años de edad, muy alto y desgarbado, su cabeza era grande e imponente, con un mechón de pelo negro duro sobre la frente, una expresión desafiante que no era deliberada, que tal vez –imaginé– le había sido impuesta por la infancia. Podía ser español, pero casi seguro que no lo era, más bien parecía de un país de la Europa Central. No sé muy bien por qué me dio por imaginar que su madre era húngara y su padre de Puertollano. O al revés. Durante unos instantes, dando por hecho que era de origen húngaro, estuve imaginando que sus concepciones del mundo estaban fundadas en las nociones de utopía, catástrofe y vacío metafísico, conceptos fundamentales para comprender la Europa Central.

Después, me dije que ya era suficiente, que estaba imaginando demasiado y mejor sería hacerle hablar y salir de toda duda. «¿Cómo es Puertollano?», le pregunté. «Pues mire», dijo con acento muy extranjero y como si no le hubiera extrañado que le preguntara algo y que encima le preguntara eso, «no se pueden soportar algunas malas noches y creo que lo domina todo un cansancio incontrolable cuando nadie debería estar cansado, pero lo están todos en Puertollano, todo el mundo ahí se mueve cansado sin que eso influya en mi trabajo, yo mejoro con esa fatiga.»

Dijo esto muy lentamente. De hecho fue casi interminable su respuesta. Me dije que sus frases no estaban bien articuladas simplemente porque era extranjero y que en realidad no había dicho cosas tan incomprensibles, seguramente tan sólo se había limitado a decir (con muchos rodeos, eso sí) que él *mejoraba con la fatiga*, sólo eso. Ahora bien, ¿dónde se ha visto que alguien mejore estando cansado? Si uno lo pensaba bien, se veía que en realidad sí era algo raro lo que había dicho.

«Yo mejoro con esa fatiga», había dicho. Me dije que no entender del todo la única frase que había entendido podía abrirme la puerta de apasionantes espacios desconocidos. «¿Así que se siente bien cuando se cansa?», le pregunté. Casi no aguardó a que terminara la pregunta y comenzó a decirme (con el mismo estilo lentísimo de antes) que de niño, allá en su poblado cercano a Belgrado, «disfrutaba del cansancio común en compañía de todos los del pueblo, los unos sentados en el único banco del lugar donde trillábamos la mies, los otros en la lanza del carro, y otros, más lejos ya, en la hierba, y todo era muy bonito, una nube de cansancio impalpable nos unía a todos, hasta que se anunciaba el siguiente cargamento de gavillas, en aquellos días yo aún me cansaba sin más, como se cansa la gente que se cansa, no como ahora que me canso y noto que me siento mejor que antes de cansarme, mejoro en la fatiga».

Ahora el fatigado era yo. No pensaba preguntarle ya nada más, aunque el personaje me intrigaba y en el fondo quería saber más cosas de él. Pero era tan raro y tan lento cuando hablaba que no parecía prudente preguntarle algo más. Me acordé de que, a lo largo de mi vida, siempre había encontrado personas muy peculiares en los trenes. Lo extraño era precisamente lo contrario, que no encontrara compañías raras en mis viajes en ese medio de locomoción.

Poco después, sin que le preguntara nada, volvió a hablarme y así fue como me enteré de que se llamaba Vladan y era serbio. Los últimos días de su infancia y, sobre todo, los de su adolescencia los había pasado en Siria, adonde su padre se había trasladado para trabajar de chófer de embajada. Después, a los veinte años, había vuelto a Belgrado, donde había participado en la guerra, había adorado los viriles combates hombre a hombre. Ahora estaba viajando por España. En Puertollano había trabajado hasta encontrar el placer de la fatiga. Córdoba era su siguiente escala. Sentía nostalgia de los buenos tiempos bélicos. Luchar por Serbia había sido una causa romántica extraordinaria en un mundo en el que las guerras, como sucedía en aquellos momentos con la de Irak, habían pasado a ser diferentes de las de antes, pues ahora no tenían sentido.

Mientras Vladan me decía todo esto, retuve sin descanso la palabra Siria, país que en los últimos tiempos se me había vuelto casi hasta familiar. La palabra Siria parecía estar emitiendo señales que me indicaban que por la tarde en La Cartuja lo que debía hacer era hablar de la rue Vaneau y de la embajada siria en Francia y de los jardines de Matignon y de cómo la historia de mi relación con esa calle había proseguido inesperadamente ese mismo día, en el tren que me había llevado hasta allí, hasta Sevilla.

Después, hice un esfuerzo y dejé de pensar en el factor sirio para dedicarme más al aspecto antipático de lo que

50

Vladan me había dicho, toda esa idea espantosa de que en otro tiempo las guerras tenían sentido. «No quisiera fatigarle», le dije sabiendo que quien iba a quedar exhausto iba a ser yo, «aunque sé que le gusta cansarse. Pero permítame una pregunta, y luego quiero volver a leer mi periódico. ¿Usted cree que, en el mundo actual, vamos camino de la pérdida de todo sentido?» No contestó. Me miró como si el raro fuera yo. Sólo al cabo de un rato rompió el silencio para invitarme a ir a tomar algo al vagón-cafetería. Le agradecí la invitación, pero le expliqué que prefería continuar donde estaba.

Se marchó y pude volver a mi periódico y leer por fin las noticias de fútbol (en el fondo, lo único que realmente me interesaba de aquel diario) y pude volver también a mis auriculares. Cambié de emisora y reapareció la música de flamenco y entré directamente en una canción que interpretaban Bebo Valdés y el Cigala. Aun así, no pude evitarlo, siguieron resonando agrios en mí los ecos de las palabras de Vladan sobre el bello espectáculo heroico de algunas batallas del pasado. Traté de olvidarme de aquello concentrándome en las noticias futbolísticas del periódico, maravillosamente puntuadas por el piano del cubano Valdés. Pero de pronto, cuando terminó *Se me olvidó que te olvidé*, que era la canción que había estado escuchando, el breve silencio que siguió me arrojó de nuevo en brazos de las palabras de Vladan sobre el heroísmo y el sentido de las palabras antiguas. ¿El sentido? Acabé recordando que Barthes hablaba de la utopía de un mundo que estaría *exento de sentido* (como uno está exento del servicio militar), de un mundo en el que se podría vivir con la ausencia de todo signo.

¿Qué tenía yo que decir a eso? ¿Tenían sentido el heroísmo, las palabras de Vladan, las batallas antiguas, el estado de Siria? Preguntándome todo eso, acabé dedicado a pensar en la utopía de la abolición del sentido e imaginé a alguien que no trataría de darle sentido al absurdo ni a la vida ni al mundo, alguien que a su vez imaginaría un sentido que llegaría *después* y para el que habría que atravesar un largo camino de iniciación, nada menos que el sentido en su totalidad, para poder extenuarlo, eximirlo. Miré hacia atrás y vi que habíamos dejado ya muy lejos Puertollano, pero que no obstante Puertollano, la antigua Portus Planus de los romanos, seguía teniendo sentido.

12

Otra hoja cae, sin ruido alguno, y toca también la línea del horizonte, todo sucede en un único instante, en mi imaginación, en este atardecer en el que hoy por fin no llueve. Miro a mi vecino, el hombre que se parece a Scorcelletti, y me imagino que está escribiendo un poema para desaparecer dentro de ese poema. Recorro en una décima de segundo la historia de la subjetividad moderna y miro al abismo que tengo a mis pies y me digo que un paso más allá me conduciría fuera del tiempo, en realidad, hacia un *fuera del tiempo en el tiempo* sobre el que sin duda me gustaría escribir suponiendo que fuera posible que, tras desaparecer de mí mismo, yo pudiera escribir, bajo el secreto del antiguo miedo a la muerte, un poema de despedida como el del vecino, un poema en el que me preguntaría de dónde procede todo ese poder de desarraigo, de destrucción o de cambio que poseen unos versos de despedida mirando al mar en un hotel junto a un jardín olvidado y frente a un abismo.

13

Mucho más allá ya de Puertollano, me dije que la verdad más rigurosa nos indica que todo ha de borrarse, todo se borrará. Es cierto que escribimos, pero eso está conectado con la exigencia infinita del borrarse. Recordé unas frases que escribió Borges en su juventud: «Ignoro si la música sabe desesperar de la música y si el mármol del mármol, pero la literatura es un arte que sabe profetizar aquel tiempo en que habrá enmudecido, y encarnizarse con la propia virtud y enamorarse de la propia disolución y cortejar su fin.»

En los auriculares, *Not dark yet*, de Bob Dylan. Una cierta felicidad. Miré el paisaje que podía verse por la ventanilla y me acordé de cuando yo era joven y miraba melancólicamente por las ventanillas de tren, pero lo hacía impregnándolo todo de melancolía, tal vez porque había leído muchos libros en los que se decía que en los trenes la gente leía o bien miraba el paisaje, que siempre, siempre, era melancólico, como ellos. Y pensé después en ciertos escritores para los que escribir es avanzar, avanzar en el mundo de las huellas, hacia el borrarse de las huellas y de todas las huellas, pues éstas se oponen a la totalidad, es decir, a la huella original, que ya no está. Y pensé también en todos aquellos escritores que se enamoran de la propia disolución de la literatura y cortejan su fin. ¿Podía hablar de cosas por el estilo esa tarde en La Cartuja de Sevilla? ¿Podía hablar, por ejemplo, de los escritores que eligieron la tercera persona del singular para hablar de sí mismos porque entendieron que era ésta la forma más adecuada de borrarse y hacerle la vida imposible a cualquier retórica egotista?

¿Podía hablar de todo eso aquella tarde en Sevilla? Como no supe muy bien qué contestarme, hundí de nuevo mi mirada en el periódico y allí encontré la noticia de que, tras estudiar cráneos fósiles de las antiguas especies humanas, un científico español y dos italianos habían llegado a la conclusión de que la forma del cerebro humano actual se debía a un salto evolutivo. ¿No había yo leído eso antes en algún otro lugar? En realidad, ¿no lo había leído ya cien mil veces? Decidí volver a las noticias de fútbol. Me distraía siempre leerlas, aunque ya las hubiera leído antes. Las deportivas eran el único tipo de noticias que podía analizar una y otra vez sin cansarme. Y es que me ayudaban a descansar, a reposar del resto de las noticias, todas ellas siempre tan aparentemente trascendentes. Leí no sé cuántas veces la información sobre la retirada del fútbol, tras veinte años como profesional, del búlgaro Hristo Stoichkov. Y también la noticia de la entrega de un importante –y al mismo tiempo perfectamente irrelevante– premio mundial al jugador Zinedine Zidane.

Hasta que opté por ir también yo al vagón-cafetería. Fui allí a fumar un cigarrillo y me encontré a Vladan hablando, al fondo de todo, con un hombre de aspecto inequívocamente árabe. Me mantuve lo más lejos posible de ellos, en la entrada del bar, a una prudente distancia. Se les veía enzarzados en una discusión, aunque parecían reprimir gestualmente la furia de sus respectivos enfados. Me quedé allí fumando y fijándome en uno de los clientes del bar, un tipo que, acodado a la barra, tenía la mirada absorta en unos botellines de whisky vacíos. Parecía estar completamente borracho. Llevaba un traje a rayas, un traje casi de película de gángsteres. De un bolsillo de la americana sobresalía un ejemplar de *Fuga sin fin*, el libro de Joseph Roth. Si bien, a primera vista, el tipo del traje a rayas parecía un borracho que leía literatura centroeuropea, también podía tratarse de un detective privado que espiaba a Vladan y al árabe, aunque esta posibilidad parecía mucho más remota. Tal vez se trataba tan sólo de un hombre borracho y ensimismado. Y era, por otra parte, asombroso –aunque quizás sólo yo era capaz de ver esto– su parecido físico con el futbolista Kopa, una antigua gloria del Real Madrid de los años sesenta. En fin, me fumé el cigarrillo y regresé a mi asiento en el tren. Poco después, volvió también Vladan al suyo. Se sentó de golpe, como dejándose caer con todo su peso, le noté nervioso. «¿Pasaba algo con su amigo?», pregunté, como si le conociera ya de toda la vida. «No, nada. Pero ¿por qué dice que era mi amigo?», contestó inmediatamente. «No, por nada», dije yo. De pronto, él inició una especie de monserga: «Las bodas, que son el más imbécil de los espectáculos. Ese tipo, según me ha dicho, no se cansa nunca de su novia y ahora para colmo se casa. Yo, que nunca me fatigo, he estado a punto de hacerlo de tanto oírle decir bobadas de que se casa. Lo mío es enfado. Aunque él lo tiene muy mal, porque yo puedo estar siglos enfadado sin cansarme.»

No sé cuánto rato estuvo él hablándome confusamente del tipo que se casaba. Quise interrumpirle para preguntarle si se había fijado en el extraño tipo del traje a rayas de la cafetería. Finalmente, no le pregunté nada. Vladan sólo dejó de hablar cuando el tren se detuvo en Córdoba. Cuando se bajó o, mejor dicho, cuando *desapareció* en el tren, pues no le vi descender, yo decidí que, por la tarde en Sevilla, podía hacer, en tercera persona (para así liberarme de mi egotismo y *desaparecer* de alguna forma detrás de esa tercera persona del singular), alguna referencia a mi extraño encuentro con el pasajero serbio y añadir luego sobre la marcha alguna teoría, más bien literaria, sobre las extrañas amistades que hacía la gente en los ferrocarriles. Podía empezar diciendo, por ejemplo: «En un viaje en tren que él hizo a Sevilla, cruzó unas palabras con un vecino de asiento de nacionalidad serbia, que era amante de las guerras tradicionales y que se bajó en Córdoba después de haberle hablado, de forma muy rara, sobre Siria, el país donde había pasado el final de su infancia y toda su adolescencia...»

Por ahí empezaría mi discurso de La Cartuja y ya se vería después por dónde acababa. Pero de pronto observé que

55

sustituir el *yo* por un *él* era en realidad simplemente un absurdo simulacro de la desaparición del yo ¿O acaso no me acordaba de lo que le pasó a Roland Barthes cuando, tras escribir su autobiografía en tercera persona, acabó, tres años después, confesando su deseo, irrefrenable y para él absolutamente necesario, de volver a decir yo? «Es lo íntimo lo que quiere hablar en mí», escribió entonces Barthes, como si se hubiera arrepentido de la veleidad de la tercera persona.

De pronto, tuve la impresión de que para llevar a cabo cualquier proyecto de futuro era también imprescindible para mí volver a decir yo y saber vivir mentalmente en la punta extrema del mundo, y allí pasear y ensayar pensamientos y cuentos nuevos, plantarme en el abismo y tratar de ir más allá y, por tanto, desaparecer, pero no hacerlo de una forma tan facilona, sólo porque uno empleara el pronombre *él*, sino desapareciendo de verdad, esfumándome por completo.

Pero ¿cómo pensaba hacer para desaparecer? ¿Lo había logrado alguien realmente alguna vez? Al contrario de lo que había pensado en el castillo de Montaigne, ahora me parecía que era muy difícil desaparecer por completo. Y pensé en Arthur Cravan, desaparecido en México sin dejar rastro, y me dije que, en cualquier caso, era seguro que el alma de Cravan seguía por ahí en algún lugar. Ahora me parecía que desaparecer del todo era tarea para titanes que aún no habían nacido. No tenía muy claro que pudiera librarme absolutamente del todo de mí. «Oh, terminar del todo. Acabar aquí sería maravilloso. Pero ¿es deseable? Sí, lo es. Es deseable acabar. Sería maravilloso, quienquiera que yo sea, acabar donde estoy ahora, ahora mismo, acabar, sería maravilloso. Ay, que todo termine aquí», decía más o menos (he añadido frases por mi cuenta) Samuel Beckett en un cuento cuyo título ahora no recuerdo, no llevo el libro en el maletín con el que me he desplazado hasta aquí, hasta esta ciudad. Pero ¿era realmente para mí posible *acabar aquí*, desaparecer por completo? El hecho mismo de haber nacido me impedía desaparecer del todo, pues ya había sido violado mi reposo eterno anterior a mi nacimiento. ¿Era posible desaparecer para poder así regresar al otro lado de la existencia, allí donde se sospecha, pero sólo se sospecha, que no hay nada? Recordé a Antonin Artaud: «Yo siento el apetito *del no ser*, de nunca haber caído en este reducto de imbecilidades.» En todas estas cosas pensaba mientras el tren hacia Sevilla avanzaba, y yo, que andaba mirando distraídamente hacia fuera, creí distinguir de pronto a lo lejos, en medio de una nube de polvo, las ruinas de Medina Azahara. Las ruinas siempre remiten a algo que no ha desaparecido del todo. En este sentido, yo era una ruina. Ansiaba la desaparición, pero sabía que podía acabar desapareciendo sólo a medias, convertido únicamente en una ruina. Miré de nuevo hacia la nube de polvo. Me dije que no entendemos nada de las ruinas hasta el día en que nosotros mismos nos convertimos en ellas. En cuanto al tren de alta velocidad, parecía una metáfora de España, pues avanzaba con fuerza, eso era innegable, pero lo hacía como si lo estuvieran empujando hacia delante a causa de su renuncia precisamente a avanzar.

14

Creo que no debo hablar eternamente como si fuera ese tipo de narrador moderno que tantas veces escribe desde una ciudad sin nombre. Ya terminó el tiempo en que las novelas, cuanto más artísticas eran, más llenas estaban de personajes que llegaban a ciudades que no tenían nombre. No, ya basta. Yo no estoy escribiendo aquí una novela, pero siento la misma responsabilidad que si la estuviera escribiendo. De modo que quiero decir que estoy aquí frente a un mar y un abismo, veo la línea del horizonte y paseo por alamedas mentales en ese fin del mundo en el que se ha plantado mi cerebro, pero no escribo desde un lugar sin nombre. Lo hago desde una habitación de hotel de una ciudad muy concreta. Y los datos que me convierten en una persona real dicen, por ejemplo, que ese vecino del cuarto de al lado, el que se parecía a Scorcelletti, ya ha dejado el hotel y resultó ser simplemente el ejecutivo de una empresa de calcetines.

Qué ridículo y qué prosaico, pero también qué real. ¿O no? Y, en fin, los datos reales también dicen que desde que llegué aquí pienso en la historia de la desaparición del sujeto moderno y en mi propia desaparición, sobre la que, además, escribo. Y dicen también que pienso en lo escasamente saludable que a la larga fue publicar libros y haberlo hecho en gran parte para tener cierta fama y luego poder administrarla como un buen burgués y acabar diciendo banalidades en periódicos y revistas, incapaz de ser el dueño de la más pequeña partícula de terreno de índole privado, personal. Escribir para esto.

Escribir para ser sobre todo fotografiado, amargo destino.

Me pongo a pensar, aquí frente al abismo, en Salinger, el escritor que vive en paz, oculto. Y en otros casos parecidos, como el de Thomas Pynchon. Y después me digo que no fue nada, pero es que nada saludable la fama que me fue llegando con los años, del mismo modo que, ahora en estos precisos instantes, tampoco puedo pensar que sea saludable silenciar por más tiempo el nombre de la ciudad que tengo a mis pies, que es una ciudad por la que, tras unos días de encierro, aún no me he dignado ni pasear. Vivo en uno de sus barrios altos, en Chiaia, y aparte de intentar sin suerte alguna acongojar con mi desaparición a los seres queridos (voy viendo que no tengo), he venido hasta aquí a *narrarme* la historia de la ambigua desaparición del sujeto en nuestra civilización y a contármela a través de unos fragmentos de la historia de mi vida, como si me hubieran inyectado a mí mismo toda esa historia de la subjetividad en Occidente y, además, me hubieran aleccionado para que intentara desaparecer contando, paso a paso, cómo voy lentamente llevando a cabo la ceremonia de mi eclipse.

No es bueno seguir silenciando por más tiempo el nombre de la ciudad en la que estoy. Así que lo diré ya de una vez. Vivo en el Hotel Troisi, en el barrio de Chiaia, en la ciudad de Nápoles. El día amaneció invernal y soleado.

Escribo esto, y de pronto me sorprendo a mí mismo apareciendo y desapareciendo en el espejo de la habitación. Aparecer y desaparecer. Como si estuviera obligado a llevar al límite ambos verbos. Después, cambio de sitio un libro que guardo en mi maletín rojo y que protagoniza un personaje llamado Tunda y que me propongo pronto leer. Y a continuación, instintivamente, voy a la ventana y miro al descuidado jardín de antiguo esplendor que hay enfrente y miro después al abismo y al mar y me planteo, por primera vez desde que llegué aquí, abandonar esta mañana «el cuarto de los escritos o de los espíritus», dar un tímido paseo, bajar andando hasta la ciudad. Tal vez ya sea hora de que me mueva de una forma diferente de la de los últimos días, tal vez ya llegó la hora de que me mueva indistintamente entre el confinamiento y el vagabundeo, aunque cuanto más llevo encerrado aquí, más libre me siento, pero precisamente por eso, porque la libertad tiene su veneno, creo que necesito la confusión y el extravío que pueden llegarme de la prisión en la que se me convierte el mundo cuando vagabundeo.

Hotel Troisi, Nápoles, Italia. Los días son aquí hermosos, pues el invierno está siendo más benigno de lo que se esperaba, aunque estaría todo mejor si no sintiera que mi situación es cada vez más extraña, pues, justo en el momento en que deseo reaparecer tímidamente en el mundo y terminar así con la radicalidad de estos días de encierro en los que he vivido sin ver a nadie y sin que nadie sepa dónde estoy (in-

59

tento imitar los famosos once días en que Agatha Christie estuvo misteriosamente desaparecida hasta que fue localizada en un balneario del norte de Gran Bretaña, y es patético porque, aunque sólo llevo cuatro por aquí, voy comprendiendo que puedo ir perfectamente más allá de los once días sin que, a diferencia de Christie, a la que la buscó *todo el mundo*, nadie me eche en falta), justo en el momento en que me planteo mi reaparición, es decir, conectar tímidamente con la vida exterior, justo en el momento en que me planteo todo esto, veo que, una vez más, escribir es atravesar la experiencia siempre paradójica de la escritura, pues basta ver la gran contradicción que hay en el hecho mismo de que esté disertando ahora sobre mi reaparición cuando en realidad estoy o debería estar más comprometido e involucrado que nunca en ir terminando de contar la historia de mi desaparición.

15

Formada por un inmenso cráter, la bahía de Nápoles se halla a la vez abrigada y expuesta, protegida al este por la curva de las colinas, que crean un anfiteatro semicircular natural. En un hotel que está en una de esas colinas me encuentro yo, que estoy mirando ahora hacia la bahía, el Vesubio al fondo. Aquí a veces, en las mismas tierras donde situó Homero parte de la *Odisea*, imagino que estoy en una isla desierta. No en vano llegué a esta ciudad sólo con la ropa imprescindible y unos cuantos libros en un querido maletín rojo que fue de mi abuela. Y aquí estoy ahora, varado en este cuarto de hotel que me aísla del mundo, atado a una escritura privada y sintiéndome eclipsado en vida y sin que nadie en el mundo se interese por mi desaparición. En realidad, debería afrontar ya decididamente, sin miedo, la verdad. Nadie me echa en falta, nadie pregunta por mí.

No soy Agatha Christie. ¿A quién diablos esperaba dejar preocupado? ¿A quién esperaba dejar inquieto con mi desaparición? ¿A la que fue hasta el año pasado mi mujer y se dedica ahora sólo a recibir mi paga mensual? ¿A Nora, mi hija muerta de una sobredosis? ¿A Scorcelletti? ¿A mi editorial barcelonesa? ¿A los amigos de juventud que se han ido alejando todos de mí y yo de ellos? ¿A mis padres que desaparecieron en el río Hudson cuando cumplieron setenta años? ¿A la mujer de la limpieza a la que despedí dos días antes de irme a Sevilla? ¿A mi portero?

Creo que ahora lo daría todo para que alguien en el mundo se hubiera puesto en marcha para buscarme. ¿Mi pobre madre lo habría hecho? A decir verdad, ella no pensó en mí nunca, la prueba está en que no me tuvo muy en cuenta a la hora de, con todas aquellas piedras en los bolsillos, sumergirse con mi padre en las aguas heladas del río Hudson. ¿A quién verdaderamente he tenido yo a mi lado en el mundo? A mi hija desde luego no, porque sólo aceptaba la compañía de la mortal heroína. Y, en cuanto a mi mujer, sé que no me buscará nunca salvo que vea que no recibe su paga mensual, sólo soy para ella —lo que ya es mucho— un minúsculo rostro en una gran orla en la que figuran los numerosos alumnos del curso 1967-68 del Liceo Italiano de Barcelona, ese lugar donde nos conocimos y del que salimos directos hacia el altar, sin saber que nos esperaba el más intenso infierno matrimonial que se ha dado en la historia del mundo civilizado, aquel mundo en el que primero desapareció Dios y después el hombre.

Miro al mar, miro al abismo. Cae en el horizonte el muro de una ola, y otra sigue. Me vuelvo de repente poeta y hasta sería capaz de escribir, por ejemplo, que el día lleva, con viento, sendas con luz de barcos que deslizan su gran casco y se pierden a lo lejos. Barcos de la ciudad de Nápoles que van quedando para mí lejanos y solos. También la ciudad de Córdoba, en cuanto el AVE aumentó su velocidad, se quedó aquel día de pronto –como dicen los poetas que se queda siempre esa ciudad– lejana y sola. Atrás quedó una Córdoba cada vez más distante, mientras el tren imparable marchaba hacia Sevilla, y yo me decía que, por la tarde en la isla de La Cartuja, hablaría de mi investigación sobre la rue Vaneau de París, pero sin adentrarme demasiado en ella, más bien dedicándome a un resumen rápido de mis experiencias en esa calle y a inventar que al final de la investigación terminé alquilando el apartamento de Karl Marx.

«Por 540 dólares al día», les diría, «alquilé ese apartamento, donde, a lo largo de un fin de semana, me dediqué a desgranar las distintas posibilidades que tenía yo para analizar, hoy ante ustedes, las relaciones entre la realidad y la ficción.» Desfilarían entonces ante el público de La Cartuja los diferentes discursos o breves conferencias que se me habían ocurrido en el tren rápido a Sevilla y de los que yo diría que se me habían ocurrido en el apartamento marxiano.

Algo estaba claro. En esas breves conferencias se encontraba resumida mi poética literaria del momento. ¿Me gustaría que esa poética quedara felizmente desactivada si llevaba a cabo algún día con éxito mi plan de desaparecer? Era como si en la pregunta estuviera ya implícita la respuesta. Me gustaría, claro, y así, además, me acercaría a la plenitud de mi bella infelicidad. ¿O acaso no era para mí importante cambiar de vida y obra? Miré sin melancolía por la ventanilla y vi que el tren estaba ya a muy pocos kilómetros de Sevilla. Pensé en los viajes en general. Y me acordé de una máxima tibetana que dice que el viaje es un regreso hacia lo esencial. ¿Tenía yo también la impresión de ir hacia atrás? Vi de pronto a lo esencial en mi ventanilla y luego lo vi borrarse con una facilidad inexplicable. Y sólo entonces tuve la impresión de que iba hacia delante y Sevilla se hallaba en el horizonte.

16

Después, recordé el día en que, al igual que el *dottore* Pasavento en la torre de Montaigne, Bernardo Atxaga desapareció en lo más alto de la isla de Capri. Sucedió hace ya unos años. Varios escritores, que eran amigos entre ellos, fueron invitados a dar unas conferencias precisamente aquí en Nápoles. Los escritores se pusieron de acuerdo y se reunieron en el aeropuerto de Madrid y viajaron juntos a Italia. Eran Iñaki Abad, Ignacio Martínez de Pisón, Pedro Zarraluki y Bernardo Atxaga. Nada más llegar a Nápoles, los escritores supieron por mí mismo (trabajaba entonces como profesor en el centro que los había invitado, estuve viviendo aquí en Nápoles durante tres años) que tenían una tarde libre dentro del apretado programa de las conferencias, y se inició una discusión para tratar de decidir si visitaban Pompeya o bien viajaban en barco a la isla de Capri. No se podían hacer ambas cosas en una sola tarde, había que elegir. Mientras dos de los escritores consideraban un deber cultural visitar las ruinas de Pompeya, los otros dos preferían la salida en barco y conocer la isla de Capri.

A Bernardo Atxaga, en vista de tantas discusiones sobre el viaje de los cuatro, se le ocurrió que podía ser una quinta persona la que deshiciera el empate. Y me eligió a mí para tan difícil decisión. No me esperaba que fuera a recaer sobre un profesor de aquel centro el trascendente arbitraje. Pero era en aquel momento la persona que tenían más cerca. «Porque tú vienes con nosotros, ¿no es cierto?», añadió Atxaga. Eso aún lo esperaba menos. Aunque aspiraba a convertirme en escritor, aún no había yo publicado ningún libro y nunca pensé que iban a considerarme digno de formar parte de aquel grupo de amigos. Contesté lo más rápido que pude y me pronuncié a favor de Capri, donde yo no había estado nunca. «¿Para qué quieres ir a la isla?», me preguntó entonces Atxaga, con una seriedad tan grande que me dejó aterrado. Como me pareció que si confesaba la verdadera causa por la que debían viajar a Capri arruinaría cualquier posibilidad de que fueran, dije que prefería explicarlo a la vuelta de la isla. «Pero lo explicarás, ¿eh?», dijo Zarraluki, que prefería ir a Pompeya.

La tarde en que llegamos a Capri, vimos que disponíamos de poco tiempo para ver algo de la isla, pues el transbordador de regreso, que era el último del día, salía sólo un par de horas después. No podíamos perderlo si no queríamos tener que pasar la noche en la isla. La primera idea fue quedarnos en el puerto o bien tomar un taxi que nos diera una breve vuelta por las cercanías. Pero finalmente ascendimos en el funicular entre las maravillosas terrazas que jalonaban la montaña. De haber sido más prudentes, nos habríamos quedado por allí, pero a Atxaga se le ocurrió que debíamos visitar la villa de Tiberio. Iniciamos la ascensión –imposible en coche– por el estrecho camino que discurre entre casas y jardines llenos de plantas. Es un camino muy duro, en el que siempre se asciende. Y es un camino muy raro, que lleva no a la soledad de un pico elevado, sino a la soledad de un hombre muerto muchos siglos atrás, un hombre llamado Tiberio, que quiso desaparecer en vida, apartarse del mundo del que era emperador.

Íbamos subiendo y, mientras lo hacíamos, veíamos siempre a Atxaga más arriba, como un adelantado de la expedición, caminando con paso decidido por el único sendero que conducía a la villa en ruinas. Via Longano, Via Sopramonte, Via Tiberio. Al llegar a la cumbre, hallamos una mesa repleta de jarrones de agua y de vasos de plástico y un cartel en el que se anunciaba una conferencia en defensa de la inocencia de Cneo Calpurnio Pisón, que había sido gobernador de Siria y al que Tiberio abandonó a su suerte cuando se le acusó de envenenar a Germánico. En una pequeña explanada cercana, un orador acusaba a Tiberio de aquella muerte. Por comprensibles razones de parentesco, Martínez de Pisón se quedó allí fascinado, interesadísimo por la rehabilitación histórica de Calpurnio Pisón. Yo recuerdo que me quedé mirando con Zarraluki y Abad la bella vista que podía verse desde allí: la vista de la bahía de Nápoles, que es una de las más perfectas del mundo.

Cuando decidimos regresar, comenzar el descenso hacia el puerto –el tiempo ya apremiaba porque llegábamos muy justos al último barco–, Atxaga había desaparecido. Lo buscamos por toda la villa de Tiberio y no encontramos rastro de él. El corazón se nos quedó a todos en un puño. Rastreamos la villa de arriba abajo –era perfectamente abarcable– y no hallamos a Atxaga. ¿Habría tenido algún accidente? ¿Se había despeñado y yacía en alguna parte de aquel paisaje?

Nerviosos, bromeamos. ¿Tanto le había afectado la idea de retirarse del mundo que la había llevado a la práctica allí mismo? El hecho era que no le encontrábamos y que no nos quedaba más remedio que descender si queríamos alcanzar el último barco del día. Durante la bajada, sintiéndonos culpables de haber abandonado al amigo, aún hicimos más bromas, macabras todas. Llegamos destrozados al puerto, y allí estaba Atxaga mirando unas postales, nos había comprado los billetes del transbordador. «¿Dónde os habíais metido que ya había empezado a intranquilizarme?», nos preguntó muy sereno. No salíamos de nuestro estupor. Se había perdido, nos dijo, en la ermita de la villa de Tiberio, donde había una boda. Le habían invitado a vino y le habían regalado algunas peladillas envueltas en papel de plata. Todos habíamos visto la boda, del mismo modo que, al lado, en la explanada, habíamos escuchado la defensa de Calpurnio Pisón. Todos habíamos visto la boda, pero no que Atxaga se hubiera mezclado en ella.

«La novia me ha dado dos besos», nos dijo. Y todos en ese momento le creímos, era un gran alivio, en el fondo, saber que no había desaparecido. «Dos besos», repitió. «Luego, viendo que no os encontraba, he comenzado a bajar, tenía miedo de perder el barco», añadió. Y todos embarcamos felices. «Ahora», me dijo Zarraluki mientras el barco comenzaba a dejar el puerto, «vas a contarme por qué teníamos que venir a Capri.» Pensé en decirle que para ver cómo en la cumbre de la isla desaparecía Atxaga, pero finalmente me atreví a decirle la verdad: «Para poder decir y cantar *Capri c'est fini.*» Y me quedé mirando los grandiosos acantilados de Capri que, en su caída, penetraban con fuerza en las aguas más azules, las más transparentes que he visto en mi vida. «¡Lo mato, pero es que lo mato!», empezó a gritar Zarraluki.

17

Podía contar, aquella tarde en la isla de La Cartuja de Sevilla, que un día de hacía años, en el transbordador que nos llevaba de regreso a Nápoles, tras una breve visita a Capri, recibí una lección literaria por parte de Bernardo Atxaga. El escritor todavía inmaduro que era yo tenía muchos problemas para terminar su primer libro, y uno de ellos era que necesitaba hablar de un fantasma que se le aparecía y le revelaba unos importantes secretos acerca de la verdadera naturaleza de la vida. Pero no sabía cómo hacer verosímil la aparición repentina de un fantasma. Le trasladé mi problema a Atxaga, que me escuchó con paciencia. En un momento determinado, viendo que me alargaba demasiado en la exposición de aquel problema técnico, me interrumpió. «Pero es que es muy sencillo, basta con escribir que se te ha aparecido un fantasma.» Y me contó cómo en un libro que precisamente transcurría en Capri y que en su momento le había gustado mucho, *La historia de San Michele*, se le *aparecía* al doctor Munthe, en lo más alto de la isla, una figura alta, envuelta en una gran capa roja, que le señalaba la inmensidad de lo que podía verse desde allí y, con una voz muy cadenciosa, le decía que todo sería suyo si estaba dispuesto a pagar el precio. «¿Quién eres, fantasma de lo invisible?», preguntaba el narrador, el doctor Munthe. «Soy el espíritu inmortal de este lugar. Para mí no tiene significación el tiempo. Hace dos mil años, estaba yo donde ahora estamos, al lado de otro hombre traído aquí por su destino, como a ti te ha traído el tuyo. No pedía, como no pides tú, la felicidad, sólo el olvido y la paz, que pensaba que podía hallar en esta isla solitaria.»

¿Cuál era el precio que le pedía el espíritu inmortal? La renuncia a la ambición de formarse un nombre en su profesión, el sacrificio de su porvenir. «¿Y qué seré entonces?» «Un derrotado de la vida», le respondía el fantasma.

Aquella misma noche, en mi pequeño apartamento de Nápoles, imaginé que yo era un feliz derrotado de la vida, una curiosa variedad de un *escritor superior* que vivía en Barcelona y del que yo era simplemente la sombra. Y también imaginé que, un día, me encontraba con ese *escritor superior* y que a su pregunta de por qué me bastaba con ser la sombra de otro, le pedía que no le diera tantas vueltas al asunto y que pensara que, a fin de cuentas, cada uno es la sombra de todos y todos la sombra del espíritu inmortal.

18

Llegó puntual el tren a Sevilla y fui de los primeros en descender. Delante de mí en el andén, a unos cincuenta metros de distancia, vi que marchaba, con paso algo zigzagueante, el tipo del traje a rayas, estilo Chicago. El hombre, con su libro de Roth en el bolsillo (era curioso y extraño el magnetismo que el color rojo de la portada de aquel libro ejercía sobre mí), comenzó a subir por las escalerillas mecánicas, por las que unos segundos después también comencé a subir yo. Hacia el final del ascenso, divisé a lo lejos al taxista que me esperaba para llevarme al Zenit, el hotel que me había asignado la organización. El taxista exhibía un papel en el que había anotado mi nombre con una falta de ortografía no demasiado grave. De pronto, vi atónito cómo el tipo del traje a rayas, tras un breve titubeo, se detenía ante el taxista y hablaba con él, se daba a conocer (debió de decirle que era yo) y se marchaban los dos, en animada conversación, hacia la puerta de salida.

Me di cuenta enseguida de que no tendría nunca una mejor oportunidad para desaparecer y que, si yo quería, aquél era el primer momento importante de mi vida.

Sólo debía seguir andando y no preocuparme del taxi ni de la persona que había usurpado mi triste identidad. Y así hice. Dejé que esa persona –aquel hombre con un traje a rayas y un libro de Roth en el bolsillo– se marchara en mi coche. Salí a la calle, fui más allá de la parada de taxis y de la estación y me dediqué a andar con pasos nerviosos, como si me encontrara al comienzo de una fuga sin fin.

Después, me calmé y anduve más despacio, anduve mucho rato con mi bolsa de viaje por calles desconocidas, y lo hice como si la fuerza con la que avanzaba procediera precisamente de mi escasa propensión a hacerlo. Anduve un buen rato hasta que llegué a las calles del centro y acabé entrando en la catedral, donde me senté en uno de sus bancos para descansar y, al mismo tiempo, preguntarme quién era yo y qué iba a ser de mi vida.

La catedral estaba vacía. Viciado como estaba por el tema de la ausencia, sentí que aquello podía leerse como una alegoría de que Dios tal vez seguía ahí, pero el sujeto moderno estaba desapareciendo. Yo mismo, sin ir más lejos, acababa de desaparecer. Un sentimiento de bienestar por haberme sabido borrar del mundo comenzó a invadirme y acabé sintiéndome, allí en la catedral vacía, igual que un día me había sentido en lo alto de la torre de Montaigne, rodeado por la soledad, el silencio, la locura, la libertad. Y por la bella infelicidad, otro de esos abismos. Seguramente la libertad era de todos ellos el abismo con el que era más fácil tratar, de modo que no fui a La Cartuja y dormí en un desabrido hotel de la Avenida de Kansas City (horrible nombre y horrible avenida para una ciudad tan bella), donde pasé la noche preguntándome qué extraña depravación era aquélla: alegrarse secretamente al comprobar que uno se ocultaba un poco.

Al día siguiente, volé a Barcelona, recogí de mi casa un poco de ropa (dos mudas) y algunos libros esenciales para mí, metí todo en el amplio maletín rojo que había heredado de mi abuela, y, ligero de equipaje, a cuatro días de la llegada del invierno, salí de nuevo hacia el aeropuerto. Allí pregunté cuál era el primer vuelo en el que hubiera una plaza libre. Madrid, Frankfurt, Londres y Nápoles eran los primeros. Salí hacia Nápoles. No era tan mal lugar esa ciudad para esconderse, pues en cualquier caso quedarían allí muy pocas de las personas que había yo conocido quince años antes. Seguramente no iba a encontrarme con ninguna de ellas. Y, además, no tenía por qué dejarme ver demasiado. Me encerraría en un cuarto de hotel, con mi identidad convertida en un hueco vacío. Y en ese cuarto, por ocupar mi tiempo en algo (los días son muy largos) y a la espera de ver si yo era o no buscado, me pondría a escribir con cierta minuciosidad –con la lentitud que da el lápiz y sintiendo que éste me acerca más que una pluma a la idea de eclipse– la historia de mi viaje a Sevilla, la historia de mi desaparición. Por ocupar mi tiempo en algo, he dicho. Pero sobre todo porque escribir constituye mi única posibilidad de existencia interior.

Llegué a Nápoles al atardecer y me registré en este hotel, en Corso Vittorio Emanuele, en la parte alta de la ciudad.

Me pregunté –ahora sé que muy ingenuamente– si habrían ya empezado a buscarme. En recepción, el conserje me pidió el pasaporte, leyó atentamente mi nombre, me dio las llaves del cuarto, una habitación sin terraza, pero con vistas a la bahía, un buen lugar –pensé– para mi personal tiniebla.

–El horario del desayuno es de siete a diez. Su llave, señor Pasavento –me dijo hablando en un correcto español.

Instintivamente, miré hacia la calle, donde unos chiquillos correteaban libres y con gran alboroto, y después, con un timbre de voz deliberadamente misterioso, le dije al conserje:

–Me llamo Pasavento, pero también responderé por teléfono a quienes pregunten por el doctor Pynchon.

El conserje me pidió que repitiera lo que le había dicho, y así lo hice.

–Comprendo, señor. Tomo nota. Responderá también a las llamadas que pregunten por el doctor. Aquí tiene la llave, señor Pasavento.

Volví a mirar hacia la calle, y poco después corregí al conserje.

–Doctor –le dije–, doctor Pasavento.

II. El que se da por desaparecido

1

Sólo sé que he pasado once días en Nápoles y que ayer, como si iniciara una fuga sin fin, me marché de esa ciudad. Me marché súbitamente, aunque nadie lo notó, me fui sin ser visto. Y ahora estoy en este hotel de la rue Vaneau de París, tan familiar en los últimos tiempos para mí. Me pareció que en mi caso, a la hora de esconderme, era uno de los lugares más seguros del mundo, ya que a nadie se le ocurriría, por ser un sitio demasiado evidente (pienso que es conocida la atracción que la calle de ese hotel ejerce sobre mí), buscarme en él. Aunque, desde que llegué, me he preguntado si no será todo lo contrario, si no será que vine a esconderme a este Hotel de Suède con la esperanza de que pronto me encuentren. ¿No estaré en realidad deseando ser hallado?

Ayer, poco después de registrarme en el breve –casi inverosímilmente breve– mostrador de recepción, fui al pequeño cuarto que han habilitado para las conexiones de los huéspedes a Internet y entré en mi correo electrónico y, tal como suponía, había mensajes de mi editorial barcelonesa, de algunos amigos y conocidos y también de algunos desconocidos que, en algunos casos concretos, se extrañan de que no les responda, pero ahí, en esa extrañeza, termina todo, absolutamente todo. Tras dos o tres mensajes breves y alguna broma deslucida, casi ninguno de ellos vuelve a insistir, es como si el correo los hubiera engullido a ellos mismos, haciéndoles también desaparecer.

Nadie se pregunta, por ejemplo, por qué no me presenté en La Cartuja de Sevilla. Creo que he desaparecido y nadie lo ha advertido. A nadie le importó. Creía que me buscarían como en su momento buscaron a Agatha Christie. Pero está claro que yo no soy la escritora inglesa. A mí nadie me busca. Tal vez me creen de vacaciones de Navidad. Pero no sé, sospecho que nadie se pregunta dónde estoy porque nadie piensa en mí y menos aún piensa que haya podido desaparecer. La verdad es que la vida sigue igual. Pero sin mí. Cada vez me parece más claro que haber intentado remedar la gesta de Agatha Christie (esos once días en que la buscaron hasta por fin encontrarla) ha acabado por hundirme del todo, porque ha dejado a la vista lo más esencial y patético de la verdad de mi vida: no tengo el afecto (afecto profundo, que es el único que para mí cuenta) de nadie, soy el ser más prescindible, el más superfluo de la tierra.

Nadie me busca y yo, como venganza, no busco a nadie. Puede, eso sí, que aquí en París, donde apenas conozco a una decena de personas, tropiece un día con alguna de ellas, con alguien de mi editorial francesa, por ejemplo (no he tenido mejor idea que esconderme en un hotel que, por motivos de trabajo, personas de la editorial de Christian Bourgois suelen frecuentar), y se vaya al traste toda mi maniobra de ocultación. Ayer, sin ir más lejos, recién llegado a esta ciudad, descubrí que existía la posibilidad de que alguno de los que trabajan en mi editorial francesa, tal vez el propio Christian Bourgois, pasara por este hotel más pronto de lo que había pensado. Y es que salí a dar un breve paseo por París y vi que en el escaparate de la librería Compagnie estaba anunciada para mañana una sesión de firmas con Antonio Lobo Antunes. Eso quería decir que el escritor portugués, que publica también en Christian Bourgois-éditeur, podía estar hospedándose en el Hotel de Suède y, por lo tanto, en cualquier momento podía cruzarme yo con él y con alguien de la editorial. En previsión de indeseados tropiezos, no salí el resto del día de mi cuarto, aunque, eso sí, desde mi ventana controlé constantemente la entrada del hotel y a las cuatro de la tarde pude ver cómo llegaba en taxi Lobo Antunes. Iba solo y yo sé que a mí no me conoce, de modo que me dije que hasta podía cruzarme con él en el hall sin que se produjera peligro alguno para mi situación de desaparecido.

En el fondo, le encuentro cierto placer a tener que estar siempre alerta por temor a ser descubierto. Así, aparte de escribir, tengo más ocupaciones. Hay que tener en cuenta que los días son muy largos ahora para mí y uno no los puede llenar única y enteramente con el placer de su escritura privada. Continúo –a pesar de ser ya *otro*– siendo escritor, pero sobre todo soy ahora un discreto doctor en psiquiatría, el doctor Pasavento. Retirado temporalmente de mi trabajo, me he aficionado a la escritura, que en todo caso ejerzo como una actividad estrictamente personal, muy privada.

Vuelvo mentalmente a Nápoles para recordar que, poco después de haberme narrado a mí mismo la historia de mi viaje en tren y posterior desaparición en Sevilla, se me ocurrió –no tenía mucho más que hacer– ponerme a leer *Fuga sin fin*, de Joseph Roth, que era una de las novelas que había transportado hasta allí en el maletín rojo que heredé de mi abuela. El libro de Roth lo había hallado, a mi paso por el piso de Barcelona, entre el montón de novelas que no hacía mucho que había comprado y que aún no había ni ojeado. Al ser el libro que precisamente llevaba en el bolsillo el pasajero del traje a rayas, no dudé en incluirlo entre los que transportaría en mi maletín a lo largo de mi viaje de *ocultación*. Pensé que no estaría de más saber qué leía el hombre que me había suplantado. Y, además, a mí siempre me gustó Roth.

El caso es que, ese día en Nápoles, me leí de un tirón el libro. Y lo que más me llamó la atención fue que contara la historia de un personaje que vivía su *desaparición* de una forma traumática, muy distinta de como la estaba viviendo yo. Para el protagonista de esa novela, ser un *desaparecido* era un verdadero drama. Para mí no tanto. Después de todo, había sido yo mismo quien había buscado ser un *desaparecido*. En la novela de Roth se contaba la historia de Tunda, un joven oficial austriaco que, después de haber sido hecho prisionero, vivía bajo una falsa identidad todo el proceso de la revolución rusa. Sin embargo, algo le impulsaba a buscar en su antigua patria su personalidad perdida. Sería ahí, en su propia nación, donde tendría que aceptar que se había convertido en lo que en términos burocráticos se llama un *desaparecido:* el trato que recibía, simpático y respetuoso, se asemejaba al que se da a los pequeños objetos extraídos de su antiguo contexto, entre otras cosas porque en Europa regía un nuevo orden político y moral y, al igual que le sucedía a él mismo, su antigua patria era a su vez una *desaparecida.*

La novela narraba el viaje errático de este *desaparecido*, un viaje que le llevaba, inevitablemente, al encuentro consigo mismo. Y acababa así: «En ese momento vi a mi amigo Franz Tunda, treinta y dos años, sano y despierto, un hombre joven y fuerte, con todo tipo de talentos. Estaba en la plaza frente a la Madeleine, en el centro de la capital del mundo, y no sabía qué hacer. No tenía profesión, ni amor, ni alegría, ni esperanza, ni ambición ni egoísmo siquiera. Nadie en el mundo era tan superfluo como él.»

Al terminar de leer el libro, tomé la decisión firme de dar un paseo, *reaparecer* en el mundo, aunque fuera tímidamente. Y muy poco después abandonaba, tras cuatro días de encierro, «el cuarto de los escritos o de los espíritus», y bajaba por las escaleras del Hotel Troisi. Salí a buen paso a Corso Vittorio Emanuele, en un estado de ánimo inesperadamente eufórico. Casi parecía uno de los animados chiquillos que, a mi llegada, cuatro días antes, había visto jugar frente a la puerta del hotel. El mundo matinal que se extendía ante mis ojos me pareció tan bello como si lo viera por primera vez. Inicié una tímida exploración de los alrededores, sin acabar de decidirme a bajar andando hasta la ciudad. Miré el gran jardín del antaño esplendoroso Gran Hotel Britannique, el hotel que estaba al lado del mío. Ahora, el jardín estaba abandonado, se había convertido en un vergel notablemente salvaje. Algo lógico dentro del abandono en el que se hallaba sumido también el propio Britannique. Miré después morbosamente la alfombra roja de la entrada de ese hotel y la contrasté con la alfombra del mío, la del elegante Troisi, y comprobé satisfecho que no había comparación posible. Luego, como si me hubiera arrepentido, volví sobre mis pasos y a punto estuve de regresar a mi habitación, pero finalmente una fuerza oscura hizo que me quedara inmóvil ante el conserje en el momento en que le iba a pedir mi llave para regresar a mi cuarto. Para que no se notara que a última hora había cambiado de opinión, le pregunté si había correspondencia para mí. «No, doctor Pasavento», me contestó sin molestarse siquiera en mirar mi casillero. Actuó como si conociera de sobras la indiferencia del mundo hacia mí.

Volví a salir a la calle y, por comodidad, a punto estuve de ir a la parada de taxis, pero acabé comportándome como cuatro días antes en la estación de Sevilla, es decir que seguí andando y fui más allá de la parada. Pronto, por un atajo entre jardines, inicié el descenso hacia la ciudad de Nápoles y, mientras bajaba, me fijé en una mujer que llevaba una falda abierta hasta los muslos, me pareció descubrir que el lugar más erótico del cuerpo estaba allí donde la vestimenta se abría. De ahí a una reflexión bastante mentecata había sólo un paso y lo di, pensé que la *intermitencia* era lo más erótico que existe: la discontinuidad de la piel que centellea entre dos telas, por ejemplo. Y aún di otro paso más hacia el paraíso de las ideas majaderas cuando se me ocurrió pensar que ese centelleo era, en definitiva, una representación de la brevedad de la vida: la puesta en escena de una aparición-desaparición.

Me quedé tan ancho después de haber pensado semejantes sandeces (que delataban dramáticamente que no me había librado del todo de mi anterior personalidad) y seguí andando y poco a poco me fui adentrando en el centro de esa maravillosa ciudad, donde cada día, a todas horas, pueden verse riadas y riadas de gente caminando. No he visto nunca tantas multitudes como en Nápoles, sobre todo en Via Toledo y Corso Garibaldi, las arterias principales de la ciudad. Uno tiene la impresión en esas calles de estar constatando aquello que decía mi colega, el doctor Louis Ferdinand Céline: «Oleadas incesantes de seres inútiles vienen desde el fondo de los tiempos a morir sin cesar ante nosotros y, sin embargo, seguimos ahí, esperando cosas...»

Seguí andando y llegué al Duomo, un lugar que no había pisado nunca en los años en que viví en esa ciudad. No podía decirse que en esa ocasión, tal como me había ocurrido en Sevilla, hubiera encontrado la catedral casi vacía, pero tampoco estaba muy llena. Y había algo muy raro en ella. No se veía al mítico San Gennaro por ninguna parte. Pregunté a la chica que vendía postales en la entrada si era que había desaparecido el santo, y me dijo, casi bajando la voz, que el santo estaba detrás del altar, guardado en una caja fuerte.

Me impresionó que el santo estuviera casi en paradero desconocido, viviendo una aventura tan cercana a la mía. En cuanto a la catedral, casi vacía de feligreses, volvió a recordarme la alegoría en la que había pensado en la catedral de Sevilla. Después, vinieron a mi mente los interiores de iglesias vacíos del pintor holandés Saenredam, un artista no muy conocido, pero en el fondo tan interesante, desde el punto de vista literario, como el famoso Vermeer. Los cuadros de Saenredam forman ya parte de la historia de la subjetividad que va desde Montaigne a Blanchot, y hoy en día pueden verse, no como una copia de la realidad, sino como representación del mito naciente, en el siglo XVII, de la «desaparición del sujeto».

Estuve después en la iglesia de Gesù Nuovo y allí no había nadie, tan sólo una especie de tenso y rancio silencio fermentado desde sabe Dios cuándo. Me quedé un rato sentado en un banco, dedicado a mi habitual distracción de evocar goles importantes de la historia del fútbol, en este caso los de Maradona, el futbolista que en Nápoles había encontrado su perdición. Después, salí del templo y caminé hasta la iglesia de Santa Marta, donde tampoco puede decirse que hubiera muchos feligreses. En San Domenico Maggiore lo mismo. Muy pocas personas en los desolados interiores. Todos los templos de la religiosa Nápoles estaban casi vacíos. Parecía un milagro al revés. En San Domenico me pregunté qué será de las iglesias del mundo el día en que dejen de usarse del todo. ¿Superstición y fe han de morir? ¿Cómo caminan los muertos? Eso me pregunté y ahora sigo preguntándomelo y creo que puedo contestar a la pregunta del caminar de los muertos porque vi a más de uno por las calles de Nápoles. Para empezar, a mí mismo. Comencé a andar sin poder detenerme y, de vez en cuando, veía mi perfil en alguna vitrina y veía un muerto andante.

¿Qué otra figura esperaba ser? Como una lánguida Agatha Christie a la que nadie busca, anduve muchas horas sin rumbo por Nápoles dando involuntariamente círculos alrededor de mí mismo. Y hubo un momento en que, supongo que a causa de mi excesivo cansancio, creí ver a mi padre muerto andando por la calle. Eso me hizo caminar aún más deprisa, al borde del vértigo. Creí ver a mi padre, sí. Iba con un paraguas y un sombrero de fieltro en la cabeza, andando a buen ritmo un poco por delante de mí. Pero en el momento en que intenté adelantarle, torció hacia una callejuela del Quartieri Spagnoli, y cuando llegué a la esquina ya no se le podía ver por ningún lado. Lo que sí había en la esquina era un vendedor de alfileres dorados. Los ofrecía en un susurro, aterrado más que amedentrado, como si hablara desde lo profundo de un abismo. «¡Alfileres de oro! ¡Los mejores de Nápoles! ¡Alfileres!» El hombre era un muerto en vida, con un sombrero negro, unos huesos muy delgados, los ojos y la cara palidísimos.

Me senté en el elegante Café Gambrinus y pedí una copa, y por un momento pensé que, a causa de mi aspecto de hombre trastornado por una larga caminata, no iban a querer servirme. Pero pronto deduje que había clientes del Gambrinus más enloquecidos que yo, lo deduje cuando vi el trato exquisito que recibía por parte de un camarero, al que pareció agradarle mi presencia a causa –se me ocurrió imaginar– de mi locura mínima, de mi pequeña locura si se comparaba con la de tanto cliente demente o ebrio que había por allí. Tomé la copa y miré a las mujeres que había en el local, elegí la más sexy y me lo pasé bien imaginando que hacía grandes cosas en la cama con ella. Pero cuando la mujer se levantó y se fue, se marchó de una manera que parecía que se hubiera cansado de mí. No podía evitar, desde hacía un tiempo, cierta falta de seguridad con las mujeres y no sabía cómo encontrar una salida a ese problema. Era víctima de mi excesiva memoria y no podía desprenderme del recuerdo, a veces obsesivo, de mi mujer dejándome, hacía menos de un año, por otro hombre, marchándose feliz a Malibú, California. Era idiota sufrir por eso, porque, a fin de cuentas, yo a ella la detestaba y en su momento debería haberme alegrado de que me hubiera dejado. Y, sin embargo, cuando eso sucedió, no puede decirse que me agradara demasiado lo ocurrido, tal vez porque me cogió por sorpresa, no me lo esperaba, siempre había pensado que sería al revés, que sería yo el que la dejaría. El hecho es que su desaparición me había ligeramente golpeado.

En un intento de solución a todo esto, en un intento de eludir el modesto descalabro, pasé a pensar en el doctor Pasavento como si ese hombre no fuera yo mismo, sino un personaje que me hubiera inventado. Sería ese doctor un hombre nuevo, con la misma *conciencia de ser único* que tenía yo antes, cuando me llamaba Andrés Pasavento, aunque en este caso con escasa, por no decir nula, biografía. ¿Debía pensar en una para él? De cualquier modo, sabía algo muy concreto, conocía su presente: el doctor Pasavento era un hombre que, recién aparecido en el mundo, se sentía ya desaparecido o *separado* de éste.

Mantenerse apartado sería la divisa tácita de todos los instantes, a partir de entonces, del doctor Pasavento. Instantes que se moverían en torno a la soledad de ese cuarto de hotel napolitano en el que prevalecía una luz de plomo que acogía con respeto al hombre sin biografía en el que se había convertido. En lo esencial, se había transformado en un ser fuera de todo, al que yo sólo le quedaba perseguir un trabajo implacable y sin fin. Pero cuál, qué trabajo. ¿A qué debía dedicarse ahora que se había evaporado? Aparte de su actividad de escritor (tras haber narrado su desaparición, no sabía sobre qué, en calidad de autor oculto, seguiría escribiendo), quizás debiera empezar a pensar en construirse mentalmente una biografía. Y es que sin duda no podía ser por mucho tiempo un individuo sin infancia ni juventud. Si continuaba así, podía convertirse en un ser muy vulnerable y acabar volviendo a ser el que había sido. Debía, como mínimo, buscarse unos padres diferentes, más sensatos y alegres, no unos tristes suicidas, unos muertos trágicos en el río Hudson. Y, por qué no, debía buscarse una mujer que no le hubiera dejado. Pensar, por ejemplo, en una espectacular rubia platino con la que, en venganza contra su mujer, se habría fugado –él también– a Malibú, California. Me di ánimos a mí mismo sin conseguir nada. Y, en fin, decidí que ya había visto demasiado al doctor Pasavento *desde fuera* y que sería mejor dar media vuelta y regresar al hotel, pues necesitaba volver a ver el jardín abandonado, el mar, el abismo, sentirme de nuevo *separado* del mundo al tiempo que volvía a tener un contacto con los temas sobre los que siempre había reflexionado: la soledad, la locura, el silencio, la libertad. Y también la impostura, la idea de viajar y perder países, la muerte, la desaparición, el abismo. Y la bella infelicidad.

Sí, los mismos temas míos de los últimos tiempos. ¿Por qué no? Debía ir cambiando de vida y de obra, pero sin grandes sobresaltos, hacerlo con la lentitud que exigía un cambio de aquellas características.

Y de pronto, tras un breve vuelo mental, no sé cómo fue que se me ocurrió que, por ocupar tantas horas libres que como fantasma de mí mismo tenía yo durante todo el día, podía dedicarme a escribir un breve ensayo sobre el futuro de la obra de Kafka. Era uno de mis autores favoritos y no había que perder de vista que él había abarcado como nadie el tema de la desaparición, lo había hecho, por ejemplo, en su novela *América* (título que arbitrariamente le había puesto Max Brod), novela que en realidad debería haberse llamado *El desaparecido*, o, para decirlo tal vez con mayor literalidad, *El que se da por desaparecido*.

Relacionaría la sorprendente ausencia de Dios en la religiosa Nápoles con el porvenir de la literatura de Kafka. Eso me dije, pero luego, ya recién regresado a mi cuarto de hotel, renuncié radicalmente a escribir ensayos sobre el futuro de alguien que no fuera yo mismo (precisamente yo, que no tenía futuro). Di vueltas a mi habitación, sin saber qué hacer. De pronto, me vino a la memoria la misteriosa desaparición del genial físico Ettore Majorana en vísperas de la Segunda Guerra Mundial. Majorana había formulado antes que Heinsenberg, su gran amigo, la teoría del núcleo del átomo constituido por protones y neutrones. Consciente de que había inventado la bomba atómica, dejó Nápoles tras haber escrito dos cartas anunciando su intención de suicidarse. Sacó pasaporte y todo su dinero y se embarcó para Palermo. Pero, apenas llegado a Sicilia, envió un telegrama anunciando su regreso. Nunca más se le vio. Se perdió entre Palermo y Nápoles. No se sabe si fue secuestrado, prefirió desaparecer (una huida del mundo), o se ocultó en un convento como indica el testimonio de un religioso.

Tras recordar a Ettore Majorana, sentí de nuevo la llamada de la calle de la que acababa justo de regresar. No tenía nada sobre lo que escribir, ni ganas de leer. Parecía un Majorana recién llegado a Palermo con ganas de regresar a las calles de Nápoles. Aunque acabara de entrar en el cuarto, decidí volver a salir. Bajé de nuevo por las escaleras, pasé por delante del conserje tratando de simular que tenía yo cara de físico nuclear sumido en sus preocupaciones, como si desde el exterior me hubiera reclamado una llamada telefónica muy importante y tuviera que volver a salir. Saludé ceremoniosamente al conserje, alcancé Corso Vittorio Emanuele y volví a ir más allá de la parada de taxis y de nuevo tomé los atajos entre los jardines y fui descendiendo hacia el centro de Nápoles y estuve andando de nuevo sin rumbo por sus calles durante largo rato, y empecé a parecerme a esos vagabundos que se patean varias veces al día toda una ciudad entera y van describiendo, con sus errantes pasos, círculos concéntricos alrededor de sí mismos.

¿Pensaba caminar el resto de mi vida? Tampoco era tan mala idea, aunque no parecía excesivamente cuerda. Andando por las estrechas calles del Quartieri Spagnoli, ya con la luz del atardecer, me dediqué a mirar con detenimiento los escaparates de las tiendas, donde podían verse todo tipo de figuritas del pesebre navideño, mezcladas con representaciones en miniatura del actor napolitano Totó. Cuando quince años antes yo había vivido en esa ciudad, las figuritas del genial cómico se mezclaban con las del futbolista Maradona. Pero ahora éste parecía haberse difuminado del panorama general de Nápoles. Era, junto a San Gennaro y Ettore Majorana, un desaparecido más de esa ciudad que parecía haberse quedado, de pronto, sin sus dioses de antaño.

Tampoco era tan mala idea caminar y ver cosas y de vez en cuando sentarse en los cafés, donde cabía esperar que camareros amables me tratarían, el resto de mi vida, como a una persona razonable. Comencé a sentirme amigo de vagabundear y recorrer leguas y leguas durante días enteros, aunque estaba seguro de que a la hora de la verdad no sería capaz de convertirme en esa clase de andarín. En cualquier caso, ese día callejeé mucho, hasta que el cansancio me impidió seguir. Entonces entré en el Café San Gennaro, lleno de iconos del santo y completamente vacío, sin clientes. Me asustó la ausencia absoluta de parroquianos, pero también me aterraba la idea de dar media vuelta y marcharme, de modo que me senté al fondo de la gran sala y lamenté no llevar un periódico o un libro, algo en lo que refugiarme. Soporté durante unos segundos las miradas de extrañeza de los dos camareros viejos, muy viejos. ¿Por qué eran o parecían tan viejos aquellos camareros? ¿Por cortesía, es decir, por hacerme creer a mí que era menos viejo de lo que era? ¿Eran acaso unos camareros muy educados? Pedí solemnemente una grappa. Me hicieron repetir la petición, como si no me hubieran oído o bien quisieran reírse de mi afectación. Mientras esperaba a que me trajeran la grappa, pensé en la intensidad de la ausencia, desde hacía medio año, del escritor Roberto Bolaño, que, tres semanas antes de morir, a finales de junio, se había reunido con escritores latinoamericanos en el Monasterio de La Cartuja de Sevilla.

2

Tras la jornada de las iglesias vacías y la grappa desesperada del Café San Gennaro, me desperté al día siguiente nervioso y muy sudoroso, sin duda por haber soñado que, a causa de mi personal manera de explorar la realidad (avanzando en el vacío), no corría la menor brizna de aire en mi frío cuarto de hotel de Nápoles, que se había convertido en el oscuro y caliente fondo del río Hudson a su paso por Nueva York, donde, con un comportamiento indigno de un hijo, abofeteaba a mis padres cuando estaban ya bien muertos y ahogados. Desperté viendo todavía sus bocas desgarradas y desfiguradas por la amargura que les había producido el salvaje y acuático bofetón filial. Y sin duda fue un alivio despertar y ver que todo aquello nada tenía que ver conmigo, ni siquiera mis padres eran mis padres, yo era el doctor Pasavento, especialista en psiquiatría y escritor oculto.

Tenía la nítida impresión de que no había yo mejorado nada, pero al menos era otro. Me afeité con la vieja máquina ya medio oxidada y pensé que pronto tendría que comprarme una nueva y que, además, ante la amenaza de lluvia, tenía que comprar un paraguas plegable. El doctor Pasavento debía ir siempre impecablemente rasurado y no mojarse bajo la lluvia como un vulgar desheredado. ¿Cómo pensaba ocupar aquel nuevo día? ¿Sobre qué pensaba escribir, allí en Nápoles, después de haberme contado ya la historia de mi desaparición, una historia importante porque contenía el relato del momento central de mi vida, allá en la estación de Santa Justa en Sevilla? ¿Era atractiva la idea de recurrir a mi maletín y ponerme a leer un libro detrás de otro? ¿O era más interesante hacer de nuevo una incursión en la calle, entrar otra vez en contacto con el gentío, el estrépito de los gritos napolitanos, el vital tumulto de esa ciudad? ¿O pensaba regresar a la cama y esperar al mediodía para almorzar, una vez más, en el anodino restaurante del hotel? ¿Cuántas veces había ya comido y cenado en ese monótono restaurante del Troisi? ¿De verdad que contemplaba, de nuevo, la idea de la caminata sin rumbo por toda la ciudad? ¿Por qué no? Lo que en realidad hacemos cuando caminamos por una ciudad es pensar. ¿Y acaso no me convenía pensar, dedicarme a inventar o, mejor dicho, a perfeccionar mi pasado?

Me acordé de los días en los que en mis películas favoritas siempre aparecían escritores, y me vino a la memoria una en la que un escritor que no tenía dinero encontraba el lugar ideal para escribir, la sala de mecanografía del sótano de la biblioteca de la Universidad de Austin. Allí, en ordenadas hileras, había una docena de viejas Remington o Underwood que se alquilaban a diez centavos la media hora. El escritor insertaba la moneda, el reloj soltaba su tictac enloquecido, y el escritor se ponía a escribir como un salvaje para terminar su cuento antes de que se agotara el tiempo.

Ahora a mí, en cambio, me sobraba el tiempo, todo el tiempo. Decidí echar a suertes qué hacía. Y ganó la opción de salir a la calle de donde venía, caminar de nuevo entre la gente de Nápoles y tratar de conocer un poco más al género humano. ¿Conocerlo? Por Dios, pensé. Y sonreí con aire de desprecio. De desprecio hacia el género humano. Pero poco después ya me había unido al gentío que llenaba las calles y las plazas de Nápoles y, según me había parecido, dejaba vacías las iglesias. Terminé sentado en un café de la Piazza Bellini, mirando allí a todo el mundo que pasaba, y parecía que estuviera tratando de ampliar mis conocimientos precisamente sobre el género humano. Entonces fue cuando ocurrió algo que, de alguna forma, ya había previsto que me podía pasar y que acabó ocurriéndome. Descubrí entre la multitud a alguien a quien conocía de los años en que había vivido en esa ciudad. Vi pasar, con un buen ritmo en sus pasos, a Leonor, la reconocí enseguida. Estaba algo cambiada, pero era ella. Habían transcurrido quince años desde que la había visto por última vez, pero no me cabía la menor duda de que era ella, aquella ardorosa jovencita de Valladolid que trabajaba en la recepción del Instituto Cervantes de Nápoles cuando yo estaba allí de profesor. Habíamos tenido un romance, y ella (que en el fondo le tenía miedo a mi mujer y temía que ésta descubriera nuestro asunto) me había dejado por Morante, otro profesor del centro, cincuentón y sabio, hombre encantador, aunque de memoria y salud mental inestables. Al dejar Nápoles, había perdido yo todo contacto con aquella chica de ojos y entendimiento siempre nublados, aunque de misteriosas intuiciones, a veces geniales. Había oído decir que se había casado con un farmacéutico de Positano y se había quedado a vivir en Nápoles, pero no sabía nada más de Leonor, ni me había detenido nunca a preguntármelo, todo lo contrario precisamente de lo que me sucedía con el profesor Morante, cuyo destino siempre me había intrigado.

Me acordé al instante de que, cuando Leonor comenzó a salir con Ricardo Morante, todos en el trabajo decidieron llamarla Leonisa, al principio yo no sabía por qué. «Ricardo y Leonisa», decían pensando en los protagonistas de un cuento de Cervantes. Yo preferí seguir llamándola Leonor. No la veía como Leonisa y, además, me parecía un nombre horrible. Ahora no la veía ni como Leonisa ni como Leonor, la veía como una sombra del pasado cruzando con buen ritmo la Piazza Bellini. ¿Seguiría trabajando en el Instituto? Había pasado demasiado tiempo para que eso fuera probable. Seguramente trabajaba en la farmacia de su marido o bien cuidaba de los hijos, seguro que había tenido muchos hijos. Seguía siendo guapa, pero no vestía con la gracia de antes. La ropa, además, parecía de escasa calidad. Me dije que tal vez su marido, el farmacéutico, no tenía demasiados recursos económicos. Conocía yo muchos casos de personas que al casarse empeoraban en todo. Pero que pensara eso no debía relacionarse con ningún tipo de revancha. Aunque me hubiera dejado, no tenía nada en contra de Leonor. Después de todo, me había dejado de una forma dulce, de una forma muy diferente de la forma en que, muchos años después, me dejaría la indeseable de mi mujer.

Siempre le perdoné a Leonor que se fuera con el viejo Morante ¿Y qué habría sido, por cierto, de ese hombre ejemplar, que ilustraba por sí solo esa creencia de algunos de que la inteligencia es una categoría moral? ¿Qué habría sido del inestable Morante? Yo me llevaba bien con él, era un hombre que parecía haber leído todos los libros, profesor dentro y fuera del Instituto, un hombre de una personalidad muy interesante, pero desgraciadamente maltratada por las repentinas pérdidas de memoria y los profundos baches psíquicos. Yo siempre le había admirado. Morante era un hombre que, a pesar de los años transcurridos, había permanecido en mi recuerdo.

Leonor cruzó la plaza con tanto garbo que todo duró unos escasos segundos en los que fui incapaz de reaccionar en un sentido u otro. Me quedé preguntándome qué habría sucedido si, por ejemplo, la hubiera parado y nos hubiéramos ido los dos a visitar el Instituto Cervantes. Seguramente, no me habría encontrado con nadie de mi época en el Instituto o bien los que quedaran allí me habrían visto como un fantasma. En fin, viví como un alivio no haber interrumpido sus pasos por la plaza. Pero estaba todavía viviendo esa sensación cuando de pronto ella, en dirección contraria a la de minutos antes, volvió a pasar por la Piazza Bellini, y en esta ocasión se le ocurrió mirar hacia la terraza de mi café, y yo vi que había sido cazado, que había sido visto.

Se quedó ella de pronto mirando incrédula en dirección hacia donde yo estaba, se acercó lentamente y me llamó por mi nombre de antes, me llamó Andrés. «Eres tú, ¿no?», preguntó con gran naturalidad, como si hiciera sólo unas horas que nos hubiéramos visto por última vez. «No», le contesté. «¡Oh, vamos!», dijo, y sonrió. Como en su momento había aprendido yo a leer en su sonrisa, vi que su entendimiento seguía tan nublado como en los buenos tiempos. «Soy yo, pero no lo soy», le dije, y volvió a sonreír, parecía contenta de verme, y yo, en el fondo, me sentía discretamente alegre de hablar con alguien después de cuatro días de vivir mi vida de desaparecido.

Se sentó sin que la hubiera invitado a hacerlo, y me preguntó qué hacía en Nápoles. Tuve la impresión de que iba peor vestida de lo que creía. Estaba pensándome la respuesta cuando dijo: «¿Estás aquí de turista? No, ya sé. Te han invitado al Cervantes, ¿no es eso?» Hizo una pausa, y luego añadió: «¿Has venido con tu mujer?» No sabía qué decirle. Me pareció que ya le había dicho demasiado diciéndole que era yo. «Habrás visto que allí no queda nadie de nuestra época», continuó ella, «y seguramente te habrás sentido muy raro. Pero habrá sido bonito regresar ahí como escritor. Ahora eres alguien a quien hay que tratar con admiración. ¿No es así? ¿Son tan buenas tus novelas?»

«No soy nadie», le dije tajante, y ella sonrió creyendo que simplemente bromeaba. Me di cuenta en el acto de que me iba a resultar muy difícil llegar algún día a ser Nadie (así, con mayúscula) y que, de lograrlo, el trayecto, en cualquier caso, iba a ser largo. No era Andrés, pero tampoco era nadie, era el doctor Pasavento. «Cambié la literatura por la medicina», le dije sin mover un solo músculo de mi cara. Entonces ella volvió a preguntar si estaba en Nápoles con mi mujer. «La verdad es que os mentí a todos en aquellos días, os mentí al decir que estaba casado», le dije.

Aún no me explico bien por qué se me ocurrió semejante falsedad. Ella se me quedó mirando bastante extrañada, sin comprender nada. Me di cuenta de que tenía que decirle algo más. «Al volver a Barcelona, nos separamos. Nora, nuestra hija, se quedó con ella. En realidad, lo que menos podía soportar de mi mujer era que se empeñara en decir a todo el mundo que estábamos casados.» «¡Oh, vamos!», dijo Leonor, «¿no te estarás riendo de mí como siempre?» Puse una cara de gran afectación. «Con ella, antes de viajar a Nápoles, hablaba poquísimo. Después, vinimos aquí, dijimos a todos que estábamos casados, y yo creo que hasta nos lo creímos, porque empezamos a no hablarnos casi nunca, como un matrimonio de verdad.» Vi que Leonor no estaba nada convencida de que estuviera hablando en serio. «Lo peor de todo», proseguí impasible, «era que a ella le gustaba leer como a mí, pero no se compraba libros. Yo llevaba a casa a diario novelas de la biblioteca del Instituto y ella escogía todo lo que a mí no me interesaba, no por respeto hacia mí sino por llevarme la contraria.»

Vi que Leonor cada vez estaba más convencida de que yo, como antaño, jugaba a inventar historias. Cambié de registro. Abordé algo que desgraciadamente era verdad, la muerte de mi hija Nora. Le conté la historia de la heroína, le hablé de la dureza de las drogas, y todo eso sí que lo creyó, vio muy claro que era verdad. Pero no quise detenerme ni un segundo más allá de lo imprescindible en la historia. Miré a Leonor con más detenimiento que unos minutos antes y descubrí que en realidad ella no iba nada mal vestida. Es más, llevaba una pulsera que parecía de oro y que no había sabido ver en mis miradas superficiales de los primeros instantes.

«No creas», le dije, «que llegó a molestarme que me dejaras por el profesor. ¿Y sabes por qué? Era un hombre al que yo admiraba. Una persona diferente. Y un sabio, a pesar de sus problemas mentales. ¿Qué ha sido de él?» Por algún motivo que se me escapaba, vi que mi pregunta la había turbado. ¿Qué sucedía? ¿Morante había muerto y ella no se atrevía a decírmelo? Hizo como que no me había oído y desvió la conversación hacia el frío de Nápoles y el trascendental asunto de las maravillosas estufas que en invierno ponían en las terrazas de los cafés de aquella ciudad. Sólo un rato después, cuando ya habíamos sobradamente comprobado que no teníamos mucho que ver los dos y que era mejor que volviéramos a estar quince años más sin vernos, volví a la carga, dejé que reapareciera mi interés acerca del paradero del profesor Morante, saber si vivía, qué había sido de su inteligente mente y frágil vida. Me contó entonces Leonor, con la cabeza baja y los ojos inesperadamente lagrimosos, que el profesor estaba recluido en la residencia de Campo di Reca, que dependía del Centro de Salud Mental de la ciudad, y que ahí se iba a quedar el resto de su vida, pues había entrado en una crisis más profunda que aquellas de las que yo mismo había sido testigo, aquellas crisis de otro tiempo, más bien pasajeras.

En ese momento, una muchacha esbelta y pálida –vestida de verde almendra– se nos acercó y nos ofreció, con la más seductora de las sonrisas, unas magnolias. No creo conveniente esconderlo, y menos aún cuando probablemente a quien escondería eso sería a mí mismo: me recordó a mi hija Nora. Tuve un sobresalto. Mi manía de ver muertos andando sueltos por Nápoles había llegado demasiado lejos. Leonor ni la vio, o no quiso verla, era demasiado bella la muchacha del vestido verde. «Ahora el profesor lleva una larga temporada ya en Campo di Reca, y yo...», dijo Leonor en voz baja, con un tono de angustia que me desconcertó en un primer momento. Parecía imposible que se decidiera a continuar hablando. «¿Y tú qué?», pregunté algo inquieto. Hubo un largo silencio, hasta que dijo: «Sigo siendo su Leonisa,

91

aunque la verdad es que él no me reconoce, me llama Leonisa pero no sabe quién soy, dice no acordarse para nada de mí.» Leonor sufría por este motivo. Era medianamente feliz con su marido (que no era farmacéutico, como yo creía, ni de Positano, era un veneciano experto en informática y tenían mucho dinero y, en efecto, la pulsera era de oro), pero a Morante le querría siempre mucho más, era el hombre más fascinante que había conocido nunca. Le consideraba «valioso patrimonio suyo», la más bella historia de amor que ella había tenido. Era triste todo aquello. En realidad, el profesor Morante no reconocía a nadie que perteneciera a su pasado, aunque no podía decirse ni muchísimo menos que tuviera la enfermedad de Alzheimer –su autoconciencia era muy alta precisamente–, sino que sufría las pérdidas de memoria y los trastornos mentales de siempre, aunque en esta ocasión su último desvarío se había alargado más de lo acostumbrado y parecía haberse convertido en definitivo.

Seguramente, Morante ya iba a quedarse el resto de su vida en la residencia. Después de todo, era lo mejor que podía hacer. Estaba ya jubilado y no tenía dinero. Posiblemente, él era consciente de esto y, para poder quedarse el resto de sus días en la residencia, forzaba de vez en cuando la impresión de que estaba muy loco cuando sólo lo estaba un poco. Pero era horrible cuando la llamaba casi cariñosamente por su nombre y a continuación, casi enseguida, delataba que no sabía quién era ella, aunque la hubiera estado llamando Leonisa. «¿Tú no eres Leonisa Vataprum-Prum-Prag?», decía de pronto el profesor, defraudando en parte las expectativas que había tenido ella de ser por fin reconocida, defraudándolas sólo en parte porque aquel Vataprum-Prum-Prag sonaba generalmente muy forzado. Leonisa sospechaba que el profesor sabía muy bien quién era ella.

Le pedí que me contara más cosas sobre Morante y me explicó que el profesor vivía en un no muy confortable cuarto de la residencia. Había mejores habitaciones y él lo sabía, pero no se quejaba, decía que esperaría a ser más antiguo en el centro. «Mi futuro es una habitación más grande y soleada», solía decir. Por las mañanas, ayudaba a las enfermeras en la limpieza de su pequeño cuarto y en la de los cuartos de otros, y por la tarde, durante la jornada normal de trabajo, se movía por la cocina, donde separaba con otros enfermos las lentejas de los garbanzos o bien clasificaba bolsas de papel, o hacía cualquier otra cosa que pudiera ser útil para el centro. A Leonor las enfermeras de la residencia le habían contado que le gustaba trabajar con gran concentración y que se ponía a gruñir si le molestaban. Había recibido alguna otra visita en la residencia, pero también había dicho no acordarse de quienes con tan buena voluntad se habían acercado a verle. En su tiempo libre, que era mucho, leía amarillentas revistas o viejos libros, pero también libros nuevos que llegaban a la biblioteca de la residencia de Campo di Reca. Y tenía una pasión medio oculta pero que en realidad todo el mundo en la residencia conocía. Se dedicaba a escribir, en la pequeña biblioteca del centro, compulsivos textos en breves cuartillas, que luego archivaba en una carpeta roja. Pero había días en que no escribía, no leía, no separaba los garbanzos de las lentejas, no ayudaba a hacer las camas, entraba en un tenebroso malestar mental y lo mejor para él entonces era dar largos paseos por los alrededores de aquella residencia, que, al igual que el Centro de Salud Mental de la ciudad, se hallaba en el pueblo de Torre del Greco, a doce kilómetros de Nápoles, el pueblo donde, por cierto, había pasado en otro tiempo largas temporadas el gran poeta Leopardi. Salía el profesor Morante a pasear, generalmente solo. Y regresaba con aires de una fatiga y desolación descomunales. En cualquier caso, en la residencia consideraban que los paseos eran la mejor solución cuando una sombra negra cruzaba por su vulnerable cerebro. En más de una ocasión se había perdido en alguna de esas caminatas, pero había acabado volviendo a la residencia a los pocos días. Muchos creían que, aparte de no tener dónde caerse muerto, el profesor volvía en busca de la carpeta donde se suponía que tenía archivadas todas aquellas cuartillas.

Era imposible no pensar en ciertos parecidos entre el profesor y Robert Walser. Estaba diciéndome esto cuando caí en la cuenta de que, en mi calidad de doctor Pasavento, especialista en psiquiatría, podía ir a visitar a Morante. Si él no se acordaba para nada de mí, sería enel fondo perfecto, me permitiría no sólo ensayar ser otro, sino ser de verdad otro, al menos a sus ojos. El profesor Morante podía otorgarme la legitimidad que como doctor Pasavento andaba yo necesitando. Decidí despedirme de Leonor, le di dos besos y le deseé suerte, mucha suerte en la vida, y antes de irme obtuve de ella toda la información necesaria para llamar a la residencia. Llamaría sin decirle a ella que llamaba. Le dije que dejaba aquel mismo día Nápoles y que me faltaba algo todavía por contarle. Le expliqué que me había casado en California, en segundas nupcias, con una rubia platino sensacional que tumbaba a todo el mundo a su paso, una mujer encantadora a la que yo llamaba cariñosamente la Bomba. «Mi gran amor», añadí. Y Leonor sonrió, una vez más incrédula, y yo volví a despedirme, dos nuevos besos y otra vez la manifestación de mis deseos más sinceros de que tuviera mucha suerte en la vida, adiós y hasta siempre, bonita.

A los pocos minutos llamaba yo a la residencia. «Les habla Pasavento, el doctor Pasavento.» Tras unas palabras con una enfermera, me pasaron al doctor Bellivetti, médico-jefe del centro, y fui casi enseguida animado por éste (no sin antes advertirme que seguramente el enfermo no me reconocería) a acercarme a visitar a «mi antiguo amigo», el profesor Morante.

3

Dirigiéndome hacia Campo di Reca, fui pasando revista a todo lo que sabía de Morante. Si no me equivocaba demasiado, el profesor procedía de una familia de Toledo que se había trasladado a vivir a Barcelona en los años treinta y que, tras la caída de la República, se había exiliado, primero al sur de Francia, a Albi, y después a Roma, donde el joven Ricardo había estudiado en un instituto de la Via Babuino (él siempre hablaba de ese instituto y de esa calle romana que para él era el centro del universo) y ganado unas oposiciones que habían terminado por llevarle a Génova, donde bien temprano había tenido sus primeros trastornos mentales pasajeros, que le habían conducido a llevar una vida entre los sanatorios y las aulas. En la época en que yo le conocí, superadas algunas crisis y gracias a la recomendación desde Madrid de un alma caritativa, había entrado a trabajar, ya con cincuenta años, en el entonces recién inaugurado Instituto Cervantes de Nápoles, donde tuvo nuevas crisis que siempre logró remontar, hasta que, años después de que yo dejara la ciudad, le llegó un ataque mental casi irreversible, a las puertas de su jubilación.

Una crisis definitiva, al estilo de un Walser, volví a pensar. El destino de Morante, salvando todas las insalvables distancias, parecía, en efecto, guardar cierto paralelismo con el de Walser, del mismo modo que el de éste guardaba un paralelismo extraño con el de Hölderlin. Recordé las conmovedoras palabras de Walser sobre la demencia y el silencio de Hölderlin a lo largo de esos treinta y seis años que pasó encerrado en la torre de Tubinga: «Estoy convencido de que, en su largo periodo final, no fue tan desdichado como se complacen en pintárnoslo los profesores de literatura. Poder dedicarse tranquilamente a *soñar por los rincones*, sin tener que estar haciendo los deberes todo el rato, no es ningún martirio. ¡Sólo la gente hace que lo sea!»

Cuando llegué a la residencia de Campo di Reca, en Torre del Greco, el profesor Morante, junto a una joven enfermera, ya me estaba esperando, algo inquieto, en el extremo superior de la escalera que conducía a la entrada de aquel centro. El profesor Morante, que cultivaba cierto parecido con el Vittorio de Sica de los últimos años, vestía de forma elegante y no había perdido –es más, había aumentado– su encanto de otro tiempo. Llevaba un impecable, aunque viejo, traje a rayas que me recordó bastante el del pasajero del tren de Sevilla, y en la cabeza un pequeño sombrero de fieltro, que más tarde, ya en un bar de un pueblo junto al Vesubio, cuando se cansó de «sentir su peso en la cabeza», se quitó llevándolo junto a sí, a un lado de su cuerpo, en un gesto que tanto mi abuelo (según las fotos que he podido ver), como el abuelo de W. G. Sebald (según ha contado éste), como también Robert Walser (por las fotos que en su momento le hiciera su amigo Carl Seelig) acostumbraban a hacer cuando salían a dar un paseo.

«Bienvenido, *herr* doctor», me dijo un sonriente Morante. No dando muestra alguna de acordarse de mí, me alargó la mano desde lo alto de la escalera para estrechármela muy caballerosamente. La enfermera me dijo: «Doctor Pasavento, le estábamos esperando, tendrá que firmar un permiso, un breve trámite.» La seguí, fui a una oficina, donde saludé al doctor Bellivetti, y me tomaron los datos, firmé unos papeles, todos como doctor Pasavento, me sentí muy feliz al poder actuar por fin de aquella forma, como el doctor en psiquiatría que era.

Conversé con el doctor Bellivetti acerca de algunos problemas mentales relacionados con el consumo de opio, y la breve conversación entre colega y colega se adentró por rutas inesperadas. El doctor Bellivetti tenía unos cuarenta años y un aire de hombre moderno, llevaba un arete en la oreja izquierda, fumaba en una pipa pop y adoraba a Lacan, aunque daba la impresión de haberlo leído muy mal, si es que lo había leído. Parecía un tanto pedante y sobre todo esnob. «Pero, bueno, doctor Pasavento, eso ya lo decía Lacan...», me interrumpió varias veces. Utilicé teorías de psicoanálisis que había aprendido en mi juventud en las clases que daba el profesor Oscar Massota en Barcelona y la verdad es que me lucí, quedé de lo más brillante y convincente ante aquel médicojefe, que, por otra parte, no era precisamente una lumbrera.

El profesor Morante, de pie en el umbral del despacho y acompañado de la enfermera, escuchaba en riguroso silencio –como si estuviera asombrado de nuestros conocimientos y hasta asustado– la conversación entre los dos médicos psiquiatras, a cuál más pedante. De vez en cuando, yo citaba al mítico Ronald D. Laing, el doctor que en los años sesenta fue el adalid de la antipsiquiatría. Y me divertía ver lo perdido que el doctor Bellivetti andaba en este tema.

Cuando terminó la competición para ver quién de los dos era más sabihondo, salí finalmente a pasear con el profesor Morante. La enfermera nos deseó un feliz almuerzo y los dos nos quedamos mirándola, embobados durante unos segundos. Recordaba a una actriz de Hollywood, pero no sabía yo a cuál. Le pregunté a Morante si la enfermera no le recordaba a alguien. «A ella misma», me respondió seco y taciturno. Poco después, iniciamos nuestro paseo. Ante todo, quise asegurarme –en la medida que me fuera posible– de que yo también le recordaba únicamente a mí mismo, es decir, al doctor Pasavento, al que acababa de conocer. Para averiguar esta cuestión, le dije: «¡Y pensar que me quitó usted una novia!» «¿No habrá venido a hablarme todo el rato de mujeres?», me respondió sonriente Morante, no aclarándome con su respuesta nada. «Entonces, ¿se acuerda de Leonisa?», le pregunté. Me miró de arriba abajo, como si hubiera llegado el momento de estudiar cuál era mi aspecto físico y mi manera de vestir. Estuvo unos segundos allí inmóvil, examinándome, parecía reprocharme algo, pero no sabía yo muy bien qué podía ser. Le vi mirar fijamente uno de los botones de mi abrigo. En lugar de mirar el abrigo completo –comprado en Venecia hace quince años y del que durante un tiempo tan orgulloso estuve, tal vez por su color rojo burdeos que yo sabía que no pasaba desapercibido–, se fijó sólo en un botón.

«Si los botones o, mejor dicho, las mujeres supieran aburrirse, podrían llegar a convertirse en hombres», dijo finalmente. Me pregunté si no era una frase hermética un tanto forzada, una frase para hacerse pasar por loco, tal vez. Y también me pregunté si no estaría tratando de decirme que, dijera yo lo que dijera, pensaba él actuar siempre de tal forma que me resultara imposible saber si realmente a mí me veía como doctor Pasavento o más bien como a un pobre tipo al que le había robado, en otro tiempo, una novia llamada Leonisa. De modo que cambié de tema enseguida, pensé que cualquier cosa era preferible a que, en lugar de verme como a un afable y sabio doctor en psiquiatría, me viera como a un profesor al que le habían quitado una amante. Al hilo de lo que él me había dicho, le hablé del aburrimiento. Le pregunté si realmente creía que los hombres se aburrían y las mujeres no. «Ante todo», dijo, «antes de contestar a su pregunta, debería yo saber adónde vamos, adónde quiere llevarme, *herr* doctor.» Lo dijo como ilusionado, como si fuera un niño al que iban a sacar de paseo y estuviera fascinado ante la perspectiva. Chirriaba algo, eso sí, lo de *herr* doctor, que parecía puntuar irónicamente sus palabras. Después de estudiar varios lugares posibles, decidimos ir algo lejos, aunque al mismo tiempo lo suficientemente cerca para que pudiera él estar de retorno en Campo di Reca a la hora que yo había pactado con el doctor Bellivetti.

Tomamos un autobús en Via Enrico de Nicola, en una parada próxima a la residencia, y nos dirigimos, por una carretera secundaria, a los desperdigados pueblos que están en las laderas del Monte Vesubio. Apenas hablamos durante el trayecto y yo a veces tenía la impresión de que él desconfiaba enormemente de mí. De todos modos había que pensar que, si realmente no recordaba que nos habíamos tratado mucho en una época que tampoco es que fuera tan lejana, era muy lógico que desconfiara de aquel doctor nuevo que había aparecido a las puertas de su residencia. Al mismo tiempo, el hecho de que recelara se contradecía con su distendido y confiado saludo en la puerta de entrada. De una forma exclusivamente provisional, llegué a la conclusión de que su locura era ante todo ambigua, a veces real y otras muy fingida, lo que significaba que en realidad se acordaba a veces perfectamente de mí, algo que no tenía por qué molestarme pues, a fin de cuentas, lo que me interesaba era que me permitiera ensayar mis primeros pasos en firme como doctor Pasavento, ir descubriendo yo mismo quién era yo, es decir, quién era ese doctor en el que me había convertido.

Bajamos del autobús en uno de los pueblos de las laderas del Vesubio y decidimos ir a tomar unas cervezas a un bar de las afueras de ese pueblo, un bar que era también restaurante y donde vimos que podíamos quedarnos a comer. Era un lugar confortable, con terraza y vista al volcán. Por el frío, decidimos quedarnos en el interior del bar, pero próximos a la panorámica cristalera que colindaba con la terraza. De música ambiental sonaba en esos momentos *O sole mio*, en la versión rara y extrañamente bella de la cantante napolitana Pietra Montecorvino. ¿Podía el profesor Morante beber alcohol? Se lo pregunté y, con cierta ironía y con su demencia ambigua, contestó: «Potencia mi locura.» Le dije enseguida: «Los locos nunca dicen que están locos. ¿No lo sabía?» Sonrió. «Y usted seguramente no sabe que donde hay dos locos nunca hay más de dos locos», respondió.

Apenas había clientes en el local. Nos atendió una camarera gruesa y bajita, casi ofendida porque la habíamos molestado, ya que estaba en aquel momento comiendo. Estuvimos callados un buen rato, hasta que decidí romper el hielo, le pregunté si le gustaba contemplar el volcán. Una pregunta a todas luces absurda, porque en ningún momento había él mostrado interés por la montaña y sí en cambio por el cielo. Pero pensé que una pregunta incoherente podía producir más palabras de respuesta que una pregunta convencional. Me miró entre extrañado y divertido. Volvió a mirar hacia arriba, y luego dijo: «Soy el último escritor feliz.» Iba a preguntarle por qué decía eso cuando añadió: «Me encantan las nubes, por ejemplo. Una nube puede ser tan sociable como un buen y callado compañero.»

Entendí que me instaba a seguir callado. No era lo que más me interesaba a mí, que necesitaba que de vez en cuando él me llamara doctor Pasavento. «Y, bueno, ¿cuál es su misión, doctor?», me preguntó de repente. No tenía yo prevista esta pregunta y le respondí lo más rápido que me fue posible, en cuanto se me ocurrió algo. «Escucharle. Ante todo, escucharle, profesor Morante», le dije. Me miró muy extrañado. «¿Y por qué ha venido del extranjero para escuchar?», preguntó. Era una cuestión muy atinada y difícil de responder, difícil incluso de que me la respondiera yo mismo, pues realmente cabía preguntarse qué diablos hacía yo con un anciano loco en las laderas del Vesubio. Inventé de nuevo sobre la marcha: «Me darán trabajo en la casa si salgo intacto de la difícil misión que me han encomendado y que tiene mucho que ver con usted.» «¿Tiene que ver conmigo, *herr* doctor?», dijo. Y, como si estuviera de repente ilusionado, quiso saber en qué consistía la misión. «En saber escucharle, como ya le he dicho», contesté. «¿Pero escuchar qué?», preguntó. Tuve unos momentos de duda, y acabé respondiéndole lo primero que se me ocurrió y que, por cierto, me salió del alma: «Escuchar lo que yo consiga que usted me cuente. Por ejemplo, me gustaría que me explicara sobre qué escribe en esas cuartillas en las que se le ve trabajar en la biblioteca todos los días.» Se quedó muy pensativo. «¿Por qué le interesan mis microtextos?», dijo finalmente. No me atrevía a mirarle a los ojos. Me pareció que no tardaría en llover a cántaros, por momentos el cielo se estaba ennegreciendo con peligrosidad. «Va a llover», dije. Y él se puso a reír y dijo que ya había llovido unas horas antes y luego dijo que sentía demasiado el peso de su sombrero en la cabeza y se lo quitó, llevándolo junto a sí, a un lado de su cuerpo. «¿Los llama usted microtextos?», pregunté.

Era inevitable no recordar que Robert Walser, a partir de la década de los años veinte y hasta 1933 (año en que entró en el primero de sus dos manicomios, el de Waldau, y cesó toda actividad literaria), produjo lo que posteriormente se conoció como *microgramas*, textos escritos a lápiz en letra minúscula no sólo sobre hojas en blanco sino también sobre recibos, telegramas y otros papeles por el estilo. Durante mucho tiempo se había pensado que esos textos estaban redactados en un tipo de escritura indescifrable inventada por el propio Walser, hasta que se descubrió que se trataba simplemente de cursiva alemana corriente, escondida, eso sí, detrás de la pequeñez del trazo.

Morante, en cualquier caso, escribía sus microtextos en el manicomio mientras que Walser cesó toda actividad literaria cuando fue ingresado primero en el sanatorio de Waldau y posteriormente en el de Herisau. Sin embargo, era inevitable no reparar en la semejanza entre las palabras microtexto y micrograma, que era algo que también parecía aproximar a las figuras del profesor Morante y Walser, aunque en otros muchos aspectos eran, como pronto no tardaría en comprobar, dos personas muy opuestas.

«Bueno», comenzó diciendo, mirando por vez primera al volcán, «le agradezco su disposición a orientar el oído hacia uno de mis microtextos. Pero conviene que sepa que jamás llegará al final de lo que yo le cuente, del mismo modo que esto no es un comienzo, aunque puede que, en compensación, estemos en el comienzo de nuestra amistad.» Le dije la verdad, le dije que no sabía qué había intentado exactamente indicarme con aquello y que si podía yo anotar la frase en mi cuaderno de notas para estudiarla por la noche en mi hotel. Enarcó una ceja, se quedó pensativo. Miró el cuaderno de notas Moleskine –el segundo ya que utilizaba desde que desapareciera en Sevilla– y miró mi lápiz con el que, por cierto, cada día hacía yo una letra más pequeña.

Vio el cuaderno de escritura apretada. «¿Qué pone usted ahí tan comprimido?», me preguntó. «Nada», le dije, «me cuento a mí mismo lo que me viene ocurriendo desde hace unos días, pero también me sirve para tomar notas médicas, como es ahora el caso.» «¿Y de esas notas qué tiene usted que estudiar preferentemente esta noche en el hotel?» No sabía qué decirle, no le había dicho que tuviera que estudiar las notas. «¿Y cómo se llama el hotel?», preguntó. Le di el nombre del Troisi, e inauguré mis notas médicas. Él anotó en la servilleta el nombre del hotel y lo guardó en un bolsillo de su pantalón. Sonrió enigmáticamente. Sucedía –vino poco después a decirme– que casi en el sitio exacto en el que estábamos, en esa carretera que subía al volcán, transcurría una secuencia muy interesante de *Viaggio in Italia*, la película de su vida.

La película de su vida, lo repitió dos veces. Y también sucedía, dijo, que durante mucho tiempo él había trabajado en un microtexto sobre esa carretera o, lo que venía a ser lo mismo, en un escrito que partía del comentario de una secuencia de esa película de Rosellini, sin saber adónde exactamente iría a parar su ensayo. Lo había terminado ese ensayo y seguía sin saber adónde le habían llevado sus palabras. Le gustaban, me dijo, ese tipo de microtextos que él ponía en marcha como si se tratara de un paseo errático en el que, en cualquier momento, si le apetecía, podía irse por las ramas, pues a fin de cuentas no sabía en ningún momento, en el terreno ensayístico, adónde se dirigía, suponiendo que fuera a alguna parte. «Cosas de loco. Por esto me tienen encerrado», concluyó, mirándome irónicamente.

Le pregunté si había leído a Walser y me miró con expresión de no enterarse de nada, hasta que por fin reaccionó y dijo que ni una sola línea conocía de ese autor, pero que había oído hablar de su ridículo entusiasmo por la vida de los mayordomos. «¿Y no sabe que estuvo recluido muchos años en un sanatorio?», le pregunté. Me respondió con otra pregunta: «¿Fue mayordomo en ese manicomio?» Y luego me dijo que le preocupaban más otras cosas: «El abrumador avance de la ciencia, por ejemplo. Los agujeros negros. Los agujeros son más interesantes que los mayordomos. ¿No ha pensado alguna vez en ellos, herr doctor?» Me cogió por sorpresa, no supe qué decir. Morante bebió un trago de cerveza y, como si supiera que en aquel momento estaba yo algo desprotegido, pasó a narrarme su microtexto sobre los alrededores del Vesubio y empezó diciéndome que en los días de su segunda juventud, hacia los años setenta, todo era obligatorio y debía hacerse con un gran orden. Las cosas, por ejemplo, comenzaban todas por el principio y acababan por el final. Por eso, en esos días, habían sido una gran sorpresa para él, y no las había olvidado nunca, unas declaraciones del cineasta Godard en las que decía que le gustaba entrar en las salas de cine sin saber a qué hora había empezado la película, entrar al azar en cualquier secuencia, y marcharse antes de que la película hubiera terminado. Seguramente Godard no creía en los argumentos. Y posiblemente tenía razón. No estaba nada claro que cualquier fragmento de nuestra vida fuera precisamente una historia cerrada, con un argumento, con principio y con final.

El punto y aparte era algo intrínseco a la literatura, pero no a la novela de nuestra vida. A él le parecía que cuando escribimos, forzamos el destino hacia unos objetivos determinados. «La literatura», me dijo, «consiste en dar a la trama de la vida una lógica que no tiene. A mí me parece que la vida no tiene trama, se la ponemos nosotros, que inventamos la literatura.»

Pensé que seguramente estaba muy de acuerdo con él y con sus sensatas palabras. ¿Podía decirse de alguien que hablaba de esta forma que estaba loco? Pensé que sí, que podía decirse, del mismo modo que la locura de Alonso Quijano demostraba que los libros y la cultura tenían algún tipo de veneno mental. Pero, en cualquier caso, Morante hablaba –siempre había sido así– con más inteligencia que un profesor común. Y decía cosas con las que no podía yo estar más de acuerdo, como eso de que la vida no tenía trama y que éramos nosotros quienes se la poníamos, por ejemplo. Yo también pensaba eso. Lo sigo pensando. El viaje, por poner ahora un ejemplo casi evidente, resultó ser en la antigüedad la trama ideal, porque descubrieron que si algo tenía un comienzo y un final, ese algo era el viaje. Entonces no se sabía todavía lo que era contar una historia, pero sí perfectamente qué era un viaje. Los viajes tenían un comienzo y un final. Eso ponía un orden a las cosas si uno quería contar una historia y acotarla de forma que empezara y terminara. Por eso seguramente la *Odisea*, con su recuento de un viaje, es una de las primeras historias que se contaron. Hoy sabemos que cualquier persona que sale de viaje puede repetir la experiencia de Ulises, salvo que haya decidido no regresar nunca a casa. En el momento de salir el avión, siempre se pone en marcha una historia que tendrá un final al regresar a casa, salvo que hayamos entrado en esa *fuga sin fin* de la que hablaba Roth. Pero, ahora bien, ¿en qué momento *realmente* empezó esa historia? ¿Fue al facturar la maleta o cuando paramos un taxi para ir al aeropuerto o cuando la azafata nos sonrió al darnos los periódicos o cuando, diez años antes, comenzamos a soñar en ese viaje o bien cuando nos dormimos durante el vuelo y soñamos que no volábamos?

Lo que a Morante más le había llamado siempre la atención de *Viaggio in Italia* era que Rosellini, ya en el primer segundo de la primera secuencia de la película, creaba en los espectadores la impresión de que habían entrado en la sala con la película comenzada. «Con esa primera secuencia», me dijo, «yo creo que Rosellini era consciente de que, dado que la vida es un tejido continuo y dado que cualquier principio es arbitrario, una narración puede empezar en un momento cualquiera, por la mitad de un diálogo, por ejemplo. ¿No lo ve usted también así?»

Miré al Vesubio y pensé que, en efecto, también yo lo veía así, lo sigo viendo así. La película *Viaggio in Italia* comienza con una secuencia inicial en la que el espectador entra de golpe en medio de una discusión trivial –que se nota que debió de comenzar ya hace rato y no tuvo seguramente un arranque bien definido– de un matrimonio inglés (Ingrid Bergman y George Sanders) que viaja en coche por el sur de Italia. Y es curioso porque entramos en algo que no sabemos cómo ha empezado y que, sin embargo, entendemos inmediatamente, aunque al mismo tiempo no podemos decir que lo entendamos demasiado, ya no sólo porque no entendemos nada del mundo, sino porque, además, tenemos la impresión de habernos adentrado en una película de la que nos faltan las primeras secuencias o, si se prefiere, de habernos adentrado en un libro del que nos faltaría la primera página.

«En efecto», le dije a Morante, «estoy en todo de acuerdo con usted, y no sólo porque mi trabajo me obligue a no llevarle la contraria. Estoy de acuerdo porque también yo creo que la vida es un tejido continuo y que, por lo tanto, cualquier comienzo de una historia es arbitrario. Por ejemplo, ¿en qué momento exacto nos hemos conocido usted y yo?» Morante sonrió feliz y dijo: «Mire ese pájaro», señaló un colibrí que en la terraza bebía agua graciosamente y, levantando la cabeza, se la echaba garganta abajo, «seguramente usted y yo comenzaremos a conocernos de verdad en el momento mismo en que ese pájaro remonte el vuelo.» Parecía un sabio o un cuentista chino. Apuré la cerveza, era la segunda que tomaba y comenzaba a tener hambre. Iba a preguntarle si quería que almorzáramos allí cuando el colibrí voló y Morante, al verlo, se puso a hablarme del día en que se durmió en un avión leyendo una novela y soñó que no volaba, que era un aduanero sellando pasaportes en el centro de la tierra. Pedí la carta a la camarera y luego le dije a Morante: «Mi obligación es escuchar, pero si no estuviera obligado a hacerlo, también estaría a gusto con usted, escuchando sus reflexiones sobre el comienzo y el fin de las historias, pues la verdad es que, aparte de que se ha despertado en mí cierta vocación de filántropo, me sobra el tiempo aquí en Nápoles. Por eso escribo en ese cuaderno todo lo que me va pasando, lo escribo casi convulsivamente. Los días son muy largos y a mí me los soluciona este lápiz.» Le señalé el lápiz con el que escribo estas líneas. Me miró y sonrió, me dijo con cierta ironía que no le tocaba a él escucharme, pero que si deseaba que también «su humilde persona no médica» atendiera, lo haría. «Sepa simplemente», le dije, «que me encanta escucharle y tomar algunas notas, porque yo a usted le admiro desde hace más años de los que puede imaginar. Ahora bien, debería decirme de qué trata esencialmente su microtexto sobre esta carretera junto al Vesubio, aún no he acabado de situarme en su carretera, o en su ensayo, como prefiera.»

«Perdone, pero ¿ha dicho usted que se sentía un filántropo?», preguntó, repentinamente, con expresión contrariada. Pensé que tal vez no debería haberme calificado a mí mismo de esa forma, pues a fin de cuentas un filántropo es alguien que ama a sus semejantes y Morante daba la impresión de que no necesitaba amor, sino que le escucharan, y, además, que lo hicieran con profesionalidad. En cualquier caso, ya no podía echarme atrás. Morante miró de nuevo al volcán y me dijo: «Pues mi microtexto yo creía que lo había terminado en la residencia, pero ahora veo que se sigue escribiendo aquí en este restaurante, a medida que usted y yo hablamos. Mi microtexto trata, querido filántropo, de cómo en realidad usted y yo nos hemos conocido, hace tan sólo un instante, este mediodía en las laderas del Vesubio, cuando voló el pájaro en esa terraza. Y trata también de cómo somos los únicos habitantes de este momento, que nadie sabrá decir nunca cuándo ha comenzado.» Asentí con la cabeza, como si le hubiera entendido perfectamente, y tomé las convenientes notas para recordar la frase. «En realidad», añadió, «mi microtexto es una reflexión sobre la ausencia, la desaparición de una certeza que hasta hace pocos años era entre nosotros inconmovible, la certeza de que todo tuvo que empezar en algún momento.»

También anoté esto y llamé a la camarera para encargar ya la comida. Morante volvió a ponerse el sombrero. «Es verdad que va a llover, vuelve la lluvia de primera hora de esta mañana», dijo. Y volvió a quitarse el sombrero. «¡Pero aquí estamos bien cubiertos, *herr* doctor!», dijo algo exaltado sonriendo como un niño. Parecía, en efecto, tal como me había dicho, un escritor feliz. ¿Había yo visto otro escritor feliz alguna vez? Pensé de nuevo en todos esos escritores que en vida, tras haber publicado algún libro, se escondieron para siempre de las miradas del mundo. Me habían dado siempre una gran envidia y siempre me habían parecido felices. Y a ellos, con mi escritura privada de doctor en psiquiatría temporalmente retirado, esperaba pronto poder parecerme. De hecho, cabía la posibilidad de pensar que había pasado ya a ser totalmente un escritor secreto.

Almorzamos el profesor Morante y yo casi todo el rato en silencio. Prácticamente sólo abrí la boca para decirle que me gustaría que volviéramos a vernos dos días después, el día de Navidad, podíamos dar un paseo en un escenario distinto, tal vez más cerca de la residencia. «Podríamos seguir hablando de ese misterioso lugar donde comienzan las historias», le dije. «¡Un paseo el día de Navidad!», me contestó con un extraño brillo en la mirada. «Sí, ¿por qué no?», le dije, sólo relativamente satisfecho de que a él le complaciera la idea. «¡Qué gran propuesta! Yo no tengo a nadie nunca, y menos ese día. ¿Tampoco tiene usted a nadie en Navidad? Si viene a buscarme, daremos un paseo distinto al de hoy, sí. Además, le propondré un tema diferente, otro microtexto, lo escribiré especialmente para usted, ¿qué le parece, *herr* doctor?» Me quedé callado, sin saber qué decirle. «Lo escribiré en Nochebuena y no hablaré sobre la Nochebuena», dijo sonriendo satisfecho de sí mismo, como si creyera que había dicho una frase ingeniosa.

Tenía yo la impresión de que, por lo que fuera, había en el profesor Morante una parte que me atraía y otra, en cambio, que me repelía. Atracción y repulsión parecían corresponderse con sus momentos de sensatez o de locura. Sensato lo estuvo cuando, terminado el segundo plato, me dijo: «Me gusta su serenidad. Me recuerda aquello que decía Petronio de que un médico no es más que un consuelo para el espíritu.» Le di las gracias. «De todos modos», dijo, «no le veo interesado por los avances de la ciencia.» Callé, no sabía por dónde iba él y, además, no sabía si en el fondo se reía de mí. Él también se quedó callado. Se produjo un largo silencio, hasta que dijo: «¿Sabe usted que tal vez no deberíamos preocuparnos tanto por nosotros mismos, por nuestro yo, pues dicen que la conciencia es simplemente una neuroquímica que muy pronto conoceremos? ¿Sabía eso, mi querido Petronio?»

Me quedé unos segundos bastante desarbolado. No había ido hasta allí para oír que me llamaba Petronio sino para consolidarme como doctor Pasavento. Por otra parte, andando como andaba yo algo obsesionado con la historia de la subjetividad en el mundo occidental y obsesionado también por consolidar mi personalidad de doctor, la sola posibilidad de que fuera cierto lo que Morante me decía –que un día no muy lejano pudiera ver mi nuevo *yo* convertido en un simple escombro neuroquímico–, no podía resultarme más frustrante. Sentí que protestar era mi obligación y le dije a Morante que recordara que para contestar a la pregunta *qué soy yo*, Montaigne había emprendido el estudio o, más exactamente, el ensayo de su individualidad, intentando, al mismo tiempo, encontrar una regla de vida, una ética; en una palabra, lo que el propio Montaigne llamaba *mi ciencia*. Ésa, le dije a Morante, era la ciencia que seguía interesándome, y no aquella de la que me hablaba y que lo convertía todo en un lamentable potaje neuroquímico.

«¿Y qué se hizo de Montaigne, aprobó finalmente el curso?», me preguntó haciéndose de repente el loco y como quien pregunta por un compañero común de colegio. No era fácil contestarle. Callé. Dijo entonces algo a lo que no le encontré un claro sentido, dijo: «El mismo día pasa.» Le pregunté qué significaba lo que había dicho. «Me gustaría», me respondió, «poder facilitar la comprensión de mi frase, pero, honestamente, no puedo hacerlo.» Callé de nuevo. ¿Qué decir o hacer ante algo así? Estuvimos en silencio otro buen rato. Sentía que no me serviría de nada preguntarle si fingía, si se hacía el loco. De nada me serviría. Y yo, por cierta higiene mental, comenzaba ya a necesitar saber si él creía estar ante un doctor en psiquiatría o ante Andrés Pasavento.

A la hora de los postres, nos partimos un exquisito tiramisú napolitano, que tuvo la virtud de ayudarme a recuperar la sintonía con mi acompañante, e incluso de ponerme a la altura de su felicidad y buen humor. Claro está que para eso tuve que olvidarme de si me veía como Andrés o como doctor en psiquiatría. Reímos al unísono, fue un momento con duende. No duró mucho, de todos modos, ese momento perfecto. Y es que de pronto cruzó por mi mente una idea fría. Se lo dije literalmente así a Morante: «En estos precisos instantes se está paseando por mi cerebro una idea fría.» Lo dije de una forma que el trastornado mental parecía yo y no él.

La idea fría no era nueva, estaba relacionada con mis ansias de desaparecer. Se lo dije. Supongo que le hice esa confesión con la idea de ver si por fin podía averiguar si existía una callada complicidad entre los dos, es decir, averiguar si me había reconocido, pero prefería no decírmelo. Me confesé ante él y le hablé, largo y tendido, de mi obsesión por el tema de la Desaparición en general. Me escuchó con interés, pero, cuando terminé de hablar, no comentó nada. Tal vez un aspecto notable de su personalidad de ambiguo demente era su facilidad para hacer como que escuchaba y en realidad ausentarse. Me dije: ¡Dios mío, él sí que sabe desaparecer! Y luego pensé en algo que había dicho Walter Benjamin acerca de Robert Walser: «Podría decirse que al escribir se ausenta.»

Cayeron las primeras gotas de lluvia y, antes de que se pusiera a diluviar, salimos del local y fuimos al pueblo, y luego a la parada de autobús, e iniciamos el regreso. Lento regreso. Le pregunté si de verdad no había casi oído hablar de Walser. «¿Otra vez quiere hablar del mayordomo?, ¿qué le interesa de él?», dijo. «Muchas cosas», le contesté. «¿Cuáles?» Un largo silencio. «Pues por ejemplo», dije, «le fascinó una actriz que, en una representación de *María Stuart* de Schiller, interpretaba pésimamente su papel, con muchas carencias. Eso le encantó. Él opinaba que carecer de algo también tiene fragancia y energía.»

Morante volvió a quedarse ausente. Al poco rato, probé a ver si esta vez me escuchaba. «En una de sus novelas, en *Jakob von Gunten*», le dije, «explicaba que la casa señorial de su familia carecía de jardín, y que, sin embargo, eso no era ni mucho menos horrible, pues todo lo que se veía más allá de la casa era un jardín bellísimo, impecable y dulce. Las carencias sólo tenían encanto para él, ya ve.» De nuevo ninguna reacción de Morante. «¿No le ha interesado lo que le he dicho o simplemente se ha ausentado?», me arriesgué a decirle. «De lo que me ha contado, sólo recuerdo la palabra teatro», me respondió en un tono que me pareció deliberadamente autista.

No tardé en cambiar de conversación, pues comprendí que era lo mejor, andaba en un callejón sin salida y Morante daba la impresión de ausentarse cuando le convenía. De modo que cambié de tema. Y al poco rato ya estábamos enfrascados en una charla sobre el San Carlo, el gran teatro de Nápoles, donde en dos sesiones únicas iba a representarse la ópera *Fausto* de Charles Gounod. Hablamos sobre todo de cómo en la ciudad se alternaban maravillosamente la pasión y la razón. Y me pareció que, al hablar de Nápoles, estábamos en el fondo hablando también del propio Morante, que parecía todo un especialista en saber alternar cierta cordura con una vertiente demente, fingida o real.

Cuando llegamos a las escaleras de la entrada de la residencia, sonaban las campanas de una iglesia vecina, que imaginé vacía. «Voy a revelarle algo», me dijo de repente cuando dejaron de tañer las campanas y el ruido monótono de la lluvia volvió a asentarse entre nosotros, «hace unos meses vino aquí un hombre como usted, de ojos verdes y pelo tan negro como el suyo. Dijo ser doctor y dio un nombre que no recuerdo, pero que nunca pensé que fuera su verdadero nombre. Me recomendó que no hiciera caso de los avances de la ciencia y que pensara de nuevo en la existencia de la conciencia, me dijo eso y también que, al fin y al cabo, todo se resume en tratar de entender la propia vida, el camino sinuoso que ha tenido la vida de uno, atender a la pregunta de

111

cómo se pudo llegar a esta situación, tratar de explicarte por qué siempre estamos en medio de una carretera y en la mitad de un diálogo, tratar de explicarte por qué te tocó vivir la vida que has vivido y por qué ahora la vives en una residencia, con tu angustia de hombre perdido en el tiempo, pero siempre atado a tu propio nombre, despidiéndote hoy de un amigo nuevo, bajo la lluvia.»

4

Esta mañana, he hundido la mirada en los jardines de Matignon, los idílicos jardines del primer ministro de Francia, que es la vista que puedo contemplar desde este cuarto de hotel de la rue Vaneau de París, y he sentido la tan traída y llevada atracción del abismo y poco después un vértigo fuerte que ha hecho que diera un paso atrás y me sentara en la cama. El silencio de la mañana era aterrador, parecía uno de esos momentos de extraña quietud que se dan antes de una gran explosión. He logrado destruir mi vértigo cuando me he acordado de que en el maletín rojo debería haber incluido un ejemplar de una novela que olvidé llevarme de mi casa de Barcelona y que para mí siempre fue un fetiche, un libro que está relacionado con el mundo de Walser. Acordarme de esto me ha calmado. He decidido entonces que iría a la librería La Hune, en el boulevard Saint-Germain, y miraría si tenían algún ejemplar de *Los hermosos años del castigo*, de Fleur Jaeggy.

Después de todo, me tenía bien merecido un paseo por París tras haber escrito ayer sobre mi primer paseo con Morante en Nápoles. Antes de salir del cuarto, me he quedado pensando en lo perfectas que suenan en italiano (desde hace años, me las sé de memoria) las primeras frases de *El paseo*, de Walser, y las he recitado en voz alta. Después de todo, estaban relacionadas con lo que me disponía a hacer: «Un mattino, presso dal desiderio di fare una passeggiata, mi misi il cappello in testa, lasciai il mio scrittoio o stanza degli spiriti, e discesi in fretta le scale, diretto in strada.» *Diretto in strada.* Es lo que he hecho. He abandonado el cuarto de los escritos o de los espíritus y en unos segundos, bajando por las angostas escaleras, me he plantado ante el pequeño mostrador de la recepción del Suède. Muy cerca de ahí, sentado en uno de los sillones que hay junto a la puerta de entrada, leyendo tranquilamente *Le Figaro* (que es el periódico que ofrecen en el hotel), estaba Antonio Lobo Antunes. No puede decirse que me haya sorprendido demasiado encontrármelo. Ha levantado la vista del periódico y me ha mirado y, tal como suponía (y deseaba), ha dado signos evidentes de no conocerme a mí de nada. Me he sentado en un sofá cercano, como si esperara que vinieran a buscarme. He jugado con fuego, porque en cualquier momento podía aparecer alguien de Christian Bourgois-éditeur. Pero en realidad el riesgo de ser descubierto no dejaba de excitarme. Por otra parte, al igual que en aquel cuento de Poe de la carta robada, me ha parecido que estaba yo tan a la vista que costaría que se me viera. Desde el sofá cercano, me he dedicado a evocar el manicomio de Lisboa en el que escribe sus novelas Lobo Antunes. Las escribe todos los días en el hospital Miguel Bombarda de Lisboa, un conjunto arquitectónico del siglo XVIII que en sus pabellones alberga enfermos psiquiátricos con distintas características mentales. Durante años, Lobo Antunes trabajó como médico en ese hospital, y aunque hace años que dejó de pasar consulta sigue conservando allí su despacho y es en él donde escribe todas las mañanas cuando está en Lisboa.

He pensado en ciertos parecidos entre Lobo Antunes y el doctor Pasavento que en Nápoles visitaba la residencia de Campo di Reca donde estaba Morante, es decir, he pensado en ese punto en común (de orden médico) que hay entre Lobo Antunes y yo. Me he quedado simulando que miraba hacia la calle, pero en realidad jugando a pensar que estaba controlando, en la medida de lo posible, los movimientos de Lobo Antunes, como si él fuera un paciente mío internado en el psiquiátrico de Lisboa, pero en libertad provisional aquí en París. Y me he puesto a evocar ese hospital Miguel Bombarda en el que nunca he estado, pero sobre el que he leído muchas cosas. Me he quedado recordando –como si hubiera estado de visita allí algún día– a todos esos enfermos que, como si desearan escaparse y salir a la calle, se agolpan, según me han contado, a la entrada del edificio principal, aunque también hay muchos deambulando por los jardines. Y he pensado en ese manicomio en el que escribe todas las mañanas Lobo Antunes y en el que muchos de los enfermos allí recluidos están inscritos con nombres y direcciones falsos, porque es la forma que tienen las familias de deshacerse de ellos y así no tener que volver nunca más a visitarles. Y, sentado ahí en el salón de entrada del Suède, a pesar de la crueldad de esos parientes, me ha entrado de pronto una profunda envidia de todos esos locos de Lisboa que, a diferencia de mí, al menos tienen familiares en el mundo, aunque éstos se hayan desentendido de ellos.

Manteniendo en suspenso mi idea de salir a la calle, he ido al cuarto de las conexiones con Internet y he entrado en mi correo electrónico y he comprobado que sigo sin ser buscado. A lo sumo, algunos mensajes más con respecto a ayer, pero en cualquier caso no he encontrado a nadie planteándose la posibilidad de que haya desaparecido. Nadie me busca, ésa es la realidad. A cada hora que pasa, más dolido me siento. No me esperaba algo así. Creía que, al menos a la larga, mi desaparición se notaría. Ya han pasado casi dos semanas y, aunque algunos puedan creer que sigo de vacaciones de Navidad, algún destello de preocupación por parte de alguien podría haberse producido. Pero la verdad es que nadie se muestra inquieto por saber dónde ando, nadie salvo una admiradora mexicana, que dice que me está buscando y se pregunta dónde estoy:

«Profesor Pasavento: Mi nombre es Violeta Toledo y soy de México D.F. En este momento me encuentro en Madrid tratando de localizarlo, pues traigo conmigo un ejemplar de su último libro y quisiera su autógrafo. Le suplico me ayude, pues he recurrido a mi embajada y a otras instituciones aquí en España y, bueno, por fin encontré su e-mail. Le pido que me dé una cita en Barcelona o en Madrid, donde usted viva o se encuentre ahora, para tener el honor de que firme el ejemplar. Créame que para mí llegar a mi país sin su autógrafo me provocaría grandes estragos.»

Me he quedado perplejo. Incluso el hecho de que me llamara *profesor* me ha dejado desconcertado, y diría que hasta *estragado*. Estaba claro que ya no podía quejarme de que no me buscara nadie. Me he sentido muy desgraciado. Para colmo, he entrado en las webs de los periódicos españoles, y allí, tras un largo rato de consultas, he podido comprobar que nadie, absolutamente nadie, da la noticia de que he desaparecido y, por no dar, no dan la menor noticia sobre mí. Esto, que debería haberme encantado (en el fondo, un paso más para desaparecer), me ha dejado en realidad preocupado. He sentido cierto pánico a no ser citado ya nunca más por nadie (ni por mis novelas ni por haberme esfumado) y a convertirme de esta forma en un escritor *maldito* (hoy en día, a diferencia de antes que estaban desesperados y bebían absenta, los escritores malditos son simplemente aquellos a los que ya no cita nunca nadie), pero pronto he visto que era muy chocante que un doctor y escritor oculto como yo tuviera temores de ese estilo. Es más, me he dicho, ya va siendo hora de que me aleje aún más del escritor conocido que fui y me invente una infancia para mí, no puedo andar por el mundo con mi infancia de siempre, el doctor Pasavento tiene que tener una infancia distinta.

Eso me he dicho en la sala de Internet del Hotel de Suède, y también que si bien la juventud ya la tenía inventada y no en vano en nuestro segundo paseo por Nápoles se la había contado al profesor Morante (una dura pero alegre juventud en el Bronx), los recuerdos de infancia y adolescencia aún no se los había robado a nadie ni me había dedicado a fantasearlos, y ya comenzaba a ser hora de que lo hiciera. Necesitaba una infancia y adolescencia para así completar mi nueva biografía. Me he dicho esto, y luego he vuelto al salón de la entrada. Había una turista norteamericana con un gran mapa de París, armando un gran revuelo en la conserjería. Pedía, con notable exasperación, que le volvieran a contar cómo podía ir andando hasta la Tour Eiffel. Lobo Antunes ya no estaba. Al comprobar esto, he enarcado una ceja, riéndome de mí mismo. Y es que los desaparecidos como yo disponen de tantas horas libres que hasta les queda tiempo para reírse de ellos mismos. Es tan pavorosamente trágico que yo no tenga a nadie en este mundo que hasta le entran a uno ganas de reír y así al menos sentirse acompañado por la risa propia. Está el consuelo, eso sí, de saber que en realidad la soledad es la manera más pura de comunicarse, pero no me parece un consuelo perfecto.

¿También Lobo Antunes está solo en el mundo? Eso me he preguntado poco después de ver que había desaparecido. Son ganas de hacerse preguntas idiotas, he pensado luego. Si Lobo estaba solo, no era de mi incumbencia y, además, no podía llegar a saberlo, pero lo que estaba claro es que ya no estaba allí. He caído entonces en la cuenta de que, precisamente porque no estaba allí, podía ser que estuviera fuera en la calle con alguien de la editorial de Christian Bourgois, lo cual no dejaba de encerrar para mí el peligro de ser descubierto y que la noticia se expandiera fácilmente a Barcelona.

«*Bonjour, monsieur* Pasavento», me ha dicho el conserje cuando he pasado por delante del pequeño mostrador. Y me ha parecido que mi apellido había retumbado por todo el hotel. Me he tapado la cara con la bufanda y me he puesto las gafas negras y he salido a la rue Vaneau. Enseguida he visto que no había nadie en la calle, salvo la policía que vigila, noche y día, la residencia de Matignon. Seguía la rue Vaneau bajo los efectos de esa tensión invisible que creí descubrir en una anterior estancia en este rincón de París, es decir, que seguía allí todo ese infernal y sordo horror de mundos a punto de estallar.

En esa calle, tensas energías parecen salir, día y noche, desde la embajada siria en dirección a Matignon, y a la inversa. Ya hoy mismo, una hora antes de que me alcanzara el vértigo, he creído tener visiones extrañas que he acabado relacionando más con mi mente que con la realidad, pero el hecho es que todavía ahora me es imposible prescindir de lo que me ha parecido ver o, mejor dicho, intuir, y que sigo intuyendo ahora (ya se sabe que una fuerte imaginación genera acontecimientos), y que se resume diciendo que mientras la embajada siria y Matignon emiten una especie de constantes ondas eléctricas invisibles que dan a ambos edificios una notable vivacidad, el inmueble donde vivió Marx, por el contrario, parece completamente muerto o dormido.

Cerca ya del boulevard Saint-Germain, al ir a cruzar en rojo un paso de peatones, un coche, que aún estaba muy lejos, ha comenzado a frenar, como si temiera que yo fuera a caer inmediatamente bajo sus ruedas. He quedado casi conmovido, porque me ha parecido que ese conductor, aunque sólo fuera porque atropellar a alguien siempre crea problemas, era en cualquier caso la primera persona que después de mucho tiempo tenía el detalle de fijarse en mí y, por tanto, dar fe de algo que casi empezaba a dudar, dar fe de mi existencia. Y es que ya decía Beckett que *ser* no es otra cosa que ser percibido.

Luego, en el siguiente semáforo, se me ha ocurrido pensar que tal vez si en lugar de ser hijo único hubiera tenido once hermanas (once, por cierto, como los días que he pasado en Nápoles), alguna de ellas me habría querido, y otro gallo cantaría. Una sola hermana entre las once habría sido suficiente para no estar solo en el mundo. Una hermana con un cutis de rosa y nieve, siempre despeinada, alegre, de ojos ingenuos... Grandes bocinazos. Ha estado a punto de atropellarme un elegante Ford negro. Me he preguntado si imaginar a una hermana podía llegar a ser tan peligroso. ¿No sería aquel automóvil el *coche fúnebre que erraba por París*, según el título de una novela que yo había imaginado? He pensado que era mejor tomárselo todo con humor. Y he recordado, aún con mejor humor, que uno de los primeros anuncios publicitarios de la casa Ford, uno de principios del siglo XX, decía: «Usted puede escoger el color que quiera, siempre que sea el negro.» He pensado en Nora, mi hija. La droga destruyó la posibilidad de que tuviera yo a alguien en este mundo. Y he terminado andando con un paso más firme del que llevaba, aunque en el fondo era un paso temeroso.

En la puerta de la librería La Hune, en el boulevard Saint-Germain, frente al quiosco de revistas y sentado en el suelo como es su costumbre desde hace años, he visto a ese educado y culto *clochard*, que yo sé que es amigo de mi antiguo amigo Angelo Scorcelletti. Es un hombre muy refinado, no sólo por su exquisito comportamiento (da los buenos días muy educadamente a los transeúntes que se detienen frente al quiosco o entran en la librería), sino porque se dedica a leer a los clásicos, sentado ahí sobre los cartones que ha dispuesto en el suelo y desde donde contempla, de vez en cuando, el mundo. En ocasiones, se pone de repente de pie –lo he visto más de una vez así– y fuma, con gran ostentación y notable satisfacción, grandes y costosos puros habanos y desconcierta a los paseantes.

Un día, hasta le oí citar a un clásico. Iba yo a entrar en La Hune cuando, como si él supiera que yo soy español, me dijo: «Verme morir entre memorias tristes.» Una cita de Garcilaso. Me quedó grabado aquel momento. Siempre me pareció una suerte –para poder saber más cosas de él– que este hombre fuera amigo del escritor italiano Angelo Scorcelletti. Un día del año pasado, comprando periódicos en el quiosco, me encontré con Scorcelletti y decidí dar el paso que llevaba meses meditando, le pedí que me dijera de qué solía hablar con aquel amigo suyo *clochard*. Recuerdo que se lo pedí caminando sobre la nieve, porque ese día nevaba en París. Y la historia que Scorcelletti me contó sucedía en un atardecer en el que nevaba también en París y él estaba solo en esa ciudad y, sintiéndose angustiado en su apartamento de la rue de l'Université, decidió salir a dar una vuelta y no encontró a nadie, hasta que por fin tropezó con su amigo el *clochard*, al que le comunicó su desasosiego de aquel día de invierno. El hombre, por toda respuesta, le invitó a sentarse a su lado y ver el mundo desde su modesta posición a ras de suelo. Y el escritor no dudó en aceptar la invitación. Estuvieron los dos largo rato en silencio, allí en la entrada de la librería, contemplando desde abajo el paso apresurado o errante, pero siempre indiferente, de los transeúntes invernales, hasta que el *clochard* rompió el silencio para decirle: «¿Lo ves, amigo? Pasan los hombres y no son felices.»

Así que él se consideraba feliz. Cuando pienso en esa historia que me contó Scorcelletti me digo siempre que ese *clochard* tiene algo de aquellas ballenas felices que describen a los hombres en un relato de *Dama de Porto Pim,* el libro de Tabucchi sobre las Azores. Las ballenas, en ese breve relato, dicen, con trágica ternura, que los hombres que se les acercan «enseguida se cansan y, cuando cae la noche, se duermen o contemplan la luna. Se alejan deslizándose en silencio y es evidente que están tristes».

El caso es que he visto esta mañana al *clochard* y, cuando

estaba ya a cuatro pasos de él, me he preguntado si no andaría por ahí Scorcelletti y también me he preguntado qué haría si me lo encontrara. ¿Trataría de que no me viera y me pondría directamente la bufanda sobre las gafas? ¿O me presentaría ante él como un admirador suyo, como el doctor Pasavento, y le pediría un autógrafo con el mismo entusiasmo con que me lo pedía por correo electrónico la estragada Violeta Toledo estragándome a mí? He seguido avanzando, he dado cuatro pasos y, al cruzar el umbral de la librería, el *clochard* me ha dado, con voz cálida y susurrante, los buenos días y no me he atrevido a devolvérselos. Antes de encontrar el libro de Jaeggy, me he dado casi de bruces con una novedad literaria, una novela cuyo título, *El atentado de la rue Vaneau*, me ha sorprendido. He visto que Marc Pierret era su autor. La he ojeado un buen rato y me ha parecido que hablaba de un salvaje atentado que habría tenido lugar cerca de la casa de André Gide, en la rue Vaneau. Todo pura ficción, lo que me ha representado cierto alivio. Un escritor llamado Louvetard, justo antes de morir, lee en la pantalla del ordenador un sorprendente silogismo asesino. Si he entendido bien, ese silogismo dice: «Todos los escritores son mortales. Para algunos de ellos, borrarse sigue siendo la mejor corrección. Allah Akbabar.» He cerrado el libro, no he querido leer más. Puede que haya entendido mal. En cualquier caso, he creído ver que se juntan en el libro una fetua, un escritor, la muerte y la rue Vaneau. Demasiadas coincidencias con mi vida. O tal vez no.

He cerrado esa inesperada novedad literaria y he preguntado si tenían *Les années bienheureuses du châtiment* (Los hermosos años del castigo) y me lo han encontrado pronto. Antes de comprarlo, he leído allí mismo, con felicidad, esa primera página tan walseriana del libro de Fleur Jaeggy: «A los catorce años yo era alumna de un internado de Appenzell. Lugares por los que Robert Walser había dado muchos paseos cuando estaba en el manicomio, en Herisau, no lejos de nuestro instituto. Murió en la nieve. Hay fotografías que muestran sus huellas y la posición del cuerpo en la nieve. Nosotras no conocíamos al escritor. Ni siquiera nuestra profesora de literatura lo conocía. A veces pienso que es hermoso morir así, después de un paseo, dejarse caer en un sepulcro natural, en la nieve de Appenzell, después de casi treinta años de manicomio en Herisau. Es una verdadera lástima que no hubiésemos conocido la existencia de Walser, habríamos recogido una flor para él. También Kant, antes de morir, se conmovió cuando una desconocida le ofreció una rosa. En Appenzell no se puede dejar de pasear.»

Aunque no debería haberlo hecho porque deseo acabar con todo mi pasado (o al menos dejar que se infiltren en mí una segunda infancia, adolescencia y juventud), he pensado en mi colegio, el Liceo Italiano de Barcelona, y después, por una perversa asociación de ideas, en los manicomios de todo el mundo, sobre todo en el de Herisau. He pensado un buen rato, allí mismo en la librería, en temas como la soledad y la locura, temas que Walser y Jaeggy comparten a menudo, aunque sus estilos son muy diferentes, atravesados ambos, eso sí, por un parecido exquisito sentimiento de malestar. He pensado en esto y luego he comprado el libro y he salido al boulevard Saint-Germain y, mientras iniciaba ya el camino de regreso al hotel, he vuelto a pensar en lo mucho que me gustaría pasear algún día por la región de Appenzell, ir a Herisau y ver el manicomio donde Walser, que estuvo allí veintitrés años encerrado, encontró su sepulcro natural en aquella Navidad de 1956.

5

Pensar en aquel 25 de diciembre en el que murió Walser me ha llevado al día de Navidad de la semana pasada, cuando fui al mediodía a buscar a Morante a la residencia de

Campo di Reca en Torre del Greco. Aguanieve en Nápoles, y yo andando bien tapado, con bufanda y cuello alto. Por la tarde de ese día, después del almuerzo en el Café Gambrinus, andando entre la multitud, caminando junto al profesor Morante por las electrizantes calles de Nápoles, recordé que a Robert Walser le bastaba caminar entre el gentío para ser feliz, caminar le parecía tremendamente placentero.

Pensando en ese napolitano día de Navidad de la semana pasada, he ido caminando hacia el Hotel de Suède y hasta he acelerado algo el paso, como si tuviera ya ganas de ponerme a contar la historia de mi segundo paseo con el profesor Morante, ese paseo en el que me inventé mi juventud en el Bronx. Seguramente, en cuanto llegara a mi cuarto, me pondría a relatarlo. ¿O tal vez preferiría releer el libro de Jaeggy? Me he dado cuenta de que caminaba con demasiada ansiedad y he rebajado la velocidad de mis pasos por el boulevard Saint-Germain y me he puesto a pensar en todas esas frases de Walser que, como las de Jaeggy, siempre me parecieron deslizamientos hacia un gélido silencio. Y me ha venido a la memoria el único recuerdo que merece ser rescatado y conservado de mi pasado real. He recordado cómo en Barcelona, en el Liceo Italiano, tomé un día en secreto la decisión de no prepararme para entrar en el mundo, sino para salir de él sin ser notado. Tuvo mérito esto en una escuela como aquélla, en la que, a diferencia del Instituto Benjamenta de *Jakob von Gunten*, educaban exclusivamente para tener éxito en la vida. Me ha venido a la memoria ese recuerdo y también he recordado cómo yo me decía que, con un poco de suerte, con la obediencia y paciencia que ellos inculcaban, conseguiría tener ese éxito, pero no el que ellos recomendaban, sino un éxito interior.

Ya en esos días del colegio, era yo consciente de que en las aulas nos dedicábamos al simulacro de estudiar cuando en realidad todos, sin excepción, sabíamos que no había nada que aprender. Me gustaba mi escuela porque tenía la impresión de que involuntariamente, con aquellos profesores tan primitivos y necios, en lugar de *formar la personalidad* (tal como se dice en la jerga pedagógica), la deshacían, la disociaban. Ya me iba bien que fuera así. Sólo me encontraba a gusto *en las regiones inferiores*, tal como años después descubrí que también le sucedía a Robert Walser. Fijaba mi mirada solamente en los acontecimientos más minúsculos, en todo lo que me parecía provisional, transitorio. No me interesaban las grandes palabras, y si alguna vez había participado en los concursos de redacción del maldito Liceo Italiano y había escrito textos que por su título *(Elogio de la patria,* por ejemplo) parecían presagiar frases grandilocuentes, la verdad es que en todos esos textos se notaba enseguida que yo tenía una tendencia irrefrenable a moverme en las *regiones inferiores,* pues tras el arranque majestuoso, que se componía de frases con trascendentales reflexiones sobre el mundo, me desviaba muy pronto hacia las cosas minúsculas, a las que llegaba por una elemental asociación de ideas que me llevaba a territorios nada grandiosos y en cambio muy placenteramente ínfimos y que terminaban derivando hacia un arbitrario punto final de frases que para nada recordaban el solemne y arrogante comienzo.

Durante años fui fiel a las *regiones inferiores* y me moví con calculada perfección hacia el país de los Ceros a la Izquierda. Fui pues, durante mucho tiempo, aun antes de saber que lo era, fiel a mi futuro héroe moral, Robert Walser, que había escrito: «Si alguna vez una mano, una oportunidad, una ola, me levantase, y me llevase hacia lo alto, allí donde impera el poder y el prestigio, haría pedazos a las circunstancias que me hubieran llevado hasta allí y me arrojaría yo mismo hacia abajo, hacia las ínfimas e insignificantes tinieblas. Sólo en las regiones inferiores consigo respirar.»

Fui fiel a Walser antes incluso de saber que él existía. Y sólo cuando estalló (tan tardíamente, por cierto) mi vocación de escritor público y se editó mi primer libro y éste fue pasablemente bien acogido por los lectores, noté que había traicionado los principios morales que en secreto había yo fundado en el Liceo Italiano del Pasaje Méndez Vigo de Barcelona. Un sentimiento de repugnancia por haber abandonado esos principios y una obsesión constante por regresar a las regiones inferiores me fueron persiguiendo desde entonces, hasta que en Sevilla, en la estación de Santa Justa, di el primer paso para volver a ser el que había sido, para volver a ser aquel que no se preparaba para entrar en el mundo, sino para salir de él sin ser notado. Di allí en Sevilla el primer movimiento para volver a ser aquel que se apasionaba con la idea de hacerse cada día más pequeño para poder llegar a ser un perfecto cero a la izquierda, camino de desaparecer algún día.

Después de todo, si hoy poseo alguna certeza, ésta es la de que hay una gran injusticia en el trabajo artístico. Se escribe con la angustia de verse deshonrado por una obra fallida. El fracaso de una obra supone una gran vergüenza personal, porque uno no ha podido demostrar ni su inteligencia ni su talento. Encima queda uno como un vulgar ambicioso, un trepador de medio pelo. La angustia domina pues la realización de la obra artística, pero lo peor no es eso, lo peor llega cuando no llega el fracaso sino que la obra resulta más o menos lograda y consigue aplausos y, sin embargo, no se obtiene de todo eso ni siquiera una íntima satisfacción. Y es que en realidad no hay nada ahí en el reconocimiento, nada. Una obra lograda vive su propia vida, existe en alguna parte, al margen, y poco puede hacer ya por la vida de su autor. Y encima, para colmo, al autor lo agobian de pronto con superficiales felicitaciones, aplausos de un honor dudoso, grandes manotazos en la espalda, petición de ridículos autógrafos, cartas tétricas de amor, invitaciones a anudarse una soga al cuello en cualquier premio nacional.

Teniendo en cuenta todo esto, no habrá de parecer extraño si digo que hoy, caminando de regreso al Hotel de Suède, andando por el boulevard Saint-Germain, he intentado convencerme a mí mismo de que era una gran suerte ser consciente de que, a fin de cuentas, el doctor Pasavento no había publicado nunca nada y por lo tanto no tenía detrás el peso de una obra, no tenía nada de lo que arrepentirse, podía vivir a fondo su bella infelicidad, su llamémosla «ética del hielo y la desesperación». Feliz de no tener obra, he ido andando inesperadamente radiante hacia el hotel, pensando en una enigmática frase de Walser («Dios está con los que no piensan») y pensando que esa frase, en el caso de que uno la pensara, tal vez venía a decir que sólo en el Dios personal y doméstico de cada uno de nosotros puede surgir la libertad reflexiva. De todos modos, me he dicho con un punto de ironía, ¿de qué me sirve la libertad reflexiva si sólo advierten mi existencia los conductores de coches que temen los problemas que pueda causarles atropellarme?

Ya en mi habitación, he decidido que me pondría a escribir sobre mi segundo encuentro con Morante en Nápoles, nuestro encuentro el día de Navidad. En esta ocasión, tenía que comenzar por el principio, comenzar con esa frase que, nada más verme, me soltó a bocajarro el profesor:

−¿Hasta cuándo duró su juventud, doctor Pasavento?

6

Me disponía ya a abordar la narración de mi segundo paseo con Morante cuando me he quedado pensando en otro tipo de paseo. De repente se ha cruzado en mi camino la memoria del Paseo de San Juan de mi infancia. ¿De mi infancia? Me he encontrado de pronto inventando una niñez diferente de la que tuve, que transcurrió en otro paseo de la ciudad de Barcelona, no en el de San Juan precisamente. Me ha encantado comprobar que por fin estaba construyéndole una infancia al doctor Pasavento, y me he dicho que quizás ese doctor en lo único que podía coincidir con el escritor que fui (que soy, pero ahora sólo de forma privada) era en el hecho de haber sido de niños, tanto el uno como el otro, vecinos en Port de la Selva de la familia del futuro poeta Angelo Scorcelletti. Tanto uno como el otro, a lo largo de un breve verano de la infancia, habíamos jugado con el niño Scorcelletti, aunque me apresuro ahora mismo a añadir aquí que se trata de un recuerdo completamente inventado. En realidad, eso explica mejor que puedan compartir un mismo recuerdo dos personas con pasados tan distintos.

Tan distintos o, como mínimo, no demasiado parecidos. El futuro doctor, por ejemplo, estudió en el colegio de los Hermanos Maristas del Paseo de San Juan de Barcelona, no en el Liceo Italiano del Pasaje de Méndez Vigo. Mi familia me habría llevado a ese colegio religioso porque caía cerca del entresuelo de la calle Rosellón, junto al Paseo de San Juan, donde vivíamos. Ese paseo había sido para mí lo que Via Babuino había representado para Morante, es decir, el centro del universo. Tenía gracia pensar que, en la vida real, quien había situado el centro del mundo en ese paseo de San Juan era quien realmente había vivido allí, mi primo hermano Arturo, que había estudiado en los Maristas y vivido con sus padres en la calle Rosellón y con el que coincidí, en tres largos veranos de la infancia, en dos torres, vecina una de la otra, en Sant Andreu de Llavaneres.

Ya cuando inventaba imágenes y recuerdos de mi relación infantil en Port de la Selva con el pequeño Scorcelletti (deliberada invención que iba difundiendo por todas partes para confundir a mis potenciales biógrafos y de paso a los de Scorcelletti), me apoyaba siempre en hechos reales que giraban alrededor de mi vecino de verano y primo hermano Arturo. Ni que decir tiene que esto me facilitaba mucho la invención. Así que Arturo tenía algo del niño Scorcelletti y Port de la Selva era más bien Sant Andreu de Llavaneres. Aunque hacía muchos años que no veía a Arturo, conocía muy bien su infancia, pues habíamos sido íntimos amigos y nos lo habíamos contado todo hasta el día en que Arturo, cuando tenía diecisiete años, fue enviado a Madrid a estudiar Medicina y ya no volvimos a vernos nunca más. Treinta y cinco años después de aquella separación, Arturo seguía en Madrid, donde ejercía de médico, y de él poco sabía, salvo que, según me habían comentado algunos colegas, asistía regularmente a las conferencias de un ciclo sobre enfermedad y literatura que organizaba la Fundación de Ciencias de la Salud. Más de uno de mis colegas había tenido que firmarle un libro a mi primo Arturo y todos coincidían en que era un tipo encantador, hablaba muy bien de su primo hermano, pero era un médico un tanto extraño, pues recomendaba fumar. No sabía yo mucho más de él. No sabía, por no saber, ni qué cara tenía en la actualidad. Le imaginaba con su rostro de los diecisiete años, con su pelo rubio revuelto y la piel muy pecosa, fumando cigarrillos Rumbo. Era mi primo hermano por el lado materno, de modo que no se llamaba doctor Pasavento como yo sino —de una forma que entiendo más modesta— doctor Sánchez.

La infancia del doctor Sánchez en el Paseo de San Juan me la sabía de memoria, y me la he apropiado yo esta mañana, ha pasado a ser mi infancia desde hace unas horas, en este cuarto de hotel de París. Resulta agradable robar o inventar los recuerdos de mi primo Arturo, rememorar esa infancia ligada al Paseo de San Juan, sobre todo teniendo en cuenta lo desagradable que era recordar la infancia del pobre escritor Pasavento en el barrio del Liceo Italiano de Barcelona, una infancia de la que sólo merecía ser rescatada esa pulsión por lo pequeño que en cierta ocasión hasta me había llevado a escribir en un cuaderno escolar que yo de mayor me contentaba con llegar a ser un humilde soldado del ejército de Napoleón.

Así que puedo decir ahora que el Paseo de San Juan fue para mí lo que Via Babuino representó para Morante, es decir, el centro del universo. Por las tardes, veía a algunas enfermeras paseando por él, pero sería tan falso como grotesco establecer ahora –no simpatizo demasiado con el doctor Freud– una relación directa entre la excitación que me provocaban los uniformes con faldas cortas de aquellas enfermeras y mi posterior vocación de médico.

No hace mucho, regresé a ese Paseo de San Juan de mi infancia, volví al camino que más veces (calculo que unas quince mil) habré recorrido a lo largo de mi vida. Lo conozco de memoria, pero sólo sobrevive ahí, en mi memoria, en mi recuerdo, ya que ese camino fundacional de casa a la escuela ya no es nada de lo que era, me lo han cambiado muchísimo, confirmando que sobrevivir a la ciudad de tu infancia es una experiencia moderna. El mundo, el mapa del planeta, iba desde el 343 de la calle Rosellón hasta la esquina de Valencia con el Paseo de San Juan, donde se hallaba el colegio de los Hermanos Maristas. Un recorrido intenso, de cartera colegial y Cacaolat (mi magdalena proustiana) para la mañana de invierno, que siempre se presentaba fría. Un trayecto tan breve como la infancia misma y que sobrevive sólo en mi memoria y es todavía hoy para mí el mundo, el mapa del planeta. Porque el resto, lo que estaba fuera del camino, era –sigue siendo para mí– un espacio en blanco, sin apenas significado, algo así como ese espacio imaginado que atrajo desde siempre a Arthur Rimbaud y que consistía en una calle que se extendía desde unas empalizadas hasta el pintarrajeo portuario de una ciudad que tenía que ser punta de avanzada de un desierto.

En este tipo de calle *artúrica*, ofrecida al niño como si fuera una secreta granada muy salvaje, se hallaba concentrado ya todo el mundo del poeta francés: la catedral, la casa del profesor rebelde, la escuela, la tienda de los sombreros turcos, la librería, las escarapelas, los licores fuertes como metal fundido y, al final del trayecto («tiene que ser el fin del mundo si avanzamos», pensaba él), esa ardilla en una jaula de mimbre que vio cómo embarcaban en una fragata danesa.

En mi caso, la cartografía del paraíso, mi calle de Arthur, fue en su día también una secreta granada salvaje que se extendía por seis puntos vitales de mi Paseo de San Juan, seis espacios que en la memoria todavía puedo visitar como cuando viajaba de niño con un dedo por los mapas de mi atlas universal: la luz submarina del portal de casa de mis padres, la oscura tienda del viejo librero judío que me vendía los tebeos, el deslumbrante cine Chile y su programación de cinemascope, la bolera abandonada, la misteriosa residencia para sordomudos y, al final del trayecto, las verjas puntiagudas de la entrada a la iglesia del colegio.

El mundo era eso, sigue siéndolo. Ese trayecto lo contenía, lo contiene todo para mí. En él encontramos lo que para mí es esencial, pues están los padres, la lectura y la libertad que llegaba con ella, el cine, la soledad de los paisajes abandonados, el silencio y la locura del colegio inútil. No hay vida fuera de este mundo tan vivo en mi recuerdo, con sus seis estaciones de amor y de dolor que todavía perdura en mí. El portal de la casa de mis padres (muertos de muerte natural a edades muy respetables) podía parecer lúgubre visto de cerca, pero no tanto cuando lo contemplaba de lejos, al volver del colegio en aquellas tardes de invierno. Siempre la escuela la asociaré al frío y a un trayecto, a un viaje de invierno. Visto de lejos, el portal de la casa familiar adquiría, en su luz al caer la tarde, cierta coloración extraña, muy propia del mundo de Jules Verne y también de los portales del Eixample barcelonés, con sus puertas de hierro historiadas y esos vidrios empañados por la humedad que, a cierta distancia, con el apoyo de las bombillas amarillentas, ofrecían al niño una sensación de nebulosidad submarina de camarote del capitán Nemo.

En el 341 de la calle Rosellón, en la tienda del viejo librero judío, se notaba que «algo sordo perduraba a lo lejos», se respiraba –aunque el niño no sabía nada de eso– la tragedia aún reciente de un pueblo judío perseguido, y también se respiraba a misterio con olor a incienso y aroma raro de países lejanos, de exóticas mercancías que, como en la calle de la infancia de Rimbaud, suponía yo que estaban escondidas en la inaccesible vivienda o trastienda de aquel viejo comerciante: fuegos de Bengala, cofres mágicos, cajas de música de Nuremberg (de donde había escapado el comerciante), libros extraños, polvorientas carpetas llenas de grabados y de apocalípticas historias del pasado y de crímenes todavía muy recientes.

Frente a la tienda del viejo judío, podía verse el inolvidable incendio de luz del vestíbulo del cine Chile. Más allá, antes de llegar a la calle Provenza, la misteriosa bolera abandonada. Después, al llegar a la Diagonal, la residencia para niños sordomudos que parecía un castillo encantado. Y finalmente el colegio, donde, al igual que en el Instituto Benjamenta, no aprendíamos nada, sólo aprendíamos que, si avanzábamos más allá, entrábamos en el fin del mundo.

No hace mucho regresé a ese Paseo de San Juan y vi que nada quedaba en pie de todos mis recuerdos. Regresé al camino que más veces he hecho en mi vida y vi que ha sido arrasado, lo han cambiado con ganas, y no precisamente para mejorarlo. Donde estaba el portal de la luz submarina, hoy puede verse una luz cavernosa y triste. El cine Chile es un vulgar parking que lleva el nombre del antiguo cine. La tienda del viejo librero es hoy el obsceno y desastrado Snack Bar Poppys. En cuanto a la bolera, hoy es una sucursal de una caja de ahorros. El castillo encantado de los sordomudos, el Palau Macaya, un edificio del arquitecto modernista Puig i Cadafalch, se ha convertido en un museo de actividades culturales de un banco catalán. Sólo el colegio permanece idéntico, con sus verjas afiladas como lanzas y sus alumnos de hoy exactamente iguales a nosotros cuando estudiábamos allí y no entendíamos ni aprendíamos nada. Un extraño panorama para después de esa batalla perdida que es la infancia. Envejecer tal vez tenga su gracia, pero también es cierto que envejecer sirve para comprobar que hemos caminado y que el tiempo ha caminado con nosotros, sirve para comprobar que hemos avanzado por dunas movedizas que en apariencia nos han conducido al término de un trayecto y nos han situado en la punta avanzada de un desierto donde, al volver la vista atrás e intentar recuperar algo de nuestra calle de Arthur, sólo podremos ver un viejo camino en el que el Tiempo ha escrito el fin abrupto de nuestro mundo, del mundo. Sabemos que es el fin del mundo si avanzamos. Sabemos que si damos un paso más allá, desapareceremos. Y nos planteamos darlo, pues pensamos que es lo mejor, recordamos que ya ese paso lo dieron otros antes, y esos otros fueron siempre nuestros exploradores favoritos, los que admirábamos tanto cuando les veíamos difuminarse en las tenaces sombras del vacío.

7

«¿Hasta cuándo duró su juventud, doctor Pasavento?», me preguntó Morante a bocajarro, el día de Navidad, en cuanto me vio aparecer en la residencia. Parecía que hubiera estado toda la Nochebuena preparando esa pregunta. Iba a responderle algo cuando cambió la cuestión, aunque sólo muy ligeramente. «¿Hasta cuándo duró su juventud, doctor Fausto?» Y se rió. Era la risa esta vez de un loco.

No quise que me viera dudar demasiado y allí mismo, en las escaleras de la entrada al centro, le robé la juventud a un hombre imaginado, a un joven inmigrante catalán, de apellido Pasavento como yo, que habría pasado su infancia y adolescencia en Barcelona y parte de su juventud en el Bronx italiano de Nueva York, viviendo en la misma calle por la que andaban jóvenes que luego se hicieron famosos y cuyas familias vivían todas casi en la misma manzana: Robert de Niro, Daniel Libeskind, Don DeLillo y Colin Powell, buenos amigos suyos del barrio.

«Y hasta puede decirse que Scorsese, en *Malas calles*, se inspiró en mí para el personaje del joven que se va a Manhattan a estudiar para doctor», le dije. Morante me miró sin mirarme, parecía que lo hiciera deliberadamente, sin expresión alguna en sus ojos. Yo continué, allí mismo en aquellas escaleras de la entrada, hablándole de la densa atmósfera del Bronx y de cómo la vida la pasaba uno en la calle, rodeado de *gangs* de jóvenes que controlaban el baloncesto y el béisbol. Le conté que fui vigilante de parking y redactor de anuncios por palabras hasta ahorrar lo suficiente para, con la ayuda de mi madre, poder matricularme en Medicina y buscar la rama psiquiátrica.

«Me gradué en Melancolía y psiquiatría», seguí diciéndole mientras íbamos bajando las escalinatas, «quiero decir con esto que tenía veleidades poéticas. Escribía poemas algunas tardes en las que me quedaba aburrido en compañía de otros médicos melancólicos, en un hospital de Manhattan. Me quedaba esas tardes solo y quieto, dentro de mi bata blanca. Eran tardes planas, ideales para escribir poemas en los que decía precisamente que las tardes eran planas. Fue un tiempo de poemas de hospital, de versos escritos entre monjas y luces de algodón. A veces, recibía la visita de mi amigo, el arquitecto Daniel Libeskind, que leía los poemas y los comparaba con edificios que él había soñado. Después, regresé a mi país y trabajé en un hospital de la Avenida Meridiana de Barcelona, donde en otras tardes planas escribí más poemas, y hasta escribí uno despidiéndome de mis años de juventud.»

Silencio completo de Morante. «Una juventud poética», sentencié mirando al suelo, mirando una mancha de grasa que había en una de las gradas de aquella pretenciosa escalinata. Luego levanté lentamente la vista hacia Morante, se trataba de intentar de nuevo averiguar en su mirada el grado de incredulidad con el que había acogido mi versión de mis años de juventud. Se trataba de ver si me daba un golpe en la espalda y me decía amistosamente que ya estaba bien de hacerme pasar por otro y que con lo del Bronx me había excedido o, por el contrario, poseído por su ambigua enfermedad mental, aceptaba sin problemas la versión que le había dado de mi juventud.

«¿Quién es Colin Powell?», se limitó a preguntarme.

Aunque no podía estar del todo seguro, me pareció que se reía de lo que le había contado, no había motivos para pensar en otra posibilidad que no fuera ésta. «Dígame la verdad», le dije entonces, «usted se acuerda perfectamente de mí, de los tiempos del Instituto, ¿no es así?» Un silencio largo, imponente. Morante se quitó el sombrero, llevándolo junto a sí, a un lado, de la misma forma que lo había hecho varias veces dos días antes, y me pareció entender que este gesto formaba parte ya de nuestro ritual de paseo y que para él seguramente significaba algo muy concreto. «Cambiemos de tema», podía ser lo que significara aquel señorial gesto. Dejamos atrás la escalinata y alcanzamos la Via Enrico de Nicola. «¿Me recuerda o no?», insistí implacable y también, todo hay que decirlo, algo desesperado. «Es inaudito. Usted y yo bromeamos como si nos conociéramos desde hace tiempo», me dijo.

Aguanieve en Nápoles, y yo con bufanda y cuello alto. Morante con su sombrero encasquetado y su traje a rayas y su viejo pero elegante abrigo gris que le llegaba casi hasta los pies y del que, supongo que bromeando, me dijo que había pertenecido a Gabrielle D'Annunzio. «El mío», le quise contar yo, «lo compré en Venecia y hubo una época en la que me gustaba mucho llevarlo porque yo sabía que llamaba la atención.» Un taxi nos condujo al Café Gambrinus, donde había reservado mesa. En otro tiempo, las comidas de Navidad habían sido para mí traumáticas. Como aquel día aún no me había inventado una infancia en una calle *artúrica* (no sabía que debía esperar al día de hoy, aquí en París, para semejante invención), a lo largo de mi almuerzo con Morante me dediqué a veces a recordarme en silencio a mí mismo en mi infancia llamémosla verdadera, a recordarme en aquellos días en los que la latosa Navidad estaba relacionada con la necesidad de huir de ella y al mismo tiempo con la espantosa obligación de celebrarla. Por suerte, no tardaron en desvanecerse aquellos malos recuerdos.

Almorzar con el desmemoriado Morante, aparte de un conjuro para mi soledad, empezó a revelarse como una forma inteligente de huir de la Navidad y de la memoria de ésta. Y la verdad es que al principio del almuerzo nada indicaba que yo hubiera podido equivocarme. Hasta habría jurado que Morante estaba empeñado, a modo casi de reto personal, en hacerme olvidar heridas de antiguas navidades pasadas con mi familia. Se le veía alegre, pero sólo iba a estarlo en las primeras horas. Hacia el final del día exageró en la alegría y todo se volvió turbio. Pero al principio yo me sentía contento. A cada minuto que pasaba, creía ir viendo con claridad que Morante era la persona ideal para que me olvidara del día en el que estábamos y también para que empezara por fin a olvidarme de parte de mi pasado y me volcara, ya de una vez por todas, en mi nueva biografía. Una nueva biografía que, por otra parte, no excluía a la otra. Yo estaba haciéndome con una vida con dos juventudes, por ejemplo. No estaba mal.

Uno podía respirar mejor así, con dos juventudes. Donde no alcanzaba una, llegaba la otra. Pero a la hora de los postres todo empezó a cobrar un giro algo oscuro. Empecé a ver en Morante una amenaza directa a la construcción de mis dos juventudes. Y es que de pronto me pareció que, por mucho que no le interesara mostrarla, él mantenía más que intacta su memoria, incluida, por supuesto, la memoria de quién era o había sido yo. La sospecha creciente de que se acordaba perfectamente de mí comenzó a volverse terrorífica.

Noté, además, que mi balanza comenzaba a inclinarse más del lado de la repulsión física que del lado de la atracción por él. Su manera de manejar el tenedor, por ejemplo, empezó a parecerme sumamente vulgar y torpe. Y a veces, cuando hablaba, le encontraba insoportable, algo que no me había ocurrido al principio de la comida. Tal vez el pobre Morante, con su mundo puro de los microensayos, me recordaba a mí mismo en los días en los que fundé unos principios morales y una visión del mundo que después había yo mismo traicionado. Eso era tal vez lo que me llevaba a sentir cierta necesidad de alejarme de él. Sin pretenderlo, Morante me recordaba constantemente que yo había querido ser un discreto hombre de letras no ligado a las pompas solemnes del mundo. Verle a él situado con tanta comodidad y rigurosidad en las *regiones inferiores* empezaba a resultarme intolerable, pues me producía envidia.

Sólo me calmaba la idea de que en los últimos días había yo pasado a ser un escritor secreto. Ya no era el hombre que había caído bajo el tormento del reconocimiento público, esa especie de laurel que en realidad uno arrebata siempre a los otros, a esos *otros* entre los que están algunos escritores de verdad que, como decía Canetti, precisamente porque eran escritores de verdad terminaron «apagados y asfixiados, pudiendo escoger entre vivir como mendigos que molestan a todo el mundo o vivir en el manicomio».

Pensando en todo esto, me di cuenta de lo felizmente oportuna que había sido mi decisión de desaparecer. Sin embargo, tenía la impresión de que aún me faltaba mucho para moverme en las *regiones inferiores* con la admirable y odiosa soltura con que lo hacía Morante. Le miré. Vi que me sonreía de una manera ambigua. Comenzó a parecerme que debía darme prisa para averiguar, ya de una vez por todas y cuanto antes, si, tal como comenzaba a sospechar con fuerza, él se acordaba perfectamente de mí, de cuando yo trabajaba en el Instituto Cervantes.

«Profesor, ¿usted no se acuerda de nada?», le pregunté coincidiendo con la llegada de los postres. Un silencio largo, imponente. Esta vez tomó el sombrero y se lo puso, se lo encasquetó más que nunca. Sonrió, se lo quitó de nuevo y pasó a deshacerse en elogios del Corvo, el vino siciliano del que llevábamos ya tres botellas y media. Cuando terminaron los elogios, su cara adoptó un aire meditabundo. «Debe usted saber, doctor Fausto», me dijo, «que el microensayo que escribí ayer para poder contárselo hoy aquí, porque no se lo voy a leer sino a contar, es una especie de paseo errático en torno al tema de la vejez y la felicidad.»

Le odié en ese momento, le odié como hasta entonces no le había odiado. Me pareció que, con toda su malicia, me estaba recordando que en otros días yo había querido escribir ensayos erráticos sin la intención de publicarlos. Lo peor fue que no me atreví a prohibirle que me contara su microensayo. Y él pasó a contarlo hablándome de un cuento de Navidad que tenía por escenario un pueblo donde nevaba por primera vez en su historia y, sin que hubiera una relación entre causa y efecto, descubrían que estaban condenados eternamente a sufrir de la incapacidad de tender a la felicidad.

Tras este breve cuento que encontré estúpido y que Morante me confesó que le había explicado el loco más loco de su residencia, el microensayo derivó hacia un relato de Svevo que Morante veía relacionado con el cuento del pueblo incapaz de tender a la felicidad. El relato de Svevo, una amarga fábula con el mito de Fausto de fondo, ya lo conocía yo. Es la historia de un anciano –un *viejo salvaje* podríamos llamarlo– que está a punto de acostarse junto a su vieja esposa, que ya duerme y ronca. Mientras se desviste, piensa que es medianoche, la hora en la que podría presentársele Mefistófeles y proponerle el antiguo pacto, y piensa que estaría dispuesto a hacerlo y a cederle su alma, de no ser porque no se le ocurre qué pedirle a cambio: la juventud no, que es insensata y cruel, si bien la vejez es intolerable; tampoco la inmortalidad, porque la vida es insoportable, aunque tal conclusión no mitigue la angustia de la muerte. El anciano, entonces, se da cuenta de que no tiene nada que pedir al diablo y se imagina el embarazo del pobre Mefistófeles, representante de una empresa que no tiene nada atractivo que ofrecer. Al imaginarse al pobre Diablo rascándose la cabeza en el infierno, estalla en una carcajada, a la vez que entra en la cama, donde su mujer, medio desvelada por la risa, le murmura entre sueños: «Feliz tú que a esta hora de la noche tienes ganas de reír.»

En este relato de Svevo, al igual que en el cuento del pueblo donde nevaba por primera vez, veía Morante la conclusión de que el dolor más intenso no era la infelicidad, sino la incapacidad de tender hacia la felicidad. Aquella carcajada del anciano, que en realidad ocultaba con ironía la desesperación de quien ya nada espera, era para Morante la última playa. «¿La última playa?», pregunté. Había empezado a resultarme exasperante conversar con él. «La última playa alcanzada por el nihilismo de Occidente», me contestó. Se quedó cabizbajo de pronto, como un niño que acabara de cometer una fechoría. Poco después, le pidió al camarero la caja de los cigarros puros. «Occidente», musitó. «¿Occidente qué?», le dije, casi perdiendo los nervios. «En Occidente», me contestó, «deberíamos intentar ir más allá de esa última playa que hemos alcanzado. Deberíamos poder hacernos de nuevo a la mar. Buscar nuevos caminos, ser optimistas, creer en la felicidad, ¿No le parece, doctor Fausto?» Dijo todo esto, y luego la sobremesa se alargó de una forma desesperante, y nunca mejor dicho. El microensayo de Morante se deslizó hacia la reflexión sobre la desesperación de quien ya nada espera y, poco a poco, esa reflexión derivó hacia la cuestión de la felicidad y de la necesidad, repetida hasta la saciedad por Morante, de que nos hagamos de nuevo a la mar. La vejez, vino a decirme, era en realidad ideal, porque en ella se alcanzaba una libertad que antes uno no tenía. Gran bocanada de humo después de decir esto. Rabia contenida, por mi parte. Se le veía feliz y bordeando una alegría extrema, insultante. Decidí preguntarle si no le parecía una obscenidad insoportable ser feliz. Respondiéndome como si hubiera detectado el odio que en aquel momento le tenía y quisiera aumentarlo, me dijo que, con mi permiso y aunque fueran ya las cinco de la tarde, iban a seguir varias reflexiones más sobre la felicidad, la última de las cuales giraría en torno a la felicidad de fumarse dos puros habanos en Navidad. Y luego comenzó una larga monserga en torno a la idea de que eran libres e insubordinados los años de la vejez. Dijo que el viejo en general es un verdadero hombre, porque sabe que es un hombre fuera de lugar, es alguien que llena de vida el espacio vacío de la vida y entiende el juego mejor que el jugador porque, al estar fuera de él, no está distraído por el esfuerzo al que está obligado quien participa en él.

Entendí que me estaba tratando a mí de joven y eso me animó, me reconcilió ligeramente con él. «Soy viejo y veo acercarse la tan esperada disolución del yo. Me disolveré en medio del gran flujo de las masas de esta ciudad», dijo poco después de una forma un tanto pomposa. Brindamos por su desaparición, estábamos ya los dos bastante borrachos, sobre todo él. Pedí más vino. Cuarta botella de Corvo, nos la bebimos entera, y luego hubo todavía una quinta botella, y después salimos a la calle.

En las avenidas de Nápoles, frío y aguanieve. Y yo con mi bufanda y mi jersey de cuello alto, caminante dominado por cierta zozobra, pero en el fondo sintiéndome bien acompañado por el viejo, que me seguía con paso firme aunque algo atolondrado por los efectos del Corvo. Pensé que aquellas avenidas, repletas de gente que paseaba después de la gran comida familiar del día de Navidad, eran, efectivamente, un lugar perfecto para disolverse en el flujo constante de las masas, en el flujo feliz de todas esas oleadas incesantes de seres baldíos que, desde tiempo inmemorial, venían desde el fondo de los tiempos a morir sin cesar a aquella ciudad inmortal. Y, sin embargo, pensé, seguimos ahí esperando acontecimientos, no sabemos cuáles. ¿Esperaba algo yo? ¿Qué tenía que decirle a Mefistófeles? ¿Qué se me ocurriría pedirle a cambio, en el caso de que él apareciera?

Caminando los dos entre la multitud, me hubiera gustado decirle a Morante que no había mejor escuela para educarse en la vida que proponerle a ésta incesantemente la diversidad de tantas otras vidas. Y decirle también que eso era algo que el viaje ofrecía, el viaje siempre inolvidable por las calles de Nápoles, siempre llenas de riadas de gentes. Todo eso, un tanto confuso por los efectos también en mí de las botellas de Corvo, habría querido decirle a Morante, pero andaba él algo tambaleante y, sobre todo, ensimismado en la alegría que le reportaba su condición de viejo situado fuera del juego, escritor feliz y loco. Y yo andaba receloso de él, pues cada vez se agrandaba más mi sospecha de que conservaba de mí una memoria intacta.

Confiaba yo en los efectos del vino para que él acabara confesándome la verdad. Pero, como si hubiera intuido que estaba próximo a cazarle, comenzó Morante a decir cosas raras: «La tensión fáustica ha terminado. Usted no se da cuenta, pero la tensión entre los dos ya se aflojó. También en el mundo en general ya se aflojó. Se acabó la tensión fáustica para todos. ¿Y sabe por qué?» No tenía ni idea de sobre qué me hablaba, pero sospechaba, aunque andaba muy tocado por el Corvo, que no hablaba por hablar. No tenía yo conmigo mi Moleskine. De haberlo llevado encima, creo que me habría parado un momento en la calle y habría anotado alguna de sus frases raras. Hablando del cuento de Svevo, vino más o menos a decirme –lo hizo de una forma un tanto confusa– que el individuo de hoy en día, falto de unidad, no puede ya desear nada, pues no es ya individuo de los de antes, ya no es sujeto capaz de pasiones, ahora sólo es un manojo de percepciones, una especie de hombre fragmentado, que es nada y al mismo tiempo una carcajada desesperada.

Me pareció que, hablando de ese cuento de Svevo, al mismo tiempo estaba tratando de hablar directamente de mí. Me hubiera gustado decirle a Morante que no se preocupara, que yo estaba perfectamente bien, encantado de haber cambiado un estado malo por otro incierto, feliz en la incertidumbre de mi vida de doctor. Una incertidumbre que, como mínimo, me había abierto puertas al futuro, puertas que antes no tenía cuando vivía simplemente aburrido y desesperado como escritor de cierta y relativa fama absurda. Mi vida de inseguro doctor se había instalado en la esperanza de precisamente tener algo que proponerle a Mefistófeles cuando decidiera abordarme, aunque todavía no sabía qué iba a pedirle a cambio de cederle el alma. Tal vez que me ayudara a desaparecer de verdad.

Aunque nadie en el mundo se había enterado de que yo me había esfumado, lo cierto era que tanto el hecho de desaparecer como las palabras felices del viejo Morante sobre su vejez me habían rejuvenecido. El profesor Morante era viejo (libre y feliz, había que creerle) y yo, que hasta hacía muy poco era viejo, ahora era joven, gracias a las palabras del viejo, y me sentía dispuesto a relajar la tensión del mito fáustico. Desaparecer (aunque aún no hubiera desaparecido del todo, no era cuestión de lanzar las campanas al vuelo) me había colocado en buena situación para dialogar con el Diablo cuando a éste le viniera en gana visitarme. En este sentido, ser joven me privaba de la libertad que daba ser viejo, pero me abría puertas al futuro que antes, cuando me sentía viejo, no tenía nunca a la vista. Por eso me habría gustado decirle a Morante que no se preocupara por mí, que no me hiciera sentirme como *el bandido*, como ese personaje de Walser que sufría y se desgarraba por las presiones y obligaciones de la felicidad impuesta por los otros («todo el mundo se ha preocupado por el bien del bandido, incluso demasiado»), que no me presionara con su mirada protectora, pues me sentía fantásticamente bien sintiéndome un inadaptado incluso con dudas acerca de mi propia inadaptación.

Entramos en un bar de la Piazza Dante, y allí continuó hablando del anciano del cuento de Svevo y, al mismo tiempo, de mí, que –como le repetí varias veces– no necesitaba sus cuidados. «Tras rechazar al pobre Mefistófeles», me dijo acodado en la barra del bar, «la risa del conocimiento brota en el viejo del cuento de Svevo con desencanto, la misma que exhibe usted. Observo su personalidad rota, su amable risa y su elegante desencanto, y todo me lleva a evocar el dibujo cambiante de las nubes.» Hizo una breve pausa y luego, como tomando fuerzas para seguir hablando, notablemente ebrio, continuó más o menos así: «Yo tiendo a la felicidad, usted no. Usted espera que yo me emborrache y muestre mi verdadera alma. Pero el vino Corvo, amigo, no saca a flote la verdad, sólo nos revela la historia pasada y olvidada, afloran únicamente las cosas de antes, no las del futuro, no las de la persona que podríamos llegar a ser.»

«No le acabo de entender», me limité a decirle, algo alarmado. Sonrió. «El vino es horrible», continuó diciendo, «¿quiere volver a ser usted el que era? Pues tome otro vaso más. Tome otro, doctor Fausto. Enseguida vuelve el pasado. Después de todo, el futuro no es más que una figura retórica.» Me disponía a pedirle que bajara la voz y la excitación cuando sucedió algo que no esperaba que fuera a suceder precisamente en aquel momento. Morante comenzó a recordarme toda mi juventud. Lo que tanto había estado temiendo, me había comenzado a suceder. Morante sabía más sobre mí que yo mismo. Con gran horror, confirmé por fin que él representaba todo aquello de lo que precisamente yo huía. Ya sólo le faltaba llamarme Andrés. Comenzó a recordarme mi vida de profesor en Nápoles, y luego a hablarme de los libros que yo había tenido «la osadía de publicar», y hasta me reprochó mi deserción de los principios morales de mi primera juventud. Lo recordaba o lo sabía casi todo sobre mí. Mis amores desgraciados. Mis padres ahogados. Mi ternura reprimida, mis miedos, mis costumbres anticuadas, mi conducta ejemplarmente burguesa, la muerte de Nora, mis penosas frases supuestamente ingeniosas en las entrevistas, mis miserias cotidianas, mi alma mercantil, mi poca gracia en todo.

La vuelta imprevista del pasado. Con su vuelta, paradójicamente mi identidad se volvía aún más precaria, pero en el sentido menos deseable. Con Morante no sólo había reaparecido aquel sujeto llamado Andrés Pasavento, con Morante volvían enteros los días del ayer. Estaba claro que había perpetrado yo un falso movimiento al acercarme al ambiguo profesor loco, pues éste me había llevado a descubrir que la verdad, en efecto, no estaba en el vino de Corvo, sino en el pasado que está ahí, que no se ha ido, que fluye en el fluir del tiempo y está a nuestro lado, que no quiere marcharse, no quiere hundirse tras el supuesto horizonte que tenemos delante.

En el pasado rompí con más de un amigo precisamente porque me recordaba el pasado. Consciente de que mi personalidad juvenil había sido horrible, terminé con más de un amigo o amiga de aquella época para no sentirme ni un minuto más ligado a una realidad miserable de los días del ayer que tanto me horrorizaban. Ni una fotografía podía ni puedo soportar de aquellos tiempos. No es extraño que la aparición imprevista del pasado, que me llegó de pronto de la mano de Morante –implacable testigo de mis días de profesor en Nápoles y seguidor implacable de mi carrera literaria–, me dejara aterrorizado. Diría que aún lo sigo estando. Si de algo me he refugiado en París es de los embates de Morante, que de pronto en Nápoles, ante mis horrorizados ojos, se convirtió en el voceador de mi pasado, se convirtió en el más serio obstáculo para que yo fuera *otro* y pudiera cambiar de vida y obra, pudiera escribir sobre cómo iba poco a poco desapareciendo para luego, en el momento oportuno, intentar desaparecer del todo, lo más difícil de cuanto me proponía, pues no había que olvidar que si alguien de verdad quiere ir más allá de su obra, primero debe ir más allá de su vida y desaparecer, lo cual es ante todo muy poético, pero también muy arriesgado, que es lo que debe ser en el fondo la poesía o cualquier desaparición total y verdadera: puro riesgo.

Miro ahora hacia los jardines de Matignon, y me parece como si de la rue Vaneau ascendiera toda la tensión fáustica de la calle. El mundo entero está en guerra y muchos lo saben en esta calle en la que vivió durante tantos años André Gide y en la que hoy el recuerdo de Karl Marx duerme. Miro hacia el idílico Matignon, y de las copas mismas de los árboles parece surgir un aire blanco que penetra por mi ventana entreabierta cubriéndolo todo con un mar de niebla que me trae un vértigo y me hace retroceder hacia la cama, donde me tiendo y siento de nuevo el regreso del pasado, el recuerdo de mi renuncia a mi *éxito interior*, el regreso de todos los abismos. «Les habla el doctor Pasavento», me digo en voz muy baja y suave para mí mismo. Y vuelvo por unos momentos al pasado, en este caso a mi pasado más soportable, que no es otro, claro está, que el más reciente. Vuelvo a los últimos momentos del día de Navidad, ya en la puerta de la residencia de Torre del Greco, noche ya cerrada, ebrios los dos, Morante y yo, a la hora del cierre de aquel patético cuento de Navidad que habíamos vivido juntos, borrachos perdidos. Estábamos en las escaleras de la entrada y sonaron las campanas de la iglesia vecina, que imaginé vacía.

«Voy a revelarle algo», me dijo Morante cuando dejaron de tañer las campanas, «hace unos meses vino aquí un hombre como usted, de ojos verdes y pelo tan negro como el suyo. Dijo ser doctor y dio un nombre que no recuerdo, pero que nunca pensé que fuera su verdadero nombre. Me dijo que yo le había quitado una novia, y vi enseguida que él no sabía que esa novia, Leonisa, me pagaba secretamente la estancia en esta residencia, y tampoco sabía que yo, cuando ella venía a visitarme, hacía como que no la conocía, para evitarme amores y de paso no tener que agradecerle nada a la pobre incauta y poder escribir tranquilamente mis microensayos. Buenas noches, doctor.»

8

Me despedí en silencio, lógicamente afectado por lo que acababa de escuchar. Como no era fácil encontrar taxis aquella noche, fui a buscar el autobús nocturno de la Via Enrico de Nicola, el mismo autobús con el que había viajado con Morante hasta la residencia. Y como fuera que esperé en la parada un buen rato, tuve tiempo, con mi imaginación de borracho, para decidir que, en el caso de que apareciera Mefistófeles, pactaría con él la radical desaparición de la penosa juventud del detestable Andrés. Ya sabía pues qué pedirle a cambio de la cesión de mi alma: que arrojara por la borda todo mi insensato y nada interesante pasado. Eso me facilitaría, por ejemplo, la nostalgia de una juventud atractiva y única en las calles del Bronx.

Cuando por fin llegó el autobús, tuve la impresión de que me retiraba a llorar al hotel y que, por lo tanto, quien se retiraba era yo, el doctor. De nuevo, volvía a ser el doctor. ¿De verdad que volvía a serlo? ¿De verdad que se había desvanecido mi engorroso pasado? Tal vez si se había borrado mi pasado era porque, sin darme cuenta, había firmado ya el pacto. Me dolía la cabeza, estaba muy borracho, era consciente de que mis ideas andaban todas metidas en una gran confusión. En un momento dado, se me ocurrió mirar hacia atrás, al fondo del autobús, y, entre los que cantaban horribles canciones navideñas, creí ver a Mefistófeles, ladino y sonriente, confirmándome, con un rápido guiño de ojo, que era mi aliado y que el pacto ya estaba firmado y llevaba nada menos que la fecha cristiana del día de Navidad.

Al día siguiente, superando como pude la dura resaca, me hice fuerte en mi cuarto de Hotel Troisi y, mientras imaginaba y anotaba en mi cuaderno pasadas historias mías en el barrio del Bronx (con las que reforzaba mis recuerdos sobre mi juventud americana), me negué a recibir al profesor Morante, que había salido o se había escapado de la residencia, tal vez con el exclusivo propósito de volver a recordarme mi personalidad de antes. Llamaron desde recepción para decirme que estaba abajo el señor Morante. Desde mi cuarto hablé por teléfono con él y con todo tipo de excusas logré que no subiera a verme. Me quedé todo el día allí tumbado, medio zumbado por los bloody-marys que fui pidiendo con la esperanza de superar la resaca y de paso olvidarme de la juventud que Morante pretendía resucitar.

A última hora de la tarde, me subieron a la habitación

Il Mattino, porque quería ampliar las noticias futbolísticas que había oído en la televisión, y allí, en las páginas que seguían a las de deportes, leí que el coro del Teatro San Carlo de la ciudad se había plantado ante una escena blasfema en la ópera *Fausto* de Charles Gounod: «El pisoteo del Crucifijo fue considerado innecesario y ofensivo por quince de los ochenta miembros del coro, que firmaron una carta de protesta dirigida a la alcaldesa de Nápoles.»

No sé cómo ni por qué fue, pero lo cierto es que esa noticia de *Il Mattino* acabó actuando a modo de sedante e interesante somnífero y me dio el mismo sueño que habrían podido producirme quince ovejas que se hubieran negado a entrar en una de las iglesias vacías de Nápoles, y acabé durmiéndome recordando un proverbio suizo que en Oberbüren, en la pared de una casa que estaba junto a un prado, había visto Robert Walser en compañía de Carl Seelig: «La desdicha y la dicha / sobrellévalas, / que las dos pasarán / igual que has de pasar tú.»

Me dormí pensando en alguien que, hablando de Walser en sugerentes términos, escribió que éste encarnaba *la bella desdicha*, pulcras palabras para describir una forma de vivir que yo conocía muy bien. Se trataba de todo un estilo de vida, de una *ciencia*, de un alegre deslizamiento hacia el silencio, de una ética de las desesperaciones. Me dormí y luego ya no pensé en nada. Pero es que en nada. En nada de nada. Desaparecí, con una grandísima facilidad, en el sueño.

9

Con semejante descanso, al día siguiente me levanté de buen humor, pensando en mi alegre aunque difícil juventud en el Bronx, recordando mis amoríos en Malibú con Daisy Blonde (y cómo a veces, de tanto que la quería, la engañaba con otras) y recordando también los consejos que el joven De Niro me había dado aquel día en que hicimos una peligrosa incursión en Greenwich Village. Era un buen amigo De Niro, una de esas personas que, de haber leído a Robert Walser, aún sería mejor persona. Pero no todo es posible. Un actor de Hollywood como él, así como casi todo el resto de los ciudadanos de los Estados Unidos de América, están sentenciados, condenados, destinados a no acceder nunca al aire puro de las montañas suizas por las que paseaba Walser. Eso no significa que no sean gente pura, lo son, pero no leerán nunca a Walser. No es un autor idóneo para ellos. Además, para un norteamericano, no es suizo el aire de las montañas, del mismo modo que el cañón del Colorado nunca estuvo pensado para el paseante Walser. Por razones parecidas, De Niro nunca podría interpretar en el cine las inmóviles aventuras del doctor Fausto Pasavento en Nápoles. ¿Era yo ese doctor Fausto? Pues claro, me dije. Y fui a mirar de cerca la reproducción del cuadro de Pierre Auguste Renoir que tenía enfrente de la cama y que desde que había llegado al hotel había mirado con absurda displicencia. Era una pintura que se titulaba *La bahía de Nápoles y el Vesubio* y reflejaba el bullicio de una tarde de finales del siglo XIX en la amplia calle que rodea a la bahía, repleta de gente paseando y de carruajes. Bullicio también en el mar, con muchas embarcaciones. Y todo esto con el Vesubio humeante al fondo.

Recordé frases que sobre ese volcán Bernardo Atxaga me había dicho, quince años antes, en la misma ciudad en la que ahora me encontraba. Pensar en los días del pasado me trajo una leve pero cierta depresión y tuve que volver a recordar, como pude, mi vida en el Bronx. Me acordé de una sala oscura, el Napolitan Grand Café, ya en los límites del barrio neoyorquino, donde unas ancianas, sentadas en sillas de terciopelo, estaban comiendo sorbetes con largas cucharillas el día en que el joven Scorsese y yo entramos allí y, al ver aquel panorama, rompimos en mil carcajadas. «¿Has visto todas esas princesas rusas exiliadas para quienes los relojes andan marcando horas que ya fueron?», recordé que más o menos me había dicho, con mucha gracia, Scorsese. Después, volví a pensar en Atxaga. ¿Ni siquiera él podía sospechar que yo me encontraba en paradero desconocido? ¿Y De Niro? ¿Y DeLillo? ¿Tampoco ellos se preguntaban nada? Nadie me buscaba y, además, no tenía a nadie en el mundo. O, mejor dicho, tenía a la soledad, tal vez la mejor acompañante. Recordé una canción que cantaba Serge Reggiani y que había yo escuchado mil veces en un bar francés del Bronx: «Je ne suis jamais seul avec ma solitude.»

Y tampoco estaba solo, por supuesto, cuando tenía a Morante a mi lado tratando de que volviera a la vida de la que había huido. Pero eso era más bien una desgracia, un contratiempo. Tenía que huir de la única persona del mundo que parecía estar interesada en verme. Volví a mirar el cuadro de Renoir y luego pensé que si alguien sabía lo que era cambiar de nombre, ése era precisamente Bernardo Atxaga, que había sustituido su verdadero nombre, Joseba Irazu, por uno que pertenecía a un antiguo compañero suyo de colegio. Se hizo famoso con el nombre de su compañero de pupitre. Y un día, caminando por las calles de Bilbao, se topó con él frente a frente y, al disculparse por haberle sustraído el nombre, se encontró con esta inesperada respuesta de su antiguo compañero de colegio: «Pero yo siempre me he llamado Cornelio y no Bernardo, me llamo Cornelio Atxaga, y no comprendo cómo un nombre así puede habérsete olvidado.»

Encendí la televisión y busqué en los informativos nuevas noticias de fútbol (cada día más escasas por haber entrado en plena época navideña) y, en medio del sonámbulo *zapping*, al pasar por el canal 2, vi que anunciaban para la noche la proyección de *Retorno al pasado*, de Jacques Tourneur, una película cuyo título me pareció que tenía todo el aspecto de ser una señal dirigida directamente a mí, una señal como de advertencia de algo, tal vez del peligro serio que encerraba el profesor Morante con su idea de *regresarme* al pasado. No era la primera vez –bastaba con recordar las de la rue Vaneau– que ciertas señales o mensajes del mundo exterior tenían todo el aspecto de estar más allá de la casualidad y actuar en realidad como un consciente motor que hacía avanzar silenciosamente la historia de mi vida, es decir, la historia de mi desaparición.

Decidí dejar la televisión y mirar hacia otro lado, mirar de nuevo el cuadro de Renoir. Era una bella pintura impresionista que reflejaba la gran actividad portuaria de una tarde lejana ya en el tiempo, y eché en falta, entre los personajes que allí aparecían, a esa simpática figura que siempre está en los pesebres navideños de Nápoles, ese muchacho que se halla tendido en la hierba y que duerme eternamente. Precisamente Atxaga me había regalado una figura de ese dormilón del pesebre a su paso por Nápoles hacía quince años y yo la había conservado siempre como amuleto de la buena suerte.

Sí, eché en falta al dormilón napolitano en el cuadro de Renoir y luego que alguien de este mundo, ya daba igual quién fuera, me echara en falta a mí. Volví a la cama diciéndome que no volvía en busca de un placer perezoso a ella, sino que tal vez volvía porque, como una consecuencia lógica de mi desaparición, poco a poco estar tumbado iba a convertirse en mi estado natural.

Pero ¿había yo realmente desaparecido? Allí tumbado, pensé en las musarañas, esas pequeñas sabandijas. Y luego me dio por memorizar nombres de doctores, como si estuviera en un concurso de televisión. Recordé primero los de aquellos que Nabokov odiaba tanto: el doctor Freud, el doctor Zhivago, el doctor Schweitzer y el doctor Castro. Y recordé después a otros: el doctor Jekyll, el doctor Moreau, el doctor Nadie, el doctor No, el doctor Frankenstein, el doctor

Johnson, el doctor Mabuse, el doctor Aira, el doctor Caligari, el doctor Fausto y el doctor Rip. Luego, volví a pensar en las musarañas. Y eso acabó llevándome a pensar en otra clase de sabandija, el portero de mi casa de Barcelona. Sin pensarlo dos veces, le llamé por teléfono. Con mi mejor acento italiano, me hice pasar por un señor de Nápoles que preguntaba por mí. «Hace días que no logro comunicar con él. ¿Sabe usted si lo han dado por desaparecido? He oído rumores acerca de esto último», le dije. Un breve silencio al otro lado del teléfono. «Lo que pasa no lo sé. Yo aquí tengo un montón de correspondencia para él», me contestó con su mejor acento carpetovetónico. «¿Y quién es usted, cómo sabe mi teléfono?», añadió. No había previsto la pregunta, pero salí bien del paso. «El doctor Scomparire, de la policía italiana», le contesté. Y colgué. Tal vez a partir de aquel momento, pondría mi portero más atención e interés en saber por dónde andaba yo. En cualquier caso, quedaba más que confirmado que nadie me buscaba, nadie me echaba en falta, que cada hora que pasaba me convertía yo más en el hombre tal vez más olvidado de la tierra.

Para no desesperarme, me puse a pensar en mi adorable novia de los años de juventud, la sensacional Daisy Blonde. Me acordé del día en que la había visto por vez primera. Estaba acodada en la barra del Flamingo de Malibú y le pregunté desde lejos su nombre. Era una rubia platino guapísima, esbelta, imponente y muy segura de sí misma. Había una puesta de sol como no he visto nunca otra en mi vida, y ella me miraba desde un porche rosa. «Mi nombre es Charlaine, aunque todos me llaman Daisy Blonde, y soy la Bomba.» Eso dijo cuando ya estaba a un palmo de ella, una forma graciosa de presentarse. Era explosiva en todo y fueron años muy fantásticos los que pasé con ella. Entre sus virtudes, estaba la de ser una mujer no dada a los recuerdos. Puede decirse que la Bomba, la gran Daisy Blonde, había logrado algo que le envidio, había conseguido que su pasado fuera «una secuencia borrosa y fluctuante, una película imperfecta que mostraba las acciones de unas personas desconocidas», que diría Dorothy Parker, que amaba decir frases burbujeantes de este estilo y amaba –como yo– a mujeres como la Bomba.

Me entró nostalgia por mi juventud pasada junto a Daisy Blonde. Y recordé, de forma más o menos aproximada, unas palabras del *Fausto* de Goethe: «Devuélveme el impulso sin mesura, la dicha dolorosa en lo profundo, la fuerza del odio y el poder del amor. ¡Devuélveme otra vez mi juventud!»

Mefistófeles estaba por llegar. Yo aún no lo sabía, pero estaba a punto ya de llamar a mi puerta. Andaba más suelto por Nápoles de lo que yo había llegado a imaginar. Abandonaba la residencia de Torre del Greco cuando le daba la gana. Era casi peligroso, o, mejor dicho, así quería verlo yo.

Llamó a la puerta de mi cuarto cuando yo estaba leyendo en una revista un artículo sobre el misterio de la desaparición física en 1959 de Camilo Cienfuegos, el amigo revolucionario de Fidel Castro. Estaba preguntándome cómo era posible que Cienfuegos hubiera desaparecido, cuando volaba de Camagüey a La Habana, sin dejar el menor rastro. ¿Podía uno volatilizarse tan fácilmente? ¿Podía uno esfumarse sobre las costas cubanas sin dejar ni el menor rastro, ni la menor huella? Estaba preguntándome esto cuando golpearon la puerta de mi cuarto. Pensé que era la camarera y abrí. Era Morante.

Y no tardé en verlo como si fuera Mefistófeles. Era Morante y Mefistófeles al mismo tiempo. Supe que venía a cerrar un pacto conmigo cuando me dijo, muy educadamente, que podría olvidarme yo de mi desgraciada juventud (que ya había notado que me molestaba mucho recordar) si le dejaba entrar en el cuarto y le escuchaba unos segundos. Protesté enérgicamente. Le dije que en todo caso, ya que era Mefistófeles, preferiría un pacto por el cual me devolviera mi juventud, pero la que había transcurrido en el Bronx. No me contestó, parecía o simulaba estar perplejo. Salió de mí entonces un torrente brutal de palabras. «Deje de hablar, si quiere que le escuche», me interrumpió.

Traía otro microensayo. Era un texto sobre la conveniencia de que un autor decida soberanamente a qué género literario quiere dedicarse. «¿De verdad que quiere usted hablarme de esto ahora?», le dije furioso. «Si uno no sirve para la novela, debe retirarse a la concha de caracol del relato corto y el artículo literario», dijo. ¡No me lo podía ni creer! Ya todo aquello no tenía la menor gracia. ¿Qué era eso de la concha del caracol? Su presencia en mi cuarto sólo auguraba mi retorno al pasado y dificultades para ir consolidando mi personalidad de doctor en psiquiatría, temporalmente retirado. «No me interesa la literatura», le dije, «sólo su caso clínico. No soy literato y ni ganas de serlo, soy psiquiatra psiquiatrizador.» Me miró con cara de no entender nada y de gran susto. «Y, además», añadí, «no tiene usted ningún pacto que proponerme, ni ningún pasado que recordarme. Si vuelve a memorizar algún momento de la vida de ese joven al que usted conoció hace años, le advierto que, como doctor en psiquiatría psiquiatrizadora que soy, haré que, por falta más que evidente de locura, le expulsen del manicomio. ¿Me ha oído bien? Le voy a dejar en la calle.»

Nunca imaginé que Mefistófeles pudiera quedarse con esa expresión tan curiosa de no entender nada. Me hizo pensar en un libro de dibujos animados de Käthi Bhend sobre la vida de Walser, un libro que se titulaba *El que no se entera*. Algo, en cualquier caso, había entendido el profesor Morante. De algo se había enterado. «No le recuerdo, a usted no le recuerdo de nada, se lo juro, no conozco su juventud, me portaré bien», me dijo hablando de pronto casi como un niño. Y guardó, resignado y con un gesto de infinita tristeza, el microensayo que había sacado de su bolsillo. Una vez más, me pareció que era un literato honrado y que eso era lo que más admiraba y al mismo tiempo menos podía soportar de él. Me parecía cada vez más intolerable su íntima grandeza de escritor, de humilde y gran cero a la izquierda, de hombre sonámbulo sin ambiciones. Pensé en una frase que había leído hacía tiempo y en la que alguien decía que en el mundo de hoy el único lugar que le quedaba a un poeta verdadero era el manicomio. Sí, le admiraba. Pero no podía soportarle. Aquel hombre conocía demasiado mi pasado y era un obstáculo grande para que yo avanzara en la construcción de esa nueva vida a la que tenía derecho.

Volví a acordarme de Walser y de su casi permanente estado de sonambulismo. Un ser disociado de la vida común, destilando en soledad una literatura originalísima. Un hombre sin ambiciones. Un odiador profundo de la grandeza pública, de esa obligación de tener que ser alguien en la vida, un odiador del poder. Un escritor que, al igual que el pastor eternamente dormido de los pesebres napolitanos, no se enteraba de nada, o bien simulaba no enterarse y ser ingenuo para hacernos intuir los trasfondos más impensados de las cosas. Un hombre modesto, conocedor a fondo de lo que era realmente retirarse y desaparecer de verdad. Alguien que seguramente sólo deseaba decir sus verdades sencillas antes de hundirse en el silencio. Para muchos, alguien que escondía su angustia. Y para casi todo el mundo, un asombroso escritor que narraba con una absoluta y extrema ausencia de intención. El amo y señor del parloteo, de la escritura por la escritura. El secreto vencedor de una batalla contra las novelas con mensaje. Un creador que escribía para ausentarse.

Había ido Morante a buscarme al hotel, porque temía –y temía bien– que no fuera yo a buscarle más a él, pero sólo le había movido la búsqueda de compañía y, sobre todo, poder leerme su microensayo. Eso era todo, dijo. Pero ese «todo» era peligroso para mí. Si no me libraba de Morante estaría escuchando toda la vida microensayos y recordando mi juventud, no la del Bronx, sino la que creía ya superada. Tenía que ser consciente de que era preciso que diera pasos más consistentes para ser ya del todo un doctor en psiquiatría, temporalmente retirado. De modo que la ecuación era bien sencilla: o él o yo.

«Voy a pasar un informe a Bellivetti, al médico-jefe de su residencia», le dije, «y en esos papeles explicaré que usted se cree Mefistófeles. Eso le vendrá bien, pues hará que le consideren loco de remate y que no le pongan en la calle, podrá continuar con sus microensayos y mintiéndole a su protectora Leonisa, que a su vez miente a su marido. Pero ahora váyase de aquí si no quiere que le cuente mis años de juventud en el Bronx y mis años en un hospital de la Avenida Meridiana de Barcelona. Váyase, váyase.»

Vi cómo me miraba, vi cómo pensaba que yo estaba completamente loco, y también vi cómo, por puro miedo, no se atrevía a decírmelo. «Ya no tengo ganas de hablar con usted», acabó susurrando compungido y en voz muy baja, como ofendido. Y se marchó. Fue como un milagro, pero se marchó. Se fue con su microensayo. Pero aún le sobró tiempo para regalarme su sombrero de fieltro. Fue inútil que le dijera que no lo quería. Cuando se hubo marchado, me lo probé ante el espejo. Y luego me lo quité llevándolo junto a mí, a un lado. Me di cuenta de que estaba encantado de tener aquel sombrero. Comencé a sentirme encantado de todo, como si el sombrero me hubiera transmitido de pronto una gran alegría. Todo estaba bien. De pronto, todo era maravilloso. Con la marcha de Morante, mi juventud verdadera se había desplazado a cien millones de kilómetros. Miré por la ventana y contemplé un buen rato la bahía de Nápoles. Y luego recordé el día en que vi por primera vez a Daisy Blonde. Esbelta, majestuosa, con las manos suavemente apoyadas en las caderas, mirándome desde un trivial porche color rosa del Flamingo, con el fondo de una no menos trivial puesta de sol californiana, con un viento casi apaciguado haciendo temblar la llama de la vela colocada sobre la mesa en la que poco después se sentaría como si se estuviera acostando. Era el amor. Y era una bomba. No sabía yo entonces que el amor era tan trivial.

10

Me marché súbitamente. Iba a decir que me marché repentinamente sin avisar a nadie, pero eso no tiene sentido. ¿A quién debía avisar? Me marché del Hotel Troisi sin nada, sólo con el maletín de mi abuela, con escasa ropa de recambio mezclada entre mi biblioteca selecta y el dormilón napolitano. Podría haberme ido sin pagar, tal como tantas veces –como buen hijo del Bronx– había hecho en mi juventud en algunos hoteles que se habían cruzado en mi camino. Pero en el Troisi me habían visto llegar sólo con ese maletín y tal vez los conserjes tenían instrucciones de estar atentos para que no me escapara con mi portátil equipaje. Pagué. Y después me puse el sombrero de fieltro, el sombrero del loco, el sombrero de Walser. Era una hora tan temprana de la mañana que no había ni un taxi en la parada que estaba junto al hotel. Fui caminando por calles desiertas, que no conocía. Al llegar a la Piazza Recomero, vi un autobús. Aceleré el paso, crucé corriendo la avenida y subí tras dos tristes viajeros. Todos en el autobús tenían cara de sueño, eran las siete de la mañana e iban a trabajar. Yo no sabía adónde iba. Me senté al fondo, en la cabina circular. Tuve el miedo más absurdo que he tenido en mi vida, terror a encontrarme con alguien que me conociera. Luego, sin previo aviso, fui invadido por el recuerdo de una imagen tan trivial como tenaz. Me quedé recordando un mojón fronterizo, una señal de carretera de la que hablaba fugazmente Carl Seelig en su libro *Paseos con*

Robert Walser. ¿Era aquélla una forma perversa de despedirme del pobre Morante? Estuve un buen rato bajo los efectos de mi repentina fijación por ese mojón que, según había leído (y confirmé enseguida al consultar el libro de Seelig que llevaba en el maletín), servía para separar, entre negruzcos abetos, los cantones de Appenzell-Ausserrhoden y San Gallen. ¿Por qué me había puesto a pensar en aquel humilde e insignificante mojón? ¿Cómo era que me había quedado tan grabada aquella humilde señal en la memoria? ¿Quería indicar algo aquello?

Intenté olvidarme del asunto y, con la cabeza ligeramente ladeada hacia la ventana del autobús, me dediqué a observar, a modo ya de despedida, las calles de una Nápoles desierta a aquella hora tan temprana. Al adentrarse el autobús en un barrio que no había visto en mi vida, miré al joven que iba sentado frente a mí. Y, al devolverme él la mirada, pensé que debería taparme la cara con el sombrero y evitar así ser reconocido. Después, volví a la realidad. Me reí a solas, creo que desesperado. «¿Qué barrio es éste?», le pregunté al joven. Habría sido tal vez mejor no preguntar nada. «Pues no lo sé», me contestó después de pensarlo mucho. Me sentí realmente perdido. Comenzó a llover. Una señora, sentada al lado del joven, hundió su mirada en mi maletín. Y yo hundí de nuevo mi pensamiento en el mojón. Me dije que tanta fijación con esa señal de piedra ya empezaba a ser preocupante. Volví a mirar a la mujer y vi que seguía con su mirada puesta en el maletín. «¿Conoció usted a mi santa abuela?», estuve a punto de preguntarle. Me pareció que la fijación de aquella mujer con el objeto que había heredado yo de mi abuela podía ser parecida a la que tenía con aquel sencillo mojón de Appenzell. De pronto, me di cuenta de que podían pasar siglos, una eternidad, sin que ni el joven ni la mujer supieran quién era yo. Aquel autobús era un lugar perfecto para desaparecer del mundo. El anonimato puro. Todo aquello que buscaba lo acababa de alcanzar plenamente en aquel autobús. Comenzó a llover con más fuerza, con una intensidad melancólica. Allí, en aquel interior, ni siquiera era necesario ser doctor en psiquiatría, no era necesario ser nada. En el mundo perfectamente cerrado y eterno de aquel autobús, nadie necesitaba ayuda de ningún tipo, bastaba con viajar en silencio eternamente: dormir sin despertarse nunca, tal como hacía la figura del pesebre napolitano que me regalara un día Atxaga. Allí, en aquel interior, ni siquiera era necesario ser un desaparecido, no era necesario ser nada. Aunque la pregunta seguía ahí. ¿Quién era yo? ¿Alguien que se daba a sí mismo por desaparecido? ¿Alguien con un sombrero de fieltro? ¿Alguien que sólo pensaba en un mojón de Appenzell? A decir verdad, yo era alguien que empezaba ya a estar cansado de tantos gestos repetidos a diario. Me vino a la memoria una breve carta que había leído en cierta ocasión, una carta de despedida de un paciente que había tenido en el hospital de Manhattan y que se había ahorcado dejando una breve nota al mundo: «Tanto abrochar y desabrochar.»

Cada día me deprimían más las repeticiones y todo comenzaba a parecerme insoportable. Levantarse, vestirse, comer, escribir, defecar, desvestirse, acostarse. Todo me lo sabía ya de memoria, hasta la locura. ¿Cuántas veces, por ejemplo, había visto llover en mi vida? Escribí mentalmente un poema que hablaba de mis ansias grandes de realizar una excursión al fin de la noche, un deseo total de viajar sin retorno. Cuando terminé el poema, vi que llovía con más fuerza que antes, y ya no se veían las calles, el exterior había quedado completamente borrado. Se podía ya perfectamente viajar hacia el fin de la noche.

De pronto, con la misma brusquedad con la que me había ido del hotel, me marché de allí. Cogí el maletín de mi abuela y me bajé del autobús y, protegido por el providencial sombrero de fieltro del loco, me planté, bajo una fuerte cortina de agua, en la Via Scarlatti. La oscuridad y la lluvia cancelaban cualquier idea de ver algo más allá de dos metros de distancia. Fui andando durante un rato como quien se pierde a ciegas en un bosque de agua, anduve hasta que me refugié en un bello portal de Via Scarlatti. Miré hacia dentro, hacia la portería, que era bastante lujosa. Y sentí cierta tentación de adentrarme en aquella casa, tal vez porque de pronto recordé que las mejores historias clásicas son las que comienzan desde la parte del misterio, con el héroe sorprendido por una tormenta refugiándose en una casa en la que habita, en compañía de sus ancianos padres, una hermosísima doncella que lo enamora. Sin embargo, yo no era un héroe. Y, por tanto, no merecía doncella alguna. Eso terminó con mis especulaciones poéticas, que eran las que siempre me salvaban al final cuando no me quedaba nada más y estaba ya completamente desesperado. Una leyenda, una doncella, Daisy Blonde, siempre la imaginación o la poesía podían acudir a mi auxilio. Pero en aquel momento sentí que nada podía socorrerme. Volver a mirar al interior del lujoso portal equivalía a adentrarse en un túnel negro sin salida. Y en la calle seguía cayendo la lluvia con una fuerza inaudita.

No era un héroe, sino un hombre que se avergonzaba de haber desistido de continuar siendo lo que en su momento había sido: un odiador profundo de la grandeza, de esa obligación de tener que ser alguien en la vida, un odiador del poder. Un amante de los escritores de rostros secretos y de la discreción en la literatura.

Estuve un buen rato abatido, sin hallar salida alguna a la depresión, hasta que me marché súbitamente de aquel portal y caminé bajo la potente lluvia, sintiéndome más extraviado que nunca, aunque ya no tan deprimido. En Via Toledo encontré un taxi y, nada más subirme a él, decidí dirigirme al aeropuerto. Pero no había pasado ni un minuto desde que entrara en el vehículo cuando el indiscreto conductor comenzó a decirme que me tenía ya visto de Nápoles. Viví esto como un contratiempo más, sobre todo cuando comenzó a decirme que tal vez se había fijado en mí debido al «llamativo abrigo de color rojo que llevaba». El hecho es que me había visto en un café de la Piazza Bellini, donde él tenía habitualmente su parada. Me había visto con una señora del barrio. ¿No era así?

Me impresionó y después me horrorizó saber que era yo mucho *más visto* de lo que pensaba. Al decirle que era de Barcelona, comenzó a hablarme de un señor bajito de esa ciudad que, vestido siempre de negro de la cabeza a los pies, solía visitar Nápoles una vez al año y se sentaba en uno de los cafés de la Piazza. Era un enamorado ese señor del *Cristo velato* de la Capilla Sansevero y se pasaba horas en una esquina de la ciudad, próxima a la Piazza, porque decía que, al atardecer, esa esquina se convertía en el lugar más bello del mundo. Le había llevado a ese señor bajito muchas veces a su hotel, le conocía mucho. Se parecía en algunas cosas a mí, tal vez porque también era de Barcelona. Pero de todos modos yo era más alto y no llevaba barba ni tenía tanto aspecto de clérigo. «¿Es usted filósofo como el señor Luna de Barcelona?», preguntó de pronto el taxista. Me pareció saber de quién podía estar hablándome. Del cineasta Bigas Luna. Y le pregunté si había sido el mismo señor Luna quien le había dicho que era filósofo. No, no le había querido decir nunca a qué se dedicaba, pero su manera de hablar era de filósofo. Sólo le había explicado que era conocido en su país y también en Italia a causa de su oficio y que de él se había llegado a publicar que era bisexual cuando eso no era cierto, pues vivía con su mujer y la quería mucho.

«El señor Luna», susurró el taxista, con un apelmazado deje de admiración. Fuera, seguía lloviendo con una obstinación notable. Dejé que el taxista siguiera hablando de su admirado cliente barcelonés, y mientras tanto me dediqué a pensar en el pobre Morante, al que había tratado tan mal sin que él lo mereciera, pues qué culpa podía tener aquel hombre de acordarse de tantas cosas de mi pasado y, al mismo tiempo, qué culpa podía tener de encarnar al tipo de escritor con aspiraciones a ser un cero a la izquierda que yo, un día, había renunciado a ser.

«Parece un cura, eso sí», oí que decía el taxista continuando con su no solicitado monólogo sobre su admirado Luna. Logró realmente cargarme, era demasiado trayecto el que me esperaba todavía hasta el aeropuerto, cada vez veía más claro que no podría soportarlo. «Pues se dedica al cine erótico», le dije. «¡Ah!», suspiró ridículamente. «Y ahora, en lugar de llevarme al aeropuerto, va a dejarme en el manicomio de Torre del Greco», le dije, casi a modo de reprimenda por su lunático monólogo. «¿Lo dice en serio? El señor Luna también es amigo de las bromas.»

Me marché súbitamente del taxi, me bajé en el primer semáforo. Le arrojé un buen número de billetes al taxista, los suficientes para que no tuviera motivo alguno para –salvo por la grosera forma en que había actuado– protestar. Me marché súbitamente y, con el maletín de mi abuela y el sombrero de fieltro y el paraguas, me perdí en la lluvia. Una hora después, llegaba a la residencia de Torre del Greco. Mi idea era despedirme de Morante, y de paso disculparme. Aún no había entrado a trabajar el doctor Bellivetti, lo cual me evitó verle fumar con su pipa pop y también me evitó una nueva conversación sobre Lacan que en aquel momento yo para nada deseaba. Con la ayuda gentil de una enfermera localicé a Morante, que se hallaba, junto a otros dos enfermos, clasificando cajas de cartón en unas dependencias próximas a la cocina.

En cuanto le vi, me puse de rodillas y, con gestos innegablemente teatrales pero sinceros, le pedí perdón por haberle tratado tan mal en las últimas horas. Le conté qué era lo que me había exasperado tanto de él. «No puedo concebir que yo le dé envidia», me dijo con su cara de no enterarse de nada, que muchas veces le llevaba precisamente a enterarse de todo. Preferí hacer como que no le había oído, pero dejé de estar de rodillas. Él me lo agradeció y dijo: «Oh, doctor Fausto, me hacía sufrir verle ahí en el suelo, humillándose de esa forma sólo por una minucia, sólo porque yo escribo sin ser visto. Y, además, hágame un favor, doctor, mire la cara que ponen las enfermeras y mis amigos. Sentimos todos vergüenza por su comportamiento, doctor Fausto. Se diría que quiere quedarse a vivir aquí.»

Miré y efectivamente estaban todos un tanto horrorizados. Pero también yo lo estaba bastante, no sólo por mi comportamiento grotesco, sino por haber sido tratado repetidamente de doctor Fausto ante el personal sanitario. «Su interés en desaparecer», susurró entonces Morante, con un deje de desprecio. «¿Cómo ha dicho?», pregunté. «No, nada», dijo. Volvió a mí la imagen del mojón de Appenzell. Y me acordé de Walser, en conversación en Herisau con Seelig: «No pido más. En el sanatorio tengo la paz que necesito. Que los jóvenes hagan ruido ahora. Lo que me conviene es desaparecer, llamando la atención lo menos posible.»

«Su interés en desaparecer», repitió Morante, de nuevo susurrando pero como pensando en voz alta, y acompañándose de una mueca que me pareció de engreimiento y que logró que me arrepintiera de haber visitado aquel sanatorio. Y me arrepentí mucho más cuando sacó del bolsillo de su chaqueta un microensayo, que dijo haber escrito durante la última noche y que le gustaría leerme. El texto, según me dijo, empezaba hablando de la volubilidad de las cosas humanas que tantas veces, con sólo un ligero movimiento, pasan de un estado a otro muy distinto. «Como usted mismo», añadió con una ambigüedad entre burlona y trágica. Morante estaba muy cambiado, no se comportaba como en nuestros encuentros anteriores, él sí parecía un ejemplo de volubilidad. Le pregunté si se estaba riendo de mí. «Algo, sólo un poco», dijo, «pues se diría que quiere usted, doctor Fausto, quedarse a vivir aquí. Desde luego es un buen lugar para escribir y esconderse del mundo y luego irse de él sin que lo note nadie, salvo su sombrero, que es mío.»

Me marché de forma muy brusca, me marché súbitamente, y pensé que esta vez por fin iba a notarse mucho que me iba de un lugar, iba a verse perfectamente que desaparecía. En mi fulgurante salida derribé una torre entera de cajas de cartón, que no me detuve a recoger. De golpe, volvía a estar con mi maletín bajo la lluvia. Pero entonces tuve la nefasta idea de volver a entrar para ver qué impresión había causado mi marcha. Ninguna. Se limitaban a recoger del suelo las cajas. Y Morante, en un rincón, estaba arrojando a la papelera su microensayo, y se reía.

III. El mito de la desaparición

1

En la mañana del 1 de enero, al despertar tras unos sueños agitados, me encontré en mi cama convertido en un doctor en psiquiatría al que otro médico, sin duda un médico monstruoso, le había implantado durante la noche una memoria tan completa como artificial, una memoria extraña y sin fisuras, una memoria muy distinta de la que tenía antes de dormirse.

Aterrado, me resultó imposible no pensar enseguida en una noticia que horas antes había leído sobre el Laboratorio de Estudios de la Memoria de Edimburgo, donde se había ya comenzado a hablar de implantar una memoria completa a los enfermos dañados por el Alzheimer, por la senilidad o por la locura.

Había pasado yo a tener *única y exclusivamente* la memoria del doctor Pasavento, esa memoria y ninguna otra. Mis otros recuerdos habían quedado todos pulverizados, todos salvo (tal vez por su proximidad en el tiempo) los de la noche anterior, la noche de fin de año. Pero si quería memorizar algo más sobre la persona que yo había sido antes de esa noche, debía recurrir ahora a la biblioteca portátil de mi maletín o a los cuadernos donde, como pude ver tras una rápida ojeada, me dedicaba a contar la historia de mi desaparición.

Como mi mente ya no funcionaba del mismo modo que en la noche anterior cuando era todavía un precario Frankenstein de los recuerdos, es decir, cuando era un puzzle de diversas memorias personales que convivían entre ellas, no tardé en comprender que mis intentos de cambio de identidad habían ido demasiado lejos y mi imprudente juego había terminado por propiciar que de la noche a la mañana mi imperfecta personalidad de doctor Pasavento hubiera dejado de tener fisuras pasando a ser espantosamente compacta y perfecta, tan perfecta que ahora tenía única y exclusivamente la memoria de ese doctor. No me hizo la menor gracia, no le pedía tanto yo a la vida. Quise creer que la implantación de aquella memoria artificial era provisional, una consecuencia brutal de los agitados viajes mentales y etílicos con los que había celebrado a solas la Nochevieja.

¡Nochevieja! Antes de que sonaran las doce campanadas de fin de año, ya me había encontrado mal. Un importante vértigo me había empujado a sentarme en la cama para descansar un rato. Cuando me había cansado de reposar, había comenzado a ir de un extremo a otro de mi habitación y había sentido con más fuerza que nunca que me había extraviado, perdido, y había tratado de orientarme de nuevo, lo cual tan sólo me había llevado a emitir numerosos y ridículos suspiros. Ni siquiera ante mí mismo había sido capaz de disimular el hecho de que estaba angustiado. Y entonces había visto al radiador de la calefacción sonreír. Hasta ahí podíamos llegar, me había dicho a mí mismo. ¿Me había estado destrozando lentamente la excesiva soledad de los últimos días? Tras preguntarme esto, vi al radiador sonreír sarcásticamente desde su imperturbable quietud *radiadora*. «A ti no te afecta nada», le grité furioso y con verdadera indignación, «a ti no te afecta porque no estás sometido a ningún tipo de inquietud. No te afligen las calamidades. Tú no te has equivocado, claro. Y eso te hace sentirte presuntuoso, claro.»

Estaba fuera de mí. Nochevieja fatal, pensé. Volví a sentarme en la cama. Después de mi discurso al radiador, me pregunté si no sería que me había vuelto completamente loco. Y como si estuviera viendo por anticipado lo que iba a pasarme, es decir, como si estuviera viendo lo que, tras los sueños agitados, me ocurriría a la mañana siguiente (es decir, como si estuviera ya viendo que despertaría con una horrible y compacta memoria trasplantada), me pregunté si no sería que tenía yo la conciencia programada por un destino que tenía todos los naipes marcados y movía de vez en cuando sus hilos, los movía lo suficiente como para ir logrando que le hablara a los radiadores y que cometiera más locuras de este estilo y acabara siendo víctima de mi extrema soledad ingresando en un manicomio.

Nadie pensaba en mí. Me encontraba en una situación sin salida. En un cuarto de hotel de París. En soledad rigurosa desde hacía días y ante una Nochevieja que se presentaba trágica. Para escapar de la situación que me tenía atrapado, no se me ocurrió mejor cosa que pensar en el manicomio de Herisau. ¿En qué lugar de la misteriosa Suiza estaría escondido ese sanatorio? ¿También los manicomios ansiaban desaparecer? Y, puestos a preguntarse, ¿no podía ser Herisau un lugar ideal para que el doctor Pasavento se escondiera definitivamente del mundo?

Pensé en todo esto y me pregunté si no sería que, detrás de mi cada vez más recurrente deseo de conocer ese sanatorio, no estaría escondido, aparte de mi posible locura, el mito de la desaparición. Hasta entonces había pensado mucho en la desaparición, pero no en el mito. ¿Había realmente un mito de la desaparición? ¿Y cómo no iba a haberlo? Para muchas personas, ese mito se encontraba, por ejemplo, detrás de la fantasía poética de la Patagonia, es decir, detrás de la idea de hundirse en la desolación del fin del mundo, en ese lugar, la Patagonia, donde uno es muy consciente de que la belleza puede conducirte a la desolación, a veces por lo más impensado, a veces sólo porque todos los días ves lo mismo, la misma belleza. Pensé en esto y después me acordé de la *alameda del fin del mundo* por la que un día había yo transitado. Y finalmente vino a mi memoria una frase que no recordaba quién había dicho: «Viajar a la Patagonia debe ser, por lo que imagino, como ir hasta el límite de un concepto, como llegar al fin de las cosas.»

Me dije que la Patagonia o el manicomio de Herisau eran, por supuesto, metáforas. Desde hacía unos minutos, el manicomio de Herisau era mi metáfora personal del fin del mundo. La Patagonia, en cambio, una metáfora que era propiedad del mundo entero. Cuanto más lo pensaba, más claro creía verlo. Herisau parecía un lugar muy apropiado para desaparecer, pues era incluso más probable que fueran a buscarme a la Patagonia que a ese manicomio de la Suiza oriental. Aunque lo más probable era que no me buscara nunca nadie en ningún lugar. ¿Era eso deseable o todo lo contrario? Aún no lo sabía bien, pero lo cierto era que me estaba habituando a la idea de que no era *percibido* por apenas nadie, lo que podía interpretarse como que iba perdiendo, a notable velocidad, *presencia.*

Me había empezado a habituar a la idea de que yo era un casi perfecto hombre invisible, y también un desdichado. Tenía, eso sí, la compañía de mi imaginación, que sólo me servía para ser el escritor oculto que tan satisfecho estaba de ser. Volví a ir a la ventana y escuché los imaginarios rumores y quejidos del viento que cruzaba por la rue Vaneau. Faltaban unas horas para las campanadas de fin de año. ¿No debería huir de la confusión entre las diferentes juventudes e infancias que ahora tenía? Sobre estas cuestiones y todas las demás podía, más que nunca, decidir lo que quisiera. A fin de cuentas, nadie se enteraría, pues yo no era nadie en medio de aquella noche de fin de año y, además, era un escritor oculto, un doctor en psiquiatría que practicaba una escritura privada. Inventé que llegaba a mis oídos el rumor de un carruaje del siglo XIX que avanzaba por la rue Vaneau y se mezclaba con las campanadas de las doce y los aullidos del viento y acababa entrando por las ventanas del antiguo apartamento de Marx y volvía a salir de él para regresar a la calle y colarse en mi cuarto de hotel y hacer que volara el humilde sombrero de fieltro que Morante me había regalado en Nápoles. No tardé en darme cuenta de que en muy pocos minutos mi locura había ido en aumento. ¿Habría sido yo, sin saberlo, abducido por la rue Vaneau? Recordé que, en otra época, cuando tenía amigos, les había pedido a éstos que me avisaran el día en que me volviera loco. ¿En quién podía confiar ahora para saber si había perdido la razón? Tenía siempre abierta en la mesita de noche mi inútil libreta de números de teléfono y en ese momento la miré como si fuera la primera vez que la veía y la repasé y, como en tantas ocasiones en los días anteriores, acabé una vez más llegando a la conclusión de que no tenía a quién llamar. Había algunos nombres de antiguos amigos, claro. Pero llamarles, aparte de que ninguna alegría iba a darles, sólo podía estropear la remota posibilidad de que algún día, aunque fuera un día muy lejano, me echaran en falta. No era necesario darle más vueltas al asunto. No tenía a nadie a quien recurrir para saber si había caído en la demencia. No tenía a nadie, ni siquiera al bueno de Mario Gombricz, un amigo del Bronx tempranamente desaparecido, un amigo de verdad, un amigo al que cuando le comuniqué que iba a tener una hija que se llamaría Nora no le hizo ninguna gracia y me preguntó, muy asustado, si había alguien que me hubiera garantizado que esa hija no sería una asesina.

169

Pensé en Mario Gombricz y después en las asesinas y en los aullidos de éstas y en el de las sirenas de las ambulancias que trasladan en Nueva York a los asesinados y en unos versos sobre esa ciudad que decían que «la sangre no tiene fronteras / en vuestra noche boca arriba», y después me pregunté si el ser humano se seguiría sirviendo de la palabra durante mucho tiempo o si recobraría poco a poco el uso del aullido. Con esto ya me angustié más. ¿Todos los que enloquecían acababan aullando? Decidí cambiar de actividad mental, buscar otras diversiones para la horrible Nochevieja. Me acordé de unas instrucciones de Georges Perec: «Describe tu calle. Describe otra calle cualquiera. Después, compara.» Encontré distracción para unos minutos. Tumbado en la cama, me dediqué a imaginar que describía los puntos clave de mi calle. ¿Y cuál consideraba que era mi calle? Pues la rue Vaneau, claro. En ella había seis puntos esenciales, del mismo modo que también había seis lugares esenciales en el Paseo de San Juan de mi infancia. Los de la rue Vaneau eran más que evidentes: la casa de Gide, la embajada de Siria, la misteriosa mansión de las sombras inmóviles, la farmacia Dupeyroux, el apartamento de Marx y el Hotel de Suède. Después, imaginé que describía los seis lugares clave del Paseo de San Juan de mi infancia: el portal de luz submarina, el cine Chile, la tienda del librero judío, la bolera abandonada, el castillo encantado y la escuela.

Comparé. Había una clara correspondencia entre cada uno de los lugares de la rue Vaneau y los del Paseo de San Juan. El enigmático castillo encantado, por ejemplo, parecía relacionado con la misteriosa mansión de las tres sombras inmóviles. El vestíbulo del cine Chile tenía las mismas dimensiones que el hall del Hotel de Suède, etcétera. Durante un buen rato estuve conectando los lugares de una calle con los de la otra, hasta que agoté todas las combinaciones posibles, y mi mundo mental acabó reducido a dos calles que descubrí que en realidad eran una sola, la calle única y solitaria de mi vida.

Miré las dos botellas de whisky y el pastel que, con cierta desesperación, había comprado en un colmado tunecino de la rue Varenne. Era ya la una de la madrugada cuando me decidí finalmente a probar el whisky y a pensar en mi adolescencia y comencé a recordar de pronto mi diario adolescente, el que me regalaron el día de Navidad y que escribí a lo largo del invierno de 1963 y que tenía como fondo el Paseo de San Juan y que se parecía, aunque sólo remotamente, a los cuadernos en los que desde hacía unos días andaba yo escribiendo la historia de mi desaparición. Se iniciaba el 31 de diciembre de 1962, lo recordaba muy bien, y contenía una escueta anotación. «Susto de muerte a mis padres.» Traté de recordar aún más, adentrarme en el misterio de aquella frase. ¿Era una forma normal de inaugurar un diario de adolescente? Acabé recordando que tenía en aquellos días la costumbre de hacerles creer a mis padres que no estaba en casa, y para ello me escondía debajo de la cama y pasaba allí horas, pensando. Eran momentos en los que disfrutaba de la soledad con verdadera locura. A veces mis padres intuían que había alguien más en el hogar y entraban a husmear en mi cuarto y yo, con un miedo grandioso a ser descubierto, contenía la respiración y acababa sintiendo un placer inmenso al ver que había logrado, allí bajo el colchón, desaparecer a los ojos de todo el mundo.

Ya en los años de mi adolescencia tenía cierta tendencia a desaparecer. En realidad, me dije, tendencia a aparecer sólo la tuve de verdad cuando me dio por publicar libros. Fue justo diciéndome esto cuando de golpe, hacia las cinco de la madrugada, tras haberme bebido una botella y media de whisky, caí dormido convirtiéndome posiblemente en el flanco perfecto para que hicieran su aparición los sueños agitados que facilitaron la labor del doctor invisible, especialista en neuroquímica del cerebro, que iba a implantarme la horrible, por compacta, artificial memoria.

171

A la mañana siguiente, transformado inequívocamente en el doctor Pasavento y horrorizado de tener una identidad tan compacta y única que una vez más me confirmaba que la identidad es una carga pesadísima, abrí bien los ojos, sin atreverme a moverme de la cama. Se oía el trinar de unos pajaritos en los jardines de Matignon y un silencio total en la rue Vaneau, en este caso un silencio de resaca general de la fiesta de fin de año, resaca que seguramente se extendía por todo París. Había nevado, seguramente al amanecer. Un golpe de viento había abierto, no se sabía cuándo, la ventana del cuarto, y una luz extrema, casi irreal, creaba la sensación de que había despertado yo en el otro mundo. Estaba en una especie de paraíso celestial, pero con un fuerte dolor de cabeza y con la memoria única de un doctor en psiquiatría.

Deslumbrado y alterado por esa luz, pero también por ser *únicamente* el doctor Pasavento, quise creer que todo lo que me pasaba era, simple y llanamente, producto de una fuerte resaca. Porque si uno lo pensaba bien, ¿era verosímil que durante la noche un médico, sin duda monstruoso, probablemente un neuroquímico del cerebro, me hubiera implantado la memoria completa del doctor Pasavento? Me hice todas estas preguntas con el fondo, cada vez más odioso, del dolor de cabeza y del trinar de los pajaritos de Matignon.

No podía resignarme a pensar que me tocaba ser únicamente el doctor Pasavento el resto de la vida, y me seguí haciendo preguntas. ¿Y si en realidad no estaba equivocado al creer que la extrema y extraña luz de la nieve que había cambiado tanto mi cuarto estaba indicándome que yo había muerto en el transcurso de la noche y estaba viviendo ya en el otro mundo? Un sudor frío. Miedo. ¿Estaba loco? ¿Había muerto? ¿Era un muerto que estaba loco? ¿Había simplemente bebido demasiado? Recordé que un escritor sueco del XVII, el doctor Swedenborg, sostenía la teoría de que cuando un hombre muere, no se da cuenta de que ha muerto, ya que todo lo que le rodea es igual. Se encuentra en su casa, lo visitan sus amigos, recorre las calles de su ciudad, no piensa que ha muerto; pero luego empieza a notar algo, que al principio lo alegra y que lo alarma después, nota que todo en el otro mundo es más vívido que en éste.

Me aterré ligeramente cuando me di cuenta de que en realidad ese recuerdo de Swedenborg había sido siempre ajeno a mí, es decir, había leído la historia en un libro pero luego la había olvidado, no la había recordado nunca hasta aquel momento. Tal vez se trataba de un recuerdo muy personal del doctor Pasavento, eso lo explicaría todo. Tal vez era un enojoso recuerdo central de mi memoria implantada.

Dejé de pensar en esto cuando vi que en mi cuarto de París había perdido fuerza la luz de la nieve que entraba por la ventana. ¿Cuántos minutos habían pasado desde que me había dedicado a recordar las teorías del doctor Swedenborg? ¿O era que poco después de mi despertar de monstruo había vuelto a caer dormido, vencido por la resaca y la locura que me envolvían? Daba la impresión de que el tiempo, en aquel primer día del año, transcurría más rápido que de costumbre. ¿No estaría muerto de verdad? Me asomé a la ventana y observé que en la rue Vaneau había algo más de animación que antes, aunque, como siempre, la calle registraba ese nivel acústico de quietud e inmovilidad que parecía preceder a una gran explosión de odio, el sordo horror de mundos al borde del grito. No sé cuánto rato estuve mirando la calle. El hecho es que una hora después me quedé helado y algo horrorizado al darme cuenta de que única y exclusivamente el doctor Pasavento podía recordar algunas de las cosas que yo en aquel momento recordaba. Tal vez un castigo por mi intento de llevar, como si nada, una doble vida. Ahora, debido a tanta osadía, ya sólo podía ser aquel doctor que tanto últimamente me había empecinado en *ser*.

Tal vez me había convertido tan sólo en un perfecto candidato para ser internado en el manicomio de Herisau. Que estaba loco no tenía por qué ponerlo demasiado en duda. Bastaba con ver que yo creía que un doctor habitaba en el interior de mí mismo y encima a ese doctor lo imaginaba con un peinado moderno que imitaba las formas de un radiador y con andares de oso babeante –porque así empecé a imaginarlo–, todo un señor especialista en neuroquímica del cerebro.

Pero, realmente, ¿había un doctor dentro del doctor que yo era? Pensando en todo esto, volví a quedarme dormido, sudé, eliminé toxinas del alcohol de la noche anterior. Soñé en las bodas de la locura con mi resaca. Y cuando hacia las cuatro de la tarde me desperté, vi que la resaca había descendido en intensidad, y, sin embargo, continuaba yo teniendo la memoria entera del doctor Pasavento. Como me pareció que ya no podía suponer que la maldita resaca había condicionado mi memoria, vi que me quedaban menos opciones ya para explicarme lo que me estaba pasando. Ya sólo quedaba (prescindiendo de una explicación extrema, la de que estaba muerto) confiar en que se confirmara que había sufrido un acceso de locura. Más vale estar loco que muerto, pensé. ¿Quién me iba a decir que algún día pensaría esto? Visto así, estar loco era un mal menor, casi deseable. Loco de manicomio, loco descomunal. Loco ideal para ingresar en Herisau. Eso explicaría que tuviera tan absoluta certeza de que me habían implantado una memoria entera. Pensé en Hölderlin, que en su demencia se hacía llamar, indistintamente, Buonarrotti, Skartanelli o Killalusimeno, y exigía que le dieran el título de bibliotecario. Recordé mi modesta biblioteca de maletín rojo y me senté en la cama a llorar. Fuera soplaba el huracán de Orawa que aullaba largamente en la chimenea de la mansión de Matignon y también en la casa de las sombras inmóviles y parecía como si todo se templara en una tremenda tensión, como si los muebles de la embajada de Siria se estuvieran hinchando y los cristales fueran a estallar en cualquier momento y un fantasma en forma de coche fúnebre se dispusiera a recorrer Europa. Me había vuelto loco. Eso era. Buonarrotti, Skartanelli, Killalusimeno. ¡Qué gran diversidad, qué variedad de nombres! ¡Qué envidia me daba aquello! Un genio como Hölderlin podía despilfarrar en nombres. Me levanté de la cama y seguí llorando. Qué vergüenza, qué horror, qué tristeza. Yo, en cambio, sólo era el doctor Pasavento.

2

Al atardecer de ese primer día del año, ya no sé exactamente a qué hora, como fuera que me vino en gana dar un paseo, me planté el sombrero de fieltro en la cabeza y abandoné el cuarto de los escritos o de los espíritus, y bajé la escalera para salir a buen paso a la calle a pisar la nieve. Hasta donde hoy puedo acordarme, me encontraba, al salir a la rue Vaneau, en un estado de desquiciada ansiedad. Y me quedaban restos todavía de un dolor de cabeza que horas antes había alcanzado su más fuerte intensidad. ¿Tenía yo realmente aspecto de doctor en psiquiatría eventualmente retirado? Por suerte, había leído en mis cuadernos fragmentos de la historia de mi desaparición y eso me ayudaba a no sentirme tan dominado por el látigo de mi recién implantada memoria entera. Entre la bufanda, que me tapaba media cara, y el sombrero de fieltro, no estaba yo demasiado reconocible. Eso tal vez pudo ser la explicación de que poco después no fuera visto en la calle por Eve Bourgois, que, en su calidad de relaciones públicas de la editorial, acompañaba a Lobo Antunes al hotel. Me topé con ellos a la altura de la casa de André Gide. Estaba claro que el escritor portugués, después

175

de su lectura en la librería Compagnie, había decidido quedarse a pasar el fin de año en París. Y ahora, tras un paseo, regresaba a su cuarto de hotel.

Al ver yo que sabía perfectamente quiénes eran ellos dos, creí darme cuenta de que, a pesar de mi memoria compacta y de mi compulsiva enajenación de las últimas horas, estaba dejando de tener únicamente los recuerdos del doctor Pasavento. Andaban Lobo Antunes y Eve enzarzados en una conversación, pero eso no les impidió para nada verme. Verme perfectamente. Lobo Antunes, debido a que no sabía quién era yo, reaccionó con la lógica indiferencia. Pero Eve me miró, me vio, y no me reconoció. O creyó que veía una extraña reproducción mía. Un Pasavento clonado, con paraguas y bufanda y sombrero de fieltro. Se dilataron algo sus pupilas, como si hubiera visto con sorpresa una mala imitación mía. Pero en ningún momento hizo un gesto para saludarme o algo por el estilo.

¿Me había cambiado tanto la Nochevieja hasta el punto de haberme vuelto irreconocible a los ojos de personas que me conocían? ¿Acaso mi eterno abrigo rojo no me delataba? Me quedé entre perplejo y hundido, mirando hacia el cielo o, mejor dicho, hacia la sexta planta del inmueble donde había vivido Gide. «Lo que no es extraño, es invisible», decía su amigo Paul Valéry. Yo debía de ser extraño, porque para ser invisible aún me faltaba mucho. Pero parecía que fuera invisible. Y extraño a la vez. En todo caso, lo más extraño era que Eve no me hubiera reconocido. ¿Tanto había yo cambiado?

Estuve unos segundos pensando en todo esto, hasta que di media vuelta y me dediqué a seguir discretamente a Eve y Lobo Antunes, tal vez con la esperanza de que ellos se volvieran de repente para ver mejor al señor de rostro huidizo y bufanda y paraguas y sombrero de fieltro con el que se habían cruzado y que ahora les seguía. Pero no, en ningún momento se volvieron, siguieron hablando de sus cosas. Cuando entraron en el hotel, yo entré en la Dupeyroux, que ese día había abierto como farmacia de guardia. Pedí aspirinas. Y enseguida vi que la dependienta no era la misma de la anterior ocasión en que había entrado yo allí también a pedir aspirinas. Mi memoria compacta, la que me ataba a una doctoral y única personalidad, parecía estar cada vez aflojándose más. Volvía lentamente a mí la compleja personalidad que tenía yo el día anterior poco antes de emborracharme con tanta ferocidad. Parecía pues confirmarse que estaba dejando de tener únicamente los recuerdos del doctor Pasavento. La farmacéutica me dio las aspirinas y yo en ese momento fui alcanzado por un insolente y breve flash mental que me trajo el recuerdo del momento en Nueva York en que presencié cómo mis padres eran rescatados del fondo del río Hudson.

«Que conste que he visto esta farmacia antes en Internet», le dije así a bote pronto a la farmacéutica, tal vez nervioso por la imagen repentina de los dos ahogados. «Pues muy bien», me contestó ella, y se me quedó mirando con una media sonrisa. Por fin alguien me veía. Silencio. Lo rompí yo. «¿Ha leído *Fuga sin fin* de Joseph Roth?», pregunté. Sonrió con amplitud, como si llevara rato buscando un motivo para reír. «Usted es escritor, seguramente. En el Hotel de Suède hay siempre muchos escritores. ¿Publica en la editorial de Christian Bourgois?», dijo. Fue como si me hubieran hecho la pregunta más difícil del mundo. «Soy un escritor secreto. ¿Cómo voy a publicar ahí?», le respondí. Entendió que le había dicho que era policía secreto. «Ésta es la calle de los policías disfrazados, ya empiezo a estar cansada. Además, antes al menos eran secretos de verdad y no lo decían. El mundo está cambiando demasiado deprisa», dijo. Deshice el entuerto, le expliqué que no era policía y acabé enterándome de que se llamaba Chantal y no trabajaba allí, tenía la carrera de farmacia terminada, pero estaba sin empleo, si la veía allí detrás del mostrador se debía a que había simplemente sustituido en aquel día festivo a una amiga. «A su amiga la conozco», quise decirle. Pero callé. «Su amiga también sale en Internet. Detrás del mostrador», pensé en decirle, pero de nuevo me retuve. «Y entonces, si no es policía, ¿qué es?», preguntó ella. Me mostré dubitativo, buscando desesperadamente una respuesta. «¿Sabe usted una cosa? Siempre que alguien me pregunta quién soy, me limito a mostrarle el pasaporte», acabé diciéndole. «¿Y qué pone ahí, en su pasaporte?», preguntó con un gesto divertido, pero algo ya incómoda al ver que le daba demasiada conversación. «Que soy el doctor Ingravallo», le contesté. Me salió del alma. O, mejor dicho, dentro de mi desvarío me pareció que me había salido del fondo de mi memoria recién trasplantada, como si desde ese fondo hubiera hablado una voz inesperada, una especie de variante de la voz de Serge Reggiani que había yo escuchado mil veces en un bar francés del Bronx: «Je ne suis jamais seul avec ma solitude.» Pero era una voz que al mismo tiempo me recordaba a aquella voz interior o fantasmagórica que había oído en lo alto de la torre de Montaigne. ¿Era el doctor Ingravallo mi soledad, ma Solitude?

Pagué, le sonreí. Ella no me devolvió la sonrisa.

¡El doctor Ingravallo! En el breve silencio que siguió, me acordé de un doctor Ingravallo bien diferente, aquel escéptico y sabio policía de la gran novela *El zafarrancho aquel de Via Merulana*, de Carlo Emilio Gadda. «Non sono dottore», repetía con paciencia ese personaje a todos los que le llamaban de ese modo. «Non sono dottore», le dije a la farmacéutica sustituta. «¡Oh, vamos, tómese una buena aspirina!», me contestó ella, riendo de nuevo, pero ahora dándose la vuelta y entrando en la trastienda, dejándome con la palabra en la boca, sin duda cansada ya de mí y, además, sospechando –sin equivocarse demasiado– que andaba yo entre el extravío, la resaca de fin de año y una posible enajenación vertiginosa.

Salí a la calle y, aunque no muy convencido del todo, me sentí un derrotado de la vida y un expulsado del mundo. Y a modo de modesta rebelión contra las transformaciones que habían tenido lugar en mi memoria, decidí llamarme doctor Ingravallo, al menos durante el resto de aquel día primero del año, aquel día que ya decaía. Una venganza contra el invisible médico con modales de oso que me había trasplantado una memoria entera. Me alejé de allí y fui andando hacia Saint-Germain, anduve a buen paso durante unos minutos, hasta que llegué al quiosco que hay junto a la librería La Hune, donde compré un periódico sin darme cuenta de que ya lo había comprado y leído el día anterior.

«La nieve no da frío», me dijo desde el suelo el *clochard* amigo de Scorcelletti. «No lo da, es cierto», contesté amable y educadamente al tiempo que le dedicaba una sonrisa enorme, como de reconocimiento de su estatus de *clochard* y como si él fuera, además –seguramente lo era–, mi mejor cómplice y amigo. Entré en La Hune, abierta siempre los días festivos. Encontré una revista literaria que en portada anunciaba una entrevista con Josef Wehrle, «enfermero de Walser en Herisau». No había pensado comprar nada en La Hune, pues no cabían más libros ni revistas en mi maletín, pero dar con esa entrevista con un enfermero del que nunca había oído hablar me llevó inmediatamente a hacerme con esa revista. ¿Era casual que Herisau hubiera vuelto a entrar así de golpe en mi vida? Me pregunté esto y luego salí de nuevo a la calle y entré en el Flore, donde pedí mesa y, nada más sentarme, me tomé una aspirina y un café corto. El efecto –creo que sobre todo de la aspirina, el café me pareció insulso– no se hizo esperar, me cambió un pensamiento, sólo uno, pero suficiente. Y es que dejé de creer que necesariamente yo fuera el doctor Ingravallo y volví a ser el doctor que era antes, lo cual tampoco era que fuera demasiado tranquilizador.

Al abrir el periódico y leer los titulares de un artículo sobre la neuroquímica del yo, me di cuenta de que todo eso ya lo había leído la tarde anterior. En el artículo, Francis Crick, descubridor con Watson de la estructura del ADN, afirmaba que el yo surgía de una combinación de azúcar y carbono. «Antes de sospechar que Crick está loco», me dije, «debes pensar que una aspirina cambia un pensamiento, aunque aún nadie sepa el porqué. Si una aspirina puede hacer eso, ¿qué no podrá hacer la medicina con nuestro cerebro?» Poco después, al leer el artículo contiguo, me encontré con otra noticia ya leída, la que hablaba del Laboratorio de Estudios de la Memoria de Edimburgo, donde se preparaban para ya pronto implantar memorias enteras a los enfermos. Me toqué la nuca, como si fuera en ella donde me hubieran insertado la memoria completa del doctor Pasavento. Con un avance incontrolable en mi cerebro, la aspirina parecía estar haciéndome más efecto del acostumbrado y me estaba curando la resaca. ¿O era simplemente que se estaba reforzando mi estado de locura? Sentí que el doctor Ingravallo me tocaba la nuca. ¡El doctor Ingravallo! ¡La misma persona que acababa yo de dejar de ser! Ligeramente aterrado, sintiendo cierto pánico de mí mismo, me encasqueté aún más el sombrero de fieltro. Llegué al convencimiento pleno de que estaba irreconocible. Con razón Eve Bourgois no me había reconocido. En ese momento, precisamente en ese momento, me pidieron un autógrafo. Un matrimonio me había confundido con Albert Cossery, el gran escritor egipcio, cliente habitual del local. Me angustió mucho el equívoco, pero les dediqué el libro. Les pregunté cómo se llamaban. Michel y Marie. Les puse: «Para Michel y Marie, que fueron a su casa y no volvieron.» Noté que me gustaba mucho dedicar los libros que habían escrito otros.

Una media hora después, la aspirina y el paulatino derrumbe de la resaca comenzaron a incrementar su ritmo de cambiar las cosas y poco a poco fueron infiltrándose en la memoria del doctor Pasavento aún más recuerdos de la primera personalidad que había tenido antes de dedicarse a la psiquiatría. Y descansé al comprobar que no había andado desencaminado al confiar en que todo aquel horror resultara ser al final sólo el producto de una dura resaca. A cada minuto que pasaba, recuperaba cada vez más mi memoria doble. De nuevo y felizmente, como antes de la Nochevieja, los recuerdos del doctor y el escritor se mezclaban. Vi que por fin volvía a ser un hombre de pasado doble.

Entonces, me animé y sin miedo alguno decidí que lo más coherente sería resumir en un tercer nombre mis dos personalidades, instalarme en una especie de tercera identidad, tercera vía de la verdad. Dadas las circunstancias, ser el doctor Ingravallo me pareció en aquel momento, aunque hubiera renunciado hacía poco a llamarme así, lo más justo y oportuno. Implantaría memorias completas a los otros, y a mí que me dejaran en paz. Si ya había sido Ingravallo, ¿por qué no probar de nuevo a serlo? Además, ¿acaso no llevaba a la Solitude en el interior de mí mismo? ¿Acaso esa Solitude no era una especie de oso gruñón, que me acompañaba en mis derivas?

Aunque a medida que vencía a la resaca, perdía locura, observé que la locura no tenía, en cualquier caso, muchas intenciones de retirarse del todo. Le hablé al oso que llevaba dentro: «¿No te molesta, supongo, que me llame como tú?» Después, simulando que hablaba con un móvil (no he tenido nunca ninguno, ni pienso jamás tenerlo, pues hoy en día no tengo ya a nadie a quien llamar), seguí hablando con mi oso, con mi oso interior, con mi íntimo cirujano neuroquímico. Le dije, por ejemplo, que sabía que los supuestos enloquecimientos de personajes como Hölderlin, Nietzsche, Artaud o Robert Walser no eran tales, sino más bien extravagantes discursos literarios que eligieron un modo de comunicarse poco común, más lúcido probablemente.

Dejé el Flore y fui a cenar al café de al lado, al café Les Deux Magots, donde, tras desplegar teatralmente el periódico ya leído, le di mi nombre al camarero. «Estoy esperando una llamada de teléfono, soy el doctor Ingravallo», dije. Y luego pensé que debería haber añadido: «El famoso doctor que implanta memorias completas a los enfermos dañados por el Alzheimer, por la senilidad o por la locura.»

No me llamó nadie, por supuesto. Pero de vez en cuando, en un privado y modesto juego perverso, miraba a los ojos al camarero, como si estuviera preguntándole cómo era que aún no me habían telefoneado. «La llamada es desde Suiza y me llegará de parte de *la bella desdicha*», tenía ganas de decirle. O bien: «¿Aún no hay noticias de mi metáfora personal del fin del mundo?» Pero me contenía, contenía mis palabras, una forma de dominar mi propia locura. Otra manera de contenerla era inventar recuerdos que tuvieran algo que ver con mozos de hotel y teléfonos portátiles. Me acordé de un día en el bar de un hotel de Ginebra. Un día en el que yo estaba mudo y atemorizado entre Juan Benet y Álvaro Pombo, que se hablaban de usted y se trataban entre ellos de don Juan y de don Álvaro. Me acordé de que, de pronto, apareció un botones que anunciaba en un cartel una llamada telefónica, y Pombo miró hacia el cartel al tiempo que decía irónicamente esperanzado: «Esa llamada podría ser para mí.» Breve silencio. «¿Y quién le va a llamar a usted, don Álvaro, quién le va a llamar?», dijo entonces un socarrón Benet.

Aparte de contener mis palabras o de recordar escenas de hotel, se me ocurrió que otra manera de contener la locura era ponerme a leer. Pensé que me habría ido bien tener conmigo un libro, pues el del enfermero Wehrle no me servía, no era más que una revista que contenía una seguramente simplona entrevista. Organicé un libro propio en mi cabeza, un ensayo que hablaría de que nuestro ciclo cultural empezó con figuras dobles (esfinges, centauros, dioses con cabeza de perro) y con nosotros se encuentra en una culminación de vida doble, pues pensamos siempre algo distinto de lo que nos disponíamos a pensar, y no sólo eso: a la hora de escribir, por ejemplo, escribimos siempre algo distinto de lo que hemos pensado (que encima no es exactamente lo que íbamos a pensar), y, en fin, lo que acabamos transcribiendo en el papel es algo muy distinto de lo que teníamos proyectado. Unos minutos más tarde, renuncié a ese libro propio en mi cabeza y me dediqué a la más modesta labor de leer.

A falta de otra cosa, me resigné a abrir la revista que contenía la entrevista con el enfermero Josef Wehrle, un hombre más bien ridículo y fantasioso, pues aseguraba haber visto en Herisau a Walser escribir anotaciones en papelillos que luego guardaba en los bolsillos de sus pantalones y que siempre acababa ocultando de la vista de sus cuidadores y logrando que desaparecieran. Como se sabe perfectamente que Walser no escribió nada a lo largo de sus veintitrés años de encierro en Herisau (y en los de Waldau, el primer sanatorio, tampoco), pensé que lo más probable era que Wehrle, que seguramente había oído hablar de los microgramas (que tienen algo de papelillos), se hubiera inspirado en ellos para inventar aquello.

Pero la invención de Wehrle dejó cierta huella en mí, pues poco después, aun contando con la posibilidad de hacerlo en este cuaderno, me entraron ganas de escribir unas anotaciones en el primer papelillo que encontrara, y le pedí al camarero una hoja en blanco y allí mismo, sin saber qué sería lo que anotaría exactamente, le puse al papelillo, a mi improvisado ensayo de café, el título de *Locura*. Pensé que escribir aquello podía servirme de terapia para frenar una enajenación que me estaba llevando a oír voces (las de Ingravallo, Serge Reggiani, y las de los dos Pasavento al mismo tiempo), un fenómeno auditivo parecido al que le llegó a Walser en un hotel de Berna cuando comenzó a oír voces.

Puse el título, *Locura*, y dejé el texto del papelillo para más adelante. El fenómeno auditivo de Walser. Se cuenta que los primeros médicos del escritor consideraron que eran simplemente «alucinaciones acústicas». Fueran lo que fueran, el hecho es que esas voces irrumpieron repentinamente en la vida del escritor y lo hicieron en ese hotel de Berna, en un atardecer de invierno que aparece en todas las biografías del escritor. De pronto, oyó las voces y al mismo tiempo le molestaron los clientes que estaban a su lado cenando en el comedor del hotel. «¿Pero cómo es posible que ustedes sólo susurren?», les dijo muy enojado. Fue la primera vez que en un lugar público Walser delató ciertos síntomas de un suave desequilibrio mental.

Después, tras el incidente, él mismo escribió una carta a su hermana, Lisa Walser, en la que, consciente del horror de aquella escena en el restaurante del hotel, le exponía sus temores a que con aquellas voces hubiera entrado en su cuerpo la enfermedad que otros antepasados de la familia habían en otro tiempo padecido, una enfermedad que rayaba con el desvarío y el suicidio y a la que Walser tenía pavor, pero que, según le dijo a Lisa en esa carta, no le impedía ser poeta: «Tengo una enfermedad mental difícil de definir. Al parecer es incurable, pero no me impide pensar en lo que me place, ser amable con las personas o disfrutar de las cosas, como una buena comida, por ejemplo. Aquí, ante la ciudad, como en un baluarte, he escrito una nueva serie de poemas.»

Pensé en la belleza de la palabra «baluarte» e imaginé baluartes voladores. Después, aunque seguía en el sedentario Deux Magots, la idea de ponerme a volar allí mismo empezó a tentarme. También la de armarle un escándalo al camarero por no haberme anunciado la llamada telefónica imaginaria. Cada vez que le veía pasar por delante de mí tenía más ganas de pararle y decirle, por ejemplo: «¿Podría traerme una aspirina de las que ayudan a llevar una doble vida?» O bien: «¿Cree usted que mi oso interior lleva un peinado que parece un radiador?»

La verdad es que estaba algo nervioso y empezaba a sublevarme la actitud de indiferencia que el mundo entero había adoptado desde siempre hacia mí y estaba ya a punto de estallar, allí mismo, en el Deux Magots, a punto de llamar la atención de una vez por todas, a ver si era posible que por fin alguien se dignara verme o al menos, aunque con señal débil, me percibiera. Pero llamar la atención no parecía que fuera lo que más me conviniera, de modo que estuve allí un buen rato tratando de frenar mis ansias de sublevación y de escándalo, tratando de frenar mis impulsos. Tenía muchas ganas de dirigirme a dos individuos que estaban en la mesa de al lado y decirles: «¿Pero cómo es posible que ustedes sólo susurren?»

Tenía ganas de cosas así, y es que en mi cabeza tenía un potente guirigay, formado esencialmente por las voces de los dos Pasavento, de Reggiani y del doctor Ingravallo. Y ese bullicio no hacía más que buscarme problemas con muy malas artes e ideas, pues las voces me recomendaban que diera yo un grito y lograra por unos segundos que las miradas de los clientes confluyeran sobre mí. Pero mucho me temía que si llevaba a la práctica aquella idea me prohibieran a partir de entonces la entrada al local, y eso hacía que me contuviera.

Hasta que de pronto descubrí que el doctor Ingravallo no tenía los mismos intereses que los Pasavento, a él no le importaba dar aquel grito y que al día siguiente la dirección del café ejerciera su derecho a la admisión de clientes. El doctor Ingravallo –lo vi muy claro enseguida– no tenía por qué necesariamente ser partidario, como los Pasavento, de desaparecer si, después de todo, aún no había tenido casi ni tiempo de aparecer en este mundo. Tenía derecho a vivir, a asomarse un poco más, de vez en cuando, al exterior. Tanto si era amigo como enemigo, había que respetarle su felicidad cuando salía a respirar el aire mundano de París. Los Pasavento, sin embargo, no le dejaban ni moverse. «¿Te has hecho ya una idea del lugar donde estás? ¿No ves que deberías quedarte en la madriguera interior y no salir nunca al exterior?», oí que le preguntaban con su madurada voz.

Cogí el abrigo rojo, guardé en un bolsillo el papelillo *Locura*, llamé al camarero, pagué la cuenta, y me marché lo más discretamente posible, como Walser se habría ido. Ya en la calle, le oí decir al doctor Ingravallo: «Pero ¿cómo es posible que ustedes, los Pasavento, sólo susurren?» Volví a entrar en Les Deux Magots y el terrible aullido de oso herido y babeante que se oyó no me gusta pensar que fue mío, pero lo fue, lo fue, no voy ahora a engañarme. Hubo primero el aullido, y luego una pregunta en forma de grito que oyó todo Les Deux Magots: «¿Y quién le va a llamar a usted, don Álvaro, quién le va a llamar?»

3

Algunos clientes se quedaron boquiabiertos, como si les hubieran interrumpido algo. Cuando vi las intenciones que llevaban los dos camareros que venían hacia mí, me marché con toda la rapidez de que era capaz, me marché, crucé el boulevard Saint-Germain con el rostro entre avergonzado, temeroso y compungido. Poco después, la nieve me hizo resbalar y caí ridículamente de culo al suelo, a unos dos metros de la puerta de la brasserie Lipp, y por unos instantes fui el hombre más necio de la tierra. Me pregunté qué pasaría si en aquel momento extendiera la mano mirando al cielo y pidiera limosna. ¿Me haría alguien caso? ¿Sería visto por algún piadoso transeúnte? Mucho me temía que no, que seguiría sin merecer la atención de nadie salvo que volviera a gritar el salvaje oso que llevaba dentro de mí. Sentado allí en el suelo, mirando hacia la otra acera donde estaba el *clochard* amigo de Scorcelletti, mi mente comenzó a divagar como una rueda de molino que se hubiera puesto a girar por sí misma, y comencé a decirme –en parte para no hundirme– que en realidad yo era un poema. Nadie seguramente le iba a dar limosna a ese poema, pero no era esto lo más importante. Debía estar contento yo de ser lo que era, feliz de ser un poema errante. Y luego me dije que el poeta que había escrito ese poema había perdido identidad en un vagabundeo infinito y hasta había perdido su nombre. En cuanto al poema, éste decía que no hay identidad sino identidades y que también las identidades son una carga pesadísima, y hablaba de paso de lo mucho que había que desconfiar de las ideologías que exaltan los méritos discutibles del concepto de identidad. En fin, el poema no era de ninguna parte, iba a la deriva y, en su perpetuo movimiento, hablaba de la errancia fúnebre en la que viajan los nombres.

Acabé extendiendo la mano y pidiendo dinero para un poema. Nadie me dio nada. Luego, me levanté y emprendí el camino de regreso al hotel. Caminé largo rato con decisión, con un inventado (por mí mismo) paso rítmico de poema, tal vez un paso poético parecido al de Walser cuando deambulaba por los alrededores del manicomio los sábados y los domingos, los días que en Herisau tenía permiso de salida. «Volvía el señor Walser siempre a la hora, era de una puntualidad admirable. Solía comentar que la puntualidad era una obra maestra», decía el enfermero Wehrle en la tristona entrevista que acababa de leer.

Anduve con ese paso de poema y, una vez alcanzada ya la rue Vaneau, frené mi deambular poético al ver a lo lejos el sombrío y lujoso apartamento de Marx, pero luego recuperé el ritmo antiguo de mis pasos poéticos al encontrarme ya situado ante la puerta del hotel. Decidí no entrar todavía y dar una última ojeada a la rue Vaneau. Descubrí que en el número 23 estaba la sede de una empresa llamada Mortis, dedicada a la exterminación de ratas e insectos en viviendas. Después, fui hasta la embajada siria, cuya fachada contemplé un buen rato sin ver nada que no hubiera visto hasta entonces. Luego, di media vuelta con la intención de entrar ya en el Hotel de Suède y, cuando por fin iba a hacerlo, me llegó la tentación de mirar hacia la misteriosa mansión de las tres sombras inmóviles y de los pocos voltios en sus bombillas. La miré ya con miedo antes de mirarla, y el miedo tal vez condicionó lo que vi. Tal vez una fuerte imaginación generó el acontecimiento, pero el hecho es que en la planta baja, débilmente iluminada, vi esta vez cuatro en lugar de tres sombras inmóviles, muy apretadas en el marco de una de las ventanas. Cuatro sombras y a decir verdad una de ellas nada inmóvil, pues se movía como se mueven con el viento algunas desquiciadas hojas de árbol. Quise volver a mirar, pero preferí no complicarme más la vida y seguir mi camino.

Entre claroscuros, la calle volvió a parecerme en un extraño estado de inmovilidad, como a la espera de una catástrofe. Al entrar en el hotel, vi que las venas de mis manos eran más gruesas que de costumbre. Para no morirme de miedo, saludé al conserje que no me devolvió el saludo, como si yo hubiera vuelto a no ser percibido por nadie. Ya en la habitación, cogí la manta de lana que no sé por qué me pareció ingeniosamente entretejida como una funda con el colchón, y me dije que si conseguía meterme por su estrecha abertura, me sentiría tan abrigado como en una bolsa de aire caliente. Lo conseguí y me dormí convencido de que nadie en el mundo me supondría oculto en un lugar como aquél, me dormí como un gran animal agazapado en su madriguera.

El doctor en psiquiatría que se quedó acurrucado y después dormido en aquella cama de hotel tenía cuatro padres, ocho abuelos, dos infancias, dos juventudes y dos edades maduras, dos padres ahogados, un matrimonio fallido, una hija muerta, un pasaporte, un oso babeante en el interior de sí mismo, una triple identidad que era una carga pesadísima, una sola escritura (privada), ningún amor ni alegría alguna, o tal vez sólo una, esa escritura privada que apuntalaba la belleza de su desdicha.

Cuando al día siguiente despertó, el doctor seguía teniendo todo esto. Lo constató él mismo fácilmente, pero se planteó un problema que otras personas se plantean también al despertar. ¿Qué sería de cada uno de nosotros sin su memoria? La de cada uno es una memoria superflua, pensó, pero al mismo tiempo esencial. No es necesario, siguió pensando, que para ser quien soy tenga que recordar, por ejemplo, que he vivido en Barcelona, Nueva York, Malibú y Nápoles. Y, sin embargo, al mismo tiempo, yo tengo que sentir que no soy el que fui en esos lugares, que soy otro. Ése es el problema que nunca podremos resolver, el problema de la identidad cambiante.

Pensó todo esto y luego recordó a San Pablo que dijo que moría cada día y a Borges, que, comentando esa frase, dijo que no era en modo alguno una expresión patética: «La verdad es que morimos cada día y que nacemos cada día. Estamos continuamente naciendo y muriendo. Por eso el problema del tiempo nos toca más que los otros problemas metafísicos. Porque los otros son abstractos. El del tiempo es nuestro problema. ¿Quién soy yo? ¿Quién es cada uno de nosotros?»

El doctor en psiquiatría que aquel día despertó en la rue Vaneau recordó a San Pablo y a San Borges y después pasó a sospechar que nuestra presencia aquí en la tierra es un error cósmico, es decir, pasó a sospechar que nosotros estábamos destinados a algún otro planeta lejano, al otro extremo de la galaxia. El doctor que aquel día despertó en la rue Vaneau comenzó a preguntarse cómo se las arreglarán aquellos que estaban destinados a vivir aquí, cómo les estará yendo en ese otro planeta. Y sintió un breve escalofrío. Él era el doctor Pasavento. No estaba muy convencido, pero lo mejor sería ser ese doctor en psiquiatría. Tengo cuatro padres, volvió a pensar, ocho abuelos, dos infancias, dos juventudes y dos edades maduras, dos padres ahogados, un matrimonio fallido, una hija que se llamaba Nora y está muerta, un pasaporte, un oso babeante en el interior de mí mismo, una triple identidad que es una carga pesadísima, una sola escritura (privada), ningún amor ni alegría alguna, o tal vez sólo una, esta escritura privada.

Sé que pensó dos veces casi exactamente lo mismo, porque quien allí despertó fui yo, el mismo que está ahora contando esto a través de mi escritura escondida. Soy la única persona de este mundo que sabe que aquel día, al despertar, pensé en el Tiempo y en mis tres identidades y luego, para evitarme más problemas, decidí que para el mundo exterior yo seguiría siendo simplemente el doctor Pasavento. Para reafirmarme en esa personalidad, me dediqué a recordar un fragmento de una película vista en mi infancia en el cine Chile, me quedé recordando unas palabras de Sandokán en la costa malaya, unas palabras de aquel elegante pirata que tantas veces había sido mi héroe moral: «Hago un esfuerzo titánico en mi labor de *no hacer nada.*»

Qué extrañas palabras en alguien como Sandokán, pensé de inmediato. ¿Por qué había yo recordado esas palabras precisamente y no otras? Eran raras en alguien tan activo y agresivo como *el tigre de Malasia,* aquel caballero pirata llamado Sandokán que odiaba a los hombres blancos y que, movido por un justificado rencor, había decidido dedicar su vida a la acción y la venganza. Eran raras aquellas palabras en alguien como Sandokán, y aún más lo eran si uno recordaba que en la película seguía a ellas un silencio que era sorprendente en una cinta de acción que apenas tenía momentos de calma. Eran raras pero, por lo que fuera, las únicas que recordaba de Sandokán, y no sé cómo fue que pasé a recordarlas como si por sí solas constituyeran ya una novela entera, una de esas novelas de Robert Walser *(El bandido,* por ejemplo) en las que los personajes callan de golpe y *dejan hablar al relato,* como si fuera éste un personaje. Pasé a recordar aquellas palabras como si en ellas estuviera concentrado aquel espíritu de Walser que Musil dijo que le evocaba la riqueza moral de uno de esos días perezosos y aparentemente inútiles en los que nuestras convicciones más estrictas se relajan y se convierten en una agradable indiferencia.

No hacer nada. Seguro que Sandokán sólo una vez en su vida había hablado de no hacer nada, pero, por caprichos del azar, esa frase era la que más grabada me había quedado en la memoria. ¡No hacer nada! Ahora, en estos precisos instantes, me parece curioso ver incluido a Sandokán entre los héroes negativos de la literatura. Aunque tal vez de curioso no tiene tanto. Después de todo, Sandokán tiene muchas diferencias, pero un punto en común, uno solo, pero un punto en común con el protagonista de *El bandido:* ambos son seres totalmente incapacitados para encajar en el orden inmoral y político predominante, porque no poseen ninguna de las cualidades apreciadas por ese orden, y además ellos desean mantenerse aparte. De todos modos, pasando por alto ese punto en común, sus casos son diametralmente opuestos. En el de Sandokán, el pirata de Mompracem, la queja se vuelve rencor: «Los hombres de la raza blanca han sido inexorables conmigo. ¿No me han destronado con el pretexto de que yo era un rey salvaje y debían *civilizarme?* Pienso vengarme horriblemente de ellos.» En el caso del bandido, en cambio, todo es muy diferente, porque para el personaje de Walser lo importante es someterse lo suficiente como para apenas ser visto y así poder desaparecer diluyéndose por las grietas del orden establecido.

Ese bandido walseriano se diluye y se embosca tanto en el texto que acaba incluso desdoblándose en dos: el que protagoniza la historia y el que la cuenta. Y ese que la cuenta tiene un extraño sentido del humor. «Durante la redacción de estas páginas me he visto por supuesto obligado a perderme un concierto», dice hacia el final de esa desconcertante novela sobre el tema del desconcierto que es *El bandido*, esa novela en la que pensé ese día 2 de enero, por la mañana, ese día en París en el que me acordé de Sandokán y de Walser y luego bajé, con paso de poema, al pequeño y discreto hall del Suède y allí, tras haber sido inesperadamente saludado por la directora del hotel (*«Bonjour, monsieur* Pasavento», dijo, y casi me asustó, porque pensaba que no conocía mi apellido, siempre se había mostrado conmigo indiferente, cuando no antipática), pasé un rato sentado en un sillón observando los razonables parecidos que existían entre aquel hall y el pequeño vestíbulo del cine Chile de mi infancia.

Entrando en el hotel a mano izquierda, había un rincón de ese hall que estaba decorado con unas vitrinas donde se exhibían libros de Christian Bourgois-éditeur, entre ellos un ejemplar de la traducción de una de las novelas que había yo escrito en mi vida anterior, concretamente *Mi abismo preferido*. Esas vitrinas me recordaban el rincón más mágico del vestíbulo del Chile, el espacio en el que, entrando en el cine a mano izquierda, se exhibían en escaparates las fotos de las dos películas que iban a pasarse no la semana siguiente (se cambiaba el programa cada semana), sino dos semanas después, aunque el cartel que las anunciaba no decía «dentro de quince días», sino algo que tenía un matiz más ambiguo y misterioso y que parecía querer esconderle al niño la palabra «futuro», que era sustituida por un inolvidable cartel de letras mayúsculas y rojas sobre un fondo blanco eterno en el que se leía: «Próximamente».

Estaba pensando en aquel fascinante y para mí espectacular cartel cuando, al introducir la mano en el bolsillo de mi pantalón, encontré aquel papelillo en el que sólo estaba escrito *Locura*. Sólo tenía título y el resto estaba en blanco, en un blanco de nieve o desvarío. Pensé enseguida en tachar el encabezamiento, cambiarlo por otro. Pero acabé no tachando nada, no hice nada durante un buen rato en el que me quedé casi inmóvil en mi sillón, hasta que decidí desayunar. En lugar de hacerlo como siempre en mi cuarto, lo haría en una de las mesas habilitadas para eso en el mismo hall. Sólo con el buen tiempo se desayunaba en el pequeño jardín que separa el conjunto de habitaciones con ventanas a la rue Vaneau de las que dan a la parte trasera del edificio. El resto del año tocaba desayunar en el hall. No lo había hecho hasta entonces para no correr riesgos innecesarios, pero aquel día me pareció que necesitaba sentir alguna emoción de vez en cuando. Así que fui del sillón a una mesa y desayuné copiosamente, me demoré de tal forma que parecía que quisiera que alguien por fin descubriera que estaba allí escondido, desaparecido en pleno París. Luego regresé a mi cuarto y, en el momento de entrar en él, de golpe, no lo olvidaré nunca, no sé por qué me vino a la memoria la frase más desdichadamente bella que conozco, la que Walser le dijo paseando por las afueras del manicomio a su amigo Carl Seelig cuando éste se interesó por saber si seguía escribiendo. «No estoy aquí para escribir, sino para enloquecer», le dijo. Recordar la frase me llevó a escribirla debajo del título que había escrito yo en aquel papelillo recién encontrado en el bolsillo. Y el papelillo se convirtió en un relato ultracorto.

193

No estoy aquí para escribir, sino para enloquecer.

5

Escribí el relato ultracorto y luego rescaté del maletín rojo un libro sobre el mito de la desaparición del rey portugués Don Sebastián y volví a adentrarme, con la misma fascinación de siempre, en la leyenda de ese joven rey que en 1578 se perdió en la batalla de Alcazarquivir. Estuve releyendo en mi cuarto ese libro sobre el mito de la desaparición de Don Sebastián, mito que no funciona si no va acompañado por la idea de una reaparición, de igual modo que a mí me parece que, en la historia de la desaparición del sujeto moderno, la pasión por desaparecer es al mismo tiempo un intento de afirmación del *yo*. Hacia el mediodía cerré el libro y reaparecí en el hall del hotel, encaminé mis pasos hacia la sala de conexiones con Internet. Llevaba una semana sin mirar mi correo electrónico y pensé que tal vez se había vuelto ya urgente saber cómo andaban las cosas en la pantalla de mi vida artificial.

Sin apenas esperanzas de que alguien anduviera buscándome, me adentré en mi correspondencia electrónica y vi que había allí de todo menos mensajes que denotaran una inquietud por mi desaparición. Felicitaciones navideñas, algunas dotadas de cierta fuerza plástica. Tres grotescos Reyes Magos, por ejemplo, atravesando con sus carruajes y a toda velocidad, de derecha a izquierda, la pantalla. Había también muchos virus, como si quisieran éstos añadirse a la gran fiesta de la indiferencia del mundo hacia mí. Y había también invitaciones a dar conferencias, a mesas redondas, es decir, propuestas para que aceptara algo de lo que ya me sentía muy lejos: invitaciones a que me *exhibiera*, a que charlara sobre cualquier tema.

Y había también mensajes de desconocidos ofreciéndome negocios mundanos que no me interesaban. Y, finalmente, algunos correos de gente más cercana. En algunos de esos e-mails había una pregunta idéntica hecha por tres personas distintas en tres correos distintos: «¿Dónde te has metido?» Pero en general las sospechas no llegaban más lejos ni reflejaban inquietud excesiva por parte de nadie. Entre los e-mails más curiosos estaba el de un amigo que me suponía de vacaciones navideñas esquiando (yo nunca he esquiado) en La Molina, en los Pirineos catalanes. Pero el más curioso de los e-mails, y sobre todo para mí el más interesante, era el de Yvette Sánchez, que me escribía desde Basilea. Vivía en esa ciudad con su marido y su hijo, y trabajaba como profesora en la Universidad de San Gallen, a unas dos horas de distancia de su casa de Basilea: «Feliz de la vida, por una vez. Acabo de enterarme de que me dan la cátedra de literatura hispánica de la Universidad de San Gallen. ¿Vendrás algún día por aquí? La noche de Reyes celebraremos la cátedra con una fiesta en mi casa de Basilea. Bailaremos y lloraremos. Lou Reed y *Pata, pata* de Miriam Makeba. Abrazos. Yvette.»

Había estado hacía dos años en Basilea, invitado por Yvette a la Feria del Libro de esa ciudad, y allí habíamos hablado de que algún día, si había una segunda ocasión, viajaría con ella hasta San Gallen, en la Suiza oriental, daría una conferencia en su departamento de la universidad, y después iríamos hasta el manicomio de Herisau, al parecer no demasiado lejos de allí, ese lugar que yo le había dicho que tenía curiosidad por visitar.

No me pareció que aquello pudiera ser tan sólo un azar. ¿Era puramente casual que llevara días obsesionado más que nunca con Walser y de repente en mi correo electrónico surgiera la posibilidad de acercarme a Herisau, mi Patagonia personal? No había aún terminado de leer aquel e-mail de Yvette y ya era consciente de que se escondía allí una de aquellas señales que desde mi primera estancia en la rue Vaneau me mandaba el mundo exterior y que sentía yo que debía seguir ciegamente, aun cuando no supiera a ciencia cierta si me estaban dando la oportunidad de cambiar de vida o, por el contrario, sin contar conmigo, trataban de reforzar un destino con las cartas marcadas.

«No tenía nada que hacer, de modo que decidí ir a la Patagonia», escribió Paul Theroux. Yo sí tenía algo que hacer, buscar un lugar mejor que París para desaparecer. De modo que decidí que iría a Herisau. No lo pensé dos veces y le contesté el correo a Yvette y, tras felicitarla por su cátedra, le pregunté qué le parecería si me presentaba en su fiesta de Basilea. Yvette no tenía contactos con mi mundo de relaciones y no tenía por qué comprometer la aventura de mi desaparición. Le añadí una posdata con la intención de que cayera en la cuenta de que, después de su fiesta, necesitaba que me acompañara a Herisau y me echara una mano y hablara alemán por mí. Tal vez por eso, la posdata fueron estas frases de *Jakob von Gunten:* «Mi compañero Schilinski es de origen polaco. Chapurrea un alemán delicioso. Todo lo extranjero, no sé por qué, tiene cierto sello de nobleza.»

6

Unas horas después, me enteré casualmente de que Lobo Antunes había dejado ya el hotel y de que el 2 había sido el número de su habitación. Para llegar a ese cuarto había que cruzar el jardín interior, pues estaba –como en otra ocasión lo había estado el mío– en la parte trasera del edificio del hotel, dando la espalda a la rue Vaneau. En compensación, las de esa zona eran habitaciones más espaciosas.

Decidí, aun sabiendo que él ya no estaba (o precisamente por eso), escribirle una carta breve, introducirla en un sobre y deslizarla, lo más sigilosamente posible, por debajo de la que había sido su puerta. Seguramente los del hotel pasarían el mensaje a Christian Bourgois-éditeur, que lo remitiría a Lisboa, donde Lobo Antunes acabaría leyéndolo, extrañado; tal vez lo leería en el Hospital Miguel Bombarda. ¿Por qué deseaba yo hacer algo así? Por pura desesperación, seguramente. Era como si buscara pedirle auxilio al antiguo doctor en psiquiatría. El primer texto que se me ocurrió carecía de todo sentido que no fuera dadaísta, como si hubiera vuelto a mí el espíritu de joven estudiante de medicina del Bronx, o hubiera recuperado mi arrogante personalidad de novio de la Bomba de Malibú. Pensé en escribirle un breve mensaje que diría: «No puedo dejar de pensar en la Suiza oriental, que es donde tal vez acabe viviendo escondido el resto de mis días.» Pero luego reaccioné a tiempo y superé ese enfermo estado juvenil y, en lugar de dejarle debajo de la puerta el mensaje críptico de un desconocido, decidí presentarme en mi escrito como el respetable doctor en psiquiatría que a fin de cuentas yo era. Aunque retirado temporalmente, conservaba mis inquietudes como médico de almas. Escribí: «Estimado colega Lobo Antunes». Pero no supe cómo continuar, me invadió de repente una timidez descomunal. Hasta que me puse a buscar unas frases que fueran muy verdaderas, muy sentidas por mí. Durante un buen rato, sólo unas frases verdaderas se me ocurrían, pero me parecían demasiado auténticas: «¿Sabe, doctor Lobo, qué me impresiona más del gran misterio del universo? El gemido del viento en las chimeneas. Y el silencio que siguió al suicidio de mis padres. Buenas noches, estimado colega.»

«Pero ¿por qué dices eso, estás seguro de que te impresiona el gemido del viento en las chimeneas?», me pregunté de repente a mí mismo. Bajé los brazos, renuncié a escribir el breve mensaje. «Tal vez tu cuerpo está bajo de electricidad», oí que decía el doctor Ingravallo. «¿De electricidad?», le pregunté. «Necesitas que alguien te cargue las baterías», dijo Lobo Antunes. Miré y no había nadie. Me dije que no era mi enloquecimiento tan noble como el de Hölderlin o como el de Walser, pero no podía negarse que no estuviera yo tocado por «el viento de la demencia», que era como llamábamos a la locura en el hospital de Manhattan. Me dije esto y luego me pregunté si no debía yo mismo ingresarme en algún centro psiquiátrico. En el de Herisau, por ejemplo. «Podrías ahí pasarte veintitrés años», oí perfectamente que decía el doctor Ingravallo.

7

Al día siguiente, desperté muy pronto y lo primero que hice fue ir a la sala de conexiones con Internet para ver si finalmente –lo había intentado siete veces en la tarde y noche del día anterior– ya tenía una respuesta de Yvette Sánchez. Pero era tan temprano que estaba cerrada la sala. Era tan temprano que ni siquiera se podía aún desayunar en el hotel. Volví a mi habitación y me asomé a la ventana para corroborar que era temprano también en la rue Vaneau, y entonces, como si dispusiera de unos grandes anteojos, vi el gato que había al fondo del jardín de la mansión de las sombras inmóviles. No diré que el gato tenía mis ojos, pero en realidad eso fue lo primero que me pareció ver cuando miré a aquel gato tan lejano y al mismo tiempo tan sorprendentemente próximo. Después, con los ojos del gato de la mansión de los raros, me miré al espejo de la habitación y me vi cambiado. Los días que llevaba desaparecido no habían pasado en balde. Y me di cuenta de que, aunque de buena gana, estaba pagando un evidente precio por haber pasado a ser en los últimos días –al menos así esperaba que fuera– un escritor que vivía ya en las costuras del mundanal ruido.

Me dije que tanta soledad radical me había sin duda afectado mucho, pero que por supuesto no debía dejarme llevar por ningún inútil sentimiento de culpa, sino más bien por todo lo contrario, y decidí seguir como estaba y volví a mirarme en el espejo y descubrí que, si era capaz de persistir en mi soledad radical, podría acabar viendo alterada de verdad mi imagen. Según cómo, hasta podía llegar a convertirme en alguien físicamente muy distinto del que era. Un ser irreconocible. No sólo para Eve Bourgois, sino para todo el mundo. Podría acabar siendo *otra* persona. Con un poco de suerte y algún movimiento astuto, podría hasta escabullirme de los injustos y rutinarios –se encargaba el banco con una endiablada precisión– pagos mensuales a mi ex mujer.

Miré de nuevo por la ventana. Silencio absoluto, nadie en la calle. Al fondo del jardín de la mansión de las sombras inmóviles, el gato había desaparecido. Seguramente ahora estaba en mi espejo o, mejor dicho, si ponía algo de mi parte, podría acabar viendo al gato allí. Tuve un recuerdo para unas palabras de Robert Walser: «El silencio de las calles tiene algo de amable y misterioso. ¡Para qué buscar otras aventuras!» Y volví a mirar a la calle y escuché el silencio total de la generalmente *tensa* rue Vaneau y me acordé de W. H. Hudson, el escritor de la Patagonia cuyo apellido evoca casualmente el río en que se suicidaron mis padres, el escritor que *escuchaba* el silencio en esa tierra de solitarios o fin del mundo que es la Patagonia y decía que viajar a ella era hacerlo hacia un nivel más elevado de la existencia, hacia una especie de armonía con la naturaleza, una armonía que consistía en la ausencia de pensamiento. Hudson calificaba todo esto con la palabra *animismo*, algo que sólo era posible en las tierras patagonas en las que había –sigue habiendo hoy– una persona por kilómetro cuadrado y reina el silencio: «En esos días solitarios era cosa muy rara que por mi mente pasara pensamiento alguno; no había formas animales que cruzaran ante mi vista y era aún más raro que mis oídos fueran asaltados por voces de pájaros. En este extraño estado mental en que me encontraba, pensar se había convertido en algo imposible.»

El *animismo* era, para Hudson, el amor intenso al mundo visible y la ausencia de pensamiento. Me pareció de pronto que en este aspecto nunca había existido un autor más cercano a Walser que Hudson, pues no había que olvidar que en Walser eran primordiales tanto la descripción de su eufórico amor al mundo visible como –herencia de los últimos grandes románticos– su absoluta certeza acerca de la superficialidad de la palabra. «El que se empeña en no pensar, hace algo verdaderamente necesario», había llegado a escribir Walser. En muchos de sus escritos, tras unas supuestas alegorías de la mediocridad, se hablaba en realidad de vidas que, tras la muerte de Dios y la anunciada desaparición del hombre, transcurrían por la cara más oculta de esa mediocridad. En muchos de sus escritos se hablaba veladamente de todos esos individuos modernos que, ante el avance arrollador del desatino general, habían decidido dirigir sus ambiciones hacia una sola meta, la de desaparecer o, en su defecto, pasar lo más inadvertidos que pudieran.

Pensé en todo esto y luego, angustiado, volví a la ventana de la rue Vaneau y, recordando que los ojos son la entrada de los pensamientos, los cerré para no verme obligado a pensar. Pero acabé pensando, claro. Primero en la muerte de Dios, después en mi desaparición, y luego, para no pensar en todo eso, en el padre de Chateaubriand, que, según explica su ilustre hijo en *Memorias de ultratumba,* era un gran experto en desapariciones nocturnas, que llevaba a cabo ante su propia familia, que no se alarmaba demasiado porque sabía que regresaba siempre. Fueron las de ese padre, en todo caso, desapariciones que sólo se produjeron en los días en que tuvieron que vivir en completo recogimiento con algunos criados en la casa señorial de Combourg, en cuyos amplios cuartos y pasillos hubiera podido perderse medio ejército de caballeros. Escribe Chateaubriand: «Sobre todo en la época de invierno transcurrían meses sin que algún viajero o extraño cualquiera hubiese llamado a la puerta de nuestro castillo. Vivíamos allí mi padre, mi madre, mi hermana Lucila y yo. Era inconmensurable la tristeza en el interior de esa casa solitaria. A las ocho siempre sonaba la campana de la cena. Después de la cena permanecíamos algunas horas sentados junto al fuego. Mi padre empezaba a pasearse a lo largo de la sala, y estos paseos duraban hasta la hora de acostarse. El salón, alumbrado por una sola bujía, estaba tan oscuro que, cuando se alejaba mi padre y dejaba atrás la chimenea, *desaparecía*. Solamente se oía en las tinieblas el ruido de los pasos. Después se acercaba hacia la luz, y su pálido semblante iba destacándose poco a poco de la oscuridad como un fantasma.»

Así, empantanado con la historia de las desapariciones y reapariciones espectrales del padre de Chateaubriand, estuve largo rato, hasta que me pareció que seguramente ya habrían abierto la sala de conexiones con Internet, y decidí volver a bajar. Antes, desayuné. Con tranquilidad, con gran lentitud. Era como si quisiera darle más tiempo a Yvette para que pudiera contestarme. Una vez ya instalado en la sala de Internet, seguí dándole tiempo a Yvette y me dediqué a navegar por periódicos españoles, y así me enteré de que en el mes de junio Bob Dylan sería investido doctor *honoris causa* por la universidad escocesa de Saint Andrews. Le tenía a él por alguien alejado de las medallas y enemigo de cualquier honor. La noticia sobre Dylan fue como un gancho de izquierda en pleno combate con mi reciente doble o triple personalidad y decidí recuperarme del golpe pensando que nada tenía importancia en este mundo, y menos aquello. Busqué más noticias y leí entonces que Antonio Tabucchi compaginaba la nacionalidad portuguesa con la italiana. A continuación, leí que mi antiguo amigo Robert de Niro iba a nacionalizarse italiano. Temí por un momento entrar en una vorágine de nacionalizaciones y dejé de leer por unos instantes.

Cuando volví a la lectura de noticias del día, fui a parar a unas declaraciones de un novelista de Nueva York al que le recriminaban que la literatura entrara tanto en su literatura y que citara a tantos autores en sus novelas. «Los libros y los escritores son parte de la realidad, son tan reales como esta mesa junto a la que estamos sentados. ¿Por qué no pueden entonces estar presentes dentro de una ficción?», contestaba. Me quedé mirando la mesa que sostenía mi ordenador. La toqué, la toqué igual que se puede tocar un libro, y sentí una íntima satisfacción al ver que la mesa existía y la literatura también, una satisfacción en parte parecida a la que me llegó poco después al enterarme de que estaba llegando a su final el gran misterio de la desaparición, el 31 de julio de 1944, de Antoine de Saint-Exupéry, el aviador-escritor ligado a la mansión de Chanaleilles de la rue Vaneau.

Por unos instantes, sospechando que esa noticia la habían fabricado especialmente para mí, me pregunté si no estarían relacionadas la rue Vaneau y mi condición de *desaparecido* con el misterio resuelto de la evaporación del escritor-aviador. Cada vez más, todo lo relacionado de alguna forma con la rue Vaneau lo veía yo como algo que me atañía muy personalmente. Después, fui en busca de noticias de fútbol y me entretuve leyéndolas hasta que quedé saturado de ellas, y entonces, retrasando todavía más la apertura de mi correo electrónico, me dediqué a buscar mi nombre en algún lugar de la Red y entré en el último artículo literario que había publicado antes de esfumarme en Sevilla. Era uno de esos retratos breves de poetas latinoamericanos que había escrito durante unos meses para una revista digital. Se trataba de un texto que anticipaba —no me sorprendió nada descubrirlo— las cuestiones que tras mi desaparición en

Sevilla iban a situarse en el centro de mis preocupaciones. Era un texto que hablaba del poeta chileno Juan Luis Martínez, que tenía un interesante conflicto con su nombre y se planteaba siempre desaparecer como escritor. *No sólo ser otro sino escribir la obra de otro* se titula uno de sus más bellos poemas. Cuando finalmente entré en mi correo electrónico, comprobé con cierto pesar que, tal como me temía, no había respuesta de Yvette Sánchez, seguramente no le había dado el tiempo que ella necesitaba. Regresé a mi cuarto y allí tomé instintivamente el papelillo donde había escrito el brevísimo cuento *Locura* y, sintiéndome invadido por una angustia que se mezclaba con el placer que me producía mi esfuerzo titánico de *no hacer nada*, cambié el título del papelillo y modifiqué y prolongué el texto.

SOLEDAD

No estoy aquí para escribir, sino para estar solo. De todos modos, ya he comenzado a preparar mi ligero equipaje, como si fuera Jakob von Gunten cuando en el penúltimo fragmento de su Diario-libro viaja en sueños con el director del instituto, con Herr Benjamenta, que se ha convertido en un jinete al que los indios han elevado al rango de príncipe: «Íbamos vadeando peligros y conocimientos como si fueran un río de agua helada, pero benéfica para nuestros ardores.» ¿No parece un texto que anticipa al Kafka de *Deseo de convertirse en indio?* Lo parece, me digo, mientras ordeno el equipaje, los libros del maletín rojo, y veo cómo, desprendiéndose del conjunto, cae al suelo, como si buscara la independencia, *Amarga fama*, la biografía de Sylvia Plath, un libro que creo que metí en el maletín sólo porque su título me recordaba que tener un nombre en la literatura había terminado por parecerme algo detestable.

Mientras ordeno el mínimo equipaje con el que espero bien pronto marcharme de aquí, me llega la certeza implacable de que nunca me faltará mi soledad, una impresión que me dejaría hundido si aún fuese el vanidoso escritor de antes, aquel que publicaba novelas y vivía con desconcierto su amarga fama. Pero ya todo eso pasó, me he convertido en alguien totalmente distinto, en un hombre sin atributos. He cambiado mi orgullo, mi sentido del honor. Tengo, como Jakob von Gunten, cierto instinto de la conservación de la especie y he elegido perderme en el último rincón de la vida. Como diría el joven Jakob, he realizado mi elección y la mantendré.

8

En mi interior habita una extraña y monstruosa energía llamada Ingravallo al tiempo que cada día estoy más cerca de Walser. En otros días, yo le veía a él como un personaje literario, no como un escritor ni como una persona que hubiera pasado realmente por este mundo. Y en modo alguno, por supuesto, era capaz de darme cuenta de que cuando él había caminado por última vez por los infinitos senderos nevados de Appenzell, yo tenía ya ocho años y acababa de hacer la primera comunión y el futbolista Pelé (por poner un ejemplo bien prosaico) se preparaba para sorprendernos, dos años después, en los Mundiales de Suecia. No, a Walser le veía sólo como un fascinante personaje literario, un poeta muerto en la nieve el día de Navidad. No me lo podía imaginar, por ejemplo, sentado en esta cama junto a mí, o comprando aspirinas en la farmacia Dupeyroux, o tomando un café en el bar de la esquina.

Su leyenda literaria —esa biografía tan fascinante del escritor callado durante veintitrés años en un manicomio rodeado de nieve– había hecho que le hubiera visto siempre a una distancia irreal e infinita. Ni se me ocurría pensar que había sido un ser vivo que fumaba cigarrillos y los aplastaba en el suelo de las carreteras y luego pateaba con humana obstinación los caminos nevados. Si no creía que él hubiera vivido de verdad, aún menos podía pensar que hubiera muerto, y ya no digamos pensar que había llegado a profetizar su propio fin en *Los hermanos Tanner*, donde una descripción anticipa las circunstancias de su muerte el día de Navidad de 1956.

En esa novela, Sebastián, el poeta, es hallado muerto en la nieve bajo un cielo constelado. Quien lo encuentra es Simón Tanner, cuyas palabras parecen una autoelegía anticipada: «¡Con qué nobleza ha elegido su tumba! Yace en medio de espléndidos abetos verdes, cubiertos por la nieve. No quiero avisar a nadie. La naturaleza se inclina a contemplar a su muerto, las estrellas cantan dulcemente en torno a su cabeza y las aves nocturnas graznan. Es la mejor música para alguien que no tiene oído ni sensaciones.»

Pero en vida Walser sí tuvo sensaciones y oído, *escuchaba* perfectamente el silencio, y es probable incluso que advirtiera (aunque sólo fuera de lejos) que se estaba dando una pequeña fractura o revolución en la literatura, que se estaba produciendo la desarticulación del gran estilo clásico. Yo creo que supo muy pronto que él mismo iba a descomponerse y dispersarse en múltiples fragmentos, al igual que el libro *en primera persona* que dijo que siempre estaba esperando escribir. Pero, en cualquier caso, ese libro en primera persona nunca fue como proyecto la clásica y soberbia y típica construcción literaria en la que se refleja la elaboración de un paisaje mental y la fuerza creativa de un yo, sino más bien un trabajo de desintegración de ese yo, realizado con admirable paciencia y ninguna soberbia.

El arte de Walser fue ante todo el arte de desvanecerse. Su estrategia, por más que él con sus textos levantara acta de la disgregación de la totalidad y del eclipse del sentido, consistía en no imitar el desorden y dedicarse sigilosamente a ser visto sólo lo imprescindible y a tratar de desaparecer llamando la atención lo menos posible. Prefirió retirarse y enloquecer serenamente, residir en manicomios que, como dijo Canetti, son los conventos de nuestra época. «Que un escritor se convierta en *alguien* no hace sino degradarlo a la condición de limpiabotas», dijo Walser en cierta ocasión.

Su peculiaridad como escritor consistía en que nunca hablaba de sus problemas o de las cosas que le motivaban. Era un *escritor sin motivo*, alguien que escribía con una extrema ausencia de intenciones, con una asombrosa ausencia de finalidades externas al texto mismo. De ahí que los miles de páginas que escribiera compusieran una obra indefinidamente dilatable, elástica, desprovista de esqueleto, un prolongado parloteo que escondía la ausencia de cualquier progreso del discurso. La obra estaba en perfecta armonía con la tal vez involuntaria construcción, por parte de Walser, de una personalidad de antihéroe, cuyo rasgo principal a veces reside en la incapacidad de crecer y en la negativa a hacerlo, a formar la propia personalidad en sintonía con lo real.

De pronto, un día, comencé a ver por fin al más oculto de los poetas como a un hombre de carne y hueso. Me acuerdo muy bien de aquella tarde de hace dos años, en la Feria del Libro de Basilea. Me detuve en un stand dedicado exclusivamente a su figura y pasé un rato mirando las fotografías que le hizo su amigo Seelig en los alrededores de Herisau y también las reproducciones de las portadas de las primeras ediciones de sus libros, expuestas en la parte del fondo de aquel pabellón. En un primer momento, aun viendo aquellas fotografías que daban noticia de un hombre con un sombrero y un paraguas, detenido en una carretera suiza de los años cincuenta, yo seguí viendo a Walser como una figura tan mítica que era incapaz de pensar que había sido también un hombre más o menos normal y corriente. Hasta que de pronto Yvette me presentó a Bernard Echte, que estaba allí dentro del stand.

Echte, que es el hombre que en compañía de Werner Morlang se dedica desde los años ochenta a descifrar los microgramas de Walser, me habló con tanta naturalidad del autor de *Jakob von Gunten* que aquello me abrió los ojos y vi por fin que Walser no era un personaje tan remoto como pensaba. O, mejor dicho, vi que yo estaba más cerca de Walser de lo que creía. Sin apenas darme cuenta, me había ido acercando –diría que hasta *físicamente*– poco a poco a él. Me había acercado a través de su leyenda y de la lectura de sus libros, pero también me había ido acercando –de forma casi imperceptible para mí mismo– a su país, a sus paisajes, y finalmente al hombre mismo.

De modo que Walser fue un ser vivo, me dije aquel día. Debió de ser en ese instante cuando la pequeña población de Herisau brotó en mí como una pequeña obsesión que iba a crecer con el tiempo, pues vi que esa población no era sólo una palabra con la que a veces tropezaba en las biografías de Walser. Comprendí que Herisau también existía, aunque yo no sabía ni dónde estaba en los mapas. Hasta entonces esa palabra la había recreado en mi imaginación mientras leía los episodios del encierro de Walser en el manicomio. Pero ahora me daba cuenta de que aquel manicomio era un lugar real, estaba *ahí*, estaba en el mundo, podía verlo si quería y hasta podía tocar con las manos el material con el que había sido construido el sanatorio. Fue aquel día cuando empecé a sentir que Walser había sido una presencia real. Y, en lugar de un ser lejano, se convirtió para mí en un ser mucho más próximo.

«Cuando la lejanía desaparece, la proximidad se acerca con ternura», recordé que le había dicho Walser a Seelig. Sí, debió de ser aquel día cuando sentí ya cercano a Walser, debió de ser entonces. No ahora, desde luego. Ahora tengo sueño. Comienza a hacérseme larga la espera de ese correo de Yvette Sánchez que nunca llega. Ahora tengo sueño. Creo que me he vuelto como uno de esos personajes de Walser que sólo quieren ser subalternos, o como uno de esos seres que eran compañeros de Walser en la Cámara de Escritura para Desocupados de Zurich, donde él trabajó un tiempo. Creo que me he vuelto como uno de esos copistas que transcriben escrituras que los atraviesan como una lámina transparente, una de esas personas que no dicen nada especial, no intentan modificar. «No me desarrollo», dice Jakob von Gunten en el Instituto Benjamenta. Ahora tengo sueño, dice el doctor Pasavento. «Erraba por París un coche fúnebre, cargado con un cadáver que, sin embargo, no llevaba al cementerio», creo ahora de pronto recordar que decía Kafka en uno de sus escritos póstumos, aunque no estoy muy seguro de que dijera exactamente eso. Sí lo estoy en cambio de que *Erraba por París un coche fúnebre* es el título de aquella novela que imaginé que vendían en la estación de Atocha. Lo imaginé no hace tanto tiempo, pero ahora parece que haya transcurrido una eternidad, el tiempo suficiente para que haya podido acordarme de que el título no venía exactamente de mi imaginación, sino que procedía de Kafka.

Ahora tengo sueño, digo yo, como si fuera el eco del doctor Pasavento. Y tengo la impresión de que, con mi posición de escribiente, iluminado por la luz de una imaginaria luna menguante, recuerdo las humildes posiciones de aquellos personajes de Walser de los que Walter Benjamin decía que parecían provenir de la noche más oscura, personajes que venían del sueño de una noche veneciana y que lo que lloraban era prosa. «Pues el sollozo», decía Benjamin, «es la melodía del parloteo de Walser.» Son personajes que no han renunciado a su componente infantil, seguramente porque nunca fueron niños. Les horroriza la idea de que, por cualquier circunstancia ajena a sus deseos, puedan llegar a tener éxito en la vida. ¿Y por qué les horroriza tanto? Desde luego no por sentimientos como el desprecio o el rencor, sino, como dice Benjamin, en sus líneas dedicadas a Walser, por motivos del todo epicúreos. Quieren vivir con ellos mismos. No necesitan a nadie. Son seres a los que su propia naturaleza aleja de la sociedad y que, en contra de lo que pueda pensarse, no necesitan ninguna ayuda, pues si quieren seguir siendo de verdad sólo pueden alimentarse de sí mismos. Proceden, o aparentan proceder, de las praderas de Appenzell y su vida empieza donde acaban los cuentos. «Y si no han muerto, entonces es que hoy viven todavía», dice Walser de los personajes de esos cuentos. Y nos muestra a continuación *cómo* viven y a qué se dedican, nos explica qué es lo suyo. Hay días en que lo suyo es ser como coches fúnebres que van a todas partes menos al cementerio. Y otros en los que lo suyo son textos, ensayos errantes, microgramas, furtivas conversaciones con un botón, ilusorios papelillos, pequeña prosa, tentativas de escribir para ausentarse, cigarrillos efímeros y cosas por el estilo.

9

Recuerdo que en el mediodía del 4 de enero, del primer domingo del año, a la espera de aquel correo de Basilea que no llegaba y con el maletín más que preparado ya para el posible viaje, me pasé cerca de una hora en mi habitación, en la penumbra más completa. Al maletín había ahora que añadir una amplia bolsa de cuero negro recién comprada, una de esas bolsas que se llevan colgadas del hombro y donde había metido ropa nueva y más libros: era curioso observar la paradoja de cómo a medida que yo desaparecía, crecía el número de objetos personales que me tocaba transportar.

Hablé con el doctor Ingravallo o, mejor dicho, él habló conmigo. «Jakob», me dijo confundiendo mi nombre, «tú adelgazas, pero crece tu vida exterior. Has aligerado la trascendencia de tu vida y obra, pero aumenta el peso de los objetos banales que debes transportar.» No quise entrar en su juego y callé. «Oye, Jakob», continuó él, «¿no encuentras sórdida y mezquina la vida que llevas aquí? Me encantaría saber tu opinión y sobre todo que hablaras sin tapujos.» Yo preferí callarme, sabía ya por experiencia que acababa dejándome agotado rebelarme contra mi oso interior. «¿No ves que la soledad te ha traído la libertad total y buenas ideas creativas, pero te ha convertido en un triste oso peludo como yo?», siguió diciéndome él, siempre tan excéntrico aunque proviniera de mi propio interior. En cualquier caso, observé con alivio que, dentro de todo, el doctor estaba en aquel momento de buen humor. Pero callé, callé como si quisiera decirle: «Mi querido doctor Ingravallo, permíteme que guarde silencio. A semejantes preguntas podría responder a lo sumo con una frase desatinada.» Me miró con atención, y creí que había comprendido mi silencio. Y así era, en efecto, porque de repente sonrió con su sonrisa invisible y dijo: «¿No es cierto que te asombra un poco la inercia en la que vegetamos en este mundo, como si nuestros espíritus estuvieran, en cierto modo, ausentes?»

Luego se fue, desapareció en la penumbra en la que precisamente vive desaparecido. A él sin duda le ha resultado siempre más fácil que a mí desaparecer. Después de todo, su condición natural es la de estar desaparecido y aflorar sólo de vez en cuando, a ser posible en momentos no del todo oportunos. Yo continué allí un rato. Aunque era mediodía, elegí moverme durante un rato más en tinieblas, como si éste fuera un camino o sendero oscuro que se ofrecía a mí a través de la duda. Puestos a dudar, prefería hacerlo en la penumbra. «Dudar es escribir», decía Marguerite Duras. Perdido en esa penumbra y en medio de todo tipo de dudas, dejé de tenerlas, tal como suponía, cuando me dediqué a comparar a uno de mis padres con el otro. Ahí, en ese terreno (y seguramente sólo en ése), no tenía duda alguna. Ni siquiera en la penumbra. O tal vez no tenía duda alguna precisamente por estar en ella, en la oscuridad.

Eran dos padres diametralmente opuestos, uno decimonónico, y el otro digamos que más contemporáneo. El hombre que se ahogó en el Hudson tenía una mentalidad, una visión del mundo anticuada y nada dócil. Ni había pasado por su cabeza que Dios había muerto, pues Dios era él. Todo giraba en torno a su convicción de que había venido al mundo para comportarse como un padre. Al ser yo hijo único, aquello fue una pesadilla. Padre anticuado y profesional del paternalismo, patriarca angustiado de ser cabeza de familia (cuando nadie se lo había pedido, y yo menos), me inculcó la idea de que yo tenía que *ser alguien* en la vida. Y, sin embargo, cuando logré ser alguien, se disgustó, reaccionó enojándose, como si hubiera cometido un delito al arrebatarle su divino protagonismo. Tal vez debió de pensar que si el hijo era más importante que el padre, ¿cuál era la importancia entonces del padre, ese rol paterno que tanto él había sublimado y situado a la altura de Dios? Se pasó la vida inquieto por la cuestión de su inmortalidad personal, y acabó arrojando a ésta al fondo del río Hudson. Si hubiera sabido desde un buen principio que Dios había muerto, se habría ahorrado muchos problemas, el problema de la conciencia incluido.

En cuanto al otro, en cuanto al amable hombre del Paseo de San Juan, era un padre que a veces me preguntaba: «¿Hay algo más alegre que la fe en un dios doméstico?» Muchas veces me lo preguntó. Era un padre muy diferente del que se ahogó en el Hudson. Mi querido padre del Paseo de San Juan aspiraba a ser un don nadie, y bien que lo logró. Tenía la impresión de que no ser nadie le ahorraría problemas y le permitiría vivir tranquilo, dedicado a su trabajo de subalterno, al cuidado cariñoso de la familia y a esos puzzles con los que tanto se entretenía. Aspiró siempre a pasar desapercibido y se alegraba de ser una persona entre muchas y de saber sumergirse a fondo en las multitudes. Habría sido feliz en Nápoles, por ejemplo, paseando por sus atiborradas avenidas, escenario ideal para el anonimato. Le gustaba mucho depender de alguien (fue un empleado ejemplar toda su vida, con el gran honor de un diploma incluido) y, sobre todo, le gustaba negarse metas propias para así poder dedicarse a las de los otros. De esta forma, no sé si conscientemente, se salvaba de ese monstruoso *yo mismo*, que nos atiborra de derechos y deberes. Fue, creo yo, un maestro en disimular su angustia en lo más profundo de las tinieblas más ínfimas e insignificantes. De él sólo quedan sus puzzles, los conservo yo en Barcelona, adonde no pienso volver, y, por tanto, creo que esos juegos acabarán en poder de mi ex mujer o de mi portero, lo que no dejará de ser un bello y abyecto destino para el deseo de irrelevancia que siempre persiguió a fondo mi padre, tan inscrito, sin saberlo, en esa línea, tan impensable en el XIX, de la que Walser fue involuntario pionero y que consiste en renunciar a la conciencia pues, como se lee en *Jakob von Gunten,* «siempre el hombre que tiene conciencia de sí mismo choca con algo hostil a la conciencia».

Ese choque lleva al dolor, al malestar al que se halla expuesta toda conciencia que se disuelve y que, al hacerlo, impulsa al individuo a sofocar el sufrimiento de ese trance rechazando continuamente una vida propia, recurriendo a esa estrategia de la renuncia que es el acto extremo con el cual algunos raros escritores se aseguran el único modo de captar el destello de la vida plena e inexpresable, no sofocada por el poder. Se trata de una renuncia total que ante todo es una renuncia al yo, a su grandeza y a su dignidad.

Mi padre favorito, que no oyó hablar jamás de Walser,

recurrió toda la vida a esa estrategia de la renuncia. Y quiero pensar que vio destellos de la plenitud, aunque sólo fuera en medio de sus puzzles. Conoció la bella desdicha. Y me la transmitió a mí. En realidad, me transmitió bastantes más cosas, algunas de ellas un tanto excéntricas. Su costumbre, por ejemplo, de hablarles a los radiadores de su casa. También les hablaba a los botones, pero esa manía suya no la heredé. «Querido pequeño botón, te agradezco todo tu paciente y largo tiempo de servicios y también el que nunca te hayas situado en un primer plano para sacar partido de una buena iluminación o buscar algún bello efecto de luz, sino que más bien, con una conmovedora modestia, te hayas mantenido en la más discreta de las discreciones, practicando tu hermosa virtud en un estado de perfecta felicidad», oí un día que le decía a un botón que estaba cosiendo en su camisa más preciada, una camisa roja que había heredado de mi abuelo.

A diferencia de la costumbre de hablarles a los radiadores, la de hablarles a los botones no la adquirí yo, aunque su discurso de elogio a la modestia lo he tenido siempre muy vivo en el recuerdo. Sigo teniéndolo hoy, mientras sonrío en la oscuridad y comienzo a cerrar los ojos para que no entre ningún otro pensamiento. Es mi forma de evitar esa nostalgia que comienzo a sentir cuando pienso irremediablemente en la ventana que daba a la rue Vaneau –contrariamente a lo que pueda pensarse no escribo estas líneas desde París, y no sé a quién le digo esto, pero lo digo, y sigo– y me digo que, a pesar de la secreta tensión bélica que se palpaba en aquella calle, esa tensión precisamente me salvó de la angustia, como a Gregor Samsa le salvaba mirar fuera de su habitación hacia un vago recuerdo de la liberación que para él había significado mirar por aquella ventana.

10

Finalmente llegó el esperado correo de Yvette, y de inmediato me puse en movimiento.

Llegué a Basilea en la fría, oscura y lluviosa tarde del miércoles 7 de enero, casi dos noches después de que se hubiera celebrado la fiesta en casa de mi amiga. Ella me estaba esperando en el aeropuerto, temerosa –me dijo más tarde– de que hubiera vuelto a cometer el error cometido en mi anterior viaje a Basilea cuando, a pesar de haber sido advertido, no miré bien los carteles del aeropuerto y me equivoqué de puerta y hasta de país al salir. En aquella ocasión, a pesar de que Yvette me había explicado que fuera con cuidado pues, en la salida, si uno giraba a la izquierda aparecía en Francia, y si uno lo hacía a la derecha se veía en Suiza, giré a la izquierda y me encontré en un lugar en el que nadie me esperaba, solo y perdido en una carretera francesa, al final de la cual se perfilaba en el horizonte una ciudad, Mulhouse, de nombre más inglés o australiano que francés, pero a fin de cuentas ciudad francesa, y en ningún caso ciudad de Suiza, el país que estaba detrás de la puerta de la derecha. Tuve en aquella ocasión que volver sobre mis pasos, aunque la experiencia de caminar solo, perdido en una carretera misteriosa de un país inesperado, me resultó curiosamente una aventura tan angustiosa como placentera. Una aventura que a la larga fue precursora y facilitó, dos años después, mi decisión de desaparecer e iniciar andanzas en soledad, locura y libertad. Fue bueno pues desorientarse aquella vez, pero al llegar de nuevo a Basilea no estaba dispuesto a repetir mi error, porque ya lo había cometido en su momento oportuno y no tenía sentido redundar en una experiencia que, a fin de cuentas, precisamente gracias a su carácter iniciático, había facilitado que en aquel preciso momento llegara yo con más experiencia y libertad al mismo lugar donde una vez me había perdido y en esta ocasión no estuviera dispuesto a perderme de nuevo, porque para algo llegaba más libre, loco y solitario que aquella primera vez.

Así pues, giré a la derecha y salí por la puerta que me convenía más y me encontré con Yvette, que bromeó y se alegró de que no me hubiera equivocado. «Habría sido demasiado», dijo. Me pareció que todavía le quedaban restos de la alegría de la fiesta de dos noches antes. Por ejemplo, vi que le hacía más gracia de lo normal enterarse de que en mi maletín había muchos más libros que ropa. «Parece que lleves tu equipaje ideal para ir a una isla desierta», bromeó. «Pata, pata», le contesté queriendo participar de su alegría. Pero no le hizo esto demasiada gracia y pasé a otra cosa. Como no me parecía adecuado decirle que a lo mejor, según cómo lo viera, me quedaría a vivir en Herisau, le dije que tenía billete de vuelta para dos días después, me inventé que salía del aeropuerto de Zurich. Hacia Barcelona, por supuesto. Tampoco me pareció adecuado explicarle que llevaba dieciocho días desaparecido, pues seguramente ella pensaría que, como era habitual en mí, ya estaba haciendo literatura. Además, no podía demostrarle que me estuvieran buscando.

Me pregunté si conocía yo mucho a Yvette. En realidad, sabía poco de ella. Sabía, eso sí, que había cierta complicidad entre nosotros, pues nos tratábamos casi como si nos conociéramos de toda la vida cuando en realidad sólo nos habíamos visto dos días, en aquella feria de Basilea, pero también era cierto que habíamos intercambiado después bastantes correos electrónicos y podía decirse que nuestra relación era fluida y amistosa. Sabía poco de Yvette, pero algunas cosas sabía. Que era bella y alegre, por ejemplo, eso no lo ignoraba, pues entre otras cosas saltaba a la vista. ¿Qué más sabía? Que su padre era de Maracaibo, Venezuela. Y que su mundo cultural, empezando por la lengua materna, estaba más ligado a la Suiza germánica que a cualquier paraíso del Caribe. Sabía también que había publicado en España, en la editorial Cátedra, un bello libro titulado *Coleccionismo y literatura*. No sabía mucho más de ella pero, según cómo se mirara, sabía lo suficiente.

No sabía si decirle que al día siguiente ella no debía presentarme ante sus alumnos de la Universidad de San Gallen –daría una conferencia allí en su departamento– con mi nombre de escritor, sino con mi nombre de doctor en psiquiatría. Y bueno. No sabía si decírselo y acabé diciéndoselo, pero recurriendo a una mentira. Le dije que estaba escribiendo una novela que protagonizaba un doctor en psiquiatría que llevaba mi mismo apellido y que, por imperativos de la acción, yo necesitaba vivir en mi propia piel las sensaciones que le llegaban a mi protagonista cuando, por ejemplo en San Gallen, daba una conferencia sobre la antipsiquiatría. Debido a eso, le rogaba que me presentara no como Andrés sino como doctor Pasavento. «No, mejor, como doctor Ingravallo», rectifiqué. Se quedó un poco sorprendida, hasta que sonrió. «¿Antipsiquiatría? ¿Entonces no piensas hablar mañana de tu literatura?» Le expliqué que no hablaría de mí, ni de mi literatura. «Está bien», dijo bromeando, «pero te pagaré menos. Tú mismo te has devaluado. Ninguno de mis alumnos sabe quién es usted, doctor Ingravallo.»

Yo mismo me había devaluado, depreciado. No podía Yvette haberlo expresado mejor. Y mi felicidad por saberme desvalorizado fue grande. Cuando, bajo la persistente lluvia, llegamos al Swissôtel, donde yo me hospedaría aquella noche, le dije que, a partir de aquel momento, obedecería con muchísimo gusto sus órdenes con tal de poder sustraerme a cualquier tendencia a creerme alguien en la vida. Esto último no lo entendió demasiado, como es lógico, aunque estaba relacionado con mi devaluación. Pero lo tomó con cierto humor. Se tapó la boca con las manos en un gracioso gesto y como conteniendo la risa. Luego permaneció callada, muy seria, un largo rato, reflexiva. Finalmente, escapándosele la risa, me preguntó cómo haría para no ser nadie o, mejor dicho, para ser el doctor Ingravallo. «Es fácil, lo llevo dentro», le dije. No me entendió, claro. Y yo no quise explicarme más. Me despedí y entré en el Swissôtel. Y poco después, en la soledad de mi cuarto, imaginé que le explicaba a ella que me había convertido de verdad en un doctor en psiquiatría. Imaginé que le explicaba por fin que me había dado a mí mismo por desaparecido desde hacía casi tres semanas y que había podido comprobar que nadie se había puesto a buscarme, tal vez porque todo el mundo había creído que me había marchado de vacaciones de Navidad. Con todo, por mucho que nadie se hubiera enterado de esto, yo me consideraba un desaparecido y me sentía bien orgulloso de ello. Es más, esperaba que ella me ayudara a encontrar un escondite más seguro que el hotel de la rue Vaneau de París donde hasta entonces me había refugiado. Tenía pensado desaparecer en el manicomio de Herisau. «No te asustes», imaginé que le decía. Y luego imaginé que le explicaba que deseaba averiguar si había posibilidades de que me permitieran trabajar como doctor en el manicomio, y, en el caso de que esto no fuera posible, que ya suponía que no lo sería, tratar de que me permitieran al menos quedarme allí internado como enfermo mental, lejos del mundanal ruido, y poder iniciar así una vida perfecta en el anonimato, escondido y dedicado a una escritura privada.

«No sabes adónde ir, ¿no es eso?», imaginé que me preguntaba ella. «Exacto», le decía yo, y comenzaba a atropellarme con las palabras al explicarle que buscaba encontrar un espacio oculto y sereno para una escritura privada, una escritura de análisis de los lances que fuera viviendo a lo largo de mi viaje de explorador de los límites del concepto de *fin del mundo*, siempre pensando en ese concepto como si fuera el único y yo, además, me hubiera instalado ya por fin en mi abismo favorito. Para luego traicionarlo, claro. Traicionarlo y cruzar la frontera del concepto único de fin del mundo, ir más allá y ver desde lejos el temblor del mar, y finalmente llegar a un silencio litoral sin pájaros. Y allí, desde aquella orilla sin nada, enviar mensajes a todas aquellas señales que, movidas por los soplos de un viento extraño, habían ido fundando, con sus apariciones, casuales o no, la historia de mi desaparición.

«¡Uf!», imaginé que me decía Yvette. «¿Y cuándo duerme el doctor Ingravallo?»

11

A la mañana siguiente, desperté en el Swissôtel y lo primero que me dije fue que ser uno mismo era muy aburrido, ser dos no tardaba en ser también tedioso y, además, tampoco te salvaba de la soledad, como tampoco ser tres te salvaba de ella. Miré la hora y vi que eran las diez en punto de la mañana. Decidí no pensar más en mi identidad y, plantándome el sombrero de fieltro en la cabeza, abandoné el cuarto de los escritos o de los espíritus y, viendo que había desaparecido la obsesiva lluvia del día anterior, salí a dar un solitario paseo matinal. Había quedado con Yvette a las dos en la catedral, donde yo quería ver la tumba de Erasmo de Rotterdam. Esperaba ser puntual, nada deseaba tanto como serlo, tal vez porque también a mí, como a Walser, la puntualidad siempre me pareció una obra maestra. Y ya se sabe lo raras que son las obras maestras. No todos los días uno se plantea llevar a buen puerto una obra puntual y maestra. Pero aquel día lo puntual era el día mismo, que era perfecto o, al menos, lo sentía yo así. El sol invernal lucía en las alturas. Las calles de Basilea transmitían una alegría contagiosa. Comencé a amar la mayoría de las cosas que iba viendo, y lo hacía de una manera fogosa e instantánea. Tenía la impresión de que los cerezos y los ciruelos daban a las calles un toque atrayente, distraído y decorativo. Había niños, había un perro muy humano que estaba a punto casi de hablar; dos casitas burguesas maravillosas, una al lado de la otra. Había una peluquería, una hermosa puerta monumental flanqueada por dos torreones llamada Spalentor, una tienda con objetos del Tíbet (país cuya independencia Basilea apoya), una vistosa fábrica de pianos, una alameda que me recordaba la que había visto junto al castillo de Montaigne. Y había un paseante sonámbulo que era yo mismo. Ese paseante se dedicaba a evocar la figura de Robert Walser y su relación con la belleza del mundo, una belleza que le conducía siempre a la desolación. Y, mientras evocaba todo esto, pasó a pensar en *La aventura*, de Antonioni. Ese paseante pasó a pensar en esa película no sólo porque la había adorado en su juventud (y la había adorado mucho), sino también porque de alguna forma estaba muy relacionada con la historia de su propia desaparición. Era una película que contaba la historia de un grupo de jóvenes amigos que, navegando por las Eolias, ven desaparecer a Anna, una de los suyos, en el arrecife de Lisca Blanca. La película contaba la búsqueda, en ese islote con acantilados, de la chica volatilizada. A medida que avanzaba la historia, uno se iba dando cuenta de que la desaparición de Anna no era exactamente lo más importante, sino la sensación de vacío, azar y errancia que movía los hilos de la envolvente y lenta trama que iba conduciendo a los personajes hacia un sentimiento final de indiferencia y olvido ante la desaparición de su amiga.

Iba yo por las calles de Basilea pensando en la película de Antonioni cuando me paré un momento frente a la tienda de objetos tibetanos y, con un rudimentario inglés, le pregunté a una bella mujer, que estaba abstraída ante el escaparate, cómo se iba a Solitude-Promenade, el paseo junto al río Rin que desembocaba en el Museo Tinguely. Ella levantó la cabeza, me miró. «¿No sabe usted quién soy yo?», preguntó.

Le temblaban los labios. Le dije que no la había visto en mi vida. Su cara cambió de expresión, los labios seguían temblando. «Eso no es verdad», me dijo. Le pedí, algo asustado, que me dijera cómo se llamaba y así sabría a qué atenerme. «Me llamo Anne Miller», me dijo con una voz tremebunda, y me di cuenta de que estaba hablando con una loca. Decidí poner pies en polvorosa. Ya me bastaba con ir a Herisau para entrar en contacto con la demencia. «Y tú también te llamas Anne Miller», me dijo. Me fui de allí lo más rápido que pude. Minutos después, llegaba a Solitude-Promenade, el melancólico y bellísimo paseo que bordea el Rin. La alegría del día se había desvanecido y había dado paso a la angustia, que yo disimulaba como podía. Fui caminando triste por aquel paseo para los solitarios hasta llegar a las puertas del Museo Tinguely, donde, tras cruzar por el jardín de máquinas del propio Tinguely, el artista que da nombre al museo, vi una retrospectiva dedicada a Kurt Schwitters, que incluía una meticulosa reconstrucción parcial de la Merzbau (el edificio Merz), una especie de *assemblage* tridimensional, a medio camino entre la arquitectura y la escultura, que Schwitters empezó a construir en su propia casa en 1923 con material de desecho y fue erigiendo hasta ocupar el sótano y tres pisos: un edificio que debía crecer y envejecer con él, pero fue destruido en 1943 por un bombardeo.

Al final, el contraste entre mi silencioso paseo solitario y las agresivas máquinas extrañas de Tinguely resultó ser para mí tan endiabladamente perverso que me senté en la puerta del museo a llorar. A llorar tímidamente y sin emoción, sólo por el contraste que en breves momentos me había llevado de la soledad radical al heterodoxo dadaísmo del mundo de los desechos de la civilización que habían reunido Tinguely y Schwitters en sus artefactos. Fui, pues, de mi cálido yo lloroso a unas frías y artificiales maquinarias que me parecieron muy distanciadas de mi mundo natural de paseante solitario.

Me recuperé del llanto mientras subía a la colina de la catedral, en cuya puerta me quedé esperando a Yvette, que no tardó en llegar y me llevó hasta la capilla lateral en la que está la tumba de Erasmo de Rotterdam, que fotografié con la cámara de usar y tirar que había comprado una hora antes. Sentado en uno de los bancos de madera, reflexivo frente a la tumba, dediqué por unos momentos mi atención al autor de *Elogio de la locura*, aquel gran erudito y escritor holandés en lengua latina, aquel admirable humanista, cuyo ideal de tolerancia general y de educación moral lo convirtieron en precursor de determinadas formas espirituales modernas, hoy en día constantemente maltratadas.

Al salir del templo, fuimos al mirador sobre el río Rin que se encuentra detrás del altar mayor, y allí hablé con Yvette de su vida serena y agradable a medio camino entre Basilea y San Gallen. Nos quedamos un largo rato contemplando el paso constante de los barcos mercantes, el puente viejo de piedra y el *skyline* de chimeneas humeantes que recuerdan que la ciudad vive en parte de la industria química. Poco después, en una farmacia, descubrí que en Suiza no sólo se pueden comprar los alka-seltzer de sobre en sobre sino que, además, la amable farmacéutica te ofrece un vaso de plástico para que puedas tomar esa bebida efervescente en el mostrador mismo, como si estuvieras en la barra de un bar. No fue poca la felicidad que sentí en el momento de descubrir esto. Yvette se reía viéndome apoyado en la barra imaginaria. Para colmo, los alka-seltzer suizos, a diferencia de los españoles que se exceden en espuma y son más brutos, llevan incorporado un gusto de limón que convierte esa bebida curativa en algo euforizante, lo que hizo que el llanto del Museo Tinguely quedara muy atrás y reapareciera la euforia con la que había dado los primeros pasos aquella mañana.

Esa animación me dominó durante el almuerzo y también durante el melancólico viaje en tren a San Gallen, donde, al llegar a la estación, tomamos un taxi y tras un lento recorrido por la parte alta de la ciudad, por las elegantes Winkelriedstrasse y Dufourstrasse, fuimos hasta el despacho al que habían trasladado a Yvette cuando accedió a la cátedra. Desde allí podía verse una bella vista sobre una gran lejanía blanca, misteriosa, ensoñadora, toda envuelta en una nube de un blanco más extremado que la enigmática lejanía. Así era el extraño cuadro que estaba colgado frente a su mesa de trabajo, herencia rara de uno de los catedráticos que la había precedido. La otra vista, la real, la que podía verse desde su ventana, daba a las copas de unos árboles que discretamente susurraban al leve soplo de una brisa. Se respiraba tranquilidad. Me pareció un buen lugar para trabajar, y así se lo dije. Y le volví a recordar que por la noche debía presentarme como doctor Ingravallo.

Horas después, en el aula de San Gallen, fui presentado por Yvette como el sustituto del escritor de Barcelona anunciado. Fui presentado como un doctor en psiquiatría que les hablaría de un escandaloso caso de incompetencia y mala fe médica. Me pareció que lamentablemente una gran parte del público tomaba aquellas palabras como un simple juego literario. Por eso procuré que mi reflexión sobre el estado de la psiquiatría actual fuera muy rigurosa y que al final mis palabras acabaran convirtiéndose para el público en una carga muy pesada, tan o más pesada que mi doble (no captaron que era triple) identidad. Mi reflexión fue muy rigurosa y *pasaventista* al máximo. Y desembocó en un alegato a favor de ciertas reformas y la propuesta de que regresara la antipsiquiatría. La parte final de mi intervención la dediqué a la lenta y meticulosa exposición del significativo caso de Pedro Juan Giner, un paciente que había tenido yo en el hospital de la Avenida Meridiana de Barcelona, un joven al que unos pequeños equívocos psiquiátricos le habían destrozado la vida.

Cuando terminé de contar este caso clínico, pronuncié unas palabras finales sobre la esquizofrenia, unas palabras muy pensadas durante mi paseo matinal en Basilea por Solitude-Promenade: «Un negro tiene la piel negra bajo todas las circunstancias, pero sólo bajo ciertas condiciones socioeconómicas es un esclavo. Un hombre puede atascarse bajo todas las circunstancias, descubrir que se ha perdido, y tener que dar la vuelta y regresar un largo trecho para encontrarse de nuevo. Sólo bajo ciertas circunstancias socioeconómicas sufrirá esquizofrenia.»

Terminada la conferencia, se abrió el coloquio y, tal como deseaba, no hubo ni una sola pregunta, pero no creo que fuera porque el público se hubiera quedado pasmado o desorientado. Más bien daba la impresión de que se habrían quedado igual de paralizados y mudos si les hubiera soltado cualquier otra historia. Al no haber preguntas, Yvette pronunció unas palabras de agradecimiento, y ahí terminó el trance. Aquella noche, cenamos en un restaurante italiano de la Rorschacher Strasse, cerca de donde había estado –me explicó Yvette– el Eidgenössisches Kreuz, un establecimiento que frecuentaban Walser y su fiel visitante, su amigo Carl Seelig. Cenamos los dos con la muy escotada Hanna Hasler y un joven clérigo protestante. No sé si debería hablar de esa cena irrelevante, pero la verdad es que hoy no me apetece contar nada que sea trascendente. En realidad hoy no tengo ganas de contar nada. Pero a esa inapetencia la temo enormemente, pues no olvido fácilmente la frase de Kafka que en los últimos tiempos he tenido siempre en cuenta y que me ha ayudado a no caer en la demencia absoluta: «Un escritor que no escribe es, de hecho, un monstruo merodeando la locura.» Hoy la verdad es que no tengo las menores ganas de escribir, pero, a pesar de todo esto, también hoy escribiré, aunque lo haré levemente sobre esa cena intrascendente, lo que me permitirá tomar aliento antes de pasar a contar mañana la historia de mi viaje de San Gallen a Herisau.

Hanna Hasler era traductora de libros del alemán al español. Y, en cuanto al clérigo, bebía mucho para ser un canónigo, llevaba gafas oscuras y el pelo punk teñido de color zanahoria, y su máximo ídolo no era Dios ni Lutero, sino Lou Reed, del que se sabía de memoria todas las canciones. Fue como haber cenado con la reina de los escotes atrevidos y la versión eclesiástica de Lou Reed. Un fastidio. Una cena que debía haber sido sólo entre Yvette y yo y que luego averiguaría que fue con la traductora y el clérigo porque Yvette creyó que a mí aquella gente me caía bien cuando era lo contrario, me caían tan mal como le caían a ella.

Fue una cena sin duda idiota. Nadie la había obligado, pero Hanna quería hacer méritos delante de mí («seré la futura traductora de tus ensayos psiquiátricos», llegó a decirme) y trocaba a su aire las palabras que balbuceaba el clérigo, intuía yo que con muy poca fidelidad. Me dio por pensar en la España de la posguerra que yo había conocido de niño y en lo increíble que habría sido en aquellos días una cena como aquélla, una cena con aquellos comensales tan raros. Los habrían llevado a la hoguera, pensé. O más bien, al clérigo, en un juicio sumarísimo, lo habrían fusilado por protestante y provocador, y quién sabe si no habría yo querido estar en el batallón de ejecución. En cuanto a Hanna, mejor pensar que simplemente la habrían obligado a entrar en un convento.

Para colmo, el clérigo, que a medida que avanzaba la cena iba dando cada vez más muestras de estar durmiéndose allí en su silla, era muy aficionado a la telebasura. «¿Y Dios qué?», le dije, «¿no es usted aficionado a Dios?» Hanna le tradujo mi pregunta. Se quedó pensativo, luego soltó un bostezo y acabó esbozando una gran sonrisa. «No es culpa mía que Dios exista», me contestó, y logró con esto sorprenderme, pero no quise profundizar más en lo que había querido decir, prefería que la cena siguiera su curso y acabara cuanto antes. No quería que un conflicto la alargara y, además, creía que el joven párroco era amigo de Yvette —más tarde supe que era todo lo contrario— y no creía yo pertinente ser impertinente con él. Sin embargo, parecía aquel párroco empeñado exclusivamente en exasperarme, como cuando de pronto, al ir a abordar yo mi *carpaccio* de salmón, imitó, medio ya en sueños, una voz femenina y dijo: «Del modo que Dios nos ha tratado, se ve muy bien que es un hombre.»

¿Qué hacer con un clérigo que hablaba medio dormido y en nombre de las mujeres? Me acordé de mi madre, en el Paseo de San Juan, en la posguerra, recomendándome que nunca sintiera atracción alguna por las religiones que se apartaban del catolicismo. ¿Influía aquel consejo materno en la desconfianza y el odio que el clérigo estaba despertando en mí? Pensé esto y fue como si el clérigo hubiera leído la palabra *consejo* en mi pensamiento, porque, tras terminarse la botella del espeso Buchberger, pasó a pedirme consejo acerca de su madre que, según me explicó, iba todo el día, como Hannah, muy escotada y necesitaba a todas luces un tratamiento psiquiátrico. «Ya he trabajado bastante por hoy», le dije, «y, además, aunque usted no lo sepa, trabajo como médico sólo para ganarme la vida, pero en realidad a mí lo que me gustaría es ser cantante.» Le cantó o le susurró el clérigo entonces en voz baja a Hanna algo así como una canción de cuna en un alemán cada vez más pastoso, porque, todo hay que decirlo, el clérigo parecía estar ya casi del todo dormido. «¿Qué ha dicho o cantado?», le pregunté a Hanna sabiendo que no había dicho nada, sólo balbuceado. «Que un gran psiquiatra se nota por el número de páginas que no publica», dijo Hanna. «No», me dijo Yvette (y fue entonces cuando supe que no era amiga ni del clérigo ni de la traductora), «ha dicho que le dé el pecho antes que la escoba. Y yo empiezo a estar harta.» «¿Qué escoba?», pregunté confundido a Hanna, y ella, imitando entonces la voz del acanallado párroco, dijo: «La que está junto a la aspiradora.»

Dice un proverbio japonés que hay que lavarse los ojos después de cada mirada. En cuanto alcancé mi cuarto de hotel, sintiendo que tenía que purificarme tras lo visto y oído, me dediqué a recordar que en el mundo había existido un escritor que mezclaba melancolía con una euforia desmedida y que pasó veintitrés años de su vida recluido en un manicomio que estaba algo más allá de una pequeña capital del semicantón suizo de Appenzell, una ciudad llamada Herisau, un lugar que no había visto yo nunca ni en fotografía y que a la mañana siguiente visitaría. Después, extraje del maletín un libro de prosas breves de Walser, *Vida de poeta*, y leí en voz alta algunos fragmentos, con aquellas eufóricas exaltaciones de la perfección del mundo que ocultaban la melancólica angustia de fondo del autor y provocaban la admiración de Kafka, que le leía en voz alta y entre risas a su amigo Max Brod aquellas inauditas alabanzas a la felicidad que da la vida real («Me crucé con unos cuantos carruajes, nada más, y en el camino comarcal vi algunos niños. No hace falta ver nada extraordinario. Ya es mucho lo que se ve»), pero siempre con la angustia apareciendo a última hora, como en *El paseo* cuando, después de haber sido «tan feliz» a lo largo de todo el libro, en la abrupta última línea aparecen las sombras y la verdad hasta entonces encubierta: «Me había levantado para irme a casa; porque ya era tarde, y todo estaba oscuro.»

Todo está ennegrecido ahora cuando en la oscuridad comienzo a cerrar los ojos para que no entre por hoy ningún otro pensamiento, ningún otro. Pero ha entrado. Me he quedado pensado en Walser cuando, días antes de entrar en el primer manicomio, comenzó a oír voces. En cuanto cerraba los ojos, oía voces y tenía visiones, fantasías poéticas. Pero todo esto no le llevó a la locura. Walser jamás estuvo loco. Se le diagnosticó esquizofrenia y a él, en cierto modo, ya le fue bien ese dictamen, pues, como le dijo a su amigo Seelig, quería disfrutar de los años póstumos: «Son pocos los que saben disfrutar de su vejez, cuando puede ser tan satisfactoria. Está comprobado que el mundo aspira a volver siempre a las cosas sencillas, elementales. Por sano instinto, uno se resiste a que lo excepcional, lo extraño, se haga dominante. La inquieta codicia hacia el otro sexo se ha extinguido, y ya sólo se aspira al consuelo de la naturaleza y a las cosas concretas y hermosas que están al alcance de todo el que las anhela. Por fin ha desaparecido la vanidad, y uno se solaza en la gran calma de la vejez igual que bajo un suave sol.»

12

Al día siguiente, la mañana del gran día, me levanté muy pronto y no tardé en ponerme a recordar la primera visita que Carl Seelig hizo a Robert Walser en el manicomio de Herisau el domingo 26 de julio de 1936. Como ese primer encuentro tuvo lugar una semana después del comienzo de la guerra civil en España, me resultó imposible no pensar, por unos momentos, en el descomunal contraste que, a tan poca diferencia de kilómetros, debía de existir en aquellos días entre el mortal ruido español y el mortecino silencio suizo. Me puse a recordar a Seelig, que se había carteado con Walser, quien había accedido finalmente a que le visitara en el manicomio, de ahí salió ese documento admirable que es *Paseos con Robert Walser*. Seelig era un hombre que tenía la impresión de que nos sentimos muy mal entre las ruedas de la maquinaria del mundo de nuestro tiempo y que «sólo si consagramos nuestra vida a una causa propia y noble», podemos escapar de ese infierno contemporáneo. Y se le ocurrió hacer algo por Walser, que llevaba por aquel entonces tres años recluido en Herisau y antes había estado ya cuatro internado en Waldau. Entre todos los escritores suizos, le parecía el personaje más peculiar y el escritor más original, y quiso tender una mano a ese autor que aparecía citado en los *Diarios* de Kafka. Lo que no sabía Seelig era hasta qué punto su protegido Walser era un escritor inmensamente original. Como Walser se había mostrado de acuerdo en que le visitara, Seelig viajó ese domingo, temprano, de Zurich a San Gallen, callejeó por la ciudad y escuchó en la colegiata nada menos que un sermón dedicado al «despilfarro del talento», y luego en tren se dirigió a Herisau, donde tocaban las campanas cuando llegó. Se hizo anunciar al médico jefe, el doctor Otto Hinrichsen, quien le dio permiso para ir a pasear con el escritor. Era un caluroso día de verano. Cuando el doctor Hinrichsen fue a abrochar el botón superior del chaleco de Walser, éste reaccionó con rechazo: «¡No, tiene que estar abierto!» Hablaba el escritor en el cadencioso alemán de Berna, el que había hablado en Biel durante su juventud. Tras una despedida del médico-jefe bastante abrupta, tomaron el camino hacia la estación de Herisau para ir a San Gallen. De aquel primer paseo, Seelig retuvo unos comentarios de Walser sobre lo poco que le afectaba a su edad haber sido olvidado como escritor («Cuando se va camino de los sesenta, hay que saber pensar en otra forma de vida») y muy especialmente retuvo sus palabras sobre la improductividad del odio y la necesidad de que la literatura emanara amor y fuera agradable, a pesar de que, en los últimos tiempos, estaban «repartiendo los premios literarios entre falsos redentores o algún maestrillo de escuela».

Así que desperté temprano aquella mañana y recordé esa primera visita de Seelig al manicomio. Más tarde, hacia las once, tal como habíamos quedado, salí a la puerta del hotel y pronto llegó Yvette con una amiga austriaca, Beatrix, una mujer de unos cuarenta años que vivía desde hacía tiempo en Herisau y que era la persona que con su coche iba a llevarnos hasta el manicomio. Durante el trayecto, marchamos casi todo el rato absortos Yvette y yo, contemplando el gris y melancólico paisaje. Yo iba algo emocionado, consciente de que estaba a punto de alcanzar una cota interesante en mi vida. En menos de una hora estaría ante mi fin del mundo, ante mi Patagonia personal.

Fuimos callados gran parte del trayecto, hasta que, cerca ya de la entrada a la población de Herisau, Beatrix, como si quisiera romper el excesivo silencio, se puso de repente a hablarnos de Madrid y nos contó que en su primera juventud había aterrizado con una pequeña maleta en esa ciudad, sin nada de dinero, y había terminado por quedarse a vivir y trabajar allí como vigilante de niños de familias austriacas. Una de esas familias, residente en Pozuelo de Alarcón, a unos kilómetros de Madrid, la había explotado de forma infame. Pero eso no había impedido que le siguiera fascinando Madrid y que la felicidad que le transmitían los recuerdos de aquellos años permaneciera incólume. Le parecía la ciudad más divertida del mundo. Sus palabras contrastaban con el mustio y taciturno paisaje de aquella gris zona triste de Appenzell, y no sé por qué, tal vez porque siempre he encontrado que lo extranjero tiene cierto sello de nobleza, Madrid me pareció en aquel momento, aunque fuera sólo por llevarle la contraria a Beatrix, una ciudad muy plebeya.

El coche pasó por el centro de Herisau y vimos de pronto asomarse a un joven clérigo a la puerta de la iglesia de Sankt Laurentius, en el Dorfplatz. «¡Oh, no!», dijo Yvette, «nos persiguen los párrocos.» Beatrix rió, tal vez porque estaba ya enterada de la horrenda cena de la noche anterior. Y yo, por mi parte, me acordé de Walser cuando, en compañía de Seelig, vio a un joven fraile asomado a la ventana de un convento, y comentó: «Tiene nostalgia del exterior, como nosotros del interior.»

Cruzamos ese centro de la ciudad de Herisau con cierta

rapidez, y atrás quedó el bello y bien conservado casco antiguo, pero también una sombría estación de tren, cuatro desangelados supermercados, carteles de tráfico con indicaciones germánicas obsesivas, y ningún café de aspecto agradable, por no hablar de la temible severidad en los rostros de los escasos transeúntes que llegamos a ver. La pequeña ciudad de Herisau, en conjunto, me pareció muy gris y muy triste. El manicomio estaba más allá del centro de la población, ya en las afueras, en una colina a la que se ascendía por una carretera que señalizaba un letrero que sin duda no existía en la época de Walser, un moderno letrero en el que podía leerse «Psychiatrisches Zentrum Herisau». Así que nada de llamarse sanatorio y menos aún manicomio, pensé. Centro Psiquiátrico era el nombre correcto o, mejor dicho, el nombre moderno. Mentiría si no dijera que, ascendiendo en silencio por la carretera, tenía yo la impresión de estar viviendo una gran aventura en la que un explorador que hasta entonces había ido avanzando hacia el vacío se acercaba por fin a algo real y, además, tan misterioso como fascinante, nada menos que un lugar sagrado en el que, dentro de su concepción literaria del mundo, podía ser que hasta encontrara su Santo Grial personal.

Me pareció, en cualquier caso, que íbamos algo demasiado deprisa, tal vez porque recordaba unas palabras del paseante Walser sobre los automóviles: «A la gente que va levantando polvo en un rugiente automóvil les muestro siempre mi rostro malo y más duro, porque no comprendo ni comprenderé nunca que pueda ser un placer pasar así corriendo ante todas las creaciones y objetos que muestra nuestra hermosa tierra.»

Iba pensando en todo esto cuando, a mitad de la ascensión por la colina, tal vez porque habíamos comenzado a estar a un nivel alto sobre el mar, comenzó a nevar. Parecía como si un misterioso ser estuviera disponiendo esos efectos especiales para que yo quedara fascinado. Fuera, los silenciosos copos. Tal vez porque Walser había muerto sobre la nieve, yo siempre había imaginado el manicomio de Herisau rodeado de prados y abetos verdes nevados. Parecía claro que la nieve estaba ayudando a que todo cuadrara a la perfección. Mientras seguíamos ascendiendo por la carretera, me quedé por un momento extasiado contemplando algunos copos ligeros detenidos en el aire. Y de pronto, sin relación alguna con lo que estaba pensando, recordé que Fleur Jaeggy había contado que un día, tras escribir *Los hermosos años del castigo*, regresó a Appenzell de la misma forma que un asesino acababa volviendo al lugar del crimen. Fue a ver el internado de señoritas de su novela y se enteró de que había pasado a ser una clínica para ciegos. Y después, como ese antiguo internado estaba muy cerca de Herisau, fue a ver cómo era ese sanatorio mental en el que había pasado Walser tantos años de su vida. Era un lunes de Pascua, y de entrada sólo vio a una enfermera que le dijo que no la podía atender demasiado porque estaba muy ocupada. Como no había nadie más, compró unas tarjetas postales. De pronto, la enfermera se volvió gentil y acabó presentándole a algunos pacientes, con los que pudo hablar. «Fue como si yo hubiera hecho un viaje tras las huellas de Walser, tras los árboles que le vieron morir», comentó Jaeggy después de la visita.

Iba recordando todo esto cuando de pronto, saliendo de una curva, entre destellos de nieve que centelleaban con luminosidad de espejo, apareció en lo alto, imponente y majestuoso y con extensas praderas y bosques nevados alrededor, el edificio del viejo manicomio, una construcción aislada de todo y que parecía salida de una novela gótica. Era un edificio de tres plantas, dos de ellas con amplias terrazas de madera. Al principio, visto de lejos, parecía una gran mansión privada. Y también de cerca habría seguido pareciéndomelo de no ser por la planta baja, por el vestíbulo del recinto, desligado formalmente del resto del edificio, remodelado no hacía mucho y dotado de un inconfundible aire *standard*, con su vulgar aire de entrada a una clínica cualquiera.

Coronándolo todo, encima de la tercera planta que en otro tiempo debió de ser zona de desvanes, había una graciosa veleta y un gran reloj debajo de ésta, un reloj de minuteros plateados, tan bellos como antiguos, que marcaban en aquel preciso instante las doce menos veinte de la mañana. Sé que exactamente era esa hora porque desde la ventanilla del coche fotografié la fachada del edificio y el reloj. Después, de una forma un tanto desatinada, traté de ponerme en el lugar exacto de Walser y desde ese mismo interior del coche miré fijamente el reloj que acababa de fotografiar, lo miré con una rara obstinación, pero sin lograr lo que buscaba, sin lograr que con esa mirada me fundiera con Walser, por mucho que fuera la primera vez en mi vida que veía algo de ese mundo que estaba seguro de que había también mirado Walser.

De pronto, Yvette nos anunció que hasta las doce del mediodía no nos esperaba el médico-jefe, el doctor Bruno Kägi. Me enteré así, en ese momento, de algo que no sabía, me enteré de que habíamos quedado citados con el director de aquel centro cuando yo sólo había hablado de visitar aquel lugar, de *verlo*, no había pedido más, sólo había solicitado ver cómo era el lugar donde Walser había pasado veintitrés años dedicado tranquilamente, como Hölderlin, a «soñar por los rincones, sin tener que estar haciendo los deberes todo el rato».

¿Creía Yvette que tenía yo algo que decirle al médicojefe? ¿Suponía que tenía que formularle en alemán, en nombre mío, alguna pregunta? Yo no tenía pregunta alguna que hacerle. O tal vez sí. Tras pensarlo unos largos instantes, se me ocurrió que, ya que teníamos aquella cita y se esperaba de mí que preguntara algo, lo mejor sería que Yvette le expli-

232

cara al señor Kägi que yo, el doctor Pasavento, era médico psiquiatra y escritor en mis tiempos libres y había ido hasta allí para que él fuera tan amable de resolverme un problema que me impedía continuar con verosimilitud la novela *amateur* que en aquellos momentos estaba escribiendo y que trataba sobre un doctor español, un tal doctor Ingravallo, que estudiaba la vida y obra de Walser.

El problema a resolver y en el que podía ayudarme el doctor Kägi residía en el hecho de que mi protagonista, ese doctor Ingravallo, deseaba vivir por un tiempo en el lugar donde pasara veintitrés años Robert Walser. Y yo, como narrador, no sabía cómo hacerlo para que le resultara verosímil al lector el hecho de que mi protagonista se quedara a vivir en el manicomio. Ése era el problema. «Doctor Kägi», le preguntaría Yvette en nombre mío, «¿qué solución le sugiere usted al doctor Pasavento para que logre hacer creíble que el doctor Ingravallo se quede una temporada en el sanatorio?»

Iba ya a dictarle de viva voz a Yvette esa novelesca pregunta que debía hacerle al doctor Kägi cuando de repente Beatrix, supongo que viendo que quedaban veinte minutos todavía para la cita, prefirió no detener el coche frente a la puerta del sanatorio y dirigirse al cercano cementerio, donde poco después, protegidos de la nieve por nuestros paraguas, buscamos, sin demasiado éxito, al principio, la tumba de Robert Walser. Mientras intentábamos averiguar dónde estaba, encontré por fin el momento de dictarle a Yvette la pregunta que podía hacerle al médico-jefe. Yvette la escuchó con atención y cierta incredulidad y luego sonrió, dijo: «Pero ¿está el doctor Pasavento escribiendo realmente esa novela o no?» Sonreí yo también, le expliqué que obviamente no, que se trataba sólo de tener algo que preguntarle al doctor Kägi.

¿Cómo sería ese doctor Kägi? Había yo leído algunas, por no decir muchas, cosas sobre los tres médico-jefe que había tenido Walser en Herisau, había leído comentarios sobre los doctores Hinrichsen, Pfister y Künzler. De los tres, el doctor Otto Hinrichsen era el más estrambótico y raro. Siempre le había parecido a Walser una mezcla de cortesano y artista de circo, un hombre que podía ser encantador, especialmente en Navidad, pero también muy caprichoso, como, por ejemplo, cuando se representaban sus infumables obras de teatro. Porque el doctor Hinrichsen era autor dramático. En cierta ocasión, habiendo estrenado en el teatro municipal de San Gallen su comedia *Jardín de amor*, el doctor Hinrichsen asaltó a su paciente para preguntarle: «¿Se ha enterado ya de mi triunfo, Walser?»

En el cementerio se mezclaba la belleza de la nieve en los abetos y las tumbas con la belleza misma de la luz del día de invierno vagando y filtrándose entre las hermosas lápidas verticales que a mí me pareció que creaban una atmósfera salida directamente de una adaptación al cine de cualquier novela de las hermanas Brontë. Era de una belleza tenebrosa y muy antigua aquel cementerio, con sus montañas nevadas de telón de fondo. Me hizo recordar que, en un ensayo sobre Walser, alguien había escrito que tanto en este escritor como en Kafka soplaba el viento prehistórico de las Montañas Heladas. Recordé esto y luego descubrí la tumba horizontal, en un lugar tal vez demasiado distinguido, no muy acorde con la afición de Walser a pasar siempre desapercibido. Era, además, una tumba vulgar si se la comparaba con aquellos magníficos sepulcros verticales de estilo judío o anglosajón, y lo peor de todo era que estaba en un lugar pretencioso, a mano derecha nada más entrar en el cementerio. Si no la habíamos visto al entrar se debía a que estaba precisamente en el lugar más obvio, se la veía mucho, precisamente por haberla apartado del resto de las tumbas, tal vez llevados quienes allí de buena fe la habían colocado por una interpretación poco acertada y sobre todo demasiado literal de unos versos de

Walser titulados *En un lugar aparte*, que aparecían grabados en la lápida, una cuarteta de Walser que de pronto recordé que yo conocía muy bien, pues no en vano la había aprendido de memoria cuando a finales de los años ochenta, desde la ciudad de Colonia, Ricardo Bada, conociendo mi obsesión por la obra de Walser, me la había traducido y enviado por carta:

«Continúo mi camino,
que es un paso más allá
y a casa; y sin hacer ruido,
aparte me quedo ya.»

13

La sala de espera, un pequeño salón lateral en el vestíbulo de entrada al antiguo manicomio, tenía sólo cuatro incómodas sillas, y en una de las paredes habían reproducido, a gran escala y en un estado pésimo pues había sido ya desgastado por el tiempo, uno de los microgramas de Walser. Me pareció de entrada que sin duda era la sala de espera más culta y original que había visto en mi vida. Pero luego vi que no había para tanto. El micrograma era el que creaba aquella falsa impresión. Si se miraba bien, el resto era de lo más frecuente y vulgar en esta clase de salitas. La mesita redonda, por ejemplo, con sus cuatro patas de plástico. O las cinco insulsas revistas médicas dispuestas sobre esa mesa. Todo en el fondo era como en tantas y tantas aburridas y pavorosas salas de espera del mundo de las clínicas de Occidente. No vi a la enfermera antipática que había encontrado Jaeggy, ni tampoco tarjetas postales que estuvieran a la venta.

Como el doctor Bruno Kägi se hacía esperar, salí un momento de la sala y fui al vestíbulo, y poco después Yvette decidió hacer algo parecido. Le pedí que le preguntara a la recepcionista, que era la única persona que habíamos visto hasta entonces, en qué piso del edificio había estado la habitación de Walser, y asistí a continuación a un largo e incomprensible para mí cruce de palabras en alemán, hasta que al poco rato Yvette me tradujo la conversación. El cuarto del escritor –dormía con siete internos más– nunca había estado en la edificación central en la que nos encontrábamos, sino en uno de los tres horrendos barracones que podían verse saliendo del edificio a mano derecha. En el primero de ellos era donde se había alojado Walser durante veintitrés años. Ahora los barracones, llamados también albergues, pertenecían al municipio de Herisau y en ellos vivían refugiados políticos, en su mayoría procedentes de países africanos.

A las doce y cuarto apareció el doctor Bruno Kägi. Tenía unos cuarenta años, un arete en la oreja izquierda (pensé: como el del doctor Bellivetti de Nápoles), el cráneo rasurado, traje y corbata en un cuerpo rockero, un aire inconfundiblemente moderno acompañaba todos sus ágiles movimientos. Contribuía a esta impresión su sonrisa socarrona, esa sonrisa que no perdió en momento alguno cuando Yvette, tras saludarle y sin que yo entendiera palabra de lo que estaba diciendo, comenzó a exponerle, allí mismo de pie en el vestíbulo, los motivos que nos habían llevado hasta el sanatorio, e inició una larga pregunta –mucho más larga que la que yo le había pedido que formulara– que obtuvo del doctor Kägi esta expresiva respuesta:

–*Nein.*

¿Qué le habría *exactamente* preguntado Yvette? Lo supe después, a la salida del sanatorio, cuando ella se dignó por fin contármelo. Le había preguntado si yo, admirador de Walser que había peregrinado hasta allí a la espera de contagiarme en aquel lugar sagrado de ciertas ráfagas de locura

236

creativa, tenía alguna posibilidad de quedar inmediatamente internado en el manicomio.

En fin. Tras el seco y rotundo *nein*, el doctor nos invitó amablemente a pasar a su despacho de la planta baja. Seguramente tenía otra oficina dentro del edificio, porque la de la planta baja parecía modelada para recibir a esporádicos visitantes walserianos. Entabló una animada conversación con Yvette y, por un momento, me pareció que se habían desentendido por completo de mí, lo cual no me disgustaba, sino todo lo contrario, pues me hacía sentirme más tranquilo. Pero de pronto me miraron los dos de golpe. «Que si tienes alguna pregunta más que hacer», dijo Yvette. No, no tenía ninguna. Pero decidí preguntar algo y quise saber si no tenía él la impresión de que hoy en día a nadie se le habría ocurrido encerrar a Walser por una esquizofrenia que no era nada peligrosa. Kägi debió de entender parte de lo que le decía en español porque, ya incluso antes de que yo terminara de hablar y de que Yvette me tradujera, tal vez espoleado por la palabra esquizofrenia que suena parecido en alemán, fue en busca de un libro del que dijo que le quedaba un solo ejemplar y, por tanto, lamentaba no poder dármelo, pero era importante que yo supiera que allí, en aquel libro, él había escrito, largo y tendido, sobre el diagnóstico y tratamiento médico que tuvo Walser.

Mientras Yvette me traducía estas palabras, el doctor Kägi me tendió el libro, donde se suponía que estaba todo explicado y bien razonado. Lo tengo aquí, está en mi maletín, del que, por cierto, he eliminado libros que ya no me interesan. A pesar de que era el último ejemplar que le quedaba, el doctor Kägi acabó regalándomelo. Pero, debido a que está escrito en alemán, no entiendo una sola palabra de él. Sin embargo, las fotos son interesantes para mí, muchas de ellas no las había visto nunca. Es un volumen en el que participa mucha gente, y es un volumen raro, y digo esto no sólo porque no lo entienda, sino porque es raro. Lo es ya, para empezar, la misma portada, con un dibujo de la cara de Walser, un dibujo en el que el escritor está irreconocible. El volumen se titula *Robert Walser. Herisauer Jahre 1933-1956.* Bernard Echte encabeza la lista de colaboradores, y el texto del doctor Kägi se llama *Stündelipigger (oder der schizophrene Schriftsteller).* Poco después de que me regalara el libro, el doctor Kägi, que parecía satisfecho de su generosidad, quiso saber si tenía algo más que preguntarle. Miré a Yvette y le pedí que de nuevo le preguntara si podía quedarme allí encerrado por esquizofrénico o por loco peligroso o por lo que fuera.

—Nein.

«Ya lo has oído», dijo Yvette con cariñosa crueldad. «Pregúntale qué piensa de la relación del doctor Otto Hinrichsen con su paciente Walser», le contesté. «Well», dijo el doctor Kägi, como si fuera a hablarnos en inglés. Pero prosiguió en alemán. Una oscura breve perorata. Yvette tradujo y dijo que el doctor Kägi consideraba que su ilustre antecesor, el doctor Hinrichsen, se había equivocado al tratar a su paciente como si fuera un colega suyo del mundo de las letras. Walser le contestaba siempre con educadas evasivas, y Hinrichsen nunca cayó en la cuenta de su patanería al querer compararse con un escritor que con el tiempo iba a revelarse como la más oscura de las estrellas de la literatura. Hinrichsen siempre atribuyó el educado rechazo de Walser a su pronunciado *autismo*.

«¿Alguna pregunta más?», dijo Yvette. «Me gustaría saber si soy el primer español que ha llegado en peregrinaje hasta este despacho», dije. El doctor Kägi pensó mucho la respuesta y acabó diciendo que sí, que yo era el primero. Pero a mí, por lo mucho que la había rumiado, me pareció que había pasado por allí algún otro español antes y prefería no decirme nada. Muy animado de repente, el doctor Kägi intercambió tarjetas personales y números de teléfono con

Beatrix y con Yvette, y después me dedicó una cordial sonrisa mientras me decía que, pensándolo mejor, españoles que preguntaran por Walser no había visto nunca ninguno, pero que uno de sus ayudantes, el doctor Adolfo Farnese, era argentino, residente en Suiza desde hacía treinta años. «Claro que ya sé que no es lo mismo un español que un argentino», añadió.

Adolfo Farnese –me dijo el doctor Kägi– vivía en una casa de apartamentos que estaba a unos doscientos metros de allí, una casa en la que algunos pacientes (con permiso de entrada y salida en la clínica) y algunos enfermeros habían también alquilado apartamentos. «Si quiere», me dijo de pronto iluminándosele la cara, «puede hacer que su doctor Ingravallo alquile una de esas viviendas. Son baratas, aunque la verdad es que no son muy cómodas. Pero su doctor Ingravallo, al ser un personaje de ficción, sabrá arreglárselas para estar bien allí, aunque encuentre su colchón agujereado.» Celebré el fino sentido del humor del doctor Kägi, al que vi enormemente satisfecho de tal vez haber podido ayudarme en la novela, y quise yo entonces saber si, aparte de esto, estaba de alguna forma abriéndome las puertas del sanatorio, es decir, si eso significaba que había cambiado de opinión y había sabido apreciar en mí algunos síntomas claros de locura y podía quedarme por allí, al menos durante unos días.

–*Nein.*

IV. Escribir para ausentarse

1

Nevaba cada vez con mayor intensidad y todo Herisau parecía «replegarse en un lamento blanco» y, dadas las condiciones climatológicas, renunciamos a ir andando hasta el lugar exacto donde, un día de Navidad, Walser había encontrado en la nieve su sepulcro natural. Se podía hacer la mitad del camino en coche y luego seguir a pie, pero sin duda no era lo mismo que hacer toda la senda a pie, tal como la había hecho Walser en el último día de su vida. Y como por otra parte íbamos justos de tiempo, pues yo había dicho que aquella misma tarde debía coger en Zurich mi avión para Barcelona, sustituimos el recorrido por una visita a los tres siniestros barracones que acogían a los refugiados políticos, en su mayoría refugiados africanos. Yvette me hizo una fotografía apostado en la puerta del barracón que fuera la vivienda de Walser durante veintitrés años. Allí él había dormido, durante todo ese tiempo, con siete pacientes más en «una gran habitación cuadrangular» que no nos permitieron ver porque ahora, nos dijo la enfermera de recepción, era el espacio privado de los refugiados políticos. Lamenté no poder acceder a aquel espacio que, por sus características geométricas, imaginaba parecido al gris patio de instituto que en *Jakob von Gunten* describiera en cierta ocasión Walser ofreciendo al lector, con una maestría insuperable, la perla condensada del hastío escolar: «El patio quedó abandonado como una eternidad cuadrangular.»

Me fotografié y me pregunté cuántos miles de veces habría cruzado Walser el umbral de aquella puerta que tenía ahora a mis espaldas. Y me conmovió pensar que era exactamente allí mismo donde Robert Walser, en compañía de Carl Seelig, encendía muchas mañanas el primer cigarrillo Maryland del día mientras se preparaba con su amigo para la larga excursión, generalmente a pie, por los alrededores. Le imaginé en el momento de decirle a Seelig allí mismo, junto a aquella puerta: «No le doy ningún valor a mi vida, sólo a las vidas ajenas, y pese a ello amo la vida, pero la amo porque espero que me dé alguna ocasión para echarla decorosamente por la borda.» O bien aquello, no menos walseriano, que leemos en *Discurso a un botón:* «Eres capaz de vivir sin que nadie se acuerde, ni lejanamente, de que existes.»

¿Era yo, por cierto, capaz de vivir así? No lo sabía muy bien todavía. Por el momento sólo sabía que había desaparecido, que era lo que yo anhelaba, y que estaba alcanzando un estado de bella felicidad y de ausencia radical que me acercaba al silencio y a la dignidad del discreto Walser. Pero también sabía que habría agradecido –y lo habría agradecido mucho– que se hubieran puesto a buscarme, aunque hubiera sido una sola persona la que lo hubiera hecho. Me parecía excesivamente cruel que, después de tantos días, aún no le hubiera preocupado a nadie mi ausencia. Pensé levemente en esto mientras me hacían la fotografía triste. Después, descendimos por una tortuosa pendiente y, dirigidos por Yvette, no tardamos nada en darnos casi de bruces con el inmueble de apartamentos baratos del que nos había hablado el doctor Kägi. Era un edificio muy gris y antiestético que contrastaba enormemente con el elegante manicomio que podía verse detrás de él, allí en lo alto, esplendoroso, imponente sobre el pequeño montículo.

Nos encontramos con una inesperada concentración de gente gesticulante delante de la puerta de entrada de aquel sombrío inmueble y no tardamos en enterarnos de que estábamos ante Farnese y un grupo de enfermos y enfermeros. Venían todos de ensayar en la planta baja del inmueble una obra de teatro en torno al mundo de Walser. A algunos aún les quedaban ganas de recitar fragmentos de sus papeles. Farnese nos habló en alemán e Yvette se puso inmediatamente a traducírmelo: «Vienen ustedes de ver al doctor Kägi, ¿verdad? Son los de la cita del mediodía. ¿Les ha enviado aquí el doctor? Bueno, verán, les explico. Llevamos ya un mes ensayando una función teatral de carácter terapéutico. Mezclamos textos de Walser con historias reales de nuestros enfermos y también de nuestros enfermeros. Dirijo yo. Doctor Farnese, para servirles.»

El teatro de la locura, pensé. Y aquello valía para el propio Farnese, que tenía un notable punto (aunque indemostrable) de desequilibrado. Sonreí, le tendí la mano. También lo hicieron Yvette y Beatrix. Me presentó Farnese al joven que tenía más cerca de él. «El amigo Omar, egipcio, de madre suiza», dijo, «es el más joven de todos nosotros. Yo soy el más viejo, claro. Y el más noble», sonrió bobamente, «al parecer provengo de los Farnese de la ciudad de Parma, allí hay un teatro con mi apellido. ¿Oyeron hablar del teatro Farnese?»

Como no le dijimos o no supimos decirle nada, Farnese volvió al tema de Omar. «Bueno, tal vez a ustedes les traiga esto sin cuidado, pero sí puede que les interese saber que este joven carece de carácter porque ignora aún qué es un carácter. ¿Les suena esto de algo?» En aquel momento no, pero más tarde, unas horas después, vería yo que era una frase de *Jakob von Gunten* que precisamente conocía bastante bien, una frase que durante un tiempo siempre había relacionado con lo que le decía la señora Tobler a Joseph Marti en *El ayudante* («Aún no he logrado comprender su carácter. ¿Quizá sea generoso?, ¿o bien es abyecto?»), una frase que siempre pensé que Joseph Marti podría perfectamente haber contestado con algo que se puede leer en *La china y el chino*, un micrograma de Walser: «Ser incomprendidos nos protege.»

«En una parte de nuestra obra», siguió diciéndonos el flaco Farnese, «algunos de nuestros enfermeros interpretan las excentricidades más demenciales de algunos de nuestros pacientes. Y viceversa. Por ejemplo, hemos seleccionado, de entre las manías de Omar, su alocada idea de que él es el propietario de la piedra con la que el asesino Caín mató a su hermano Abel. Es sabido que la piedra está en Siria, pero no tan sabido que la tiene Omar. Heinrich, un enfermero que ahora no está aquí, tiene el suficiente carácter para interpretar el papel de este pobre joven egipcio, que se ríe al verse caricaturizado. Eso tal vez le cura o le esté curando. ¿Comprenden? Al mismo tiempo, Omar, en justa compensación, incorpora en la obra el papel de Heinrich y para ello intenta, cada día, hacerse con ese carácter que le falta. Como ve, nos divertimos y al mismo tiempo medicinamos.»

No había oído nunca a alguien decir «medicinamos». Y tampoco había conocido nunca a alguien que hablara tanto. Daba la impresión de que el flaco Farnese hablaba por el mero hecho intrínseco de hablar. Y también para causarnos una buena impresión que tal vez deseaba que después pudiéramos trasladar a su jefe, el doctor Kägi. Era, sin duda, un perfecto gárrulo. Estaba diciéndome yo esto cuando el joven egipcio me tendió lánguidamente la mano. Se la estreché con firmeza, como si quisiera ayudarle a saber lo que era tener carácter, aunque no estaba muy seguro de que tuviera yo ese carácter. Poco después, el egipcio, obediente al mandato de Farnese, moviéndose sin encanto y efectivamente sin el menor carácter personal, saludó también a Yvette y Beatrix, que a su vez saludaron a los otros enfermeros y enfermos, dando alas a algunos de ellos a seguir con los últimos esterto-

246

res de aquel ensayo general. Daban su nombre y a continuación (también a ellos gentilmente Yvette me los traducía) soltaban algunas de las frases que les tocaba decir en la obra. «Pronto la nieve cubrió la tumba», dijo el joven y muy delgado Kuno, un enfermo misterioso y tajante. «A veces, sobre todo en bellos atardeceres, Kleist tenía la sensación de que allí se encontraban los confines del mundo. Los Alpes se le antojaban la infranqueable puerta de acceso a un paraíso situado en las alturas», dijo la enfermera Hannah. «Como nieve en los Alpes», dijo Petra, y añadió casi susurrando: «Escuchadme. Lo penoso del éxito es que siempre se le quita a otro. Sólo pueden gozar de él los inconscientes, las mentes obtusas que no entienden que entre los frustrados siempre hay seres superiores a ellos.»

Vi que había en el inmueble, tal como indicaba un letrero de la puerta, cinco viviendas para alquilar. «No es que nadie quiera vivir aquí», comentó Farnese viendo que me había fijado en el letrero, «lo que sucede es que casi nadie piensa que se pueda vivir aquí, ¿comprende?» Sonrió y mostró una mirada turbia y una dentadura muy maltratada por el tiempo. Si en un primer momento me había caído algo simpático, muy pronto esa impresión había ido variando. A esas alturas de nuestro teatral encuentro callejero, ya me parecía un hombre del que más bien había que desconfiar. Se puso a hablar en alemán con Yvette y Beatrix y luego supe que, al sentirse no muy bien visto por ellas, les dijo que lo mejor era vivir primero y dejar que las observaciones llegaran luego por sí solas. Una forma de decirles que no le juzgaran por las apariencias precipitadamente. O sea, que era consciente de que no inspiraba confianza. De pronto, volvió a acordarse de mí y me preguntó de qué parte de España era. «De la rue Vaneau de París», contesté. Frunció el ceño. «¿Y qué le ve usted a Walser?», me preguntó por preguntar, supongo. En cualquier caso, lo preguntó de una forma un tanto traicionera,

247

como si le hubiera molestado mi respuesta de la rue Vaneau, que debió equivocadamente de juzgar burlona o frívola. Cuando recuerdo ese instante siempre pienso que debería haberle dicho esto: «Me interesa el factor Walser. Da igual si él fue como quiero verle yo. El hecho es que él, aparte de ser un maestro en el arte de la desaparición, da la impresión de haber sabido ver antes que muchos hacia dónde evolucionaría la distancia entre Estado e individuo, máquina de poder y persona. ¿Me sigue usted? Me gustan en Walser su ironía secreta y su prematura intuición de que la estupidez iba a ir avanzando ya imparable en el mundo occidental. En este sentido yo creo que él, tal vez sin saberlo, dio un paso más, facilitó a Kafka la descripción del núcleo del problema, que no es otro que la situación de absoluta imposibilidad del individuo frente a la máquina devastadora del poder. ¿Me sigue usted? Me gusta en Walser, por otra parte, su heroico afán de librarse de la conciencia, de Dios, del pensamiento, de él mismo.»

En lugar de esto, dejándome llevar por mi humor vagabundo, le dije: «Me interesa el factor Walser. Pero creo que si dijera ahora en voz alta exactamente lo que pienso de él, me encerrarían de inmediato en el manicomio...» Me callé de golpe porque noté que Ingravallo estaba usurpando mi personalidad. «A mí lo que más me interesa de él», me dijo Farnese como si no pasara nada, «es una frase que desde que la leí ha orientado mi vida. No sé si la conoce. La frase más o menos viene a decir que le gustaba vivir contrariando lo que los otros esperaban de él.» «Oh, sí. Es una frase admirable. Y a mí todo lo admirable me atrae», dije simulando que estaba de acuerdo con la orientación que le había dado Farnese a su vida. Estas palabras en realidad se las dije en un tono burlón, a lo Walser precisamente, con esa secreta ironía de su estilo, ironía secreta pero que siempre de algún modo nos avisa de que hay que desconfiar de las palabras. Pero Farnese no vio esto y, por tanto, no desconfió, tal vez porque estaba más atento a Yvette y Beatrix que a lo que dijera yo, que sin duda le importaba un comino.

Les hice un guiño a mis amables acompañantes, como pidiéndoles que nos marcháramos de allí. Aunque no tenía billete de vuelta en avión, pensaba dejar que Yvette y Beatrix siguieran creyendo que lo tenía y me condujeran hasta el aeropuerto de Zurich, y allí ya vería yo qué hacía, si compraba un billete a alguna parte o me quedaba en la ciudad, ya vería. No tenía adónde ir. Pero era evidente que no podía quedarme toda la vida con las amables Yvette y Beatrix, que, por otra parte, disimulaban ya mal sus lógicas ansias de volver a su trabajo cotidiano y a su familia.

«Bueno, ha sido un placer conocerle», le dije al flaco Farnese, y así se inició nuestra retirada, nuestra huida de aquel teatro callejero. Cuando ya estábamos algo alejados del grupo, oímos al joven egipcio decir, en voz muy alta, una frase, que Yvette me tradujo inmediatamente y que anoté y posteriormente identifiqué con *Jakob von Gunten*: «Seguro que Heinrich jamás ha pensado en la vida, ¿para qué?» Nos volvimos y, al ver que le prestábamos atención, Omar nos apuntó de inmediato con su paraguas y siguió con su parrafada: «Todo en Heinrich es inocente, pacífico y feliz. ¿Habrá experiencias y conocimientos que osen acercarse a este muchacho?»

Sin duda, había más de un loco en el grupo teatral. ¿O eran simplemente enfermos muy teatrales? Cuando por fin dejamos ya atrás la calle de los apartamentos, Yvette, bromeando, comentó que le habían quedado ganas de ir a ver de nuevo al pobre doctor Kägi y hacerle un favor, «avisarle, por si no lo sabe, del polvorín que tiene en el inocente inmueble de abajo».

2

Eliminando definitivamente la idea de ver el lugar donde Walser había caído muerto, subimos al coche y nos plantamos en el restaurante del Hotel Linde, en Teufen, una población muy cercana a Herisau y por la que Walser y Seelig habían pasado caminando muchas veces. En los alrededores de aquella pequeña y conservadora ciudad (Appenzell tiene fama de ser el cantón más conservador, lo que ya es mucho decir en un país tan conservador como el suizo) había estado en otro tiempo esa especie de Instituto Benjamenta femenino o sofocante internado, el Bausler Institut, donde transcurre la acción de *Los hermosos años del castigo*, el libro de Fleur Jaeggy. Vi enseguida que Teufen se parecía mucho al Teufen del libro. «Si se miran las pequeñas ventanas con franjas blancas y las laboriosas e incandescentes flores en los balcones, se advierte un remanso tropical, una lujuria sofrenada, se tiene la impresión de que dentro sucede algo serenamente tenebroso y un poco enfermizo. Una Arcadia de la enfermedad.»

¿Era Suiza, y muy especialmente la Suiza oriental, una inmensa Arcadia de la enfermedad? No llegamos a acuerdo alguno. Pero el silencio, una constante de la vida en ese país, parecía escuchar con atención nuestras palabras. Yo expliqué que a mí personalmente Suiza me parecía un país ideal, porque convivían en paz italianos, franceses y alemanes, lejos de todo nacionalismo trasnochado, fusionados por una palabra, Suiza, que los unía a todos, aunque todos sabían que Suiza no existía.

Cuando nos cansamos del tema, comentamos que habíamos hecho bien en no ir hasta el lugar donde cayera mortalmente Walser, ese sendero cercano a esa cumbre en la que se disfrutaba de una bellísima vista de las montañas de Alpstein. Habíamos hecho bien porque, como dijo Yvette, con su habitual sentido de la responsabilidad, no tenía yo mucho tiempo si quería coger a las ocho de la tarde el avión en Zurich y, además, sin duda la nieve nos habría sepultado en mitad del camino.

Pero tal vez habría otra ocasión para que pudiera ver ese sendero hacia Rosenberg, dijo Beatrix. Ella sí lo había visto. Con su marido, hacía dos años, había recorrido el largo paseo. Recordaba con precisión la belleza del lugar y sobre todo la belleza del día en que subieron allí. «Era un mediodía tranquilizador», dijo Beatrix, «con nieve, nieve pura, hasta donde alcanzaba la vista. Me acordaré siempre.»

Tras los postres, me sentí animado y locuaz y acabé contándoles a Yvette y Beatrix toda mi juventud en el Bronx y mis amoríos con Daisy Blonde (di los nombres de las tres mujeres con las que la engañé, la engañé por puro morbo y para aún sentir más atracción hacia ella) y les conté casos psiquiátricos que me habían llamado la atención a lo largo de mi carrera, y les hablé también de mis padres, concretamente de los que acabaron en el fondo de un río extranjero, pues de los otros padres no dije nada. Yvette lo tomó todo como un gracioso invento mío de última hora. Hasta puso en tela de juicio el suicidio de mis padres en el Hudson, lo que me molestó un poco. Dijo que todo lo que había contado era una formidable fantasía poética. «¿Qué has dicho?», le pregunté inmediatamente. Pensé que si ella no podía creer en ese amor de juventud en el Bronx ni en casos psiquiátricos que habían estado bajo mi tutela, yo aún menos podía creer que acabara de calificar mi juventud con las dos mismas palabras con las que Walser había definido *Jakob von Gunten*, esas palabras que un día fueron el título de una novela que yo imaginé haber comprado en la estación de Atocha de Madrid.

¿Había que pensar en una pequeña o en una gran casualidad? «Fantasía poética, eso he dicho», dijo Yvette, sin entender qué me pasaba. Bajo los efectos del espeso vino de Buchberger, comencé a creer que aquella curiosa coincidencia era una más de las selectas señales que últimamente buscaban tener un papel decisivo en mi vida. Caí algo conmocionado. Y aún me quedaban algunas partículas de conmoción cuando me dejaron Yvette y Beatrix, dos horas después, en el aeropuerto de Zurich. Me despedí de ellas con dos besos rápidos y todo mi agradecimiento y me mostré encantador mientras les ocultaba que no sabía adónde ir, prefería que no se percataran de eso, no quería dar lástima, oculté hasta el último momento que nadie me buscaba a pesar de que llevaba desaparecido tres semanas.

Fue una despedida muy veloz. Que Yvette no se hubiera creído que parte de mi juventud había transcurrido en el Bronx y que, además, hubiera considerado que Daisy Blonde era simplemente una invención, me confirmó que *los otros* nos obligan siempre a ser como ellos nos ven o como quieren vernos. En este sentido, la presencia o compañía de los otros es perniciosa, reprime la plena libertad de la que deberíamos disponer para construirnos una personalidad e identidad adecuadas a nuestra forma de vernos a nosotros mismos. Pensar que somos lo que creemos ser es una de las formas de la felicidad. Pero ahí están siempre los otros para vernos de otra manera e impedirnos la construcción de nuestra ilusa felicidad y de paso la construcción de nuestra personalidad favorita, personalidad muchas veces más compleja, por cierto, que la de un personaje de ficción. «Saludos a Dulcinea Blonde», bromeó Yvette. «Siento el naufragio de tus papás», dijo Beatrix. Todo eso no impidió que me despidiera de ellas con agradecimiento. Pero me quedé algo afectado al ver lo difícil que a veces eran las cosas. Me resultaba imposible no pensar en mi voluntad, todavía reciente pero ya firme, de ser yo mismo a pesar de saber que eran siempre los demás quienes nos creaban. «No sé quién soy, pero sufro cuando me deforman», recordé que decía a menudo un colega del hospital psiquiátrico de Manhattan.

En cuanto comencé a caminar a solas por el aeropuerto, me volví varias veces para comprobar que realmente me había quedado solo, es decir, para confirmar con toda seguridad que por fin ya no había nadie que pudiera poner en duda episodios de mi compleja y extraña pero, a fin de cuentas, verdadera vida. Y encaminé mis pasos hacia un quiosco de revistas, donde encontré la prensa española del día. En la cafetería de al lado del quiosco, di una rápida ojeada a los periódicos y confirmé que todo seguía igual y que nadie se preguntaba, por ejemplo, dónde andaba yo. Hablaban en cambio mucho del centenario de Salvador Dalí, sin duda un desaparecido más ilustre. Sentado allí en una de las incómodas sillas de hierro de aquella cafetería, me puse a recordar las breves ráfagas teatrales que unas horas antes había visto frente a los apartamentos de Herisau. Y recordé que, en los años veinte en Berna, Walser había escrito una serie de breves textos, conocidos por *escenas dialogadas*, donde uno podía encontrar verdaderas miniaturas en forma de obras maestras. ¿Lo sabría el flaco Farnese? Por un momento, se me ocurrió volver, tomar un tren y regresar a Herisau y alquilar un apartamento en el inmueble sombrío y dedicarme allí a mi escritura secreta de psiquiatra retirado y tal vez –aunque sólo fuera para importunar a aquel cargante personaje– pedirle al flaco Farnese que me aceptara como ayudante de dirección de su obra teatral, tal vez incluso sugerirle que le pusiera a aquella obra el título de *Fantasía poética, escenas dialogadas*.

Después, intentando olvidarme de la no demasiado recomendable idea de regresar, hundí de nuevo mi mirada en los periódicos españoles y allí fui a parar al titular de una noticia en la que se decía que Israel estaba estudiando exponer su arsenal atómico. No fue el titular exactamente lo que me llamó la atención, sino los últimos párrafos de la noticia: «Si Israel se viera obligado a ratificar esa convención por las nuevas corrientes de desarme, quienes quedarían en evidencia serían Siria y Egipto, países que disponen también de importantes arsenales químicos.»

¡Siria y Egipto! Unas horas antes, había irrumpido Egipto a través de la figura de Omar. Ahora aparecía, agregada a Egipto, la palabra Siria, que ya había aparecido recientemente también con todo aquello de la piedra siria de Caín. Tal vez me encontraba de nuevo ante una de aquellas señales misteriosas que no sabía yo si estaban dándome una oportunidad para ser dueño de mi vida o, por el contrario, sin contar conmigo, buscaban reforzar mi destino con los naipes marcados.

¿Acaso la conjunción entre Egipto y Siria era una señal para que volviera a Herisau? ¿O más bien para que volviera a la rue Vaneau? Me acordé de Simon Tanner, el personaje que Walser creó para su novela *Los hermanos Tanner*, ese hombre que «se arrastraba por los rincones y fisuras de la vida». Al doctor Pasavento le convenía algo parecido. Pero ¿dónde estaban para él esos últimos rincones? ¿Dónde el mejor lugar para de una vez por todas desaparecer de verdad? ¿En Herisau? ¿O tal vez en el lugar menos pensado y en el que quizás menos le buscarían, en Barcelona?

Apuré mi café y me vi lejos de Herisau, me vi de pronto en mi casa de Barcelona, sentado en mi sillón favorito, dedicándome exclusivamente a olvidar el mundanal ruido. Viviría escondido en mi ciudad natal, transformado en hombre modesto y oculto detrás de la sombra de Walser. Y procuraría ser visto sólo lo indispensable, sabiéndome protegido por el arte de desvanecerse del propio Walser, convertido yo en un ser más pequeño que él, trabajando para ser cada día más «un magnífico cero a la izquierda, redondo como una bola», tratando de vivir como lo haría un alumno refractario a las fórmulas precisas para conseguir las más altas calificaciones. Me pasaría el día convencido de que yo, el doctor Pasavento, era sólo pura ausencia, un fantasma con un maletín rojo y un sombrero de fieltro y muchos informes psiquiátricos. Claro está que se veía venir que en Barcelona ninguna señora Tobler comprendería mi carácter. Pero eso no podía ser más de mi agrado, pues ser incomprendido precisamente me protegería.

3

Pero también podía irme al desierto. ¿Acaso Jakob von Gunten no decía, al final de su peripecia en el instituto, que se iba al desierto con *herr* Benjamenta? «Quiero ver si en medio del páramo es también posible vivir, respirar, ser, desear y hacer sinceramente el bien, y dormir por la noche y soñar. ¡Bah! Ahora no quiero pensar en nada más.» El interlocutor ideal de Jakob habría podido ser W. H. Hudson, que habría sabido contarle desde la desértica Patagonia lo mucho que amaba esa tierra en el fin del mundo, «sus colores, los aromas, los sonidos, el tacto y el gusto, el azul del cielo, el verdor del suelo, el centelleo del sol en el agua, el olor de la tierra seca o húmeda, del viento y de la lluvia, ciertos colores de las flores y del plumaje de los huevos de las aves, como el púrpura brillante de la cáscara del huevo del tinamú».

«¡El tinamú! ¡Bah! Ahora no quiero pensar en nada más», me dije allí en la cafetería del aeropuerto de Zurich. En realidad, aspiraba a «convertirme por entero en el exterior de la naturaleza» y, durante el resto de mi vida, negar lo esencial, lo más hondo: mi angustia. Pero volví a caer en el pensamiento. Comencé a decirme que para acceder a la simple existencia literaria, para luchar contra esta invisibilidad que desde el principio les amenaza, los escritores tienen que crear las condiciones de su *aparición*, es decir, de su visibilidad literaria. Pero –me dije también– existe la maniobra contraria y ésta es mucho más difícil. Teniendo como objetivo el camino inverso (el de recuperar su invisibilidad) algunos escritores, como creo que es mi caso en estos momentos, emprenden la dificultosa tarea de ir creando una escritura secreta al tiempo que van organizando silenciosamente las condiciones de su *desaparición*, esas que habrán de permitirles un día desarmar esa visibilidad que sienten que cada vez les corroe más, pues socava gravemente su relación con la dignidad y lucidez del silencio.

Pensé más o menos todo esto y, poco después, dejé la cafetería y empecé a pasearme por aquella amplia zona del aeropuerto, sin decidirme a comprar billete alguno. Seguía escuchando todavía los ecos de lo que acababa de pensar y estuve tanto rato caminando que hasta llegué a dar con un rincón muy oscuro en el que uno podía adentrarse y desaparecer de la vista de todo el mundo durante unos segundos para poco después, con cuatro pasos, como si uno fuera el mismísimo severo padre de Chateaubriand, *reaparecer* y hacerlo con un semblante severo que enseguida se convertía en el semblante de un hombre en el fondo dubitativo, un semblante que no engañaba a nadie, pues era el que en aquellos momentos me salía del alma. Estuve un largo rato dedicado a esta maniobra, consistente en ir de la luz a la sombra y viceversa. Hasta que por fin, fantasma de mí mismo y enredado entre la luz y la sombra, decidí dar unos pasos más y salir fuera del recinto a respirar el aire libre. Salí. Respiré. Me sentí muy bien. Y fue como si por fin hubiera descubierto mi camino ideal, que consistiría tan sólo en dar unos pasos más allá y luego sentirme en casa y, sin ruido alguno, quedarme por fin en el aire libre, *aparte ya*.

4

El doctor Ingravallo acaba de decirme hace unos instantes que le parece paradójico que ame la desaparición de cualquier intención en mis escritos y al mismo tiempo no cese de contar que he elegido la desaparición como motivo central de lo que escribo. Largo silencio. Le parece bien que sólo entienda la escritura como reflejo de un mundo interior, privado. Pero ha añadido que eso que escribo, por muy privado que sea, piensa publicarlo si desaparezco, pues algunas de esas páginas no sólo exigen un lector, sino que hasta llegan a extenderle una mano a éste cuando no directamente lo inventan. Dicho esto, ha concluido, no deberías seguir tratando de engañarme, se te ve absurdo escribiendo con una mano mientras con la otra desvías mi atención para que no perciba que escribes. La verdad, se te ve ridículo buscando romper con la otra mano esa cáscara de huevo de tinamú que encontré para ti ayer, ahí fuera, entre el polvo patagón.

5

Al volver a entrar en el vestíbulo del aeropuerto de Zurich, padecí un breve ataque de angustia, provocado tal vez por mi indecisión absoluta a la hora de decidir adónde tenía que ir, en qué lugar del mundo pensaba ocultarme a partir de entonces. El breve ataque consistió en que tuve de pronto la rara impresión de que, aun sabiendo que estaba en el vestíbulo, me encontraba en un exterior y no en el interior que es todo vestíbulo, en un exterior del exterior en el que acababa yo de fundirme en un abrazo simbólico con el aire libre. Por ese exterior o vestíbulo del aeropuerto, que hasta no hacía mucho había sido un interior (y seguramente seguía siéndolo para todo el mundo menos para mí), se agitaban una gran variedad de sombras de pasajeros proyectadas sobre la pared delantera de mi cerebro. A pesar de estar confundido y aturdido y perturbado por mis indecisiones y por mi exagerada soledad, tuve cierto instinto de supervivencia y tomé rápidamente una lógica decisión, la de volver al lugar donde me había sentido tan felizmente aparte. Volví al aire libre y paseé junto a la parada de los taxis y al final, después de múltiples dudas, tomé uno en dirección a Zurich. En el trayecto no puede decirse que me aburriera nada. Me dediqué primero a acordarme de nuevo del napolitano Ettore Majorana, aquel hombre que inventó la bomba atómica y luego, al declararse la Segunda Guerra Mundial, se embarcó hacia Palermo y desapareció sin dejar rastro y nunca se supo si había sido secuestrado, se había misteriosamente esfumado, o bien había vivido oculto el resto de sus días en un convento. Y después pasé a preguntarme por mis planes de futuro. Me pregunté si pensaba secuestrarme a mí mismo escondiéndome en Zurich o en Barcelona, o pensaba desaparecer en la lejana Patagonia, o bien ocultarme en ese convento moderno que era el sanatorio de Herisau. ¿O qué?

Al llegar a Zurich, sólo podía ver la ciudad como un gran decorado. Me sentía como medio tarado. Por mucho que intentara mirarla de una manera más realista (tal como la había visto cinco años antes en mi anterior visita), tenía continuamente la impresión de estar en el interior de unos estudios de cine rodando un «exterior, noche», es decir, que seguía un tanto perturbado, con las confusiones propias de alguien recién salido de una caverna platónica. Una gran tramoya y muchos actores, eso era lo que veía. Resignado a seguir viendo irremediablemente así las cosas de Zurich, fui hasta la Spiegelgasse, la breve calle que nada tenía que envidiar a mi rue Vaneau en cuanto a historia, tensiones y señales. Ahí cambió todo. El influjo de esa calle tan especial me resultó benéfico y dejé de estar en el interior del decorado y sentí que volvía al aire libre, como si hubiera por fin entrado en contacto con los colores, los aromas, los sonidos, el tacto y el gusto, el azul nocturno del cielo y el reflejo de la luna en el agua del río Limmat. Y todo eso a pesar de que de pronto reapareció el temible doctor Ingravallo para hablarme justo cuando estaba yo parado ante el número 1 de la Spiegelgasse, frente al local donde estuvo en los años veinte el Cabaret Voltaire, el lugar en el que un día de febrero de 1916 nació Dadá.

Me habló el doctor Ingravallo con la intención, según él, de animarme a proseguir en mi locuacidad de *escritor sin motivo*. Preferí callar. «Di que Dadá es ahora tu tema, sólo y exclusivamente porque estás frente al Cabaret Voltaire y tú eres un escritor de circunstancias», dijo. Tenía seguramente razón, pero no se la di, me quedé callado. Pero tenía razón el doctor Ingravallo. Después de todo, si lo pienso bien, ahora mismo, sin ir más lejos, se da la coincidencia no demasiado casual de que también Dadá es mi tema, y tal vez lo es únicamente porque quiero contar que de la Spiegelgasse lo primero que vi fue el número 1 de la calle, donde está el local donde se fundó Dadá y donde..., etcétera.

Me gusta escribir por el mero hecho de escribir. Al igual que Walser, desconfío de que pueda comunicarse la angustia, encuentro a veces insuficientes y superficiales las palabras, aunque quizás sirvan precisamente para ocultar la angustia. Me gusta escribir por escribir, del mismo modo que hay viajeros que no viajan en busca de países remotos y de alicientes externos sino por el placer intrínseco del viaje.

De hecho, esta forma de escribir recuerda el *método del lápiz*, ese método que Walser aplicó a los 526 microgramas que de él se conservan y que siguen descifrando, en sus talleres suizos, Bernard Echte y Werner Morlang. Existe hoy en día la hipótesis de que era el tipo de papel y su formato lo que condicionaba lo que Walser escribía a lápiz en sus microgramas, es decir, lo que originaba en él su proceso de escritura y a veces también lo terminaba, porque en muchos microgramas el texto o parloteo (elástico, como siempre en Walser) terminaba sin más problema cuando se le acababa el papel. Según Werner Morlang, esa afinidad (generadora de inspiración) entre los materiales y el trazo del lápiz debía constituir para Walser uno de los encantos mayores de su método. Después de todo, el uso frecuente de papeles que el azar ponía a su alcance coincidía con su más esencial principio poético y ético, ese principio walseriano según el cual todo acontecimiento, por muy cotidiano y banal que pueda parecer, merece ser tema para la poesía.

Seguramente tenía razón el doctor Ingravallo en lo que me decía, pero no quise darle la satisfacción de contestarle. Entonces, medio enojado, el doctor se hizo dadaísta. «Di que Dadá es Dudú y Didí», dijo. Para seguir contrariándole, sentí la tentación de mostrarle que podía divertirme sin él y ponerme a escribir en la fachada donde había estado el Cabaret Voltaire un *graffiti* de estilo dadá, de homenaje en realidad a Dadá. *«Je me suis suissidé en Suisse»*, por ejemplo. Pero abandoné pronto cualquier idea transgresora y comencé a subir lentamente por la Spiegelgasse, una calle breve pero bien intensa, y pasé por delante del número 12, por delante de la casa donde vivió Lenin antes de la revolución rusa. Y me acordé de esa leyenda que dice que un día, al aire libre, jugaron Tristán Tzara y Lenin al ajedrez en esa calle, y conjeturé allí mismo lo que pudo ser aquel encuentro entre un representante de la vanguardia de la agitación cultural y uno de la de la agitación a tiro limpio.

Seguí luego avanzando por la Spiegelgasse, mi rue Vaneau de la ciudad de Zurich, y me planté ante la casa donde en 1837 murió el dramaturgo Georg Büchner, y luego fui hasta el número 23, el inmueble en cuya segunda planta un joven Robert Walser escribió una parte de *Las composiciones de Fritz Kocher*, ese primer libro suyo que sentó las bases de su futura deserción de la escritura: «Nada es más seco que la sequedad, y para mí nada vale más que la sequedad, que la insensibilidad», escribió en ese libro. Aunque a veces frases tan secas como ésta las compensaba ya con *composiciones* que eran cantos al mundo: «¿Por qué hay bosques? Todo tenía que ser un bosque susurrante, el mundo entero, todo el espacio, lo más elevado y lo más hondo, todo, todo tenía que ser un bosque (aquí bajo la clara voz), si no, nada.» Ya estaba en esos días Walser, en la Spiegelgasse, tratando de no pensar, de no angustiarse, de ocultarse a través de frases, tras las que escondía su visión del mundo, un mundo al que yo creo que ya entonces, secretamente, él veía como un amor hundido.

En la misma Spiegelgasse encontré para aquella noche una habitación en la Pensión Rychner, y estoy casi seguro de que esa habitación era la misma en la que había estado, cinco años antes, en mi anterior visita a la ciudad. Era un cuarto que me traía buenos recuerdos, a pesar de que había estado en él nada menos que con mi mujer. Ya sólo entrar en la habitación, los buenos recuerdos (los ratos que pude pasar a solas en ese cuarto cuando mi mujer salía de compras por las carísimas y pretenciosas tiendas de esa altiva ciudad) regresaron a mí, y me sentí muy bien de nuevo allí, a solas.

Me habría parecido que no había transcurrido tiempo alguno desde mi anterior estancia de no haber sido porque, al salir a la terraza, descubrí que era casi como asomarse a la ventana en la rue Vaneau, con la diferencia de que allí en aquella calle de Zurich, en lugar del apartamento de Marx, podía verse el piso donde Lenin había vivido. Me quedé un rato mirando el local de la planta de abajo, que se había convertido en una tienda donde vendían *souvenirs* de todo tipo en torno a la figura de Lenin. ¿Qué pensaría él si viera eso? ¿Me importaba realmente lo que pudiera él pensar de cualquier cosa del mundo actual? Observé a la gente que iba entrando y saliendo de aquel comercio (algunos con pequeños Lenin de porcelana en miniatura), y luego decidí dar por terminado aquel día que yo sabía que difícilmente olvidaría. ¿O tal vez iba a suceder lo contrario y lo olvidaría con asombrosa facilidad? Pensé que no debía sentirme molesto de ser un mar de dudas. Estaba más perdido que nunca, pero eso no tenía por qué sentirlo como perjudicial.

A la mañana siguiente, nevaba en Zurich. Salí del hotel con el sombrero de fieltro y mi paraguas y fui a desayunar al viejo y famoso Café Odeon, donde siempre se dijo que Lenin, asiduo cliente de aquel local, pudo intercambiar más de una palabra con James Joyce, otro habitual del lugar. ¡Ah, el Odeon! Recordé que allí había debutado como bailarina Mata-Hari. Y luego imaginé una escena imposible, imaginé a Lenin tomando un café mientras echaba miradas furtivas a un ejemplar de *Dublineses*. Después, me dio por pensar en las mil vueltas mentales que, allí, sentado tal vez en el mismo lugar donde yo estaba, debió de dar James Joyce en torno al doloroso tema de la esquizofrenia de su hija Lucía, a la que tuvo que internar en el asilo mental de Zurich, el Burghölzli, para que el doctor Naegeli la sometiera a un tratamiento.

Sin saber que iba a volver muy pronto (¡aquel mismo día!), pensé que si algún día regresaba a Herisau les preguntaría al doctor Kägi y al doctor Farnese por el doctor Naegeli. ¡Ah, el Odeon! Allí precisamente Carl Seelig, en 1957, citó al joven Jochen Greven, que se interesaba por la obra del entonces olvidado escritor Walser. Un joven Greven, que con el tiempo iba a convertirse en el más importante artífice de la recuperación de la obra de Walser, iba a ser su máximo valedor y redescubridor tras luchar durante años tenazmente para reunir toda la obra dispersa.

Greven había descrito así aquel encuentro con el albacea de Walser: «Seelig me convocó en el prestigioso Café Odeon, me dijo que sólo tenía una hora para mí. Luego vi que actuaba así porque estaba cansado de jóvenes que se le acercaban para saber algo de Walser. Muy amable, muy cortés, me preguntó cuáles eran mis proyectos. Me enseñó furtivamente unos manuscritos no publicados y no tuve tiempo ni de verlos y menos aún de fijarme en la letra. Carl Seelig tenía un concepto de Walser de no muy largo alcance. Le situaba al margen de la literatura moderna, una especie de poeta regionalista de extracción urbana.»

Greven volvería a interesarse por Walser unos años después, en 1963, tras la muerte de Seelig. Recordaba Greven muy bien aquellos manuscritos que había visto fugazmente unos años antes y que ahora estaban depositados en el despacho de un notario de Zurich. Y sería el propio Greven, al conseguir el acceso a ellos, quien los bautizaría con el nombre de microgramas y, además, descubriría que no andaba en lo cierto Seelig cuando decía que aquellos papelitos de apretada escritura a lápiz no eran más que la prosa indescifrable de alguien que practicaba una literatura secreta que pretendía alejarse del mundo y de los lectores.

Me acordé de todo esto y luego evoqué de nuevo a Mata-Hari y, tras el frugal desayuno, salí a las calles nevadas de Zurich, abrí mi paraguas y me despedí de aquel café. ¡Ah, el Odéon! No sabía adónde ir, no sabía que iba tan pronto a regresar a Herisau. No sabía adónde iría, pero sabía que no tardaría en marcharme de Zurich. Vi a dos hombres al otro lado del río discutiendo por algo, gesticulando con desesperación, tratando cada uno por su cuenta de que el otro comprendiera lo que en el fondo ni él mismo comprendía. Me pregunté si todo aquello no era un despilfarro absurdo de gestos. ¿Y si no había nada que comprender y eso era todo, o casi todo, y así estaba bien? A pesar de eso, podría ser que nuestras incomprensibles vidas, historias todas de crueles destrucciones, trajeran con ellas mismas una compensación a tanto desastre y desesperación: el pensamiento final de que el conjunto entero no era nada, sólo un gesto facial mínimo, una sonrisa.

Regresé al hotel para recoger el maletín rojo, pagué y me marché de allí y recuerdo que en tranvía, yendo hacia la Estación Central, vi a un fino y envarado y seguramente demente caballero, que paseaba sin paraguas, ajeno a la nieve, con arrogante contoneo. Eso acabó de decidirme. Me iría de allí. Zurich a veces se volvía una ciudad demasiado altiva. No era ni de lejos un lugar ideal para mí y, que yo supiera, nunca lo había sido tampoco para Walser.

6

En el tren que me conducía de regreso a Herisau imaginé que iba por Italia en un coche alquilado, iba conduciendo hacia el sur, y de pronto me encontraba a las puertas de la ciudad de Parma. Aparcaba junto al río y, al pensar de repente en el flaco Farnese, me acordaba de que allí había un teatro que llevaba su nombre y lo visitaba. Después, paseaba por la plaza del Duomo y el Battistero y entraba en una librería de la Strada Cavour, donde encontraba *Il caso dello scrittore sfumato*, un libro breve de Juan Marsé que acababan de traducir al italiano. Recordaba muy bien la historia que se contaba allí: un escritor famoso, cada vez que salía en la televisión, perdía imagen, se iba difuminando poco a poco.

Imaginé que compraba el libro de Marsé y me acercaba al antiguo Caffé Centrale, también en la Strada Cavour, y allí disfrutaba de un soberbio helado de chocolate y nata. Y poco después volvía al coche y salía en busca de la famosa cartuja de la novela de Stendhal, la Cartuja de Parma. Me habían dicho que podía encontrarla y verla, pero que debía tener en cuenta que lo más probable era que hubiera sido inventada por Stendhal. Para verla había que tomar una carretera y salir de la ciudad y lo que uno acababa encontrando era una anodina cartuja en la que instruían a futuros policías de tráfico. ¿Sería verdad? ¿Era una escuela municipal ahora la cartuja? Me acordaba de otra cartuja, la de Sevilla, aquella a la que nunca había llegado. Y terminaba por no ver el último refugio de Fabricio del Dongo, porque andaba preocupado por otros asuntos y otros refugios.

Nada más salir de la ciudad, en un paraje en aquel momento desierto, a unos dos kilómetros de donde se decía que estaba la Cartuja de Parma, dejaba el coche tirado en una cuneta y, llevándome en el maletín sólo lo más imprescindible, emprendía a pie el camino de regreso a Parma. Quedaba el coche con las puertas abiertas de par en par, y dentro algunos documentos personales, mi pasaporte, la mitad de los libros que transportaba en el maletín, el pijama, la cámara de fotos, todo esto y mucho más quedaba en el asiento de atrás, revuelto y abandonado para siempre. Era como si yo en el fondo, puesto que aún nadie había advertido mi desaparición en Sevilla, estuviera deseando que empezaran a buscarme. Era como si debajo de mi pasión por desaparecer hubieran latido siempre paradójicos pero evidentes intentos de afirmación de mi yo.

En realidad, dejando aquellas dos puertas abiertas, acababa de imitar lo que hiciera Agatha Christie en la noche de aquel viernes 3 de diciembre de 1926 cuando dejó Styles, su casa del condado de Berkshire, y desapareció dejando su coche con las puertas abiertas, tal vez buscando que la buscaran.

En cuanto a mí, sólo puedo decir que, en ese tren que me conducía de regreso a Herisau, imaginé todo eso, imaginé que dejaba en Parma mi coche alquilado, lo dejaba con las puertas abiertas y me iba a pie por la carretera esperando que no me encontraran nunca, aunque tal vez, con aquel coche abandonado de aquella forma tan llamativa, en realidad no andaba buscando otra cosa que el que me buscaran o, como mínimo, advirtieran al menos que me había esfumado.

Imaginé pues que dejaba el coche allí, espectacularmente tirado en la cuneta, y me iba a pie hasta Parma y de ahí por vía férrea a Milán, y de Milán salía hacia Zurich en un tren en el que viajaba durante toda la noche para, a la mañana siguiente, subir a un tren regional que me llevaba de Zurich a Herisau, ciudad en la que, al llegar, comenzaba a vagabundear por las calles al tiempo que evocaba unas frases de Walser que siempre me acompañaban: «Al escritor se lo suele tildar en vida de personaje ridículo; sea como fuere, es siempre una sombra, está siempre aparte, ajeno al inefable placer de estar en el meollo, placer del cual disfruta el resto de la gente; sólo es importante cuando escribe sin descanso, es decir, a escondidas.»

Cuando llegué al Herisau real, no quise ponerme a vagabundear inmediatamente por sus calles, supongo que para no imitar de forma tan exacta lo que acababa de imaginar en el tren de Zurich, de modo que me senté a comer en un restaurante. Nada tendría para contar de aquel almuerzo de no haber sido porque, mientras comía un plato de espaguetis, me fijé en una olla de la cocina y me dio por pensar en que no estaba tan claro que tuviera que llamarse de esa forma, olla. Fue raro. Cuanto más la miraba, más me parecía que, si algún día con mi lápiz tenía que escribir sobre ella en este cuaderno, no iba a poder decir que era una olla. Se parecía a una olla, casi era una olla, pero no se trataba de una olla de la que uno pudiera decir olla, olla, y quedar satisfecho.

Tras esta breve y tal vez ridícula crisis de lenguaje, salí del restaurante con unos humanos y comprensibles deseos de desahogarme. Y comencé a caminar, fui en busca de una de las rutas más clásicas de Robert Walser, en este caso la más clásica de todas, la ruta en la que encontró la muerte, la ruta que, a causa de la nieve, no había podido yo emprender dos días antes.

Entre hayedos y abetos, subí por la ladera del Schochenberg hasta Rosenberg, donde contemplé las ruinas que hay en la cumbre y desde la que se disfruta de una gran vista sobre las montañas de Alpstein. Traté de aspirar a pleno pulmón el puro aire invernal y noté que me faltaba algo y no sabía qué era. Poco después, encontré un tiesto con unas flores secas en el lugar donde un 25 de diciembre cayera muerto Robert Walser. Me sentí emocionado. Después de todo, había llegado al centro exacto de mi mundo. ¿Y qué había encontrado en él? A decir verdad, ese tiesto con unas flores secas y cierta sensación de vacío. Pero era muy emocionante. Ahora bien, ¿eso era todo? ¿Ése era el centro de mi mundo? ¿El centro exacto? Seguí conmovido, pero con constantes suspicacias hacia el mundo y, sobre todo, hacia mí. Eché en falta que nevara en aquel momento, aunque seguramente si estuviera nevando no habría podido llegar hasta allí. Pensé que, a falta de nieve, podría al menos llover. Habría estado bien escuchar el ruido regular de la lluvia en el silencio de la tarde, un tipo de rumor que siempre había tenido para Walser algo de encantador. Pero no llovía, no nevaba. Sin la nieve, aquel lugar parecía perder parte de su sentido. Acabé recitando para mí mismo, a modo de oración laica, el poema *Nieve*, de Robert Walser:

Nieva que nieva, la tierra se repliega
en un lamento blanco y vasto, muy vasto.
Se agita bajo el cielo el enjambre
de copos sin consuelo, la nieve, la nieve.
Te da un sosiego, una amplitud;
blanco por la nieve el mundo me conmueve.
Y así, la nostalgia, antes pequeña y ahora grande,
se apodera de mí y se vuelve lágrima.

Me quedé allí, en el centro exacto de mi mundo, pensando que en el abandono de la escritura, por parte de Walser, no hubo nunca un patetismo romántico. Hubo sólo sabiduría y libertad, un vacío y una indiferencia que se resolvían en

267

la ofrenda de un lecho eterno en la nieve y en la pureza. Y creí ver la pureza de la nieve reflejada, por ejemplo, en estas palabras de *Jakob von Gunten*: «Las fatigas, los groseros esfuerzos que se precisan para alcanzar en este mundo honores y fama no están hechos para mí.» Tal vez unos simples copos detenidos en el aire habrían resultado suficientes para que casi se eternizara mi ambigua emoción en aquel lugar. Pero la ausencia del lamento blanco de la nieve me empujó a marcharme. No era posible en aquel momento que el mundo me conmoviera. Empecé a aburrirme, que era lo peor que me podía pasar en el centro exacto de mi vida. Mientras descendía lentamente por la montaña, relacioné ese tedio inesperado con un recuerdo de infancia, un recuerdo de los días en que vivía en el Paseo de San Juan y, siendo muy niño, había ido con mi padre a un velatorio y a la salida me había encerrado en un profundo mutismo, que rompí cuando llegué a casa y le dije a mi madre, que acababa de interesarse por saber cómo había ido todo: «Mamá, he pensado que a mí me aburriría mucho morirme.»

Algo más tarde, ya de vuelta en Herisau, andando por las calles de la ciudad, tal vez para terminar con cualquier nuevo enojo causado por la indiferencia del mundo hacia mí, me dediqué a convencerme de que era perfecto ser un escritor *olvidado*. Y volví a recordar la que se había ido convirtiendo en mi frase de Walser preferida: «Eres capaz de vivir sin que nadie se acuerde, ni lejanamente, de que existes.» Y me dije que en el fondo vivir de esa forma era estar constantemente conociendo una experiencia de tranquilidad y de muerte. Cuando ésta, por cierto, llegara, sería como la vida. En el fondo vivir de aquella forma –como si a cada momento tuviera una experiencia de la muerte– me situaba ante la posibilidad de tener una visión de futuro, de tal vez ver algún día lo que se podrá ver después de la desaparición del sujeto en Occidente. Y en cualquier caso, sea como fuere, sentía yo que vivir de esa forma, es decir, ser un escritor olvidado, me estaba creando la agradable sensación de estar logrando aquello a lo que aspiraba Kafka: «Lo que yo quería era seguir existiendo sin ser molestado.»

Pensé en todo esto y luego volvió a mí la efigie del caminante Walser, avanzando en la nieve hacia la muerte, y me acordé de una de las secuencias más prodigiosas de *Jakob von Gunten*, cuando el narrador se imagina convertido en un humilde soldado de infantería al servicio de Napoleón y escribe que avanza sobre la nieve, con el ejército del emperador, hacia Moscú: «Seguros de la victoria, vencedores anticipados de futuras batallas, continuaríamos avanzando sobre la nieve. Y al final, después de interminables marchas, se produciría el ataque y es posible que yo quedase vivo y siguiese marchando. ¡Ahora rumbo a Moscú!, diría uno de mis compañeros. Y, sin saber por qué, yo renunciaría a responderle. Ya no sería un hombre, sino sólo una pieza mínima en la maquinaria de una gran empresa. Nunca más sabría nada de mis padres, ni de mis parientes, ni de mis canciones, tormentos o esperanzas personales, nada sobre el sentido y el encanto de mi patria.»

Convertido en «una pieza mínima», seguí caminando por las calles de Herisau, y seguí pensando en lo agradable que era ser un escritor olvidado, ser póstumo en vida, no ver ya tu nombre en parte alguna, pues toda literatura –me dije– es una cuestión de nombre y nada más. *Tener un nombre*, la expresión lo decía todo. ¡Un nombre! Me dije que eso es lo único que al final queda de una persona y que uno se queda muy perplejo al ver que muchos escritores sufren y se atormentan por tan poca cosa.

Yo tenía la suerte incluso de haber cambiado de nombre, aunque tal vez no podría evitar que al final quedara de mí ese nuevo nombre. Doctor Pasavento. Pero había que confiar en que, con algo de buena estrella, ni eso ocurriera. Después de todo, lograr la desaparición plena no era algo que hubiera descartado de mis planes de futuro. Me dije esto y luego de pronto –recuerdo que fue justo cuando comenzó a nevar– caí en la cuenta de que en cualquier momento podía tropezarme con Beatrix, que vivía allí con su familia, y si me veía (teniendo en cuenta que ella seguro que dos días antes había pensado que se despedía de mí para siempre), podía llevarse un susto importante.

A pesar del riesgo de que me tropezara con Beatrix, anduve un largo rato por las calles de la ciudad, deteniéndome de vez en cuando a tomar una cerveza. Y cuando al atardecer me encontré, más o menos casualmente, con el flaco Farnese, le cerré el paso y le conté que había visto en Parma el teatro que llevaba su nombre, lo que no le interesó para nada, o, mejor dicho, en un primer momento no entendió de qué le hablaba. Se quedó con una notable expresión de perplejidad. «Ah, es usted», dijo finalmente. «Exacto, soy el doctor Pasavento y regresé para echarle una mano en su obra de teatro, en su fantasía poética. Por decirlo en términos walserianos, quisiera ser su *ayudante.*» Volvió a mostrarse perplejo y reconozco que no había para menos. «Oiga», dijo finalmente, «no necesito ningún ayudante para mi obra. Y vaya usted con cuidado, porque a este paso le van a llevar al manicomio.»

Debido a que él me veía como a un aspirante a desequilibrado, fui más lejos y, puesto que no tenía nada que perder, le hablé de algo que se me acababa de ocurrir, le propuse que le pusiera a su obra de teatro el título de *Los Pasavento*. Me miró entre irritado y asombrado, como si no acabara de creer lo que estaba oyendo.

No me atreví, pero me habría gustado también decirle que trabajar en una obra con ese título, *Los Pasavento*, podía ser terapéutico para mí, podía ayudarme a perder mi identidad de doctor en psiquiatría, pues habría tantos Pasavento en el escenario que resultaría ya imposible localizarme, me perdería entre ellos. Tanto los locos como los enfermeros se llamarían Pasavento, y así mi identidad se disgregaría lo suficiente como para que, aunque fuera sólo en el teatro, lograra desaparecer, que era mi proyecto más obsesivo en los últimos tiempos.

Me habría gustado en aquel momento decirle esto, pero no dije nada. En lugar de hablarle de perder mi identidad, me limité, muy tímidamente, a preguntarle: «¿Acaso le disgusta mi título?» Se quedó pensativo. No parecía el mismo Farnese charlatán de un día antes. «Oiga», dijo finalmente, «descubro en usted, querido y extravagante colega, un caso de locura que no conocía. ¿Va a quedarse mucho tiempo en Herisau?» Le dije que tal vez sí. «Pues le invito a incorporar su historia al montaje teatral. Cuéntele al público su intento de cambiarme el título. Encajará bien entre las otras historias raras.» Dijo esto exclusivamente para reírse de mí y, sobre todo, para sacárseme de encima, pero en aquel preciso momento no me di cuenta de esto y, como un idiota, le respondí que aceptaba encantado su oferta. «Y cuídese del doctor Kägi, no sea que le vea y le encierre», dijo con un tono ya más descaradamente burlón, y sólo entonces empecé a ver con claridad que se reía de mí.

No volví a encontrármelo hasta dos días después cuando ya tenía yo alquilado mi apartamento (tirando a espantosamente feo), dos plantas más abajo del suyo. Coincidimos en la puerta del ascensor, cuando Farnese salía y yo, en cambio, sin ganas, regresaba a casa. Él enarcó una ceja, quedó sorprendido de volver a verme y sobre todo de verme allí. «Estoy pasando una temporada en el cuarto tercera», le dije. A Farnese no pareció hacerle aquello mucha gracia, pero no dijo nada, hizo un gesto como diciendo «qué cosas pasan», y salió a la calle.

«Tengo derecho a cambiar de vida», le dije en voz muy baja. No me oyó, supongo.

7

El doctor Ingravallo acaba de recordarme que, a pesar de los días transcurridos, nadie se ha dado cuenta aún de mi desaparición. «Es más dramático de lo que crees», me ha dicho con evidente ánimo de socavar mi moral y quizás movido por la idea de interrumpir mi evocación de mi segunda visita a Herisau. Quién sabe. Tal vez sus palabras han obedecido simplemente a un impulso de rabia al verme tan feliz aquí últimamente y recuperando la tranquilidad que tanto había perdido en mis tiempos de escritor engullido por el mundo de la vanidad y la fama.

«Has sacado dinero de tantos cajeros», me ha dicho, «has pagado con tarjeta de crédito en tantos lugares que la verdad es que, si alguien hubiera denunciado tu desaparición, la policía ya te habría localizado perfectamente. Pero no te busca nadie, ésa es la pura verdad. La rutina bancaria le hace llegar a tu mujer su paga mensual y los otros andan ocupados en sus amores o en sus muertos o en escritores que les dan más dinero o más placer que tú. Y, en fin, estás solo con tu soledad. Es penoso y lo siento. Convivo tanto contigo que hasta te he tomado un repulsivo aprecio. De verdad, me sabe mal. Pero nadie te quiere, y eso también es verdad. Y, lo que es peor, la cosa no tiene remedio. Aunque te volvieras un hombre entrañable, alguien siempre preocupado por los otros, desprendido y amable hasta el infinito, simpático y no problemático, tampoco así te amarían. Estamos solos, cada uno consigo mismo y con su muerte propia y su vida solitaria y desastrosa, estamos muy solos todos. Pero te diré algo que quizás te consuele. La soledad es el afrodisíaco del espíritu, como la conversación lo es de la inteligencia.»

Las palabras últimas, las de consuelo, han tenido la virtud de animarme. Con una caligrafía cada vez más minúscula y que ya casi parece un homenaje a los microgramas de

Walser, con una caligrafía que exige afilar muy bien el lápiz, me he limitado a tomar nota de esas últimas palabras de Ingravallo y luego he mirado por la ventana y he visto un pequeño pájaro, que me ha despertado una repentina ternura. Muy poco después, he pasado de la ternura a la ansiedad y me ha parecido que ya era hora de terminar con mi encierro de tantos días de compulsiva escritura. Sin duda, me convenía dar una vuelta por París.

8

Pasé once días en Herisau. Y sólo diré que no hubo uno solo en que no fuera a la tumba de Walser y no viera las lápidas verticales.

Queden aquí esos días como un misterio insondable, a lo Agatha Christie.

En el undécimo día, el penúltimo viernes de enero, me marché súbitamente de la triste Herisau y dejé atrás historias que pienso callar.

Y, tomando el primer tren, inicié el largo y lento regreso a París, al hotel de la rue Vaneau.

En ese hotel fui inesperadamente muy bien recibido. «*Bonjour, monsieur* Pasavento», me saludó la directora, que parecía haberse aprendido muy bien mi apellido y a la que en esta ocasión le dio por darme la que dijo que era la mejor habitación del hotel, la que llevaba el número 65. No sabía yo ni tan siquiera que hubiera una sexta planta en el edificio. En el nuevo cuarto, la vista sobre los jardines de Matignon no podía ser más amplia, generosa, espléndida. Un buen lugar, pensé, para espiar a fondo los vergeles del primer ministro.

Ayer, alrededor de las diez de la mañana, tras catorce días de intensa escritura y prolongado encierro en el hotel (dedicado a contar lo que me había ido ocurriendo desde el caos de mi Nochevieja hasta el momento en que, a mi regreso de Herisau, el doctor Ingravallo me habló de la soledad como afrodisíaco del espíritu), decidí salir a dar una vuelta por París.

Bajé las escaleras, alcancé el hall del Suède. Y de pronto vi allí, junto al mostrador de recepción, a Eve Bourgois, que en ese momento estaba saludando al joven escritor de Zurich Peter Mermet, al que reconocí enseguida por las fotos del catálogo de Bourgois-éditeur. Tenía dos maletas en el suelo y todo parecía indicar que acababa de llegar al hotel, dispuesto seguramente para una semana de promoción de su último libro. No tuve ni tiempo de compadecerme de él.

«*Bienvenu*», le estaba diciendo Eve Bourgois en ese preciso instante. Varias personas que desayunaban en las mesas del hall parecían contemplar con cierto interés la escena del recibimiento. Estaba seguro de que Mermet, al igual que Lobo Antunes, no me conocía de nada. Pero el problema para mí no era Mermet, sino de nuevo Eve Bourgois, pues podía reconocerme. Traté de no ser visto, pero ella, como si hubiera oído mis pasos, se dio la vuelta en aquel mismísimo momento y me vio, aunque no reaccionó ni hizo el menor gesto que permitiera pensar que me había reconocido. Me pareció increíble. Di dos pasos más hacia delante y quedé totalmente enfrente de ella. Pero continuó impasible, lo que me pareció enormemente extraño. Aquello era muy raro. Y no pude evitar decírselo a la propia Eve, aun sabiendo a lo que me arriesgaba.

–Es que pensábamos que te habías encerrado a escribir una novela sobre la rue Vaneau y que era imperdonable molestarte –me explicó Eve con toda naturalidad poco después.

Apenas sabía yo qué decir. La sublimación de mi mundo de desaparecido acababa de derrumbarse de golpe.

–Es que creíamos –prosiguió Eve– que estabas metido en un encierro radical y hemos preferido respetar el aislamiento que has elegido para trabajar. Pero, bueno, nos alegramos mucho de saludarte. Escribes una novela sobre la rue Vaneau, ¿verdad?

Fui la viva imagen de la perplejidad hasta que me decidí a hablar. Le dije la verdad. No era para nada una novela, sino anotaciones en cuadernos, muchas de ellas escritas desde la rue Vaneau, aunque en algunas de las últimas anotaciones yo había comenzado a insinuar o a simular que escribía desde la Patagonia.

–¡Ah! –dijo ella.

Mermet intervino y comentó que le gustaría ir a esas tierras tan lejanas, pasear por las pampas y conocer la vida de los gauchos.

–Seguramente es el mejor lugar para desaparecer –dije–. De hecho, siempre he pensado que viajar a la Patagonia debe ser como ir hasta el límite de un concepto, como llegar al fin de las cosas.

–Y, por otra parte –dijo Eve–, te veo ahora aquí y sé que es cierto que estás, pero también sé que parece que no estés.

–¿Así que usted cree que desaparecer es llegar al fin de las cosas? –dijo Mermet.

9

Abro la ventana y entra el aire fresco del fin del mundo. De tener alguna obra, ésta debió de perderse para siempre en Europa, en el lavabo de la planta baja del Lutetia, un gran hotel del boulevard Raspail, a cuatro pasos de la rue Vaneau. Me desplacé a ese hotel tan cercano al Suède cuando, tras mi encuentro con Eve y Mermet, me pareció que no debía continuar ni un minuto más en mi hotel, debía desaparecer de verdad. Me fui al Lutetia, que estaba a la vuelta de la esquina. Una breve caminata por París. Me fui al Lutetia a pensar lo que en un primer momento había pensado que pensaría en el Suède, es decir, me fui a pensar o, mejor dicho, a preguntarme dónde, por Dios, estaba el lugar ideal para apartarme, de una vez por todas, del mundanal ruido.

Recuerdo mi entrada en el Hotel Lutetia, donde me había propuesto no estar más de uno o dos días, tan sólo el tiempo que necesitara para decidir cuál era ese lugar ideal que buscaba. Y recuerdo perfectamente mi breve contacto con la mujer alta y rubia del amplio espacio –parecía un decorado de cine de los años cuarenta– de la recepción. Llegué con mi maletín rojo y la bolsa de cuero negro. Enseñé mi pasaporte, pedí una habitación, y al poco rato me inscribieron en el registro. Me dieron la llave del cuarto.

–Me llamo Pasavento, soy el doctor Pasavento. Pero también respondo por teléfono a quienes pregunten por el doctor Pynchon –dije.

La recepcionista enarcó una ceja y parecía que iba a pedir que le repitiera o le aclarara lo dicho, pero no fue así, seguramente porque era una gran profesional y amaba ser la cómplice perfecta de sus clientes. Sólo me pidió que le pusiera en un papel la correcta caligrafía del apellido Pynchon. Lo hice.

–De acuerdo, *monsieur*. Responderá usted también a las llamadas que pregunten por el doctor Pynchon. Aquí tiene la llave, *monsieur*...

Vi que había olvidado mi apellido. Instintivamente miré hacia atrás, hacia la calle, miré más allá del boulevard Raspail, en dirección a la rue Vaneau, y poco después le dije:

–Doctor, doctor Pasavento.

TOILETTE Y LIBERTAD

Al tomar posesión en el Lutetia de la amplia habitación que daba al boulevard Raspail, recordé de una lectura reciente la alegría del viajero y ensayista inglés William Hazlitt siempre que, tras una caminata, llegaba a alguna posada en la que era un perfecto desconocido. Para Hazlitt, ir de incógnito era muy excitante: «Sentirme señor de mí mismo, sin la carga de un nombre.»

Después, tal como de antemano había decidido, llevé a la práctica el peculiar gesto de libertad que había pensado realizar en una de las *toilettes* de aquel lujoso hotel que no había que olvidar que tenía un pasado tremebundo, había sido cuartel general de los nazis en los años de la ocupación alemana. Fui a la planta baja y, encerrado poco después en uno de los wáteres del lavabo de caballeros, aislado en él y con la seguridad de que nadie me veía, en una sosegada intimidad y con el murmullo del agua que me decía «hazlo, hazlo», saqué el rotulador comprado para la ocasión y escribí en español, en lo alto de la pared (para que fuera difícil borrarlo), algo absolutamente vulgar, nada genial:

«Señoras y señores, para nuestro beneficio,
No lo hagan en la tapa, sino en el orificio.»

Terminada mi hazaña, guardé el rotulador. Abrí la puerta. Me mezclé de nuevo con los clientes del hotel. Me quedé pensando que tal vez nunca en la vida había hecho *algo* tan fascinante. Había en ese *algo*... algo extraño y embriagador, debido probablemente a la terrible *evidencia* de la inscripción unida a la absoluta *ocultación* del autor, al que era imposible descubrir. Y también debido al hecho de que era algo que estaba por debajo de mi capacidad creativa, lo que podríamos llamar el placer descomunal de ocultarme en las regiones inferiores de mi talento.

Qué manera más ideal de escribir y no ser visto, pensé. Qué manera más maravillosa de no ser molestado por los que una vez te vieron, por ejemplo, en la televisión y no recuerdan qué premio ganaste, pero sienten que deben felicitarte por ese galardón y tú, encima, te crees obligado a ser simpático porque aún te parece que debes gestionar tu gloria.

Después, abandoné el lavabo de la libertad y subí al cuarto, donde escribí una carta que deposité unas horas después (a nombre de Eve) en el pequeño mostrador de la recepción del Suède:

«Es posible que ya nadie, a partir de hoy mismo, tenga noticias de mí nunca más. Que nadie crea que he sido abducido por alguna alimaña de un planeta lejano. Soy yo mismo mi propio secuestrador. Las fatigas, los groseros esfuerzos que se precisan para alcanzar en este mundo honores y fama no están hechos para mí. Quiero esconderme de todo y de todos, no tener que aparecer más en público, no tener que vivir en medio de las desesperantes intrigas del mundo literario. Quiero llevar la vida de un Salinger, por ejemplo, o la de un Thomas Pynchon. O la de un Miquel Bauçà, un escritor oculto en el centro de Barcelona y al que algunos conocen como "el Salinger catalán". Quiero llevar la vida de todos esos escritores que admiro porque han logrado seguir escribiendo y existiendo sin ser molestados.

»Seguiré escribiendo, pero, a diferencia de Salinger, Pynchon y Bauçà, no lo haré para publicar, porque también de publicar me voy a retirar. Trataré de volver a ser aquel joven que escribía sin siquiera pensar en publicar y al que todos dejaban en paz. Tal vez sea la mejor fórmula para que pueda volver a ser aquel joven, levantado antes de la aurora, en pijama, con los hombros cubiertos por un chal, el cigarrillo entre los dedos, los ojos fijos en la veleta de una chimenea, mirando nacer el día, entregado con implacable regularidad, con una monstruosa y *amateur* perseverancia, al rito solitario de crear mi propio lenguaje. Eso es lo que trataré de volver a ser. Lo intentaré en un país lejano, fuera de las miradas de todos. Allí la hora nueva, que diría Rimbaud, será al menos muy severa. Sabré escribir para mis abismos personales. Y a quienes se crucen en mi camino les diré que busco la verdad. Se lo diré como ausentándome, como quien se aleja para poder saludar a la belleza.»

10

Escribir para desaparecer, para ausentarse. Se ha acumulado en esta tierra patagona tanta belleza que hasta carece de sentido apreciarla. Pero, eso sí, a veces no puedo evitarlo y caigo rendido de admiración ante la bondad de cualquier cosa ínfima. Una brizna de hierba al atardecer, por ejemplo. O bien ante la belleza de algo descomunal. Una explanada verde y llana, con sus tres mil cabezas de ganado de color negro pastando diseminadas por ella, por ejemplo.

Desaparecer y ausentarse al escribir y escribir para ausentarse. Tal vez ahora, con la desaparición radical, llegue la verdadera hora de mi escritura. En cualquier caso, he llegado al fin de las cosas. He acabado la jornada patagona y, como cada día, he ido dejando lentamente el mundo exterior. Una vez más, el aire del fin de la tierra me ha quemado los pulmones y su clima extremo me ha bronceado. Son ya casi de hierro mis miembros (tal como buscaba tenerlos Rimbaud), y mi piel se ha vuelto muy oscura y mis ojos bien furiosos. Pero no volveré a Europa. De aquí ya no me muevo. Después de todo, soy ya por fin plenamente capaz de vivir sin que nadie se acuerde, ni lejanamente, de que existo. Es mi gran triunfo.

Estoy bien en mi casa, aunque no se cansan de decirme que en ella hay un fantasma. Es cierto que por la noche escucho ruidos extraños, pero siempre tiendo a pensar que es el doctor Ingravallo que mueve muebles. Me encanta dedicarme a no hacer nada, pero también a mover muebles, mejorar la casa. Mi trabajo de ayudante del doctor Altafini es una maravilla, porque apenas tengo que hacer nada. Lo que más hago durante el día es dedicarme a contemplar la naturaleza. Esta actividad me devuelve a los días felices de mi juventud, cuando pasaba horas tendido en un yermo, mirando al cielo, con mi mente en un estado de pura inocencia, ocupado sólidamente en no hacer nada.

A diferencia de antes, cuando escribir era una forma de gestionar mi futura gloria, hoy en día dedicarme muy de tarde en tarde a estas breves notas no lo puedo considerar en modo alguno un trabajo, sino un placer inmenso. Como un placer es para mí también extasiarme horas mirando a las vigas del techo de este estudio, unas vigas que me recuerdan las de la biblioteca de Montaigne, allá en la torre donde nació el ensayo, esas vigas en las que él grabó sentencias griegas y latinas que todavía hoy puede leer el visitante.

Desde la habitación que da al sur y que es mi dormitorio puedo ver, a modo de vista privilegiada, un viejo y orgulloso y solitario ombú. A pesar de que, como todos los ombúes, crece muy despacio, yo creo que le veo crecer, que capto el instante mismo en que lo hace. Lo capto fijándome con adherencia visual absoluta a una cualquiera de sus hojas, de esas hojas grandes y de color verde oscuro que parecen hojas del laurel y que –por suerte fui advertido a tiempo– envenenan.

Todo envenena, me digo hoy 20 de febrero, primer aniversario de la desaparición de Maurice Blanchot. Atardece y acabo de regresar a casa tras un trayecto con el caballo a todo galope. En mí se combinan cada día más acción y pensamiento, aunque la acción –eso al menos espero– sigue venciendo, y el pensamiento disminuyendo, lo que no significa que no piense. Pienso, pero dándole a ese verbo su sentido más walseriano. En cuanto a la acción, ésta consiste en galopar o pasear y en no atender nunca a ningún enfermo de locura, porque aquí no hay nadie que esté loco, precisamente porque todo el mundo lo está. Así que mi trabajo es inútil, lo que posibilita aún más que no haga nada. Espero a que caiga la noche para recordar al ombú que está al sur y a Blanchot, que está en mi norte y del que quiero grabar en las vigas del techo unas palabras que desde hace unos días son a su vez mi único norte:

«La obra escrita produce y demuestra al escritor, pero una vez hecha no da testimonio sino de su disolución, su desaparición, su defección y, para decirlo brutalmente, su muerte, de la que por otro lado nunca queda una constancia definitiva.»

Seguramente el fin del mundo está en estas palabras que acabo de transcribir en mi cuaderno, a la espera de hacerlo en las vigas. Miro hacia el norte, sobre la llanura plana, dejando vagar la mirada al oeste de los altos árboles, azules en la distancia, que señalan la ubicación de la casa vecina, la estancia de Santa Siriana. Aquí algunos días, al atardecer, comparto el mate con el doctor Altafini y con nuestros pacientes, soy el único médico psiquiátrico en no sé cuántos kilómetros a la redonda. Acompaño al doctor Altafini en sus batidas por la región, en su revista médica semanal a los desperdigados gauchos de esta región. Y día a día confirmo que ninguno de ellos necesita auxilio psicológico, si acaso de tipo físico, y para eso ya está el doctor Altafini.

Son hombres felices en su locura y deriva solitaria, son felices conduciendo de día a las ovejas y esperando de noche a la siguiente salida del sol para poder volver tan contentos y tan rematadamente chiflados a sus rebaños. Están siempre vivos y siempre locos, y no necesitan manicomios, sólo el aire libre. En cuanto a mí, creo que, como diría un poeta, ciertos cielos han afinado mi óptica. Y hay jornadas que son aquí como semanas, y no es extraño que así sea, porque todos los días uno ve lo mismo, lo mismo siempre, salvo los diferentes cielos. Y en cualquier caso es una alegría poder decir que atrás –en compensación a tanto dolor antiguo– va quedando fulminada para siempre la identidad, atrás va quedando esa carga pesadísima. Yo aquí para unos soy el doctor Pasavento, y para otros Pasavento a secas. Por eso a veces trato de hacerles ver que cuando están conmigo están con los Pasavento, incluido el doctor Ingravallo, al que no nombro para que no crean que es mi fantasma.

Puedo ver todos los días, si salgo de mi casa, una gran variedad de tipos duros y solitarios, gauchos esparcidos por un espacio infinito en el que el silencio también es solitario, aunque solidario. Ayudo en lo que puedo y a mí también me ayudan –somos como una discreta y clandestina comunidad inconfesable– y conozco la bella infelicidad yendo a caballo por este país del viento, en este lugar misántropo donde todos los días que salgo, al regresar, dejo atrás la montura y, tratando inútilmente de imaginar el rostro del viento, hago a pie el camino final, que consiste en dar un paso más allá y entrar en mi refugio. Entro en casa y miró al ombú y luego, sin sonido ni palabras, aparte me quedo ya.

11

Alrededor de una hoguera a veces surgen las historias que cuentan los solitarios. «Tomábamos mate en atardeceres infinitos», dijo ayer el viejo Ramón, dueño de una cicatriz espectacular en su hombro izquierdo. «¿Cuántos erais?», preguntó el doctor Altafini. «Mi mujer y yo», contestó Ramón. Un breve silencio. «Ella siempre rodeada de loros y otras mascotas. Es triste, pero es ya lo que más recuerdo de Julia.» Otro silencio. «Nunca vi a tu mujer ni a las mascotas. ¿Estás

282

seguro de haber tenido mujer?», preguntó otro viejo, también llamado Ramón, aunque para distinguirlo le llamamos por su apellido, le llamamos Roca. «Y mira que te conozco desde hace siglos», añadió Roca. «Murió el año anterior a tu llegada, por eso no la viste», dijo Ramón. Y se produjo un silencio que rompió el propio Ramón al ponerse a contar la desdichada historia de la muerte de su mujer a los pocos meses de que se hubieran instalado en la estancia de Santa Teresita. Cuando murió su mujer, él creía en la vida en el más allá, y eso le llevó desde el mismo día del entierro a esperar que la pobre Julia se pusiera muy pronto en contacto con él. «Yo pensaba», nos dijo, «que no estaba muerta y que pronto se pondría en contacto conmigo. Yo me decía que, estuviera donde estuviera, se acordaría de mí y vendría a consolarme. Cada día, cuando anochecía, me sentaba en un rincón del porche de mi casa y pasaba horas esperándola. Seguro que vendrá, me decía. Aunque también me decía que tal vez no podría verla, pero que me llegaría de ella un susurro en el oído, un roce de su mano con la mía, alguna señal incontestable. Cada noche esperaba que apareciera en el rincón del porche, pero fueron pasando los días y nunca aparecía. Pasé a esperarla en el tejado. Contemplaba la llanura y veía donde pastaban los caballos de la hacienda, y esperaba el roce o el susurro, esperaba que ella llegara. No vino nunca y un día por fin me hice a la idea de que estaba muerta. Me había quedado solo en el mundo, en compañía de sus loros y de las otras mascotas. Ella sólo permanecía en la tierra a través de aquellos animales que se me fueron también muriendo todos. Ahora de ella sólo quedan estas palabras y esta emoción, el recuerdo de los loros y la certeza de que no hay vida después de la muerte.»

«Es una historia triste», dijo Roca, «pero de ser cierta ya me la habrías contado antes. Me parece que te inventas tus recuerdos.»

12

Hoy he ido por primera vez a la ciudad, he ido a El Calafate. Un largo recorrido en coche para, entre otras cosas, ver allí cómo está llegando ya la primavera. Golondrinas, chingolitos, chorlos y cotorras. También nubes y turistas. Las nubes han desembocado en una fina lluvia muy pasajera. Me he quedado consternado porque he comprado un periódico y he sabido de la tragedia de Atocha en Madrid. Un atentado con cerca de doscientos muertos. Una matanza espantosa. Me he quedado como un imbécil mirando al cielo y pensando en aquel coche fúnebre que *erraba por París*, aquel coche que se me ocurrió inventar en Atocha, hará de esto ya pronto tres meses.

Por la noche, ya de nuevo en casa, he seguido leyendo incrédulo la noticia y he terminado por salir fuera y subir al caballo. He recorrido unas millas y he visitado al doctor Altafini, al que le he contado que me perseguía la sensación de que tal vez tenía algo que ver mi paso por Atocha y la invención del título de un libro que no existía con la matanza de Madrid. Le he explicado que siempre he sospechado que lo que escribo acaba proyectándose, aunque sea de una manera deformada, sobre la realidad. El doctor Altafini me ha mirado casi incrédulo y ha terminado llamándome pretencioso.

«Sus palabras me confirman lo variadas que son las especies de vanidad de este mundo», me ha dicho. Y su frase no ha podido ayudarme más, ha resultado incluso liberadora, pues ha logrado que me desembarazara de una pesada carga absurda, al tiempo que me ha permitido confirmar que el doctor Altafini es un hombre muy agudo y, tal como ya sabía, enormemente sensato, lo cual siempre viene bien en una tierra como ésta donde el viento de la locura hace espectaculares estragos.

He bebido whisky con él y he terminado regresando a casa medio dormido sobre el caballo, un caballo al que cada día aprecio más, ya que es buen conocedor del camino de retorno y ha ido avanzando lento hacia mi modesto refugio. Después, he desmontado y hecho a pie el camino final, he dado unos pasos y he entrado en mi casa. He mirado al ombú y luego, sin sonido ni palabras, aparte me he quedado ya.

He recuperado enseguida el sueño que tenía cuando iba a caballo y me he vuelto a quedar dormido, esta vez soñando que galopaba encima de un búho imposible, de un búho gigantesco. Seguramente era el búho que descubrí, no hace mucho, en lo alto del granero que el anterior propietario de la casa utilizaba para almacenar la leña, y donde ahora sólo hay unos barriles de harina vacíos y apilados uno encima del otro. Me causó una viva impresión ver al búho en uno de esos barriles, tal vez porque no lo esperaba. Me lo encontré de golpe sujetando a un pichón muerto entre sus garras y con el rostro lleno de alarma vuelto hacia mí, y me impresionó tanto que acabó en el sueño convertido en un caballo.

Cuando me he despertado, me ha parecido oír los pasos del fantasma de la casa, y para no sentir miedo he imaginado que el doctor Ingravallo, queriendo aportar comicidad a la situación, se acercaba a mí y, tratándome de usted, me preguntaba: «Y dígame, doctor Pasavento, ¿fuma cuando está enfermo?» Un largo silencio. Todo evidentemente absurdo, pero eficaz. Y es que nunca falla: para huir de un fantasma es ideal llevar al fantasma dentro. Claro está que hoy me ha inquietado mi propio fantasma, pues su voz ya no es una variante de la del cantante Reggiani, su voz me ha recordado la de un amigo muerto.

13

Esta noche he mirado por la ventana de mi cuarto y me he concentrado en el firmamento, sobre todo en la estrella Sirio, tratando de conectar con la lejana rue Vaneau. En

285

cierta forma he actuado como el pobre Ramón cuando buscaba entrar en contacto con su mujer difunta. He estado largo rato ahí concentrado en Sirio. Y no deja de ser curioso pensar que esa estrella es la más brillante de todo el firmamento mientras que Walser fue y sigue siendo la más felizmente oscura de las estrellas de la literatura.

He estado largo rato aguardando un susurro en el oído o el roce de una mano extraña con la mía, o bien cualquier otra señal del otro mundo que pudiera devolverme, por unos instantes, a la lejana rue Vaneau, saber qué estaba sucediendo en aquel preciso instante en ella.

Me he acordado de aquel día en Capri, cuando no sabía cómo hacer verosímil en mi primer libro la aparición repentina de un fantasma y le trasladé mi problema a Bernardo Atxaga, que me escuchó con paciencia y acabó diciéndome que era todo muy sencillo, bastaba con escribir que se me había aparecido un fantasma.

Me he concentrado en Sirio y he ido en el fin del mundo a la busca del fantasma de lo invisible, el espíritu inmortal de la Patagonia.

Un susurro del viento en el oído. Y todo se ha precipitado. Era de día en París. Un escritor que me ha recordado a Álvaro Mutis avanzaba, en compañía de una mujer, por la rue de Bac y se detenía frente al número 120 de esa calle. Un edificio elegante. Encima de la gran puerta cochera una placa recordaba que allí había muerto René de Chateaubriand en 1868.

«Aquí estuvo el vizconde durante los años de su vejez», decía con aire pensativo el hombre parecido a Álvaro Mutis. «Cada vez que paso por París me paro ante estas ventanas y me imagino a Chateaubriand viejo, casi olvidado, pobre. Andaba por este barrio con su blanco pelo alborotado, su rostro de personaje romántico, como si saliera de sus propias novelas.»

«El inventor de la melancolía moderna», ha dicho ella.

Nuevo golpe de viento en el oído. He podido ver entonces que no era que el hombre se pareciera a Álvaro Mutis, sino que era directamente Álvaro Mutis, el escritor colombiano.

«Chateaubriand», le he escuchado decir, «tuvo un consuelo maravilloso. Vivió aquí con madame Recamier. Esa mujer, la gran belleza del Consulado y del Imperio, terminó siendo para él una compañera leal, de una bondad, de una gentileza y de una ternura extraordinarias.»

Han dado una mirada furtiva al mapa de París. «Mira, la rue Vaneau», ha comentado ella. «Derecho y luego una cuadra a la izquierda. Ahí tenemos una cita con André Gide», ha dicho él.

Me he acordado de las primeras líneas del capítulo 9 de *Rayuela*, la obra de Julio Cortázar: «Por la rue de Varennes entraron en la rue Vaneau. Llovíznaba, y la Maga se colgó todavía más del brazo de Oliveira, se apretó contra su impermeable que olía a sopa fría.»

Durante unos segundos los he perdido de vista hasta que han reaparecido en el 1 bis de la rue Vaneau. «Ahí está», ha dicho Mutis con una voz que parecía temblar de emoción, «su vivienda estaba en la sexta planta. Gide y la Petite Dame vivieron aquí juntos veintiséis años. Aquí murió Gide en 1951. Fue una muerte admirable, serena, madura.»

Durante unos segundos han permanecido los dos en silencio mirando hacia las ventanas del sexto piso, donde de pronto, en una de ellas, se ha movido una cortina. Ha sido como si Gide y la Petite Dame se hubieran asomado durante un instante. Mutis ha sonreído y ha seguido hablando: «Me fascina su extraña relación. Gide, quien asumió finalmente su homosexualidad, vivía separado de su esposa sin haberse divorciado. Cuando enviudó, la Petite Dame, su amiga de siempre y también viuda, le propuso un día en un café que juntaran sus maletas y cuidaran el uno del otro.

Gide aceptó y se mudaron al 1 bis de la rue Vaneau. Llevaron el arte de vivir juntos hasta su máxima expresión. Se entendían perfectamente a pesar de tener ambos un carácter muy fuerte y de la vida muy particular que seguía llevando Gide. Había entre ellos una complicidad absoluta. Un amor tejido con una amistad muy fuerte, y una tácita convención de jamás oprimir el uno al otro, de jamás coartar la libertad de decisión y de selección del destino que tiene cada ser humano.»

«Es una relación muy moderna», ha dicho ella.

«No sé», ha respondido Mutis.

Y han seguido andando por la rue Vaneau. Al pasar por delante de la embajada siria, ni siquiera la han mirado. Lo mismo ha sucedido con la mansión de Chanaleilles y con la farmacia Dupeyroux. Han ido ignorando todos esos lugares tan familiares para mí. Seguramente, ni remotamente sospechan que en la rue Vaneau hay una amenaza latente. Me he dado cuenta de lo alejados que estaban ellos de mi mundo. De todos modos, por un momento, he tenido la esperanza de que en su deambular por la calle acabarían dedicándole una mirada al Hotel de Suède y así, a su manera, no me dejarían tan solo en esta vida. Pero han pasado también de largo, en silencio, meditabundos. Como si la amenaza callada de esta calle estuviera emitiendo señales y ellos no fueran capaces de registrar ni un solo destello de éstas.

Les he visto detenerse frente al hoy lujoso apartamento de Marx, pero sólo para volver a mirar el mapa de París. Por un momento, me ha parecido ver a la pobre Jenny Marx asomarse a la ventana. «Al final de la calle, ya en rue de Sèvres, está el metro que, aun no estando en esta calle, lleva el nombre de metro Vaneau», ha dicho Mutis.

Han seguido caminando y yo he sentido que por unos instantes hasta caminaba con ellos. Al llegar a la rue de Sèvres, hemos girado a la izquierda y, a cuatro pasos de la entrada del metro, nos hemos plantado frente a la fuente pública de Fellah, una bellísima fontana de principios del XIX, un testimonio de la egiptofilia que se apoderó de París en aquellos días. La hemos admirado durante unos largos segundos. Después, ellos han bajado al metro, y he oído que Mutis comentaba que Julio Cortázar solía decir que no toda la gente que baja al metro de París reaparece después en la superficie. Yo no he bajado. He vuelto sobre mis pasos. De nuevo me he concentrado en la estrella Sirio. Un susurro del viento en el oído. Y todo se ha precipitado.

Poco después, desde un lugar que nada tiene que ver con la Patagonia (ese fin de la tierra desde el que, una vez más, acabo de simular que escribo), he enviado un e-mail a todas, absolutamente todas, las direcciones de mi correo electrónico. Lo he enviado, para ser exactos, desde el Hotel Lutetia, donde hoy paso mi tercera y última noche y donde en estos últimos tres días he estado pensando adónde me iba a vivir, al tiempo que iba diciendo en mis cuadernos que estaba en la Patagonia.

Desde este hotel de París, a cuatro pasos de la rue Vaneau, desde su sala de Internet, he enviado un mensaje a todo el mundo. Una despedida más breve y quizás –puede haberse extraviado– más efectiva que la carta que dejé en el mostrador del Suède a nombre de Eve. Una despedida electrónica, dirigida a antiguos amigos y conocidos, y también a enemigos, a todos:

«Os habla el doctor Pasavento, emboscado en el mundo feliz de los eclipsados. Oculto (como alguno de vosotros ya sabe) en la Patagonia. No creo que os sea posible encontrarle en este espacio inmenso en el que vive y, además, ni lo intentéis. Quiere sentirse lejos de todo. Vivir una maravillosa existencia de cero a la izquierda, de escritor sin obra, de soldado de Napoleón olvidado.»

Tras enviarlo, he entrado en una situación que he juzgado idónea, pues me ha parecido que si alguien a partir de ahora decide buscarme, casi seguro que lo hará en la Patagonia –me parece convincente ese «como alguno de vosotros ya sabe»–, me buscará donde precisamente no estoy, ni he estado nunca. Pienso que ha sido un gesto acertado decirles a todos que estoy en la Patagonia cuando en realidad me encuentro a centenares de kilómetros de ella. Inevitablemente he pensado en Walser cuando hablaba de esa extraña depravación de «alegrarse secretamente al comprobar que uno se oculta un poco». En mi caso, más que «un poco», voy a esconderme por completo.

En los últimos días he escrito como si estuviera en la Patagonia, es cierto, pero en realidad, mientras llevaba mi cuaderno de ayudante del doctor Altafini, yo estaba en el Lutetia. Y ahora, minutos antes de dejar el Lutetia y París para siempre (porque esta vez sí que dejo París, no soy tan terco), he enviado ese e-mail colectivo para que me busquen en un lugar equivocado. Creo que por fin podré ver realizada plenamente la más noble de mis aspiraciones, convertirme en el doctor Pynchon.

14

En los últimos tiempos la marginalidad, el simple absentismo, la pasión por el discreto Walser, la bella desdicha, la feliz musarañera divagación continua y acostarme con Lidia se encuentran entre mis actividades favoritas. Parecen muchas, pero en el fondo son pocas. He recuperado la actividad sexual, lo cual ya me convenía. Logré finalmente sobreponerme a las frustraciones que me produjeron las historias de amor que tan bloqueado me habían dejado. Una vez por semana, los miércoles, visito el burdel de la señora Carballo, y allí me encuentro con Lidia, con la que paso horas suavemente obscenas. El placer que Lidia me da es ilimitado y, aunque tenemos una relación estrictamente contractual (los miércoles, con un horario fijo), confieso o, mejor dicho, me digo a mí mismo que hasta he terminado por sentir cierto afecto por ella. Hasta he llegado a plantearme proponerle que alguna vez nos veamos en una de sus horas libres, pero no acabo de decidirme a decírselo. ¿Qué hará fuera del burdel? Sólo sé que vive con una familia del Barrio Alto y que dice tener diecinueve años, pero sospecho que es más joven. Creo que miente en casi todo, pero desde luego no me importa demasiado. Siempre me ronda la idea de proponerle esa salida en una de sus horas libres, un almuerzo junto al mar, interesarme por ella. Pero finalmente acabo pensando que tal vez con los miércoles sea suficiente. Más allá del burdel, todo podría innecesariamente complicarse. Hay días en que siento celos de los otros clientes, aún no es miércoles y me pregunto cómo serán en la cama los otros hombres que ella recibe. Me torturo a veces con preguntas de este estilo.

Desde que dejé el Lutetia y París y llegué a esta ciudad, mi vida ha mejorado. Ya apenas escribo, o en todo caso lo hago más espaciadamente, muy de tarde en tarde y, por supuesto, cada vez más para mí mismo. Me he entregado al sexo sin amor, y eso creo que es lo que más me ha serenado. Y, en fin, por encima de todo me he entregado al ocio, con las ventajas que reporta entregarse a él, pues trae de rebote consigo la actividad del pensamiento. Por otra parte, voy al cine, paseo mucho, tomo café en la tertulia de los psiquiatras del Frenopático Monenembo, compro libros en la Batangafo, una buena librería. A veces, en mi cuarto, me quedo con los ojos abiertos, completamente ausente. Cuando eso ocurre, es que me dedico a pensar. Ya no tengo los prejuicios de antes. Ahora puedo dedicarme a pensar sin la mala conciencia de *no estar haciendo nada* o bien –yéndome al terreno opuesto– sin aquella impresión que tenía Walser de que pensar lo complicaba todo y que seguramente Dios está con los que no piensan.

Sólo muy de vez en cuando me entra cierto remordimiento en un sentido u otro, y entonces encuentro la excusa ideal para permitir que entre en mí, sin que llegue yo ni siquiera a pensarla, la idea de escribir alguna prosa breve en algún que otro papelillo. A los cuadernos ya no les tengo tanta afición, aunque ahora precisamente esté escribiendo en uno de ellos. Pero la verdad es que no hay un solo día en que no sienta la tentación de abandonar el Moleskine de turno e ir a algo aún más frágil, ir al micrograma urdido con unas cuantas frases errantes, generalmente próximas a lo ensayístico. Me atrae la idea de dejar que el tipo de papel y su formato condicionen lo que escriba a lápiz, es decir, originen mi proceso de escritura y a veces también lo terminen. Pero en realidad, por lo general, ya apenas escribo, o lo hago muy de vez en cuando. Me dedico más bien a la elaboración de pensamientos, que luego no paso al papel, no los transmito, me complace saber que hace tiempo que no transmito nada. Es como si así me alejara aún más de mi condición, ya afortunadamente clausurada, de escritor dedicado a publicar lo que escribía.

He logrado con felicidad lo que me parecía tan temible, he logrado convertirme en uno de esos escritores que, al no escribir o escribir con poca constancia, se transforman en monstruos que andan vagabundeando por los alrededores de la locura, pero la mía es una locura contenida que me permite ser respetado en lugares de distintos órdenes, en el burdel y en la tertulia de los psiquiatras, por ejemplo. Una locura en libertad, sin encierro en Herisau. Una vida más próxima a la vida. Una vida de un don nadie sin nadie. Aunque a veces hago como que tengo amigos. Se me ve a menudo en la tertulia de los psiquiatras del Frenopático. Qué bello nombre, me digo ahora. Qué nombre tan antiguo, Frenopático. Qué nombre tan pasado de moda, por otra parte. Pasado de moda seguro que lo está, como tantas cosas aquí en esta ciudad que, por otra parte, se rige por los contrastes, pues junto a lo escandalosamente antiguo cuenta, por ejemplo, con modernos cines y librerías y rascacielos, y hasta hay una librería en lo alto de un rascacielos, en lo alto de la Torre Funchal. En realidad, lo viejo y lo nuevo se acoplan aquí a la perfección en esta ciudad que, todo hay que decirlo, es un sitio terrorífico y maravilloso a la vez (como el burdel que frecuento, que reúne también ambas características, y las dos parecen unidas por un hilo casi invisible que hace que no se distinga una de la otra), y ése es seguramente uno de sus mayores encantos.

Me digo, una vez más, que Walser vivía en un permanente y envidiable estado de bella desdicha, y me felicito por ir acercándome, en libertad, a ese estado tan anhelado. Contribuye a mi serena tristeza de los últimos tiempos el amor comprado y el que, además, debido a la situación geográfica de la ciudad y la clase de turismo que llega aquí, tenga la casi absoluta seguridad de que no voy a ser visto por los que en mi vida anterior me vieron, eso me da una paz interna extraordinaria. Ellos mismos, con su indiferencia, me ayudaron a ser invisible y, en lo que atañe a la vida que llevo, acabaron logrando que me haya convertido por fin en un perfecto Pynchon, en el novelista que odia la fama, el escritor sin rostro que prefiere vivir en el anonimato, de modo que sólo sabemos de él que estudió ingeniería aeronáutica, que fue alumno de Nabokov en la Universidad de Cornell y que vive en Nueva York, su ciudad natal.

No sabía que era tan fácil ser un Pynchon. Esta noche quiero celebrarlo. «Ya sé con quién lo harás», me dice el doctor Ingravallo, intuyo que riendo socarronamente. «¿Cuánto hace que olvidaste a Daisy Blonde? ¿Te ocurrirá lo mismo con Lidia?», me pregunta, y vuelve a reírse. «No tiene por qué volver a pasarme», le contesto, y le explico que con Lidia todo es simplemente amor de miércoles, comprado. Por suerte, Lidia no es la Bomba, le digo, es pequeña y sensual y es un descanso, además, que no sea esbelta e imponente y que no ande mirándome desde un porche color rosa en una puesta de sol californiana. Todas al final me traicionaban. Lidia no puede hacerlo. Lidia nunca irá a Malibú, por ejemplo, jamás se moverá de este puerto y de esta ciudad. Todo esto le digo, y el doctor se ríe. «Lidia también te traicionará», me dice.

15

Hoy es primero de mayo. Pienso en Jenny Marx, que nació en la rue Vaneau en un día como éste, pero nació mucho antes de que *su* día (porque para mí es *su* día) perteneciera al mundo de la fiesta del trabajo. A ella le dedico las líneas que siguen y que son producto de una decisión repentina. Después de una buena cantidad de días espléndidos sin escribir nada, me he dicho que me convenía volver a coger el lápiz, pues tampoco tenía yo por qué ser tan radical. Me he dicho que, puesto que trabajo como ocioso pensador y hoy es el Día del Trabajo, escribir será el equivalente de descansar. Mi mundo o el mundo al revés. ¿Quién me iba a decir que llegaría un día en la vida en el que descansaría escribiendo?

Sólo desde hace unas semanas soy un escritor verdaderamente oculto. Un escritor al que aquí conocen como doctor Pinchon, una derivación sin duda de Pynchon, porque les dije a muchos aquí al llegar que era el doctor Pynchon y lo entendieron a su manera. No soy más que un escritor secreto, de fuego hoy en día muy lento. No soy más que un escritor oculto, pero en modo alguno uno de esos narradores modernos que llegan a ciudades sin nombre. No, ya ha habido suficientes literatos que se han movido por lugares de cuyos nombres no han querido nunca acordarse. Por mucho que no esté escribiendo aquí una novela ni me dirija a nadie más que a mí mismo, creo tener la misma responsabilidad de quienes escriben para ser leídos.

Estoy aquí frente a un mar y un puerto y frente a un abismo, veo la línea del horizonte desde esta ventana de la séptima planta del hotel y paseo por alamedas mentales en este fin del mundo en el que se ha plantado mi cerebro, pero no escribo desde un lugar sin nombre. Lo hago desde esta habitación del Hotel Madeira de la bella ciudad de Lokunowo. El hotel está situado en primera línea de la playa, aunque para llegar a esa playa y al gran puerto hay que cruzar una inmensa plaza-calle conocida por el nombre de Bangasu: una larga explanada o espacio rectangular de arena fina que, según cómo se mire, parece una especie de boulevard Raspail que se hubiera estirado de forma portentosa. Es más, a veces he llegado a pensar que no me he movido del Lutetia y del boulevard Raspail. Pero entonces veo el mar y compruebo que evidentemente no estoy en París. El mar. Lo estoy viendo ahora. De un color rojizo que probablemente pronto, al caer la tarde, pasará a ser gris y de una delicadeza suave. Es un mar en el que en estos precisos instantes serpentean largas cintas amarillentas de espuma vieja. Me extasía mirarlo. El puerto de Lokunowo es fascinante a todas horas. Tiene sorpresas para el viajero que no ha visto antes ningún mapa del lugar y no sabe lo que va a encontrarse en esta maravillosa y al mismo tiempo espeluznante pequeña ciudad. Detrás del hotel, por ejemplo, la ciudad se va volviendo lentamente irracional y culmina en la colina del llamado Barrio Alto, donde vive Lidia. Es una zona de peligrosas callejuelas laberínticas que a veces me recuerdan el Bronx. Llaman la atención en esa zona de bajos fondos los elegantes árboles recortados que, en grotesco contraste con el hedor de las calles, parecen salidos de un jardín francés. «Son cosas del Ayuntamiento. Les gusta simular que hay orden y geometría donde no los hay», me dicen los psiquiatras de la tertulia del Monenembo.

Detrás de esa difícil colina, detrás del Barrio Alto, a una distancia de dos kilómetros de mi hotel, está ya la selva virgen. Desde que llegué aquí, siempre he pensado que, a pesar de que tiene un nombre muy atractivo, Lokunowo debería llamarse Port de la Selva. En cualquier caso (salvo en el nombre, que no parece el más adecuado para ella, pero que en cualquier caso es muy bello y apropiado para mí, pues suena a Lugar Nuevo o a *Locus Solus*, es decir, Lugar Solitario, aquella novela de Raymond Roussel que tanto me fascinó cuando la leí hace años), esta ciudad se parece bastante a la que había ido imaginando. Hablan casi en español, aunque tal vez lo más pertinente sea decir que son los españoles los que hablan casi como se habla aquí. El turismo es selecto, preferentemente inglés, y muy escaso. No llegan demasiados visitantes, lo que no quita que siempre tenga temores a que alguien me reconozca. Y es que pequeños grupos de españoles y de catalanes no faltan. Pero no les temo. Cuando me cruzo con ellos de vez en cuando, quiero creer que las posibilidades de que me conozca alguno de ellos son bastante remotas. Y, por otra parte, al clásico pelmazo –un compañero del colegio, por ejemplo, o la amiga de una antigua novia, o hasta el típico pariente lejano que se ha aventurado en este exótico lugar– siempre le puedo decir que se ha confundido, que yo no soy Pasavento. Desde que llegué aquí me teñí el pelo de rojo, dejé crecer mi barba y voy con oscuras gafas de sol y mi inseparable sombrero de fieltro, herencia indirecta de Walser. Y mi forma de vestir ha cambiado mucho. Quiero creer que estoy irreconocible. A veces, en días en los que ando medio zumbado, me digo que soy el loco del pelo rojo. Son días en los que soy feliz engañándome y en los que ando rumboso y saludo con gestos alegres a algunos amigos o conocidos negros, y hasta ando como ellos, con ritmo de sala de blues.

Los ciudadanos de raza negra de Lokunowo constituyen la tercera parte de la población. Por la noche, les oigo cantar a algunos, yo diría que entonan viejas canciones de sus antepasados esclavos. He anotado una de esas canciones, una canción que me intriga, porque no la entiendo ni la entenderé nunca, lo cual me satisface mucho, porque pueden haber cambiado, en los últimos meses, muchos aspectos de mi personalidad, pero sigo siendo el mismo que se quedaba maravillado ante algo que simplemente no entendía pero que le fascinaba, seguramente por eso, por no entenderlo: «Días de barro y sol / En la roca de Cantarel. / Su boca es de hiel / Entre hilos de Li Astol.»

«Buenas tardes, doctor Pinchon», me ha dicho hace unos minutos el alto y viejo camarero negro del servicio de habitaciones. He estado a punto de preguntarle quién era Li Astol. Me ha traído la comida al cuarto, pues hoy no tengo ganas de mezclarme con nadie ni tampoco me apetece ir a la tertulia del Frenopático, ni al bar del Hotel Lubango, donde tomo previamente un café, ese hotel que está en el extremo oriental de la plaza-calle de Bangasu y al que, tras alzar la cabeza, en una breve pausa en lo que escribo, acabo ahora de contemplar durante unos segundos. Me gusta ese hotel y también el café que ahí dan. Pero hoy no quiero ver a nadie. He visto al camarero, porque no me quedaba más remedio si quería que me trajeran algo de comida. Pero hoy no estoy para nadie. Me gusta sentirme así, me encanta experimentar esa sensación extrema de notar que, cuando estoy solo, no estoy. Y es que, si nadie puede percibirme, evidentemente y por pura lógica, *no estoy*.

Hoy quiero disfrutar a solas de la sensación agradable que me llega con la brisa de la tarde lokunowesa. Desde luego vivo muy bien aquí en calidad de doctor Pinchon, no me puedo quejar. Veo buenas películas en las agradables salas de esta ciudad, encuentro prensa española y gran cantidad de libros que me apetece leer, paseo por el puerto y en general por toda la ciudad, converso con médicos psiquiatras (hay días en que pienso que el mundo está más lleno de doctores de lo que creía), medito sobre la eternidad y sobre otras zarandajas, tengo un amor pagado, veo buen fútbol en televisión y un fútbol muy malo cuando voy a los estadios del Lokunowo y del Sporting, los dos equipos de la ciudad. Y, en fin, la tarea de escribir la he relegado a una actividad que ya sólo practico ahora muy de tarde en tarde y de una forma muy libre y estimulante.

Perdí a propósito dinero en París al realizar el desigual intercambio financiero con aquel serbio del barrio del Marais, pero sé que a la larga ha de beneficiarme la operación. Para empezar, mi pista económica se ha evaporado del todo. Y calculo que hasta dentro de tres años no me veré obligado a volver a trabajar. Pero para entonces confío en haber estabilizado mi situación, pues pienso invertir pronto en tres o cuatro –los que pueda comprar– apartamentos junto al mar. Tres años, por otra parte, todavía me parecen mucho, al menos en el día de hoy. Y, en fin, es tan cierto que vivo muy bien como que por fin estoy realmente oculto, oculto de verdad, emboscado en Lokunowo, escondido en un lugar a centenares de miles de kilómetros de la Patagonia, donde me gusta imaginar que algunos –mi mujer seguramente entre ellos– tal vez anden en estos mismos instantes rastreando mis huellas. La verdad es que hay días aquí en los que todo es bellamente ordinario y entonces no es necesario que espere nada, ni siquiera esa nueva estrella que busco. Son días en los que se deja notar una brisa que sopla de una forma tan ligera, tan suave y tan voluptuosamente grata que tengo la impresión de que respiro el bienestar absoluto.

En fin, que he encontrado un lugar ideal para no ser visto. Se olvidarán pronto de mí si aún no lo han hecho. Sólo mi mujer, por la cuestión económica, parece un peligro. Pero quiero creer que estará un buen tiempo todavía haciendo que me busquen por la Patagonia. Estoy perfecto aquí. Ahora mismo, por ejemplo, disfruto aspirando el aire puro de mi bella desdicha. Me encuentro bien. Y precisamente a causa de esto voy a darle un empujón más a mi abandono de la escritura de cuaderno. Me propongo castigar a este Moleskine, esconderlo en un cajón del elegante mueble lokunowés que tengo frente a la cama. Así, ya no sólo estaré escondido yo, sino también mi escritura. Y es que, en días como éste, me basta con lo que está a la vista. Una palmera, una larga explanada de arena fina, unos pájaros desconocidos, las altas hierbas de un camino poco desbrozado. Y ese Hotel Lubango en el otro extremo de la plaza-calle de Bangasu que, cuando de noche deja encendidas sus luces, me recuerda al Lutetia de París y también la esperanza de encontrar un día definitivamente mi nueva estrella. Me la merezco seguramente. Después de todo, mi vida –ahora puedo verlo con claridad– no ha sido más que una caída, el clásico viaje interior en uno mismo, una excursión hacia el fin de la noche, la negativa absoluta de regresar a Ítaca, el deseo de quedarme aquí para siempre, escribiendo para desaparecer.

La estrella que busco está fuera de mí, sin duda. Es posible que sea mi *genio* personal, ese espíritu que anida en cada uno de nosotros y que en mi caso todavía vive fuera de mí, ni siquiera he entrado en contacto con él. En cualquier caso, hoy me basta y me sobra con ver lo que tengo ante mí. Un abismo, una línea del horizonte. El sol de la tarde. El color del aire. La roca de Cantarel al borde del mar. El burdel que está esperándome todos los miércoles. Cierta alegría de esta ciudad que me recuerda una Lisboa mínima. Los jazmines de la terraza. El amenazante Barrio Alto, donde en la Farmacia Assiria me venden interesantes ansiolíticos sin receta. Y esa selva detrás. ¡Esa selva! En días como hoy no me hace falta ver nada extraordinario. Ya es mucho lo que se ve.

16

Esta noche, mirando distraídamente el periódico que tienen en el vestíbulo del hotel, me he quedado empantanado leyendo la necrológica dedicada a Maxime Rodinson, historiador, lingüista y orientalista, muerto en Marsella, ayer 23 de mayo, a la edad de ochenta y nueve años. «Escritor prolífico, comprometido con la causa palestina. Nacido en París en el seno de una familia judía modesta de origen ruso-polaco, fue un brillante autodidacta que se doctoró en Letras en la École de Langues Orientales. Se casó en 1937. Entró al año siguiente en el Partido Comunista y entre 1940 y 1947 vivió en el Líbano. A su regreso a París en 1948, se instaló en un apartamento de la rue Vaneau que se convirtió en un punto de reunión de arabistas de todo el mundo, lugar de encuentro entre Oriente y Occidente.»

He tenido que volver a leer lo de la rue Vaneau. Dos, tres veces. Larga es la sombra de esa calle, he pensado.

Y luego he terminado de leer la noticia: «Después, en los años sesenta, se instaló en Marsella. Abogaba por el acercamiento de las dos orillas del Mediterráneo, por el pluralismo y el diálogo de las culturas. Contribuyó a modificar ese tipo de interpretaciones sectarias del islam que vienen a decir que éste es incapaz de incorporarse a la modernidad.»

Hoy he llegado antes de la hora habitual a la tertulia del Monenembo y, mientras esperaba a los sesudos psiquiatras (les tengo simpatía, pero les encuentro algo ridículos), he ojeado algunos periódicos y, todavía no repuesto de la noticia del otro día sobre el ilustre arabista de la rue Vaneau, he leído que ayer, 1 de junio, Bachar el Asad, el presidente de Siria, acompañado de su esposa Asma, visitaron en el palacio de la Zarzuela al rey Juan Carlos y la reina Sofía de España. He estado un rato con la mirada fija en la foto del saludo entre las dos parejas. Y luego me he quedado pensando en el sol, que ha brillado con fuerza esta mañana. Y en las moscas, que volaban muy bajo y parecían abejas porque tenía yo la impresión de que no paraban de zumbar en torno a mis tobillos en la hierba. Pero he salido de ahí sin ninguna picadura, prueba evidente de que eran moscas. Me habría gustado mirarlas, examinarlas con cierta atención, ya no sólo para comprobar que no eran abejas, sino también para saber si era verdad aquello que afirmaba Flaubert de que todas las moscas son distintas.

17

Me he trasladado a vivir al Lubango, sólo por cambiar o, mejor dicho, porque queda al lado del Frenopático, donde tengo esa tertulia que dirigen el doctor Bodem y su amigo el doctor Monteiro, y a mí la verdad es que me resulta más cómodo ir a la reunión diaria saliendo de mi cuarto de hotel, pues sólo tengo que bajar unas escaleras y plantarme en el edificio de al lado y comenzar a escuchar lo que dicen los bondadosos y al mismo tiempo risibles doctores.

Hoy ha sido un día en el que, a diferencia de las últimas semanas, he dedicado a la actividad de reflexionar escaso tiempo, tal vez porque todo el rato pensaba que, después de tantos días sin hacerlo, hoy me tocaba escribir. Y eso, escribir, sentía que no podía hacerlo sin antes haber incurrido en una antigua y pedestre costumbre de mi juventud, que consistía en salir a la calle y esperar a que me pasara algo para después contarlo. De modo que he decidido salir y he subido a un taxi y le he indicado la dirección de la selva. Una vez ante ella, en la entrada del territorio salvaje, no me he atrevido más que a una brevísima incursión, que he realizado en compañía de uno de los guías que andan por allí. El taxi ha accedido a esperarme después de que le pagara un dineral por hacerlo. En cuanto al guía, se ha mostrado también exigente y me ha cobrado cinco mil dinarios, mucho más de lo que marcan las tarifas oficiales. Pero, bueno, he regresado de la expedición con unos interesantes apuntes sobre la efímera experiencia, unos apuntes lo suficientemente valiosos como para no sentirme molesto por el dinero pagado.

Las primeras lluvias de este ecuador del verano caen hoy sobre la noche de Lokunowo mientras yo ahora, llevado por el activo lenguaje del aguacero, evoco el aspecto tenebroso que de entrada le he visto a la selva, pero sólo de entrada porque, a medida que he ido irrumpiendo en ella, he comenzado a sentirme poseído por el aspecto inquietante de las formas, y también por los enigmáticos olores y ruidos desconocidos que allí he encontrado. Me ha parecido que en general todo aquello era muy atractivo, pero también muy pavoroso, y, si he de ser sincero, muy sombrío el misterio de la frondosidad. Me habría gustado aventurarme más en la selva, pero el guía, tal vez porque ya había cobrado y también porque me ha visto peligrosamente frágil ante la grandeza de lo salvaje, no me lo ha recomendado. Se ha limitado a advertirme de no sé qué riesgos y al final hemos vuelto atrás.

De vuelta en el Lubango, me he cambiado de ropa y he ido a la tertulia del Monenembo, donde he disertado sobre los misterios de la selva como si fuera un gran experto en el tema. Luego, me ha dado por comparar la selva con la literatura y he comenzado a decirles a todos que sólo se escribe con pasión, con verdad, cuando se está en peligro por algo, pues en esas ocasiones la mente trabaja bajo presión, no como cuando uno está en condiciones normales y la mente permanece improductiva, pues se aburre y se aburre.

«¿Y cómo sabe usted todo eso?», me han preguntado algo extrañados. He estado a punto de decirles que fui escritor profesional, pero he callado al tiempo que me decía que tal vez tras ese confuso impulso de confesar quién había sido yo en otros días se escondía cierta nostalgia de los días en que escribía con buen ánimo y notable constancia diaria. En cualquier caso, he desviado la conversación hacia las ventajas e inconvenientes de la vida de psiquiatra retirado (y desengañado de la psiquiatría) y de la vida de ocio total que llevo. Y les he ocultado también –no creo que me hubieran entendido– cierta nostalgia que a veces siento de los días en que vivía en la rue Vaneau.

«Hay que renunciar al mundo para comprenderlo», me ha dicho entonces el doctor Bodem. No he tenido más remedio que preguntarle a qué venía ese comentario. «A que usted, antes de llegar a Lokunowo, tal como nos ha contado, era un psiquiatra muy ocupado, pero no sé por qué sospecho que, a diferencia de otros doctores, era una persona atormentada porque no lograba comprender el mundo. Aquí en Lokunowo ha comenzado a entenderlo, ¿no es así, doctor Pinchon?»

Para evitarme muchos problemas, le he dicho que sí, que así era, que era verdad que el mundo empezaba a entenderlo aquí en Lokunowo, pero que también tenía que decirles que para ser más exactos hubo otra época en mi vida, cuando era niño, en la que también entendía el mundo, tal vez porque simplemente aún no había empezado a interrogarlo. «Hay muchos psiquiatras que, cuando se retiran, se pasan a la literatura. Igual me equivoco, pero no me extrañaría que pronto, ahora que tiene todo el tiempo del mundo, usted se convirtiera en escritor», ha dicho entonces el doctor Monteiro, con notable ingenuidad.

Al atardecer, a la salida de la tertulia, he continuado moviéndome, buscando acontecimientos que luego pudiera contar. Ha sido un día sin duda activo. Por ejemplo, he entrado en el cybercafé de la Avenida Huambo, esquina plaza Bangasu. Después de tanto tiempo de no hacerlo, me disponía a abrir el correo electrónico cuando me he dado cuenta de que era mejor no hacerlo, no indagar nada. ¿Para qué? Mejor no mirar atrás, seguir adelante con mi vida y mi luna nueva de Lokunowo. En los periódicos españoles que aquí leo, nadie me da por desaparecido. Hay que suponer, pues, que me sitúan en la Patagonia y que, en el fondo, les da igual lo que haya sido de mi vida.

Atrás quedaron para siempre todos. Eso me he dicho de noche, en mi cuarto del Lubango, decorado por alguien con sentido del humor, pues de lo contrario no me explico qué hace sobre el cabezal de la cama esa fotografía enmarcada de la lejana ciudad de Lucknow. No había oído hablar nunca de esa ciudad hermana de Lokunowo, aunque hermana sólo en el nombre. Lucknow, en la India, la capital del estado de Uttar Pradesh. ¿Qué mente refinada tuvo la idea de colocar ahí la fotografía de la ciudad india? ¿Qué artista se esconde detrás del decorador del hotel? He preguntado y me han dado un nombre. La decoración de las habitaciones fue una colaboración especial del doctor Humbol, el mejor escritor de esta ciudad sin demasiados escritores.

Ha sido un día tan dinámico que hasta lo ha sido el breve sueño que acabo de tener. Mientras escribía acerca de todo esto, me he quedado medio dormido, o dormido del todo, no lo sé. El hecho es que he tenido un breve sueño en el que una joven triste, pequeña y sensual, una periodista del estilo de Lidia, quería hacerme una entrevista. La triste, frágil y bella joven me ha traído el recuerdo de unas palabras de Chéjov: «No hay manera de entender por qué Dios concede belleza, afabilidad, tristes y dulces ojos a personas débiles, desdichadas e inútiles, y por qué son tan atractivas.»

«No será perjudicial para usted concederme esa entrevista», me decía ella. «¿Y por qué?» «Porque a usted no le hacen ninguna desde hace mucho tiempo y, aunque sea ya un pobre escritor derrotado y olvidado, siempre puede animarle psíquicamente ver que todavía queda una periodista cultural que se acuerda de usted.»

Ha conseguido enojarme y me he transformado en una de esas personas que lo rebaten todo. Cuando he terminado de refutar sus equivocadas elucubraciones, me he dejado dominar por un sentimiento que oscilaba entre un profundo fastidio y la sensación agradable de haber sido por fin descubierto en mi escondite.

«Vamos, doctor Pinchon, quisiera que me confirmara que a usted le molesta toda la parafernalia que rodea el mundo del escritor», me ha dicho ella. Podía no contestarle, pero he preferido hacerlo. «Comencé a escribir para aislarme», le he explicado, «primero para aislarme de la familia en los largos veranos en Port de la Selva. Nos pasábamos el día en la playa, mañana y tarde, y yo, a mis doce años, para huir de la idea de grupo, me ponía a escribir bajo un pino. Me hice escritor para aislarme de la familia, para tener un trabajo solitario en el que me dejaran en paz todas las familias de este mundo. Pero no contaba con las conferencias, por ejemplo. Yo no sabía que publicar un libro traía como consecuencia dar conferencias, entrevistas, ser fotografiado, decir lo que piensas del éxito mundano, presentar los libros de los demás, firmar autógrafos, exhibirse en público, declararse entusiasta de la tradición literaria de tu propio país (a veces tan sólo para demostrar que uno era un patriota y un escritor cabal), ser aspirante a premios literarios a los que uno no aspira...»

«Pero usted, doctor Pinchon», me ha dicho ella muy cariñosa y como no queriendo herirme demasiado, «usted ya no debe preocuparse por cosas así. ¿No sabe que hace ya mucho tiempo que le han olvidado?»

MICROGRAMA SIRIO

Tres días seguidos lloviendo, se diría que son las lluvias de Ranchipur, es como si estuviéramos en Lucknow, en la India. En el periódico, tras leer las crónicas de fútbol, me he encontrado con la noticia del secuestro en Irak de dos periodistas franceses. Christian Chesnot y Georges Malbrunot. El primero trabaja en Radio France International y el segundo es colaborador de *Le Figaro*. Es raro, pero apenas se nombra al tercer hombre, pues han sido tres los secuestrados. Pero los titulares sólo hablan de los dos periodistas. Hay que leer la letra pequeña de la noticia para, al final de todo y casi de refilón, acabar enterándose uno de que también el chófer de los dos franceses ha sido secuestrado. El chófer es sirio, se llama Mohamed al Yundi. Y, bueno, ya termino, porque el formato de este papelillo condiciona lo que escribo, y este minúsculo papel se está acabando y, además, desde hace unos días vivo con tantas paranoias y al mismo tiempo siento tal nostalgia de la rue Vaneau (de sombra cada vez más alargada, por cierto) que mucho me temo que acabe viendo conectada la noticia del secuestro con esa calle.

18

He leído en el periódico que Bernardo Atxaga acaba de publicar la traducción al español de su libro *El hijo del acordeonista*. Una vez más, he vuelto a preguntarme qué pudo pensar cuando vio que yo no aparecía en Sevilla y sobre todo qué debe de estar pensando ahora si, como es de suponer, ha reparado en que meses después sigo invisible. ¿Creerá que estoy en la Patagonia, que es donde deben de haberle dicho que estaba? ¿Admirará en secreto mi gesto de haberme largado al fin del mundo? ¿O lleva mucho tiempo sin pensar en mí y ahora, por ejemplo, está jugando tranquilamente con sus hijas en el jardín de su casa de Zalduondo?

Este mediodía he leído la noticia sobre Atxaga en la terraza del Bar Li Astol, el más moderno de la ciudad. Y luego, poco después, en la mesa de al lado, he oído a alguien decir, en español, con voz deliberadamente alta: «Creo que todos los enamorados, menos tú y yo, son egoístas y maleducados.» He querido saber quién había dicho eso y por qué reclamaba mi atención al decirlo en voz tan alta. Era un joven que estaba cogido de la mano de su novia. Me ha causado terror la sola idea de que fuera un español que me hubiera reconocido. ¿Y si era un joven escritor incipiente que sabía quién era yo y quería llamar mi atención para pasarme algún manuscrito? Me he concentrado en el periódico, pero no podía sacarme de encima la idea de que tal vez había sido reconocido por el joven. Me he puesto nervioso y he decidido marcharme de allí y confiar en que mi pelo rojo y mi indumentaria no le hubieran dado la seguridad absoluta al joven de que era yo o, mejor dicho, de que era aquel Pasavento que había alcanzado cierta fama en otros días.

He llamado al camarero, he pagado y he vuelto al hotel. Ya en mi habitación, me he entretenido recordando el sueño que tuve ayer durante la hora de la siesta y que me ha parecido extrañamente *conectado* con mi reciente lectura de la noticia de la aparición del libro de Atxaga. Un laberíntico sueño. En el interior de la ciudad de San Sebastián había una ciudad india, probablemente Lucknow, donde hablaban en español. Yo me fotografiaba en un templo hindú de grandes y raras estatuas, pero cuando quería regresar a mi hotel no sólo no sabía cómo se tomaba un taxi, sino que tampoco sabía el nombre de ese hotel. Un hindú, que hablaba en un perfecto español, me sugería que tomara el metro y me bajara en la estación de Lasarte. «Que no existe, como las flores del Ártico de Rimbaud», añadía el hombre. Al despertar, pensé que ese hindú me había recordado mucho al *dottore* Pasavento de la Via Contini, un doctor que tampoco existía.

19

Al leer que el futbolista Saviola echa en falta en el Mónaco, por encima de todo, los autógrafos que firmaba cuando la pasada temporada jugaba en el Fútbol Club Barcelona, he sentido una repentina y muy intensa nostalgia de los días en que yo firmaba dedicatorias de mis libros y andaba siempre quejándome de lo mucho que me agobiaban los lectores cuando en realidad si en alguna ocasión, en un acto público, nadie se acercaba para pedirme alguna firma, me quedaba desolado, temeroso de haber sido olvidado.

También he sentido nostalgia de cuando iba a librerías de Barcelona y contaba los minutos que pasaban hasta que alguien me reconocía. Cuando eso sucedía, me mostraba seco ante quien me había abordado, como si me hubieran interrumpido en plena meditación trascendental. Y, sin embargo, no podía sentirme más satisfecho de haber sido abordado.

Y también he recordado que los amigos y conocidos no leían mis libros y sí en cambio los leían los desconocidos, que eran quienes encontraban interesante mi mundo, no así los amigos ni los conocidos, que, por lo visto, daban por sabido lo que yo escribía o, mejor dicho, ya tenían suficiente con tener que soportarme.

Después, me he quedado imaginando que me tocaba dar en un gran teatro una conferencia y que sentía la misma angustia de hablar en público y el mismo pánico escénico de antaño, pero que al mismo tiempo disfrutaba ante la posibilidad de disertar a solas durante una hora ante un público entregado. Luego, he imaginado unos grandes aplausos y he entrado en el sopor que precede a toda siesta. «Toda la platea te adora», he oído que me susurraba el doctor Ingravallo.

20

¿Acaso la naturaleza viaja al extranjero?

ROBERT WALSER,
Jakob von Gunten

Ayer fui al faro de Bosangoa, y pensé en mi paisano Josep Pla, que vivía no muy lejos de Port de la Selva y que, de adolescente, iba andando desde su casa de Llofriu hasta el faro de Sant Sebastià y una vez allí, sentado sobre las rocas, con un lápiz y un cuaderno en la mano, se dedicaba a contemplar el paisaje tratando de describirlo o, mejor dicho, de meterlo en su totalidad –titánica e imposible tarea– dentro de su escrito.

El joven Pla quería describir todo lo que se veía desde allí, es decir, su país, el mundo entero. Pero pronto vio que el paisaje no cabía en su cuaderno. El mundo era más grande que su mundo. He pensado que era lo mismo que en definitiva le sucedía al Robert Walser principiante cuando decía que no podía escribir a causa de la grandiosidad y belleza del paisaje que rodeaba su casa y cuyo peso le abrumaba de tal forma que le convertía en imposible cualquier intento de describirlo.

He tenido hoy una experiencia de tipo juvenil parecida a las de Pla y Walser, aunque en una dimensión diferente. He sentido que volvía a ser el adolescente que un día fui, es decir, el jovencito que se proponía describir el mundo en su totalidad y tardó mucho en descubrir el fragmento, y ya no digamos el frágil género del micrograma. Ha sido raro o, mejor dicho, curioso. He sentido que volvía a ser el aprendiz de escritor que un día había sido. Como si todo recomenzara, como si me hubiera llegado la hora de empezar de cero.

Mientras iba cobrando conciencia de esta inesperada sensación, no dejaba de recordar el ejemplo de Walser, y ese recuerdo parecía querer abortar en mí esa repentina inclinación a la literatura, disuadirme de cualquier intento de verme a mí mismo como un futuro escritor. Así que por un lado tenía yo un juvenil y portentoso optimismo de principiante que venía a decirme lo siguiente: un día, seré escritor. Y por el otro, la sensata voz del doctor Ingravallo diciéndome que ya lo había sido y recordándome que precisamente había renunciado a serlo. Era una voz que me decía que, de seguir por ahí, terminaría alentando, por segunda vez en mi vida, un desenmascaramiento corrosivo (al estilo de Walser) de la tan exageradamente enaltecida operación de escribir. «Y eso», me decía el doctor Ingravallo, «ya lo has hecho, por eso estás aquí en Lokunowo, donde, por cierto, el ocio podría estar convirtiéndose en tu enemigo.»

Las cosas han ido así y en realidad han sido más sencillas que nunca, pues en el fondo nada hay más simple que asomarse al mundo. En el faro de Bosangoa, desde donde se domina un gran panorama sobre Lokunowo y sus alrededores, me he detenido en una explanada de laterita de un rojo ocre y sentado en una roca he contemplado la extraordinaria calidad de la luz y he querido apuntar en el cuaderno todo lo que veía de un extremo a otro del horizonte, donde, por cierto, mirara donde mirara, no he encontrado ningún punto en particular al que quisiera ir. Más que moverme, me ha parecido descubrir de pronto que mi tendencia más innata residía en estar sentado en esa roca del faro de Bosangoa y desde allí tratar de describir la totalidad del paisaje que tenía ante mí. Al final sólo he escrito esto: «Un cielo inefablemente puro. Me parece que nunca, en ninguna parte, el tiempo ha sido tan bueno. Cuando tenga más años, quiero ser escritor.»

21

Ha aparecido hoy en la tertulia un jesuita, que ha dicho ser amigo del obispo de Lokunowo y que ha venido a recoger firmas para el templo expiatorio de Dacanda. Nos hemos quedado todos de piedra. Nos ha parecido que la tertulia había quedado arruinada para el resto del día, hemos visto muy claro que no podríamos hablar con la naturalidad habitual. Ha aparecido este jesuita inesperado (vestido, además, como si fuera el propio obispo) y yo todo el rato, en medio de la pequeña tensión que se ha creado, tenía ganas de recitar con insolencia a Neruda: «Un plato para el obispo, un plato triturado y amargo, / un plato con restos de hierro (...) / un plato para el obispo, un plato de sangre de / Almería.»

Con un tono de voz sumamente cargante, el amigo del obispo ha hablado de niños negros pobres y de un sermón intolerable —«por su desafiante sentido de la subversión», ha dicho— que dio el domingo pasado el párroco de Buali, a doce kilómetros de aquí. La reunión ha transcurrido por sendas tediosas y sólo al final se ha animado algo y ha sido cuando el hombre nos ha preguntado de sopetón: «¿Está loca nuestra especie?» Nos hemos quedado por un momento todos perplejos. ¿De qué pretendía ese auxiliar ahora hablarnos? Ya tenía las firmas para su dichoso templo expiatorio. ¿Y ahora qué más quería? Se ha producido un tenso y largo silencio. Por un momento parecía que los psiquiatras, con ese mutismo, se hubieran vuelto inteligentes de verdad y estuvieran indicándole al jesuita que era un pobre desequilibrado. «¿Está loca nuestra especie?», ha vuelto a preguntar temerariamente el amigo del obispo. «Hay sobradas pruebas de ello», ha terminado por decirle Monteiro.

Con tanta monserga del jesuita, ha llegado a parecerme que la tarde caía de una forma más lenta que de costumbre. Cuando por fin hemos perdido de vista al amigo del obispo, parecíamos una jauría de niños celebrando la ausencia temporal de cualquier religión. Casi jugando, les he leído a mis contertulios psiquiatras *Tentativa de escribir lo que escribiría si escribiera*, el breve texto que, como si fuera yo un principiante (en realidad lo soy, no puedo ser más consciente de que debo recuperar la alegría juvenil y la frescura y libertad de mis comienzos), me atreví a escribir ayer en un papelillo. Trata sobre los adioses, sobre gente que se despide de otra y en el momento de hacerlo se da cuenta de que muy probablemente no volverá a ver nunca más a la persona de la que se despide.

Al notar que se quedaban más bien desconcertados, les he explicado que siempre me atrajo la escritura, y luego he querido aclararles, con una sonrisa en los labios, que el tema elegido –el de los adioses– no traía consigo la idea, por mi parte, de despedirme de ellos, de dejar la ciudad. «No es que haya decidido despedirme de ustedes», les he dicho, «hablo de adioses para siempre, pero eso no significa que haya planeado marcharme de Lokunowo. Aquí estoy muy bien.»

Ha sido horrible. De pronto, por las caras que he visto que ponían, he descubierto que les traía sin cuidado que dejara Lokunowo. Hasta ese momento no se me había ocurrido pensar que mis ridículos amigos psiquiatras actuaban con respecto a mí de la forma que en los últimos meses ha actuado todo el mundo, es decir, con una perfecta indiferencia hacia mi suerte. El doctor Monteiro, por ejemplo, ha desviado el tema y se ha limitado a preguntar por qué hablaba yo de intento de escribir lo que escribiría si escribiera. «¿Acaso lo que nos ha leído no puede ser considerado un escrito?», ha preguntado.

«Hablo de lo que escribiría si escribiera porque aún no puedo decir que escriba, aún no me puedo considerar exactamente un escritor y, además, creo que no me interesa llegar a serlo», le he dicho, y he cruzado los brazos, como esperando su réplica, al tiempo que me he armado de paciencia ante tanta tosquedad en la comprensión de mi juvenil tentativa de recuperar la frescura de escribir. «Creo que no le entiendo», me ha dicho el doctor Monteiro. Y entonces no sé cómo ha sido que he terminado citando a Walser para acabar diciéndoles: «Soy un admirador de ese escritor suizo, un escritor que no se preparaba a entrar en el mundo, sino a salir de él sin ser notado.»

El doctor Monteiro ha resultado ser el único tertuliano que había oído hablar de Walser. «Estuvo muchos años en un frenopático suizo, ¿no es así?», ha preguntado. «En un centro psiquiátrico para ser más exactos», le he dicho. Ha seguido un silencio largo durante el cual me ha parecido que todos, sin excepción, se han preguntado si no había pretendido provocarles al insinuar que frenopático era una palabra anticuada.

«¿No se considera usted un frenópata, doctor Pinchon?», me ha preguntado finalmente el doctor Bodem rompiendo el silencio. Le he mirado con atención y he visto que su expresión era la de alguien que me estaba cogiendo manía o bien estaba comenzando a sospechar que yo nunca había sido psiquiatra y, es más, era un enemigo.

«Repito», ha dicho, «¿no es usted frenópata, doctor Pinchon?»

Yo me voy, he pensado.

22

Ningún ojo ve en el ojo de la profundidad.
El agua se pierde, el vidrioso abismo se abre,
y la barca parece proseguir ahora su ruta debajo del agua, tranquila, musical y segura.

ROBERT WALSER, *El ayudante*

He recordado que de joven, cuando comencé a escribir,
consideraba absolutamente necesario reducir cada vez más
mi ámbito y comprobar una y otra vez que no fuera que me
hubiera equivocado y estuviera escondido en algún lugar
fuera de ese ámbito. Este viejo temor ha vuelto a mí esta mañana cuando me he preguntado si no estaré engañado al creerme escondido en Lokunowo. ¿Y si en realidad estoy oculto
en las profundidades de un lugar que está fuera de mi ámbito?

SEGUNDA TENTATIVA DE ESCRIBIR LO QUE ESCRIBIRÍA
SI ESCRIBIERA

Estábamos destinados a algún otro planeta lejano, al
otro extremo de la galaxia. Me pregunto cómo se las arreglarán aquellos que estaban destinados a vivir aquí, cómo les estará yendo en ese otro planeta. ¿Viene nuestro terror de este
pequeño equívoco de gran importancia? «Puede que seamos
un accidente biológico, el virus más exitoso y potente que se
haya creado», dice John Banville, que piensa que los seres
humanos hemos tenido que aceptar forzosamente que lo que
somos es lo auténtico. Es más, hemos inventado la palabra
normal. Y hasta nos atrevemos a llamar *raros* a algunos de
nuestros semejantes. Sin ir más lejos, a mí a veces me han
llamado raro los normales.

Me quedo ahora pensando en ese pobre marciano que un día se quedará atrancado aquí, es decir, *aterrado*. Tendrá resuelto todo acerca de la humanidad y, en un primer momento, pensará que el mundo pertenece a los automóviles, pero pronto no tardará en ver que los parásitos a bordo de los coches son los que en realidad llevan las riendas. Creerá que ha resuelto el problema cuando de pronto descubrirá que estornudamos, bostezamos, lanzamos aullidos silenciosos en mitad de la noche. ¿Acaso eso es normal? El marciano conocerá el terror en el que vivimos cuando observe que la mitad de la población mundial se raspa cada mañana el rostro con una navaja y la otra mitad no lo hace.

Ya desde el mismo momento de nacer, conocemos el miedo y preferimos, dadas las circunstancias, servir que ejercer ese Poder que, como demuestra la famosa Historia, nunca es de nadie. Entrar en la vida normal es entrar en la sospecha de que quienes realmente estaban destinados a vivir aquí se han extinguido hace años, pues no es posible imaginar que hayan podido sobrevivir en un planeta hecho para contenernos. No somos de aquí. Y sólo la literatura parece ocuparse con seriedad de nuestro espanto. Cuando Poe escribió aquel cuento de un hombre al que enterraban vivo, contó nuestra verdadera historia. De ahí el terror que aún perdura en quienes leyeron ese cuento que decía la verdad, un miedo que se convierte en un terror doble si llegamos a Kafka, el muerto en vida. Los hombres *normales* han mirado a Kafka siempre con extrañeza, en realidad con la misma extrañeza con la que él les miraba a ellos, consciente de que no tenía un lugar en este mundo: «Dos tareas del inicio de la vida: reducir cada vez más tu ámbito y comprobar una y otra vez que no te encuentres escondido en algún lugar fuera de él», escribió Kafka en un texto de juventud, un Kafka que siempre quiso transmitirnos que aquello que se nos antoja una alucinación inimaginable es precisamente la realidad de cada cual. Si lo pensamos bien –nos dice Philip Roth–, veremos que en todas sus novelas Kafka traza la siguiente crónica: alguien es educado para aceptar que todo aquello que le parece absolutamente injusto y fuera de lugar (además de ridículo y muy por debajo de su dignidad) es de hecho lo que realmente le está sucediendo. Dicho de otro modo, *esto que está tan por debajo de nuestra dignidad* resulta ser nuestro destino.

23

He pasado el día pensando en mi hija Nora. En realidad, nunca pude acostumbrarme a la idea de su muerte. En realidad Nora ha sido desde entonces el eje central de mi vida atormentada. Aunque silenciosamente, su muerte fue la que más contribuyó a mi alejamiento del mundo. Nora, pobre criatura de quince años, niña todavía, niña de llanto desgarrador en las últimas horas de su vida, niña agresiva que en ese último día clavaba las uñas en la cara de su odiada madre a la que culpaba de todo, niña de gemidos inhumanos. Dejó el recuerdo de aquel efecto inolvidable, terrorífico, devastador de la droga. Horas finales en el infierno. Un patético adiós a aquellos ojos de brillo verdoso y cegador, a aquel cuello largo y pálido. Niña de quince años muerta. Un coche fúnebre en el funeral. Y Gustav Mahler con sus *Canciones para los niños muertos*. «El sol sigue brillando en todas partes...» *Die Sonne, sie scheinet allgemein...* El peor día de mi vida. Nadie sabía la dirección del cementerio.

24

Fue el día de octubre en el que dieron el Nobel de Literatura a Elfriede Jelinek. Por la tarde, en la tertulia me dediqué a leerles a los doctores ese tímido texto de escritor novato que había titulado *Segunda tentativa de escribir lo que escribiría si escribiera*. Todos, sin excepción, me escucharon como si la cosa no fuera demasiado con ellos. ¿Y qué esperaba yo? ¿Acaso no hacía ya días que había percibido que mis amigos psiquiatras actuaban con respecto a mí de la forma que en los últimos meses venía actuando todo el mundo, es decir, con una perfecta despreocupación por mi suerte? Pasé a verles como a unos seres despreciables, como a unos odiosos representantes de la monstruosa e indignante indiferencia que el género humano desplegaba hacia mí.

Me escucharon todos como si la cosa no fuera con ellos. Y, al terminar la lectura, el doctor Monteiro se limitó a decirme: «Mire, aquí nosotros no entendemos mucho de inquietudes literarias. No es nuestro *campo* (sic). ¿Por qué no visita al doctor Humbol y le muestra todos estos entrañables escarceos literarios? Él tiene un humor parecido al suyo y creo que, si se vieran, no les costaría nada entenderse.»

Lo sabía. Tarde o temprano iban a enviarme a ver al doctor Humbol, lo imaginaba, lo suponía, lo veía venir.

Nacido en 1937, Fernando Humbol no sólo es el decorador de mi cuarto de hotel, sino que, desde hace una infinidad de años, es el mejor escritor de esta ciudad (la verdad es que no hay muchos otros escritores más), aunque lleva sin publicar más de quince años. Hasta jubilarse, trabajó como enfermero (de ahí que muchos aquí le llamen doctor) en el Hospital de Santa Ana de la ciudad. Los orígenes de su prestigio literario tal vez proceden del elogioso prólogo que para su primera novela, *La viuda Wycherly y el doctor Vavá*, le escribiera su amigo (y en cierta forma colega en medicina) el otorrinolaringólogo y escritor portugués Miguel Torga. Ya en ese primer libro de Humbol, el humor y la imaginación campaban a sus anchas. De este escritor había yo leído ya algunas de sus extrañas novelas y, además, en la tertulia de vez en cuando lo citaban con meliflua admiración (aunque lamentando siempre su prolongado silencio de los últimos quince años), de modo que tenía la impresión de que tarde o temprano acabarían proponiéndome que le visitara. Y así acabó siendo. «¿Por qué no visita al doctor Humbol...?» Y bien, ¿por qué no hacerlo? Recuerdo que por la noche, en casa, escribí en un papelillo: «Como no tengo nada mejor que hacer, he decidido que mañana iré a ver al doctor Humbol, un mito viviente de Lokunowo y decorador de este cuarto de hotel.»

Al día siguiente, con una carta de recomendación de los doctores Bodem y Monteiro y una cita previa que me había conseguido el doctor Bieto (familiar del escritor), me dirigí hacia el número 7 de la calle Brasia, junto a la plaza Lemos, que está a dos pasos del Barrio Alto, pero todavía en zona elegante o, mejor dicho, en la frontera misma entre las casas distinguidas y las del sector peligroso. En ese número 7 los Humbol, una familia muy conocida de Lokunowo, habían vivido desde principios del siglo XX. Es una soberbia mansión de cuatro plantas, de la que hoy en día sólo la planta baja sigue perteneciendo a ellos. En esa planta baja es donde vive el escritor, precisamente desde que se secara su creatividad, su famosa imaginación.

Recuerdo que, mientras me dirigía hacia la casa –Humbol me esperaba a las cinco en punto y había exigido que la visita tuviera sólo una hora de duración–, iba preguntándome qué podía decirle yo al escritor consagrado en cuanto estuviera ante él, y tan sólo se me ocurría esto: «Buenas tardes, soy el que trae estas cartas de recomendación de algunos psiquiatras amigos suyos.» No tardé en comprender que era ridículo presentarse de esa forma. Pero, entonces, ¿de qué otra manera podía hacerlo? ¿Debía ponerme a hablarle, por ejemplo, del doctor Kägi? ¿Y, por cierto, qué tenía yo que decirle del doctor Kägi? ¿Acaso inconscientemente deseaba que

Humbol me acogiera en su casa por un tiempo? ¿Acaso confundía la casa del doctor Humbol con el manicomio de Herisau? ¿Debía preguntarle si era verdad, como se decía en Lokunowo, que llevaba quince años escribiendo una novela de más de diez mil folios? ¿O si era verdad que se había quedado sin ideas, víctima de la alta exigencia de sus primeras obras, tan minoritarias por otra parte?

Me asaltaron muchas preguntas (ninguna convincente) al tiempo que me decía que no tenía sentido visitarle, pero, aun así, seguí andando hacia su casa. Finalmente, decidí dejarme de tantos rodeos y de tan absurdas preguntas y temores y simplemente decirle a Humbol que yo había sido siempre un escritor principiante y ahora era un psiquiatra retirado que quería probar suerte en la literatura. Había ido a verle, le diría, para pedirle humildemente algún consejo sobre lo que había comenzado yo a escribir. Como llevaba en el bolsillo los dos papelillos con mis dos *Tentativas*, le preguntaría si podía leerle esos pequeños y breves, mínimos ensayos narrativos. Le pediría consejos, le diría: «¿Aprueba usted mi visión del mundo? Fui psiquiatra para ganarme la vida, pero en realidad siempre quise ser escritor para explicar que, aunque no entendamos nada, la literatura le da sentido a todo.»

Llamé a la puerta. Abrió el propio doctor Humbol. Era muy parecido a las fotos que había en las solapas de sus viejos libros. Recordaba al actor Charles Laughton, pero en más gordo, lo que ya es decir. Aspecto de hombre con la ironía siempre a flor de piel. «Me siento orgulloso de ser el único privilegiado que puede ver el verdadero rostro de *mister* Pynchon», me dijo de entrada. Estaba posiblemente ironizando, pero todavía no podía estar yo seguro de nada. «No es preciso que me haga ninguna reverencia», me atreví a decirle tratando de mostrarle que no me faltaba tampoco a mí cierto sentido del humor.

«Permítame que le diga que ser norteamericano le perjudica», me dijo entonces a bocajarro. Me desconcertó, no supe muy bien qué decirle. Acabé preguntándole por qué, por qué me perjudicaba ser norteamericano. «Porque si no lo fuera, si fuera, por ejemplo, ciudadano lokunowés, ya le habrían dado ayer el Nobel en lugar de dárselo a su traductora al alemán. Porque ¿ya lo sabe, no? Se lo han dado a esa austriaca que tiene un genio de erizo, su traductora.» Sonreí, algo confundido. «Otro año será», dije. Comenzó a dar vueltas alrededor de mí, a mirarme muy de cerca, casi a husmearme. «Quisiera plantearle sólo una cuestión, dígame simplemente si es Pynchon o Pinchon», dijo de pronto. Aunque capté perfectamente la diferencia entre su *y* del primer Pynchon y la *i* latina del segundo, no supe qué contestarle. De repente, se puso a darle instrucciones a una joven negra muy vistosa que en un primer momento, por su forma de ir vestida, me había parecido que era una camarera: «No quite el polvo de lo visible, Pamela. La casa está ya definida en su exterior. Intente limpiar el interior más interno. Busque esa trampilla que está en todas las casas de los escritores. Haga a conciencia su trabajo.»

Por supuesto que me parecieron extravagantes esas palabras, pero no puede decirse que me sorprendieran demasiado, pues recordaban mucho el estilo literario de Humbol. Por otra parte, pronto vi que todo tenía una (relativa) explicación. Pamela en realidad era su amante, y aquello era un juego entre ellos y simplemente lo que pasaba era que, buscando efectos eróticos, iba disfrazada de camarera. «Perdone la interrupción», me dijo Humbol, «pero es que esta mujer está celosa siempre de las forasteras que entran en casa y necesita que le dé instrucciones que la calmen.» Me puse en guardia. «Pero yo no soy una forastera», dije. «Es únicamente una manera de hablar. Se puede hablar de muchas maneras. Y usted, creador de héroes paranoicos y gran prestidigitador del lenguaje, lo sabe de memoria. ¿O no es usted Pynchon? Vamos, resolvamos ya de una vez por todas este asunto. ¿Es usted Pinchon o Pynchon?»

Confiando en que todo aquello fuera un simple juego literario y que pudiera retractarme de cualquiera de mis afirmaciones, le dije que yo era Pynchon con la *y*, no con la *i* latina con la que escribían mi apellido en Lokunowo. Había ido a esconderme a esa ciudad porque en Nueva York comenzaba a correr el peligro de ser descubierto. Y también le dije que no me había molestado nada que el Nobel hubiera ido a parar a Jelinek, mi excelente traductora al alemán, pues compartía con ella su pasión absoluta por la vida y obra de Robert Walser. «El invierno traerá más frío», me dijo entonces Humbol por toda respuesta. Y poco después, viendo en mí cierta desorientación, añadió: «No ponga esa cara de no comprender nada. La frase es suya. ¿No la recuerda? El invierno traerá más frío. La saqué de su novela *Mason & Dixon*. ¿O no es usted Pynchon?»

Para no perder los papeles, empecé a decirme a mí mismo que, después de haber sido tantos doctores en los últimos tiempos, plantearse la cuestión de si yo era o no el doctor Pynchon era a fin de cuentas algo tan fútil como, por ejemplo, pretender que un pastor intentara enseñar a sus ovejas los matices que servían para reconocer a los lobos. Y para reforzar la idea de lo insustancial de esa cuestión recordé para mí mismo que, como decía Pynchon, el doble pensamiento es una forma de disciplina mental que acaba resultándonos muy sintética y útil si somos capaces de creer dos verdades contradictorias al mismo tiempo.

¿Acaso yo mismo, por ejemplo, no llevaba desde el pasado 16 de diciembre queriendo desaparecer, pero al mismo tiempo sintiendo a veces nostalgia de mi mundo anterior y hasta de vez en cuando deseando más bien lo contrario, es decir, reaparecer? En psicología social todo esto se conocía desde hacía años con el nombre de *disonancia cognitiva*, aunque otros la llamaban *compartimentación*. Algunos, como Francis Scott Fitzgerald, habían llegado a decir que era el indicio más claro del genio. Walt Whitman («¿Me contradigo? Muy bien, me contradigo»), consideraba que actuar así era un estimulante síntoma de que uno es amplio y contiene multitudes. Para el aforista estadounidense Yogi Berra era llegar a una desviación en el camino y tomar las dos direcciones. Para el gato de Schrödinger era la paradoja cuántica de estar vivo y muerto al mismo tiempo.

Pensar en todo esto me acercó mucho al mundo de Pynchon y, es más, me dio una inesperada seguridad. Y, unos minutos después, saber quién era yo había quedado totalmente solucionado. Llegué con el doctor Humbol a un pacto que resolvía muchas cosas y sobre todo evitaba que, puesto que contábamos sólo con una hora de tiempo, siguiéramos perdiéndolo tontamente. No había que darle ya muchas más vueltas. Lo mejor era llegar a una solución cuanto antes.

Yo era Pynchon & Pinchon.

«Ahora», le dije, «quisiera que se tomara la molestia de leer un par de microgramas o microensayos, llámelos como quiera, que no son más que tentativas, por mi parte, de escribir. Y recuerde que yo mismo, Pynchon & Pinchon, he repetido hasta la saciedad que la escritura no es sino un largo y lento aprendizaje.»

Me disponía a leerle la primera de las *Tentativas* cuando reapareció Pamela muy escotada y en traje de calle y se despidió diciendo que iba a hacer unas compras y volvería en menos de una hora si no la violaba alguien antes y la hacía llegar tarde. Enrojecí. Me sentí de pronto un joven escritor principiante de verdad. Me di cuenta, por otra parte, de que se habían puesto de acuerdo en lograr que yo estuviera el tiempo justo allí. Pamela le hizo un guiño a Humbol que venía a decir: «Acaba pronto con este pesado.»

Minutos después, tras la lectura de mis dos microgramas, el doctor Humbol (que, escuchándome, había puesto un aire de fastidio todo el rato) dijo que apreciaba sobre todo *Segunda tentativa*, porque en el fondo trataba de ese proceso por el que pasamos todos y que consiste en ser acusados de algo que desconocemos, ser procesados por ese delito extraño, y finalmente ser ejecutados como perros sin haber sabido en ningún momento por qué nos matan. «Nosotros», me dijo, «no merecemos esta infelicidad que todos padecemos. Lo asombroso es que muy pocos se rebelan ante ella. Pero es evidente que vivimos por debajo de lo que nuestra dignidad exige.» Le dije que me alegraba mucho saber que le gustaba lo que había escrito. «¿Se acuerda de que, en la búsqueda de las causas de la tragedia que nos alcanza a todos, Kafka siempre acababa descubriendo que, detrás de tanta miseria y desgracia, se encontraba *una gran organización?*», preguntó él.

No, no me acordaba de eso. Pero preferí no entorpecer la conversación. Dije que sí, que me acordaba. Y entonces él me preguntó qué pensaba yo exactamente de esa *gran organización*. Preferí no decir nada, ser precavido. Imaginé que una tormenta crujía alrededor de la casa. «Lo que más me gusta de su micrograma así como de su posmoderna obra en general es que para usted lo que cuenta no es la realidad, sino la verdad», me dijo Humbol. Retuve perfectamente toda su frase, la diferenciación entre realidad y verdad. Me pareció que sobraba lo de «posmoderna obra» y se lo recriminé. «Bueno, ¿acaso no lee los grandes libros de teoría y crítica literaria de nuestro tiempo y lo que dicen de usted, doctor Pynchon & Pinchon?» Preferí seguir mudo un rato más y, tras cuatro frases impertinentes dedicadas a un crítico norteamericano, él acabó hablando de otra cosa, de mi «famoso tratamiento literario de la paranoia» y de mi no menos célebre y «nada equivocada sospecha-conciencia pynchoniana de que todo está conectado».

Fue entonces cuando, movido por un ataque incontrolable de nostalgia y seguramente también por desviar la incómoda conversación sobre el verdadero Pynchon (sobre el que me di cuenta de que sabía menos, muchísimas menos cosas que Humbol), le hablé de la rue Vaneau y de las extrañas conexiones que había yo captado en ella. «Ahí sí que uno nota que podría ser que estuviera todo muy conectado. La rue Vaneau me parece un microcosmos de la tensión del mundo entero», le dije. Y le hablé de la casa de Gide, de la embajada de Siria, del arabista Maxime Rodinson, de la misteriosa mansión de las sombras inmóviles, de la farmacia Dupeyroux, de la empresa Mortis que exterminaba ratas, del apartamento de Marx y del Hotel de Suède. Le hablé de las señales del mundo exterior, de las ondas invisibles que conectaban la embajada de Siria con los jardines de Matignon. Hasta le hablé del metro Vaneau con su bella entrada de arte decó y él me habló entonces de Rafik Hariri, el primer ministro libanés, que era muy amigo del presidente de la República Francesa. Hariri trataba de llevarse bien con la vecina Siria que aún mantenía tropas en el Líbano. Entre Damasco y París las relaciones habían mejorado en los últimos tiempos, aunque Francia mantenía muchas reservas con los sirios, y viceversa.

Cuando terminó de hablar, fue a buscar un puro habano que poco después, junto a la ventana principal de la casa, encendió con una gran delectación. Desde aquella ventana se veía al fondo un escurridizo fragmento del puerto de Lokunowo, por el que en aquel momento –por el ruido de la sirena– se intuía que estaba pasando un silencioso y hermoso buque blanco. Al lado mismo de esa ventana, había un cuadro que me recordó mucho el que Yvette Sánchez tenía colgado en su despacho de San Gallen, aquel cuadro en el que yo había creído ver una bella vista sobre una gran lejanía blanca, misteriosa, ensoñadora, toda envuelta en una nube de un blanco más extremado que la enigmática lejanía.

«¿Qué le pasa con mi cuadro?», preguntó de pronto el doctor Humbol. No pensé dos veces la respuesta. «Que creo haberlo visto en otro sitio.» «Imposible, siempre ha estado aquí, junto a esta ventana», dijo tajante. «Pero esa lejanía blanca...» «¿Qué lejanía blanca? Escuche, señor Pynchon & Pinchon, no debería usted interpretar todo lo que ve. Hágame caso, relájese, no lo *deconstruya* todo.»

Abrió la ventana y, con toda la gran humanidad de su gordura, arrojó el humo del habano hacia la ciudad, y ésta se convirtió por unos momentos para mí en una gran lejanía blanca, misteriosa, ensoñadora, toda envuelta en una nube de un color blanco más extremado que la enigmática lejanía.

«Es que yo he vivido en París», me dijo Humbol de pronto mientras me ofrecía una caja de galletas de la marca Funchal. «Coja, coja las que quiera.» Sabía que en su biografía aparecía una larga estancia en una ciudad extranjera después de jubilarse como enfermero y como escritor, pero no recordaba que la ciudad fuera París. «Pronto hará dos años que volví de París, donde viví precisamente dos años», siguió diciéndome, «viví en la rue Oudinot. De modo que conozco bastante bien la rue Vaneau, que, como usted seguramente sabe, es una calle vecina a Oudinot, donde, por cierto, vivió el padre de Victor Hugo. ¿Lo sabía? Yo sé mucho sobre ese barrio. Dos años son dos años, amigo.»

Desconocía yo todo, incluido lo del padre de Victor Hugo, pero es que, puestos a ignorar, hasta desconocía que la rue Oudinot colindara con la rue Vaneau. El doctor Humbol pasó a demostrarme que tenía amplias nociones tanto de una calle como de la otra. De la rue Oudinot parecía saberlo todo. En cuanto a la rue Vaneau no eran pocas las cosas que sabía. Sabía que también Julien Green había vivido en la calle, y conocía perfectamente el Hotel de Suède. No había oído hablar nunca de la empresa Mortis, pero conocía otras cosas. Por ejemplo, sabía que en el número 17 estaban las oficinas de la Maison IX. No había oído yo hablar en mi vida de esas oficinas y hasta por un momento llegué incluso a pensar en Lidia, pues creí que Humbol (posiblemente informado por Bodem, Monteiro y compañía) me había soltado una indirecta sobre la Maison Rouge, mi burdel de Lokunowo. Pero no era así, ni mucho menos. «La Maison IX», no tardó en explicarme Humbol, «es una casa afiliada a la Federación de astrólogos francófonos. La frecuenté bastante. Están especializados en astrología psicológica. Un lugar perfecto para situar la acción de una novela.»

Casi no podía ni creerlo. La larga sombra de la rue Vaneau reaparecía con todo su misterio en el interior de la mansión del doctor Humbol. No se me ocurrió nada mejor que decirle que en cierta ocasión le había oído decir al doctor Pasavento que las coincidencias no son casualidades.

«¿Y ese doctor quién es?», me preguntó sonriente. «Un colega del hospital de Manhattan en el que trabajé un buen número de años», respondí, y aproveché la ocasión para contarle mi vida en el Bronx y en Manhattan, en el Nueva York del siglo pasado. Le hablé de Robert de Niro y de mi novia la Bomba y de mis lugares favoritos en aquellos días, le hablé del Metropolitan Museum, el Oyster Bar de la Grand Central Station, la librería Gotham, el ferry a Staten Island y, sobre todo, del Fulton Fish Market y de los restaurantes italianos que le gustaban a Scorsese.

Más que Scorsese o De Niro, al doctor Humbol le llamó la atención el doctor Pasavento, su apellido. «Es un nombre metafísico, Dios mío. Pasa y pasa el viento y pasa el mundo, Pasavento, Pasamundo, Pasamonte, vagabundo, vaga el viento, voy al monte, don Genís de Pasamonte...», dijo en un tono descaradamente burlón. «¿Y ya se entretiene usted lo suficiente en la tertulia de los doctores dinosaurios?», preguntó de repente, cambiando de nuevo de conversación. Le conté la grotesca visita del jesuita que era amigo del obispo, y no pareció divertirle mucho la historia. Eso me permitió volver a la rue Vaneau, preguntarle qué más cosas conocía de esa calle. «Pues también sé que ahí vivió el mejor escritor que ha tenido la rue Vaneau en toda su historia, y que a ese escritor lo tengo yo ahí abajo», me dijo. «¿Cómo que ahí abajo?», pregunté, nuevamente desconcertado. Me señaló en dirección al fondo de la sala de estar donde me explicó que había una trampilla que conducía directamente al sótano en el que él tenía lo más selecto de su biblioteca. «Entre lo más selecto», me dijo, «están los libros del mejor escritor de la rue Vaneau.» Pensé que se refería a André Gide, parecía lo más razonable. Pero no era Gide, no era Green, no era Rodinson, no era yo, ni siquiera era Marx.

Era Emmanuel Bove.

Quedé sorprendido, claro. Sabía vagamente quién era Bove, recordaba una fotografía que había visto de él en *Le Monde*, pero no mucho más. En cuanto a la trampilla, no existía. Humbol la llamaba así porque, según me dijo, le gustaba imaginarse que vivía en una mansión más espaciosa, con su familia al completo. La pobre familia Humbol, que había tenido que vender más de la mitad de aquel edificio y ahora vivía en Barrio Alto, una catástrofe. A veces le gustaba pensar que vivía en un castillo. Pero en realidad lo que había en lugar de la trampilla eran unas escaleras pintadas de un azul muy psicodélico por las que se llegaba a un blanco y riguroso sótano, donde él tenía el despacho en el que desde hacía quince años intentaba escribir novelas sin lograrlo.

Cada día se vivía el mismo drama en aquel despacho, el drama del silencio. Paliaba su falta de imaginación, me dijo, leyendo o releyendo a los mejores autores, Bove entre ellos. «Si confía en mí y no teme que cierre la mortal trampilla y le entierre con Bove para siempre, sígame a la planta de abajo», me dijo. Le seguí por las escaleras, y allí estaban su inútil mesa de trabajo y sus libros, entre los que se encontraban todos los que había escrito Bove, «el escritor secreto de la rue Vaneau».

De Bove, aunque no sabía muy bien lo que había escrito, recordaba yo una portada del suplemento de libros de *Le Monde* de hacía unos pocos años, donde preguntaban en un gran titular algo así como «Avez-vous lu Bove?» (¿Ha leído usted a Bove?»), y esa pregunta y ese titular iban acompañados de una fotografía del escritor, una fotografía que fuerzas naturales parecían haber carcomido, dejándola medio rota, aunque por su extraña poesía uno tenía la impresión de que tardaría en olvidarla: un pobre hombre desolado, posando junto a un perrito blanco, simulando sentirse feliz con su sombrero de fieltro, mirando en la playa de Niza con elegancia triste a la cámara implacable del tiempo. Recordaba yo bastante bien esa foto porque en un primer momento Bove me había recordado físicamente a mí mismo.

Al poco rato de estar en el sótano, el lugar comenzaba a revelar su carácter de espacio confortable. Era un sitio muy bien pensado para pasarse horas en él, y pensado, además, para posibles visitantes y, por supuesto, sobre todo pensado para escribir, aunque no había que perder de vista que de aquel lugar se había ido esfumando, día tras día, a lo largo de quince severos años de esterilidad, la inspiración del pobre Humbol.

Decidí recordarle el sótano más famoso de la historia de la literatura, el de Kafka. Y le recordé que éste decía que para poder escribir tenía necesidad de un sótano en el que gozara de un completo aislamiento. El doctor Humbol sonrió y me dijo que estaba bien lo que había dicho Kafka, pero que, por motivos obvios, él no podía compartir esa impresión. Dicho esto, me mostró uno de los libros de Bove recomendándome que lo leyera. Era una traducción al español de *Mes amis* (Mis amigos), la novela que en 1924 revelara a este autor al gran público francés. Según me contó, el joven Bove tenía veintiséis años cuando la publicó. En la novela se contaba la historia de un vagabundo solitario que, por encima de todo, deseaba ser querido. Un mundo sucio, oscuro, marginal, aparecía a través de la mirada ingenua y siempre lúcida del protagonista. Abrí una página al azar y leí: «Siempre ha sido así en mi vida. Nadie ha respondido nunca a mi afecto. Lo único que deseo es amar, tener amigos, y siempre me quedo solo. Se me da una limosna y luego se huye de mí. La suerte realmente no me ha favorecido.»

Pensé: Es como yo.

En la contraportada de esa novela, Fabienne Bradu contaba que, cuando Bove jugaba al ajedrez con André Gide, le dejaba siempre ganar, porque la idea de fracaso no le hería tanto como a su contrincante. Y también en esa contraportada se contaba que una persona que le había conocido había dicho de él: «Modesto y discreto, prefiriendo el silencio a la publicidad, parecía estar siempre buscando que le olvidaran del mismo modo que otros buscan ser conocidos.»

Cuando aún estaba ojeando *Mis amigos*, Humbol me pasó *Un père et une fille*, otro libro de Bove. En la contraportada de este nuevo ejemplar podía leerse que Samuel Beckett había dicho de Bove que era «el mayor de los autores franceses desconocidos» y que Peter Handke había afirmado que «nadie como Bove tuvo nunca un sentido tan agudo del detalle». Mercedes Monmany, la autora del texto de aquella contraportada, terminaba diciendo: «La infancia y juventud de Bove no pudieron ser más desoladoras y horribles, pero eso no necesariamente explica su original dominio de la estética de la discreción y del fracaso, muy cercana a la que por los mismos días cultivaba el suizo Robert Walser.»

¡Walser!

Pensé: Bove es el Walser de la rue Vaneau.

Me dije que, pensaran lo que pensaran los demás, para mí se hacía cada vez más evidente que había en el mundo una red de coincidencias que no eran casualidades, sino que más bien llevaban a la sospecha de que en alguna parte había una relación que de cuando en cuando centelleaba entre un tejido ajado.

Poco después, faltando aún cinco minutos para que mi estancia allí terminara, Humbol comenzó a llevarme ya hacia la puerta. Mientras casi me empujaba hacia ella, me explicó lo cerca que se sentía de Bove y acabó revelándome –con la natural sorpresa por mi parte– que el edificio de la rue Vaneau en el que a lo largo del año 1928 había vivido Bove, era nada menos que el número 1 bis, es decir, el inmueble de Gide. Bove había vivido allí un año en estricta soledad, en la planta baja, en la *rez de chaussé.*

Gide en lo más alto.

Y Bove abajo.

Después, en 1929, Bove se había trasladado a un edificio del boulevard Raspail, se ignoraba a qué numero. «¿Y cómo podríamos saberlo?», le dije. «¿Podríamos, dice usted?», me contestó Humbol fulminándome con la mirada, pues, aparte de que ya había prácticamente terminado la hora de visita que me había concedido, acababa él de advertir que, sin darme cuenta, yo me estaba llevando a la calle el ejemplar de *Mis amigos.* Con un espontáneo gesto antipático, me urgió a que se lo devolviera. Casi me resistí a hacerlo y abrí de nuevo sus páginas al azar y leí:

«Era una hermosa mañana de primavera. El sol estaba sobre mi cabeza. Caminaba sobre mi sombra.»

¿No parecía esto escrito por Robert Walser?

Cité a Walser y entonces Humbol actuó como si se sintiera obligado a darme información sobre lo que pensaban de Bove otros escritores. Me dijo que Antonin Artaud había dicho de él que su estilo consistía en negarse a hacer literatura, en huir de lo literario y de sus servidumbres, empezando por la mayor de todas, la del estilo. «Bove recuerda a Walser.

Siempre tratando de desprenderse del agobio de la identidad de escritor, porque intuía que si se desentendía de esa identidad podría ser más libre», había dicho Philippe Ollé-Laprune. «No le gustaba que le vieran, quería pasar desapercibido. Y, al igual que el suizo Walser, tenía una profunda alergia a todas las formas de la grandilocuencia», había dicho Mathieu Lindon. «Como escritor aspiró siempre a no ser alcanzado por ninguna idea de grandeza y eso le llevó a inventar una extraña modalidad de la microscopia narrativa», había dicho Colette Fellous. Y Peter Handke, que lo había traducido al alemán, había sostenido que Bove debería convertirse en el santo patrón de los escritores (puros), por encima incluso de Kafka y a un nivel parecido al de Chéjov y Scott Fitzgerald.

«Lo sé todo sobre Bove y podríamos estar hablando horas, si no fuera porque ya no tenemos ni minutos, pasó ya el tiempo, pasó la hora que habíamos convenido», me dijo Humbol mientras me instaba a devolverle inmediatamente el libro *Mis amigos* con el que –dijo– pretendía yo irme de su casa.

Antes de dárselo, lo abrí al azar y leí en voz alta, apresuradamente, otro fragmento: «Algunos hombres fuertes no están solos en la soledad, pero yo, que soy débil, estoy solo cuando no tengo amigos.»

«Bueno, ya está bien, Bove es mío», dijo Humbol de forma casi entrañable, y poco después, arrebatándome la novela, empezó con nuevos pequeños empujones nerviosos a llevarme hacia la calle. Pero antes de despedirse ya definitivamente, tal vez para no quedar tan brusco y maleducado, me habló con admiración de los fogonazos que Bove ofrecía a través de frases cortas y contundentes. Ese no-estilo del que había hablado Artaud estaba marcado por las frases breves y certeras y los continuos puntos y aparte que sin duda le permitían llegar al final de un folio con más humildad y rapidez que muchos otros escritores. Y para que me fijara más en esto, me leyó, ya en plena calle, un pequeño fragmento de Bove, hecho de fogonazos:

Trato de dormir pero pienso en mis trajes, doblados en la maleta, que se estarán arrugando. La cama se calienta. No muevo los pies para no arañar las sábanas pues eso es algo que me produce escalofríos. Compruebo que la oreja sobre la que estoy apoyado esté bien extendida, que no esté doblada. ¡Las orejas separadas son tan feas!

El doctor Humbol sonrió y, con cierta solemnidad irónica (sobre todo cuando me llamaba reiteradamente doctor Pynchon), pasó a recomendarme que no me olvidara de esa sublime forma de escribir a fogonazos. «Usted, doctor Pynchon, escritor de enigmática existencia, puede probar a hacer lo mismo», concluyó. Y luego, dándome la espalda, entró en la casa. Se oyó, bien sonoro, el portazo.

Todo esto sucedió hace un mes. Pero sólo hoy me he decidido a ponerlo por escrito, sólo hoy me han entrado ganas de tomar el lápiz y el cuaderno y relatar lo ocurrido hace un mes en casa del doctor Humbol, y de paso registrar aquí la noticia que hoy ha llegado de Irak.

Me ha parecido que poner todo esto por escrito me ayudaría a sentirme más cerca de la rue Vaneau, por la que siento cada día mayor interés y nostalgia. De un tiempo a esta parte me siento trágicamente exiliado de ese fantasma vivo que es para mí el recuerdo de la rue Vaneau, y escribir sobre todo aquello que me parece relacionado con ella me hace bien, me ayuda.

La noticia de Irak dice que los *marines* encontraron a Mohamed al Yundi, el chófer sirio de los dos periodistas franceses que llevan ya ochenta y seis días secuestrados. Los soldados

332

americanos encontraron al sirio atado, en un lugar no revelado de la ciudad de Faluya. Al parecer, los secuestradores abandonaron al chófer y se llevaron a otra parte a los dos rehenes franceses. Abandonaron allí al sirio, aunque le aconsejaron que se salvara cruzando el Éufrates a nado, una tarea difícil teniendo él las manos atadas y, además, no sabiendo nadar. Mohamed al Yundi optó por quedarse donde estaba. «El gobierno de París no ha hecho comentarios a la espera de que su embajada en Bagdad pueda obtener datos fiables.»

Aunque ya me estaba olvidando del lápiz y el cuaderno y ando cada día más cerca de convertirme en la sombra de la sombra de una sombra, he sentido hoy que tenía que escribir acerca de todo esto. Y lo he hecho no sólo para sentirme más cerca de la rue Vaneau, sino seguramente también para intentar que la *gran organización*, esté donde esté, sepa que, al igual que Bove, soy de los que caminan sobre su sombra, sí, pero al mismo tiempo soy de los que andan tras la sombra de la organización y, en la medida de lo posible, no piensan perderse ni un solo detalle de lo que está pasando. Y escribirlo es precisamente una forma tanto de ir tomando nota de los detalles como de permanecer alerta.

El doctor Ingravallo podría ahora decirme que creo ver demasiado donde tal vez no hay nada. Como también podría decirme que a veces parece que siga viviendo en el Lutetia y vaya a una tertulia cerca de la rue Vaneau. Podría el doctor Ingravallo decirme muchas cosas, ya lo sé, pero para mí lo único que ahora cuenta es saber que permanezco alerta y que hago muy bien haciéndolo, porque la *gran organización* llega a todas partes, intuyo que son fuerzas invisibles y no humanas que controlan nuestra vida y que, a decir verdad, yo no supe detectar hasta que puse los pies en la rue Vaneau y percibí que unas fuerzas invisibles estaban allí. A veces hasta he llegado a pensar que la misma rue Vaneau, como otros extraños lugares del mundo, es una criatura consciente, animada por una energía originada en el interior de la tierra, en un interior donde habitan seres que nos envían constantes mensajes a la superficie y hacen que en personas permeables como yo se vaya desarrollando, como noto que me está pasando en estos últimos tiempos, una progresiva melancolía romántica que me lleva a sentirme profundamente pynchoniano (en su vertiente retrógrada, que existe como existe todo lo que se puede nombrar) y nostálgico cuando no estoy en la rue Vaneau o, simplemente, no hablo de ella.

Día tras día, no dejo de corroborar todas estas intuiciones de la misma forma que también confirmo una vez más que cuando se está solo mucho tiempo, cuando se ha acostumbrado uno a estar solo, cuando se ha adiestrado uno para estar solo con su Soledad, se descubren cada vez más cosas por todas partes, donde para los demás no hay nada.

25

He cometido el error de volver a la terraza del Li Astol, y si hablo de error es porque en esta ocasión, como el primer día, se ha sentado en la mesa de al lado el joven español que habla con su novia en voz alta. Esta vez, iba sin la novia y le hablaba en lokunowés, también en voz bastante alta, a un tipo al que conozco de vista porque paso cada día por delante de su carnicería de la calle Bouava, esquina Bangasu. Es un carnicero al que he visto varias veces en las diferentes librerías de la ciudad. Un carnicero probablemente ilustrado, aunque con notable aspecto de idiota.

Nada habría ocurrido si no hubiera sido porque el joven hablaba de la misteriosa desaparición del matemático Alexander Grothendieck, una desaparición de la que hacía mucho tiempo que yo no oía hablar. En mi paranoia, he llegado a preguntarme si no hablaban de este matemático a propósito, para que lo oyera yo. Por un momento he tenido la impresión de que el joven español quería estrechar el cerco sobre mí, averiguar de una vez por todas si detrás de mi pelo rojo y extravagante indumentaria se ocultaba un escritor de su tierra. Para no despertar sospechas no me he ido del Bar Li Astol hasta que lo han hecho ellos, de modo que he tenido que tragarme toda su conversación. He tenido que escuchar todo lo que contaban sobre Grothendieck. Que si había nacido en Berlín en los años veinte, que si había sido adoptado por una familia de Hamburgo mientras sus padres participaban con los anarquistas en la guerra de España, que si su padre había muerto en Auschwitz, que si se había reencontrado con su fascinante madre en 1939, que si había estudiado en Montpellier y en París y se había doctorado en Nancy, que si se había convertido en los años sesenta en el matemático más brillante del mundo, que si en 1970 había rechazado los fondos del Ministerio de Defensa de Francia, que si en 1990 se había esfumado misteriosamente trasladando su residencia a un lugar desconocido de los Pirineos donde la leyenda dice que sigue trabajando pero para él solo, discretamente y lejos, muy lejos del poder, aunque corre la voz de que él piensa que nada tiene tanto poder y tanta fuerza como lo que es vano.

He estado a punto de interrumpirlos y contarles lo mucho que me recordaba este caso del matemático desaparecido al de Ettore Majorana, el científico de Nápoles al que se le perdió la pista. Pero he sabido ser prudente. No he olvidado que podían estar los de la mesa de al lado más interesados por mi posible identidad que por la desaparición de Grothendieck o de Majorana. Me he mantenido en silencio simulando que no escuchaba nada de nada, y me he concentrado en la lectura en *Le Monde* de una noticia sobre Siria, que me ha traído recuerdos de la rue Vaneau y de cuando yo estaba mirando los jardines del primer ministro de Francia y escuché por la televisión que habían cambiado de primer ministro en Siria.

La noticia que he leído en la terraza del Li Astol decía que Rafik Hariri, el primer ministro libanés, ha perdido su pulso con Siria (que aún mantiene ejército en Libia) y ha dimitido al no poder formar gobierno. También podía leerse, aunque con oscuras explicaciones, que con la dimisión de Hariri podía darse por concluida una etapa de estabilidad política entre Occidente y el Líbano.

«La luna de miel entre Siria y Francia ha terminado», concluía *Le Monde.*

Me he quedado profundamente tocado. ¿También mi luna de miel con la rue Vaneau había terminado? Ha sido curioso cómo en pocos segundos he pasado de estar más inquieto por esa luna de miel truncada que por los vecinos de mesa que parecían espiarme. En cualquier caso, todo se ha complicado aún más cuando ha venido el camarero, que después de siete visitas al bar ya conoce mi apellido, y me ha preguntado si tomaría algo más.

–¿Tomará otro whisky, señor Pinchon?

Inmediatamente, el joven y el carnicero me han mirado, me han mirado mucho, muchísimo. Refugiado detrás de mis gafas oscuras, he mantenido la compostura. Como si no pasara nada, le he dicho al camarero que sí, que trajera otro whisky. He prescindido de las miradas de los supuestos cazadores de escritores ocultos y me he sumergido de nuevo en la lectura del periódico. «La salida de Hariri supone, además, la desaparición de uno de los artífices más importantes de la reconstrucción del Líbano, tras quince años de guerra civil. Durante los años que ha permanecido al frente del gobierno, este gran amigo de Chirac no sólo ha conseguido resucitar Beirut de las cenizas, sino que, además, ha logrado poner las bases de un espectacular despegue económico.»

–Su whisky, señor Pinchon –ha dicho el camarero, de nuevo inoportuno al pronunciar mi nombre.

Me han vuelto a mirar muchísimo los de la mesa de al

lado. He pasado página, una y otra página, he ido a las deportivas. Me he bebido de un solo trago el whisky. Y luego me he marchado. Me ha parecido que la calle olía a asfalto, como cuando la reparan.

26

Noviembre, día 19. Llegan noticias de la vida nueva del chófer sirio. Son muy parcas, pero no es cuestión de quejarse, pues aún podrían serlo más. Mohamed al Yundi, encontrado hace una semana en Faluya por las tropas norteamericanas, llegó ayer a Francia, acompañado de su mujer, sus dos hijos, de dieciocho y dieciséis años, y su hija, de quince. Al Yundi se limitó a decir que hacía ya más de un mes que los secuestradores le habían separado de los dos periodistas franceses y que sólo esperaba que todo acabara bien. No sé bien por qué, he retenido sobre todo el dato de que su hija tenía quince años. Como Nora, me he dicho. Y eso ha humanizado aún más la noticia del regreso del chófer a su casa.

He pasado la última semana leyendo a Bove. Después de la visita a Humbol, encontré *Mis amigos* en la librería Batangafo y encargué otros libros del autor. No tardaron mucho en llegarme varias novelas y una interesante biografía sobre Bove donde he podido confirmar que, en efecto, vivió en 1928 en la planta baja del 1 bis de la rue Vaneau.

Mi ejemplar de *Mis amigos* incluye una fotografía invernal en blanco y negro en la que se ve al Walser de la rue Vaneau con corbata, abrigo negro y elegante sombrero, posando junto a su hijita Nora en la que parece una terraza que da a un jardín. La foto es triste y, aunque no siempre, muchas veces, cuando la miro, creo ver un gran parecido entre Nora Bove y mi hija Nora Pasavento cuando ésta tenía los tres años que aparenta Nora Bove en la fotografía. Eso me conduce a una extraña desesperación. Nunca hasta ahora había sentido tanta desesperación al recordar a mi hija Nora, pero no quiero culpar de eso al pobre Bove.

A veces, cuando por la noche ando por el puerto de Lokunowo, camino como si fuera el hombre que sufría porque no tenía amigos, es decir, como si fuera Victor Bâton, el antihéroe de *Mis amigos*. Camino como él y trato de inspirar compasión y, en cuanto veo que un paseante se aproxima, miro hacia las aguas profundas y luego oculto el rostro entre las manos. Normalmente, los paseantes me miran por unos instantes, pero luego siguen su paso, indiferentes.

Sin embargo, ayer se me acercó un pobre marino y me dijo: «Parece que quieres morir.»

«Mejor sería decir que quiero desaparecer», le contesté.

Caía la noche y había luna llena, y hasta se veía Sirio en el cielo estrellado de Lokunowo.

«Yo también quiero morir», dijo el marino.

«Mejor sería que probaras a desaparecer», le dije repentinamente enojado, pues me pareció que se había entrometido demasiado en mi vida. Había dejado de caerme bien aquel marino. Además, me hacía dialogar a base de fogonazos, como en los libros de Bove.

«Hay que morir», dijo.

«Hay que desaparecer», le corregí.

Y, lo más pronto que pude, me fui de allí. Desaparecí.

27

Reaparezco para decirme a mí mismo que sigo indignado con el artículo que leí ayer de un escritor español de mi generación al que creo conocer bien y que yo sé que está más obsesionado por el reconocimiento (que no le llega) de su obra que por la paciente construcción de esa obra. Ese reconocimiento no le llega precisamente porque su talento queda anegado por la extrema obsesión del éxito que a él le guía siempre, y también, todo sea dicho, porque sus novelas, acogiéndose a una vaga idea de vanguardismo, acaban mostrando siempre la alarmante falta de un tornillo. El hecho es que ha escrito un combativo artículo en el que apoya y defiende que Elfriede Jelinek haya justificado su no asistencia a la entrega del Nobel diciéndoles a los suecos que «el peor lugar para un artista es la fama y que la marginación es el lugar del escritor».

Todo sería más o menos correcto de no ser porque el artículo lo inicia citando y manoseando a Robert Walser, de quien dice que es «autor de la novela *Jacobo von Gantan*» (obviamente el título está equivocado, se refiere a *Jakob von Gunten*, delata que no conoce muy bien el libro), y citando sus célebres palabras: «Me horroriza la idea de que pudiera tener éxito en la vida.»

Hay en esa doble cita una frivolidad indignante. Y es que el autor del artículo toma alegremente el nombre de Walser en vano al traerlo a colación sólo para poder decir que él comparte con Elfriede Jelinek «una suprema pasión por el autor suizo» y así en realidad poder hablar de él mismo y de lo mal que le tratan la crítica, los escritores y los editores, aunque nada dice de lo mal que también le tratan los lectores, que no son idiotas y que, de ser un genio, ya le habrían echado una mano y si no se la echan es porque han visto lo del tornillo.

«Ahora, cuando está a la orden del día utilizar la literatura para triunfar socialmente en la vida, esta actitud de desapego...», escribe. Puede engañar a quienes no le conocen, pero quienes saben algo de él no ignoran que nunca ha tenido esa actitud de desapego y que le gustaría el Premio Nobel de Jelinek y, en fin, que en modo alguno le horroriza la idea de tener éxito en la vida.

Sin embargo, él dice identificarse con la actitud de desapego de Jelinek y de Walser. No puedo creerle. Si dice eso es porque no lo ha leído o porque ha sido incapaz de profundizar realmente en los motivos de la renuncia de Walser o, simplemente, porque lo utiliza sin escrúpulos para sus turbios y egocéntricos fines. Creo que no todo es lícito a la hora de lanzar una diatriba contra los que no le han reconocido como escritor. Hay, además, una inmoralidad en el mensaje que quiere transmitir el artículo, pues le hace creer al cándido lector que él se halla perfectamente a gusto en la renuncia al éxito, que se encuentra bien en la marginalidad. Si supiera en qué consiste realmente esa marginalidad, no citaría a Walser. Además, ignora que en todo este asunto de la renuncia a los focos hay siempre –a excepción de casos profundamente sinceros, como los de Walser o Bove– tanta luz como sombra, porque se mezcla normalmente el deseo de éxito con el hondo deseo de no tenerlo. Es un asunto más complejo de lo que parece. En su artículo él sólo expone su ambición –que cree muy noble– de no tener éxito, y oculta, por completo, los aplausos suecos con los que sueña. Le convendría saber que, como dice Imre Kértesz, si uno busca el éxito sólo tiene dos caminos, o lo consigue o no lo consigue, y ambos son igualmente ignominiosos.

28

> Me siento en una silla –una silla plegable de jardín– y pienso en el futuro. Me gustaría pensar que algún día seré feliz, que algún día alguien me amará. ¡Pero hace tanto que espero!
>
> EMMANUEL BOVE, *Mis amigos*

Me encuentro tan bajo la influencia de las lecturas del Walser de la rue Vaneau que he buscado esta tarde en Lokunowo una silla plegable de jardín. No he tardado en encontrarla. Me ha bastado con ir hasta el jardín de Roa, bien cerca del Hotel Lubango. Allí, a la sombra de una palmera que me ha recordado las que veía desde mi cuarto del Hotel Troisi de Nápoles, me he sentado y he pensado en el futuro o, mejor dicho, he intentado pensar en él, porque todo el rato, interrumpiéndome, me venían a la memoria unas frases de Juan Rulfo que en apariencia nada tenían que ver con lo que estaba yo pensando y que me impedían dedicarme a reflexionar sobre mi futuro: «Yo vivo muy encerrado, siempre muy encerrado. Voy de aquí a mi oficina y párale de contar. Yo me la vivo angustiado.»

Finalmente, aunque de refilón, he logrado pensar en el futuro cuando me he dicho que para pensar en él antes debía decidir si quería vivir teniendo amigos (sabiendo que igualmente seguiría sin tenerlos) o prefería seguir encerrado e ir diciendo que «me la vivía angustiado», que iba a parar a lo mismo, es decir, a no tener amigos.

He terminado por comprender que esa duda hamletiana era precisamente lo único que me impedía pensar de verdad en el futuro. Me he levantado de la silla plegable y, liberándome de la obsesión *boviana* por los amigos, he explorado una mejor forma de poder acercarme a mi futuro y me he puesto a recordar Dreilandereck, es decir, *el rincón de los tres países*. Es un espacio ajardinado que visité cuando en invierno pasé por Basilea. En él uno se encuentra en Francia, Suiza y Alemania al mismo tiempo. Dando un solo paso, uno cambia de país al instante. Las fronteras quedan por momentos reducidas a un simple juego. En Dreilandereck uno puede sentirse siempre a un solo paso de la gran frontera de fronteras, la frontera que las borra todas, es decir, el futuro, la frontera de todos. Y entonces, como si fuera una consecuencia lógica de lo que acababa de recordar, se me ha ocurrido de pronto que tal vez estaba yo a un solo paso de ese futuro. Bastaba con dar un solo paso. Estaba en ese momento frente al Lubango y me disponía a entrar en el hotel por su puerta giratoria. He dado el paso y, como deseando caer en una ensoñación, he querido creer que estaba dentro de la puerta giratoria del Hotel Lutetia y que de un solo paso me había plantado en París.

Pero no. Eso se puede hacer escribiendo, donde uno puede saltar tranquilamente de un lugar a otro. Pero no en la vida real, que tiene sus limitaciones. He visto que seguía dentro de la puerta giratoria del Lubango. Y me ha parecido entonces ver que cada día se agranda más en mí esa nostalgia de la rue Vaneau, una calle que imagino animada por una energía originada en su propio subsuelo.

A veces, me digo, pienso cosas que son muy de Thomas Pynchon, tal vez es que me llega su energía desde América. Yo creo que si al fantasmal Pynchon que se esconde en Nueva York le llevaran a la rue Vaneau, vería aún más conexiones que las que yo veo en ella y captaría inmediatamente el aire estancado de la callada amenaza que, subiendo del subsuelo, se va arraigando cada día más en el asfalto de ese oasis de paz en pleno centro de París, ese oasis que es pura y tensa calma, con todo a punto de estallar.

PRIMERA TENTATIVA SUICIDA

Me impresiona Isaac Bashevis Singer cuando ejerce de cuentista, por ejemplo, en *Gimpel, el loco*, un relato donde esta mañana he hallado una frase que me parece la perla condensada de la angustia: «No hay duda de que el mundo es un mundo completamente imaginario, pero contiguo al mundo real.»

Me ha parecido que la frase comentaba la tensión metafísica en la que vive el hombre moderno cuando ve que es tan imposible creer en Dios como vivir sin él. Y he recordado un día en el que, en lo alto de la torre de Montaigne, cerca de Burdeos, creí que mi acompañante era Dios y poco después creí todo lo contrario.

A cada momento se hace más patente que vivo en una tensión entre elegir cierta visibilidad o desaparecer ya del todo. Tampoco a mí ese mundo real del que habla Singer me parece, por sí solo, una alternativa aceptable. Cuando Singer lo describe como una mezcla de matadero, manicomio y burdel, me recuerda la ciudad de Lokunowo, que, por cierto, tan escasamente real puede parecer a veces.

SEGUNDA TENTATIVA SUICIDA

A veces pienso que, de no haber tenido el suficiente coraje para llevar a cabo mi deseo de desaparecer como escritor y romper con todo, siempre me habría quedado la consoladora posibilidad de llevar a cabo ese deseo *escribiéndolo*, siempre habría podido utilizar el poder que brinda la escritura de ficción para, aunque fuera sólo sobre el papel, convertirme en la persona que en la vida real no me atrevía a ser. Pero, por suerte, he tenido ese coraje y no ha sido necesario recurrir a la ficción. Yo creo que el coraje me lo ha dado mi propia timidez. Recuerdo ahora una frase de Walser en *Jakob von Gunten*: «La timidez nos vuelve siempre medio locos.»

29

Fue el día 8 de este mes, diciembre. En la televisión del Li Astol dijeron que aquella mañana un ciudadano sirio había sido detenido en Irún, en el País Vasco, por su relación con los islamistas implicados en la matanza de Atocha. Yo había parado en el Li Astol a tomar un café y a prepararme psicológicamente para la nueva visita que tenía que hacerle a Humbol. En quince minutos me esperaba en su casa.

Al oír la noticia de Irún, me dije enseguida que difícilmente en los siguientes días iba a poder disociar los dos hechos, la noticia y mi nueva visita a la casa del doctor. Y así es ahora. No puedo disociarlos. La realidad me turba, se interfiere –sobre todo si la creo procedente o conectada con la rue Vaneau– en mi vida de pacífico ciudadano normal que vive una nueva vida aquí en Lokunowo, donde me hago fuerte en el anonimato, pero sin poder evitar que mi rostro se contraiga sospechosamente cuando oigo algo que relaciono con la rue Vaneau y que me da motivos para sospechar de la realidad y preguntarme cuál será la auténtica verdad de fondo, la que sin duda ha de encontrarse detrás de esa realidad tan cómplice de las apariencias y de las luces falsas.

Al escribir esto, me digo que es probable que esté bajo la influencia de aquello que, posiblemente con toda la razón del mundo, me dijo Humbol en mi primera visita a su casa: «Lo que más me gusta de su micrograma es que para usted lo que cuenta no es la realidad, sino la verdad.»

En fin. El doctor Humbol me abrió ese día, por segunda vez en pocos días, la puerta de su casa. Iba en bata y llevaba el pelo bastante revuelto. También él parecía estar revuelto. Al ver que le miraba de arriba abajo, me dijo: «La genialidad está en la gordura.» Pensé que estaba de buen humor, pero a continuación puso cara de pocos amigos. «Malas pulgas del gordo», dijo hablando ridículamente de sí mismo. Y, luego, la expresión de su cara se volvió rabiosa. Trataba seguramente de recordarme que se había pasado la semana entera resistiéndose a recibirme.

«Pase, pase, Pynchon», me dijo de muy mala gana. Pronto vi que en esta ocasión estaba solo. «¿A qué viene tanta insistencia en querer verme?» Pasé a explicarle que había ido allí buscando que fuera tan amable de tener la paciencia de escuchar la lectura de siete prosas experimentales, siete breves y nuevas *Tentativas* que acababa yo de escribir. Le pedí que fuera comprensivo conmigo, que entendiera que el cese de mis actividades como psiquiatra me había abierto nuevos horizontes vitales y había hecho que me interesara por los ejercicios literarios. Sólo iba a robarle unos minutos y su opinión iba a ser extraordinariamente valiosa para mí.

Entre otras cosas, creía yo con esto que así reforzaba ante todo Lokunowo mi identidad de psiquiatra, pues estaba casi seguro de que todo Lokunowo se enteraba de lo que pasaba en la casa de Humbol. «¿Siete tentativas? ¡Pero vaya pesadez!», dijo Humbol, invitándome a continuación, con cierto aire de fastidio, a sentarme en el amplio sofá de la sala de estar. Le mostré mis papeles, hice que viera que no contenían demasiadas palabras. «Uf, qué punta más fina tiene su lápiz. Y qué pequeña la letra, Dios mío», dijo. «Son sólo siete prosas breves, ya ve, *Siete tentativas suicidas*, así las llamo, son muy cortas, no le ocuparán mucho tiempo», dije.

«Ya sólo faltaba que fueran suicidas», comentó con notable sarcasmo. Y encendió un cigarrillo. Al igual que en mi anterior visita en la que había sacado un puro habano, tampoco en esta ocasión me invitó a fumar. «Venga, le escucho. Cuanto antes acabemos, mejor», dijo, y me pareció que era demasiado exagerado y algo teatral su enfado y que tal vez lo extremaba a propósito. Se me ocurrió pensar que con su cara de enojo tal vez trataba de disimular su modesto entusiasmo al ver que, a pesar de que llevaba quince años siendo un escritor en crisis, aún despertaba el interés de los principiantes en el arte de la escritura. ¿Y si al final resultaba que hasta le hacía ilusión que le pidieran consejos literarios cuando era un escritor que había iniciado su declive hacía años?

Le leí la *tentativa* que tenía a Singer como protagonista y, al levantar la cabeza para ver su reacción, vi que me estaba mirando estupefacto. Luego, se le escapó una misteriosa risa. «Siga, siga con la *Segunda tentativa*», me apremió. Al bajar la cabeza para leerle mi segundo papelillo, me di cuenta de que yo me estaba pareciendo cada vez más al profesor Morante, que en Nápoles me leía microensayos. ¿Cómo era posible que me hubiera ido convirtiendo en un espejo del profesor? Encontré enseguida justificaciones. La soledad, pensé. Y la necesidad de hablar de Bove y así sentirme cerca de la rue Vaneau.

Segunda tentativa suicida acabé saltándomela, sin que aparentemente él notara nada. Acabé no leyéndola, pues me pareció que de alguna forma el breve texto daba pistas y delataba demasiado que yo no era un principiante, sino un escritor que había ido a Lokunowo a esconderse y que, habiendo hecho tabla rasa de toda su obra anterior, se había puesto a escribir como si nunca lo hubiera hecho o estuviera recomenzando de nuevo, se había puesto a escribir lo que escribiría si escribiera, tal vez tratando de poner en marcha una literatura hecha de miniaturas, fuera del alcance ya de todo público (salvo de Humbol, al que había decidido convertir en mi último lector), una literatura privada, secreta y robustamente nueva, experimental, no profesional, una narrativa muy breve y muy próxima a lo ensayístico. Ahí era nada haber logrado que la escritura se me hubiera vuelto tan residual como profundamente liberadora.

Pasé a leerle *Tercera tentativa suicida*, en la que hablaba en abstracto de cómo desprenderse del agobio de la identidad de escritor y proponía un rechazo radical de la fama y del mundo de las vanidades literarias y sugería a los nuevos literatos que se dedicaran a no tener rostro, a carecer de imagen lo máximo posible, a concentrarse en lo estrictamente literario, a concentrarse en el trabajo de la escritura en sí. Y citaba a Descartes, que sitúa al *sujeto* en el centro de su filosofía y que en los últimos párrafos del *Discurso del método* dice que quiere que su obra sea leída y saber lo que piensan los lectores, pero no *destacar*, porque la fama es «contraria al sosiego, que tengo en más que todas las cosas», por lo cual «agradeceré que me dejen vivir con toda libertad».

Cuarta tentativa suicida era un tímido homenaje a Angelo Scorcelletti y en ella se decía que leer a este autor, fiel discípulo de Blanchot, era como dejarse abducir por un vértigo verbal que conducía a la desaparición, a la fascinación ante la nada y la muerte, a la negación de todo, que en el fondo era la única forma de afirmarse ante la negatividad del mundo actual y ante esa falsificación de la literatura que todo lo anega en estos tiempos oscuros en los que nos ha tocado vivir.

Quinta tentativa suicida era un verdadero *tour de force* (entre otras cosas porque estaba escrita en un reducidísimo espacio, en el reverso de la tarjeta personal del doctor Monteiro) y sin duda la pieza más ensayística de todas. Giraba en torno a la naturaleza solitaria de la creación artística y al hecho de que, a diferencia del grosero y tan dibujado Quijote, el misterioso Hamlet seguía sin poder ser identificado con rostro alguno, lo que le convertía en el verdadero hombre moderno de nuestro tiempo.

Sexta tentativa suicida era un homenaje a Walser y hablaba de mi *método del lápiz* (escribir con la conciencia del principiante y hacerlo con lápiz en papelillos y que la duración del texto se acoplara a la hoja que le servía de soporte) y de paso hablaba también de mi admiración por aquellos escritores ya reconocidos que en un momento determinado de su vida habían conseguido *eclipsarse* con gran perfección, embozados en sus propias palabras, satisfechos de su invisibilidad.

Finalmente *Séptima tentativa suicida* hablaba, ya sin tapujos, de escribir para desaparecer: «La historia de la desaparición del sujeto en Occidente no comienza con el nacimiento del sujeto ni termina con su muerte, sino que es la historia de cómo las tendencias del sujeto occidental a auto-afirmarse como fundamento le conducen a una extraña voluntad de autoaniquilación, y de cómo esas tentativas *suicidas* son a su vez intentos de afirmación del yo.»

«¡Acabáramos! Las tentativas son todas intentos de afirmación de su yo», dijo Humbol con una risita y un aire de fastidio que me pareció impostado. No supe qué decirle. Aunque estaba yo orgulloso de mis *Tentativas* (y lo sigo estando ahora en el momento de escribir esto, porque creo que me abren un horizonte de microscópica escritura libre para los próximos años), me sentía ante el gordo Humbol como si yo fuera el profesor Morante de Nápoles, y eso propiciaba que abrigara cierto complejo de inferioridad.

Me miré en el antiguo espejo de pie que había al lado del sofá y me vi algo ridículo allí con mis papelillos y mi ilusión de novato. ¿Adónde quería llegar?

Inesperadamente, Humbol me ofreció un cigarrillo, que acepté, aunque no me puse a fumarlo, se quedó entre mis manos y no sabía qué hacer con él, vi que estaba yo mucho más nervioso de lo que creía. Terminé colocándome el cigarrillo en la oreja.

«Mire», me dijo entonces Humbol, «usted parece un buen catalogador de los males que aquejan a los escritores famosos, pero se le ha escapado uno. Y es un mal que tarde o temprano nos llega a los escritores con imagen pública, como es mi caso. Nos llega el día en que, a modo de castigo por haber alcanzado cierta fama, una serie de escritores principiantes nos buscan para que leamos o escuchemos sus deprimentes escritos y demos nuestra opinión sobre sus desastrosas obras.»

Decidí no darme por aludido porque intuí que, de hacerlo, estaba perdido. Humbol, que me miraba sonriente, sacó de pronto de una caja de ébano un papel de fumar y me lo ofreció, como indicándome que a pesar de que fuera tan minúsculo (o precisamente por eso) lo utilizara para una nueva *tentativa suicida*. «Con esa letra tan pequeña, pequeñísima que usted hace, ahí cabe todo, puede escribir una novela en un papel de fumar», me dijo. Simulé que no era consciente de la provocación y pasé a hablarle de lo provechosa que me había resultado la lectura de *Mis amigos*, de Bove. Supuse que por ahí nos acercaríamos a la rue Vaneau, y no me equivoqué. Es más, me pareció observar que Humbol se animaba repentinamente, como si la rue Vaneau le diera vida, como si se la hubiera dado ya desde el momento mismo en que por primera vez le había hablado de ella. Suponer que eso podía ser cierto me dio ánimos para continuar. Dimos un breve rodeo verbal y desembocamos en la calle de París que casi tan inadvertidamente se había ido situando, junto a Siria, en el centro de mi vida.

Comenzó entonces Humbol a contarme, con reprimido entusiasmo, que el escritor Emmanuel Bove había sido vecino en la rue Vaneau de un interesante pintor, Émile Artus Boeswillwald, que tuvo su taller en esa calle hasta el día de su muerte. Según Humbol, ese pintor era la persona más famosa de todas las que hasta la fecha habían muerto atropelladas por un coche en la rue Vaneau. Había sufrido ese accidente un 20 de marzo de 1935 al salir de su taller y siempre se había especulado con la posibilidad de que el bueno de Bove, si no se hubiera trasladado a vivir al boulevard Raspail, tal vez habría podido salvarle, pues en más de una ocasión le había ido a buscar al taller para ir a comer y no era difícil imaginar el manotazo providencial de última hora que habría podido darle el joven Bove dejándole lejos de las ruedas del criminal vehículo.

Dicho esto, Humbol sonrió. No sabía yo muy bien si había inventado la figura de ese pintor accidentado, pero pensé que averiguar aquello no era lo más urgente. «Le veo tan enredado con la rue Vaneau y con las coincidencias que registra en esa calle que no le recomiendo que se acerque por ella el próximo 20 de marzo, cuando se cumplan setenta años del atropello de Boeswillwald. Podría ser también el día de su muerte», dijo de pronto Humbol con evidente sorna, seguramente divirtiéndose a mi costa. ¿Me veía ya como a un pobre hombre melancólico que vivía atado a la necesidad de oír noticias relacionadas con una calle de París?

Como no quería abandonar la conversación sobre la rue Vaneau, le pregunté si se podía visitar el apartamento que había tenido Bove en el número 1 bis de esa calle. El doctor Humbol, que no estaba esperando precisamente esta pregunta, reaccionó con rapidez. «Yo lo he hecho», dijo, «ahora vive ahí una tal Signoret, una señora que niega a los lectores de Bove que éste hubiera vivido en la rue Vaneau, no sé por qué lo niega. Lo cierto es que ese pequeño apartamento o *rez de chaussé* está un tanto apolillado y cantarín.»

¿Cantarín? Aumentó mi sospecha de que el doctor Humbol podía estar jugando o inventando. «En realidad», me dijo, «no llegó Bove a estar ni un año en ese espacio hoy en día tremebundo. La señora Signoret lo ha atiborrado de pájaros que cantan y de papagayos que berrean en unos pocos metros cuadrados que deberían hoy conservarse como un santuario de la literatura, con placas recordatorias que dijeran que ahí jugaron en 1928 al ajedrez el gran Gide y el pequeño Bove y que éste siempre se dejaba ganar porque sentirse herido por una derrota, fuera ésta la que fuera, no le preocupaba nada.»

Unos minutos después, cuando reapareció el tema casi obsesivo de Émile Artus Boeswillwald, describió a éste como a un hombre que iba siempre cubierto con una gorra roja, que usaba gafas de montura metálica y bigote. Si no me equivocaba yo mucho, ¿no era así como los detectives que tratan de descubrir el aspecto actual de Pynchon dicen que se disfraza el escritor cuando va de compras por Nueva York?

¿De nuevo se reía Humbol de mí? ¿O estaba intentando contarme, con toda la seriedad del mundo, que Pynchon había muerto atropellado en 1935 en la rue Vaneau? Ahí, con todas esas cuestiones, creo que me volví medio loco. No sé. Pasé a pensar como si fuera yo tan o más paranoico que el mismísimo Pynchon, un paranoico importante. ¿No formaría parte Humbol de *la organización*, no sería uno de los integrantes de las fuerzas invisibles que, según el falso Pynchon de hoy (que haría años que habría usurpado la personalidad del pintor atropellado al salir de su taller), controlan nuestras vidas y urden tramas secretas y bélicas desde el subsuelo de algunas calles del mundo, la rue Vaneau entre ellas?

Parecía todo esto demasiado paranoico y demasiado sencillo a la vez. Por ejemplo, si uno se ponía a pensar en el 20 de marzo, es decir, en la fecha del atropello del pintor Boeswillwald, observaba que era la misma que la del comienzo de la segunda guerra de Irak en 2003. Resultaba tan preocupante ponerse a pensar que todo estaba muy relacionado que era preferible tranquilizarse y ver al gordo Humbol como lo que, dadas las circunstancias y las repentinas paranoias *pynchonianas*, yo prefería que fuera: un gordo sin misterio, que fumaba habanos y había escuchado con relativa paciencia mis *Tentativas*.

Le miré y, viéndole tan a gusto, volví a preguntarme si no sería que el tema de la rue Vaneau, por motivos que se me escapaban, estimulaba la imaginación de Humbol. Parecía divertirse inventando vecinos de esa calle. ¿O no los inventaba? Comenzó a decirme que Émile Artus Boeswillwald había sido el primer maestro de Camille Claudel, la bella escultora que fuera amante de Rodin y que, al igual que Robert Walser, vivió una gran parte de su vida encerrada injustamente en un manicomio. «La mujer más genial de su época», me dijo Humbol, y pasó a contarme que Boeswillwald había sido el primer maestro de aquella mujer, aunque eso sí, a diferencia de su discípula, fue un artista conservador, un pintor intimista que proponía algo que hoy desde luego no se lleva, una pintura llena de emoción y sensibilidad. Lo arrolló un coche a la altura del número 50 de la rue Vaneau, justo delante de donde hoy está el centro de relación cultural franco-indio, que, por cierto, él había frecuentado bastante cuando vivía en París. Allí trabajaba Rose, una amiga norteamericana de origen indio, una chica que había nacido en Lucknow, ciudad de nombre tan parecido al de mi querida Lokunowo. «Usted tal vez no lo sepa, pero fui yo el que decoró las habitaciones de su hotel, el Lubango. Sin ir más lejos, llené las paredes con fotografías de Lucknow hechas por Rose. En su habitación debe usted tener alguna. ¿Se ha fijado en eso?» Le dije que sí y que en su momento me había parecido francamente divertida y muy «gramatical» la ocurrencia del oscuro decorador de mi estancia.

Un círculo más que se cerraba, pensé. Y otro que se abría, porque ahora sabía que, por muy sorprendente que me pareciera, la fotografía de mi cuarto de hotel estaba directamente conectada con la rue Vaneau. «Qué pequeño es el mundo», dije, e inmediatamente vi que a Humbol le parecía que había dicho una tontería. De pronto, pasó a mostrarse algo ligeramente agresivo. «Su sosías Pynchon puede sentirse bien orgulloso de usted. Casi le supera en su obsesión por *conectarlo* todo», dijo. Comenzó a darme a entender que debía dejarle solo, pues tenía mucho trabajo. ¿Qué clase de trabajo? No quiso contestarme. ¿Decoraba algún otro hotel? Me lanzó una mirada terrible. Tratando de retrasar mi salida de la casa, probé a despistarlo cambiando la dirección de nuestra conversación. Volví a asumir plenamente el papel de escritor experimental y principiante.

«¿Cuántos premios ha ganado?», le pregunté.

«¿Quién? ¿Yo? Ninguno.»

«¿Qué piensa de ellos?»

«¿De los premios? Me gustaría ganar uno que tuviera una buena dotación económica. Pero como no escribo...»

«Usted le da mucha importancia a la invención en la literatura. ¿Cree que está muy ausente en los otros escritores de su generación?»

«¿Qué es esto ahora, una entrevista? Oiga, no lo sé, porque no leo a mis contemporáneos.»

«O sea, usted no está al día de lo que se publica.»

«No, para nada. Por eso, en el caso de que volviera a escribir, jamás le pediría a nadie que me leyera a mí. Yo no soy como usted, *mister* Pynchon.»

Se puso en pie de repente y me dijo que otro de los problemas de no ser un Salinger («que había sabido protegerse de los curiosos extraordinariamente bien») era que todo el mundo creía que podía entrevistarle. «Y yo no tengo nada especial que decir. Si me pongo a hablar tengo que decir las frases que dice cualquier hijo de vecino. No soy original, ni un ser extravagante, soy un hombre que se ha casado dos veces, que tiene tres hijos y ahora una amante, ya la vio usted el otro día. Me gusta el cine y el teatro, y ya no escribo. Llevo una vida de pequeñoburgués completamente asimilado por el sistema. Fui un pobre enfermero y mi temperamento es de pobre enfermero. Por eso vienen a que les cuide los desdichados escritores principiantes. Pero ellos no saben lo anodino que soy, aunque me parezca a Charles Laughton. Porque no crea que no sé que me parezco a Laughton. Sí, lo sé, me lo han dicho mil veces. Pero yo no tengo el ingenio de aquel merluzo. Carezco de todo interés, créame. Soy un pobre bobo al que le gusta Bove. ¿Lo ve? Soy un imbécil que no sabe hacer ni juegos de palabras. Desaparezca, Pynchon. Hágame el favor, desaparezca.»

Pasó a implorarme que me marchara. Que le despreciara si era necesario, pero que me fuera. «Pequeñoburgués completamente asimilado», repitió sonriente, como si le hubiera gustado haber dicho eso. Pero poco después, como si estuviera muy afectado, ocultó su rostro entre las manos y se quedó como alguien que está a punto de arrojarse al agua desde un puente. Me pregunté qué pasaría si en aquel momento, por ejemplo, entraba la negra Pamela en la casa y veía que yo había destrozado, dejado literalmente desesperado a su amante. Pero enseguida vi que nada de todo aquello era serio, se trataba simplemente de un intento de lograr que yo me fuera de allí lo más rápido posible. Como no me movía, dijo: «¿Lo ve? Éste es otro de los inconvenientes de las visitas de los principiantes. Uno acaba teniendo que echarlos por su propio bien, porque percibe que deberían estar estudiando o escribiendo en lugar de estar perdiendo el tiempo visitando a un viejo elefante que, encima, ya no escribe.»

Fue hacia la puerta. Un minuto más tarde, salía yo a la calle, y poco después oía el sonoro portazo. Me sentí de repente un poco aturdido y raro. Oí que detrás de mí se reabría la puerta y a continuación escuché –atronadora, terrible– la voz del doctor.

«Yo soy Nadie, ¿usted quién es?»

No me atreví a volverme, y ya no digamos a contestarle. Me fui de allí caminando de un modo extraño, posando el talón antes que la suela, como si fuera un negro. Seguía llevando en la oreja el cigarrillo no fumado.

30

Una semana después, por la mañana, me encontré a Humbol en la calle, y no puedo decir que fuera un encuentro muy casual. Según él mismo me dijo, llevaba un par de horas dando vueltas por los alrededores de mi hotel. Había pensado que si se cruzaba conmigo me contaría el último rumor que circulaba por París. Un amigo de la rue Oudinot le

354

había dicho que se sospechaba que dentro de la embajada siria de la rue Vaneau había camuflada otra embajada, la de Swazilandia. «¿Sabe de qué país le estoy hablando?», me preguntó. «Pues no, ni siquiera sé si realmente existe Swazilandia», le dije. Humbol sonrió. «Y menos aún si está riéndose usted de mí», añadí. «Está al lado de Sudáfrica, tiene un rey negro muy déspota que lo gasta todo en mujeres y coches lujosos. La capital se llama Mbabane, o algo parecido. El país tiene una deuda externa impresionante. Y no publican libros.» Esto último me hizo reír.

«Es difícil creer que la embajada de un país de pandereta esté dentro de la embajada de Siria, muy difícil», le dije sintiendo que se habían invertido los papeles, pues ahora era yo el que se sentía inesperadamente algo agobiado por su compañía y él quien me perseguía. ¿Por qué «el gran escritor» se dedicaba ahora a contarme una historia más bien inverosímil sobre la rue Vaneau? ¿Qué significaba aquel interés cada vez más grande por esa calle?

Volvió a la carga. «Mi amigo, el hombre de la rue Oudinot, se ha dado una vuelta por *su* rue Vaneau y ha tomado fotografías de algunos de los edificios de la calle. Se ha jugado literalmente el pellejo, porque hay lugares que parece algo arriesgado fotografiar y allí, además, como usted bien sabe, hay mucha policía. Ha fotografiado la embajada de Siria, por ejemplo. ¿Quiere saber qué más ha fotografiado? Pronto lo podremos ver, me ha dicho que me lo enviará muy pronto por correo.»

Esa historia de su amigo de la rue Oudinot tenía más trazas de ser cierta y le dije que sí, que de acuerdo, que me dijera qué había fotografiado su amigo. En el fondo, no dejaba de estar yo bastante sorprendido ante la noticia de aquel imprevisto reportaje fotográfico de *mi calle*.

El hombre de la rue Oudinot, al que le encantaba jugar a ser un detective privado, se había vestido de tal, con gabardina y sombrero de fieltro, como si fuera Alain Delon en aquella película de Melville titulada *El samurai*. Se había disfrazado de hermético asesino a sueldo y, armado con su pequeña máquina Olympus, se había paseado por toda la rue Vaneau. Había fotografiado, además de la embajada siria, la casa de Gide, la misteriosa mansión de las sombras inmóviles, la farmacia Dupeyroux, la entrada a las oficinas de la empresa Mortis, la fachada de la casa de Marx, el Hotel de Suède, la ventana de la casa de la planta baja en la que había vivido Bove y donde ya seguramente no vivía la señora Signoret porque en el centro mismo de esa ventana había una pegatina infantil y un nombre. Una niña tenía allí su cuarto de juegos.

«Pronto llegará la foto y podremos ver esa pegatina. Es una manzana», me dijo Humbol, con una ternura que juzgué exagerada. «Le agradezco su interés por la calle, pero creo que no debería haberse molestado tanto», le dije. «Pero es que no ha sido una molestia. Mi amigo de la rue Oudinot, por ejemplo, lo ha pasado muy bien, le gustan los riesgos y pasó un momento muy interesante cuando fotografió la ventana con la manzana, pues estaba casi seguro de que podían confundirlo con un pedófilo.»

De todo lo que el detective-fotógrafo había registrado llamaba la atención –y yo debía saberlo cuanto antes– la desaparición del vestíbulo del Hotel de Suède, que ahora estaba en obras. Permanecía en pie sólo la recepción, pero el hall había sido puesto patas arriba y unos obreros trabajaban en su renovación. Los obreros, con el consiguiente peligro para el detective de la rue Oudinot, habían sido también convenientemente fotografiados. No me conmocionó, pero me dejó tocado saber que habían desaparecido de aquel vestíbulo las vitrinas que exhibían libros y que yo tan estrechamente ligaba a mi infancia y al cine Chile de Barcelona donde anunciaban la programación de las semanas siguientes en vitrinas parecidas y también ya desaparecidas.

Poco a poco fui comprendiendo de dónde procedía todo ese repentino y curioso interés del doctor Humbol por *mi* rue Vaneau. Él mismo fue explicándomelo. Ya no escribía, no lo hacía desde hacía quince años y no pensaba regresar a la escritura, pero le divertía «ir investigando, con la impagable ayuda de su amigo, sobre la rue Vaneau». Había renunciado a escribir, pero no se reprimía demasiado a la hora de «escribir en la vida». En lugar de pulsar las teclas de una máquina eléctrica, soltaba en la calle o en su casa palabras, frases, párrafos enteros, y todo sin necesidad de tener que imprimirlo. Me había tomado como personaje de una novela que él escribía tan sólo en la vida y que giraba en torno a los misterios de la rue Vaneau, esos misterios a los que yo había tenido el detalle de acercarle. Gracias a lo que le había contado en mis dos visitas sobre esa calle, había perdido su apatía de los últimos tiempos y se le había ocurrido una historia de ficción en torno a mí y a la rue Vaneau, aunque era una historia sólo para escribirla en el viento o en el aire, porque en cuartillas no pensaba hacerlo jamás.

Aunque pueda parecer extraño, todo esto no pudo parecerme más oportuno y maravilloso. Su repentino y peculiar regreso a la escritura me iba de perlas, pues traía consigo una grandísima y repentina liberación. Y es que vi inmediatamente con toda claridad que la recuperación por parte de Humbol de la imaginación narrativa me liberaba a mí de la mía y permitía que pudiera yo volver a sentir la misma sensación salvadora de aquel día en que un viajero me arrebató un taxi en la estación de Santa Justa de Sevilla y repentinamente me dejó descargado de ciertas responsabilidades y obsesiones.

Puesto que Humbol se hacía cargo de ellas, ya no sería necesario que me viera obligado a imaginar mis historias, y menos aún a contármelas a mí mismo. Podía dedicarme con más tranquilidad que nunca a lo microscópico y lo ensayístico, en definitiva a mis prosas breves.

Era perfecto. Humbol había tenido la gentileza de robarme el mundo de la ficción. No podía yo sentirme más agradecido por su gesto. A partir de aquel momento, podría dedicarme a lo que realmente me interesaba, que era escribir muy de vez en cuando en mi cuaderno, pero sobre todo podría dedicarme a ciertas investigaciones sobre la verdad que, en forma de prosas breves, trasladaría esporádicamente, con mi letra cada vez más mínima, a mis papelillos.

Sentí un agradecimiento infinito hacia Humbol confiando, eso sí, en que su recién inaugurada tendencia pegajosa no la llevara demasiado lejos.

«¿Cómo imagina usted la rue Vaneau desde aquí?», me preguntó Humbol acercándose demasiado a mí.

Me aparté, casi con ganas ya de irme.

«Quite, quite», dije, pero creo que no me oyó. «Invente usted», estuve a punto de decirle. Pero vi su desolada expresión y me dio pena. Decidí contestarle. No tuve que pensar demasiado.

«Pues mire, la imagino como un paisaje urbano en silencio. Claroscuro e inmovilidad a la espera de una catástrofe.»

Se le animó el rostro. Me quedé con ganas de decirle que era perfecto que fuera él quien, a partir de entonces, cargara esencialmente con las ficciones sobre esa calle de París, esas ficciones nacidas de la realidad. Me habría gustado decirle que si él se ocupaba del factor imaginativo, yo podría dedicarme por fin a la verdad, a la búsqueda de la verdad, normalmente escondida detrás de la realidad y también de la gran mayoría de las ficciones.

Por la noche de aquel día, ya en la cama, me dormí diciéndome que me dedicaría a ese tipo de verdad indefinida a la que esperaba aproximarme a través de la intuición, pero sólo para ir más allá de ella, de la intuición. Más allá. Me acordé de aquello que decía Schönberg: «Quien quiera ir más allá deberá desaparecer.» Apagué la luz.

31

Decidí tomarme unas vacaciones de tres días. Me dije que cuando uno lleva ya un razonable tiempo afincado en una ciudad, lo normal es que de vez en cuando salga de vacaciones. Me fui a Sevilla en busca de esa normalidad. En la mañana del 15 de diciembre, a una semana del solsticio de invierno, salí de Lokunowo en avión de Iberia y, tras una escala en Tenerife que iba a ser breve y «por problemas técnicos» se prolongó quizás demasiado, aterricé en Madrid, donde pasé la noche en la plaza de Santa Ana, en el Hotel Miau, un hotel cuyo nombre parecía inventado y quién sabe si fue por eso por lo que me decidí a pedir habitación en él. Me costó dormirme y sólo lo logré por el método de imaginarme variadas situaciones en las cuales yo tomaba un taxi en el aeropuerto de Barajas y al dar la dirección y el nombre del hotel, más concretamente al decir Miau, los taxistas me tomaban por un bromista o por un loco.

A la mañana siguiente, tomé el AVE en Atocha y me planté en poco tiempo en Sevilla, donde traté de averiguar qué sentía uno al llegar con la máxima puntualidad, pero con un año exacto de retraso, a una cita en La Cartuja de Sevilla.

¿Y qué sentí? La lejanía de la ciudad, La Cartuja no está precisamente en el centro de Sevilla. Y un cielo cubierto con frío intenso y aguanieve. Y, por encima de todo, nadie alrededor, ni una sola persona a la vista. Yo completamente solo, abrigado con dos bufandas, en la puerta del Monasterio. ¿Se llega tarde a una cita cuando se llega a las ocho en punto, a la hora convenida, aunque exactamente un año después? Sí, se llega tarde, se llega muy tarde. Y, además, aparece un fantasma. Al principio, viéndole en la lejanía acercarse lentamente, me pareció que era el fantasma de mí mismo en fuga sin fin. Cuando lo tuve ya más cerca me pareció que caminaba como siempre había pensado que caminaría el doctor Ingravallo si caminara. Y en ese momento me acordé de cuando, siendo un escritor principiante, no sabía yo cómo hacer verosímil la aparición repentina de un fantasma en mi escritura y le había pedido consejo a Bernardo Atxaga, que me había dicho que era muy sencillo, bastaba con hacerlo aparecer.

Cuando en la puerta de La Cartuja el fantasma se situó ya muy cerca de mí, pude ver que carecía de rostro. Me habló, arrastró mucho la voz para decirme: «Para desaparecer tiene que haberte visto antes alguien.» Y, aunque con algunas dudas, me pareció que su voz era la misma que tenía el doctor Ingravallo aquel día en que su voz sonó como la de un amigo mío muerto. Siguió arrastrando la voz para hablarme brevemente del poeta Nicanor Parra y de la falta de un rostro con el que podamos identificar a Hamlet.

Le pregunté al fantasma dónde vivía. «Domicilio indeterminado», dijo con sequedad, y luego se rió con una risa que me pareció que me era muy familiar, lo era pero al mismo tiempo era extraña, como la que sólo puede producir alguien sin pulmones. Aumentó la fuerza del viento y sentí más frío. «Para poder ver el mundo, el poeta debe tornarse invisible», me dijo. Y en esta ocasión ya no tuve duda alguna, reconocí plenamente la voz del amigo. «Para poder ver el mundo, el poeta debe sumirse en el anonimato», añadió. Y poco después desapareció.

32

A la mañana siguiente, al despertarme en mi habitación del Hotel Zenit de Sevilla, recordé el día aquel en París en el que abrí los ojos convencido de que tenía única y exclusivamente la memoria del doctor Pasavento. En esta ocasión, mi despertar fue distinto, aunque tan sólo ligeramente distinto. Abrí los ojos sin saber quién era y me entró un pánico que me pareció que estaba muy relacionado con el acto mismo de despertarse. No sabía quién era ni dónde estaba, pero en todo caso algo ya sí sabía: era alguien que, un día, en París, se había despertado convencido de que tenía única y exclusivamente la memoria del doctor Pasavento.

Despertar de esta forma me recordó que ya en muchas otras ocasiones había pensado que nuestra identidad es un misterio. Morimos cada día y nacemos cada día. Estamos continuamente naciendo y muriendo. Por eso el problema del tiempo nos toca más que los otros problemas metafísicos. Porque los otros problemas son abstractos. El del tiempo es nuestro problema. ¿Quién soy yo? ¿Quién es cada uno de nosotros?

Me acordé de unas palabras de Kafka, escritas (y luego tachadas) al comienzo de su novela *El proceso*, unas palabras en las que él decía: «Hace falta viveza para cogerlo todo, al abrir los ojos, por así decir en el mismo punto en que uno lo ha dejado la noche anterior.» Y también recordé que algo más adelante, Josef K. se decía a sí mismo: «El despertar es el momento más peligroso. Si uno consigue superarlo sin ser arrastrado de su posición, puede estar tranquilo para el resto de la jornada.»

¿Quién era yo? Alguien que recordaba palabras de Kafka, me dije. Y de pronto, como si le hubieran dado una considerable cuerda a mi memoria, comencé a recuperar una gran cantidad de recuerdos, aunque vi que seguía sin saber quién era yo exactamente. Para no perder más tiempo con esto, resolví que era el doctor Pynchon, el mismo que residía en Lokunowo y estaba de vacaciones en Sevilla. Yo era el doctor Pynchon, registrado, eso sí, con nombre falso en el Hotel Zenit. Y de pronto, dejándome arrastrar por mi repentina memoria torrencial, me acordé del otro Pynchon, del escritor de Nueva York. Y a la vez me acordé también de la ciudad de Nueva York y de un poeta del Bronx, al que yo había conocido en otros días y que se jactaba de ser amigo del escritor oculto que respondía por el nombre de Thomas Pynchon. Era un recuerdo estrechamente ligado al pasado, a los días en que trabajaba yo en el hospital psiquiátrico de Manhattan. John Weldon Smith era el nombre del poeta. La última vez que le había visto, estaba él muy excitado en el patio central del hospital hablando mal de su alcoholizada mujer, a la que un juez le había dado la tutela de la hija de nueve años que tenían en común. Recordaba a Weldon Smith hablando de todo esto con su amigo el doctor Ryan, y luego quedándose solo, sentado en un banco del patio, un banco cercano a la ventana de mi despacho. Yo le admiraba no sólo por sus poemas, sino por su capacidad para llevar a cabo actividades muy diversas, porque, además de poeta, era crítico de cine en *Time*, guionista de televisión, pintor aficionado, y en aquel momento trabajaba en un proyecto científico-cinematográfico para mi hospital psiquiátrico: filmaba una película sobre la interrelación entre gestualidad y oralidad en los esquizofrénicos, con la colaboración del psiquiatra alemán Karl-Heinz Ruesch y del doctor Ryan. Le estuve espiando aquel día un buen rato desde la ventana de mi despacho y le habría sacado de su ensueño y dirigido la palabra de no haber sido porque él me intimidaba bastante. Así que sólo le espié ese día, el último en que le vi, porque, una semana después, el 14 de julio de 1975, la policía encontró abandonado el coche de John Weldon Smith, lo encontró con las llaves puestas y las puertas abiertas en el puente de Brooklyn. De sus pertenencias sólo encontraron, en el asiento trasero, una bata blanca de mi hospital psiquiátrico. Nunca se supo si se había suicidado (había hablado toda la vida de hacerlo, aunque lo enfocaba siempre de forma muy poética), o bien había desaparecido, algo que había dicho que se proponía hacer algún día, se lo había dicho a sus amigos, muchos de ellos poetas, músicos, novelistas (alardeaba de ser amigo de Barth, pero sobre todo presumía de saber dónde vivía oculto el escritor Pynchon), pintores o cineastas muy conocidos del Bronx o de Greenwich Village. El hecho es que a los dos días rescataron de las aguas, cerca del puente de Brooklyn, el cuerpo de un suicida, pero éste no era el de Weldon Smith, sino el de un viajante de comercio, que también había abandonado su coche en el puente de Brooklyn. De mi admirado poeta no volvió a saberse nunca nada. Sus padres dijeron que en modo alguno se habría matado sin haberle dejado escrito algo a su hija de nueve años. Y comenzó a considerarse más probable el hecho de que hubiera desaparecido o que anduviera vagando por el mundo víctima de la amnesia. Meses después, la hermana de su alcoholizada mujer, durante un crucero a Hawai y Australia, creyó ver a Weldon Smith en la cubierta de un barco que se alejaba del puerto de Sydney. Era, por lo menos, alguien muy parecido al poeta desaparecido en el puente de Brooklyn. Es más, le dijo adiós con la mano. También fue visto, un año después, en el puerto de Honolulu. En esta ocasión quienes le vieron, dos médicos de mi hospital, dijeron estar seguros de que era él, aunque le habían visto sólo unos segundos, cuando ya se alejaba en la cubierta de un velero con bandera australiana.

Estuve recordando todo esto en mi habitación del Zenit hasta que di por solventada la reconstrucción de mi identidad. Y entonces salí de la lúgubre (daba a un patio interior) habitación. Era una hermosa mañana de invierno. Todo resultaba magnífico. El sol lucía en las alturas. Las calles transmitían una alegría contagiosa con la algazara de las gentes. Caminando junto al río Guadalquivir, sentí todo el rato que marchaba sobre mi sombra. Me dije que seguramente, aunque no podía verme a mí mismo, tenía yo aquella mañana un aire a lo Emmanuel Bove. Paseé sin temor a ser reconocido (pelo rojo, sombrero de fieltro muy encasquetado, gafas oscuras) por un mercadillo en el que había varios tenderetes en los que vendían toda clase de libros.

Busqué alguna de las novelas que había escrito en mi vida anterior. Había tantos libros que la lógica me decía que seguro que en alguno de los tenderetes acabaría encontrando —con un disgusto que fingiría— algún libro mío ofrecido a un irrisorio precio de tercera o cuarta mano. Pero lo malo llegó cuando, hacia la media hora de búsqueda y tras un rastreo exhaustivo, me di cuenta de que, por mucho que escudriñara, no encontraría nunca ninguno de mis libros allí. Para no acongojarme ensayé un aforismo: Nada envanece tanto a uno como sentirse completamente olvidado. Lo apunté en el recibo del Hotel Zenit, por si más tarde quería reflexionar y escribir sobre esto en un papelillo aparte. Y, en fin, no pude evitar poco después ser asaltado por cierto pesimismo cuando vi con toda claridad que no habían sido necesarios muchos meses para que en mi país me convirtiera en alguien completamente olvidado.

Tanto en el extranjero como en un manicomio yo podía vivir así, como un ser olvidado. Es más, era como deseaba vivir. Quería ser fiel a una máxima de Walser: «Lo más hermoso y triunfador es ser un auténtico pobre diablo.» No podía estar más de acuerdo con esa idea, pero no podía soportar sentirme arrinconado en mi propia tierra.

Decidí que aquél era mi último día en España. Me despediría para siempre de ese país volviendo a visitar la catedral de Sevilla. Y lo que en ese templo me ocurriera, pensara o recordara, se convertiría en el único recuerdo que conservaría de ese ridículo país de patituertos fantasmas católicos.

En el camino hacia la potente catedral me entretuve observando banales felicidades callejeras. La gente paseaba y, bajo los árboles pelados, una banda municipal daba un concierto. Cerca de allí, un grupo de niños con trajes muy oscuros reían y jugaban. Una brisa ligera traía y llevaba aromas, despertando en mí absurdas nostalgias. «Densa como una lágrima cayó la palabra España», pensé, recordando así un verso que había escrito de joven. ¿O era Cernuda quién lo escribió y, además, lo había escrito mejor? ¿Me acordaba yo todavía de algún verso de Weldon Smith? Vi enseguida que sólo de uno, lo cual de todos modos ya era suficiente: «La acumulación triunfal en la mañana festiva...» Parecía que el poeta del Bronx se dispusiera a hablar de la Sevilla que estaba yo viendo aquel día.

Y vi también una niña bellísima con un globo azul y rojo y un traje adornado con faralaes, y verla me trajo lentamente la dolorosa memoria de mi hija Nora, y muy poco después, también con lentitud, el recuerdo de la hija de Weldon Smith, a la que había visto varias veces cuando acompañaba a su padre al hospital y ella se dedicaba en el patio central a mandarles sonrisas a los pobres enfermos. Recordé el hospital, recordé a Nora, recordé a la hija de Weldon Smith y a Weldon Smith mismo, todo lo recordé de golpe cuando, poco después, entré en la catedral, me senté en un banco y asistí a misa. A diferencia de mi anterior visita, esta vez el templo estaba muy lleno. Me pareció de pronto que un feligrés que tenía al lado me preguntaba de dónde venía mi pasión por desaparecer. ¿Había regresado Dios a la tierra después de que lo dieran por muerto, o era una impresión equivocada como la que había tenido yo un día en lo alto de la torre de Montaigne? Miré bien al feligrés y no me pareció que me hubiera dicho algo, lo que, de entrada, significaba que no era Dios, sino un simple feligrés. Tiene que ser un alivio para este hombre no ser Dios, pensé.

–¿De dónde viene tu pasión por desaparecer? –oí que volvían a decirme.

Miré de nuevo al feligrés. Ahora estaba de rodillas, sumergido en sus oraciones, impenetrable, como si se hubiera dado cuenta de que estaba controlándole. Es holandés, pensé. Todavía ahora no sabría decir por qué pensé que era holandés, tal vez porque volví a recordar los cuadros de iglesias vacías del pintor holandés Saenredam. En todo caso, no había sido él quien me había hecho la pregunta. Tampoco Dios. ¿Era Ingravallo? ¿Era el fantasma de La Cartuja? ¿O tal vez el fantasma de la cuna del ensayo?

Estuve allí en la catedral un largo rato sin poder quitarme de la cabeza una escena que hacía tiempo que no recordaba y que me acompañó el resto del día y de forma ya obsesiva seguiría acompañándome incluso cuando el avión, esta vez sin escalas, me devolvió a Lokunowo ese mismo día por la noche. La escena recordada se erigió en el último recuerdo de ese país al que no pensaba en la vida ya volver, el último recuerdo que iba a quedarme de España y de sus patituertos y patibularios fantasmas monárquicos, independistas, liberales, republicanos, católicos todos.

Ese recuerdo sería ya para siempre el recuerdo del momento en la catedral de Sevilla en el que recordé una tarde de invierno, perdida ya en el tiempo, una tarde en Barcelona en la que mi mujer y yo hablábamos distraídamente de amigos que *eran* o no escritores, y nuestra hija Nora, con tres años, nos escuchaba algo más que atentamente, hasta que cerró los ojos, y luego nos miró de una manera extraña, y nos asustamos. Parecía que quería decirnos algo.

–¿Y qué soy yo? –nos preguntó de golpe.

No dijo quién soy yo, sino qué soy yo.

No sabíamos qué hacer, qué decirle, qué ser nosotros.

–Eres una niña –le dije finalmente.

Tenía los ojos cada vez más desorbitados. Y bebía un refresco.

–No, ¿qué soy yo? –dijo muy excitada, y estaba a punto de romper a llorar.

–Ya te lo explicaremos otro día –dijo su madre.

—No, ¿qué soy yo? –insistió.

Su gravedad petrificaba. Y el refresco, en aquellas circunstancias, parecía de una banalidad infinita.

También con el recuerdo de una hija se pueden quemar las naves. Al regresar a Lokunowo, fui muy consciente de que atrás quedaba para siempre la tierra natal. Atrás quedaban muchas nubes negras y quedaba Ítaca, ligada ahora tan sólo al recuerdo de una tarde de invierno y a la pregunta de una niña muerta. Delante quedaban los países extranjeros y los manicomios, la nieve sobre las tumbas verticales, el movimiento perpetuo y la constancia del viaje interior en uno mismo, la expedición hacia el fin de la noche y el deseo de viajar sin retorno.

REALIDAD

Con la misma puntualidad con la que ha llegado el invierno astronómico a Lokunowo, es decir, a las 14 horas y 42 minutos, ha entrado en todos los teletipos del mundo, hoy 21 de diciembre, la noticia de que el Ejército Islámico de Irak ha comunicado a la cadena Al Yazira que ha liberado a Christian Chesnot y George Malbrunot, los dos periodistas franceses secuestrados en agosto en Irak. Al Yazira ha entregado a los dos periodistas a la embajada de Francia en Bagdad.

Qué buena noticia para Humbol, he pensado inmediatamente. Yo ahí, en ese tipo de noticias, ya me pierdo, me desborda la realidad. Todo eso que pasa por ser la realidad he hecho muy bien en cedérselo a Humbol porque es endiabladamente complejo y engañoso y, además, me aparta, con innobles movimientos, de la verdad.

Contemplo el momento de la liberación de los dos periodistas franceses como si lo presenciara en un gran teatro en cuyo escenario hay un telón de fondo con un cielo pintado y reina la claridad de una mañana al aire libre. Pero la mañana es engañosa porque, casi inmediatamente después de la liberación de los periodistas, oscurece en plena escena, quiero decir que cambia el decorado. Con este tipo de ilusiones teatrales nada complejas, lo mejor que uno puede hacer es observarlo todo sin demasiada ansiedad, sabiendo que forma parte de las reglas del juego dramático. Ahora bien, siempre llega un momento en el que uno ya no puede más de tanto engaño y se cansa de la tramoya mediática y quiere conocer la verdad. Entonces, tratando de acercarse más a esa verdad, uno se dirige hacia el fondo del escenario y, como si fuera el mismísimo Kafka, «corta la lona, pasa entre los jirones de cielo pintado y por encima de unos escombros y huye a la callejuela real, húmeda, oscura y estrecha, por cuya proximidad al teatro sigue llamándose calle del Teatro, pero que es verdadera y posee toda la hondura de la verdad».

Estoy seguro de que, aunque se diera el caso de que fueran sólo verdades indefinidas, la búsqueda no carecerá de sentido. El viaje será largo, pero digamos que ya estoy fuera del teatro, en la callejuela real, húmeda, oscura y estrecha. Esa callejuela es el mejor atajo que conozco para llegar a la misteriosa calle única de mi vida. ¿Acaso es la verdad sobre mi vida lo que realmente quiero investigar? ¿O es la calle de la verdad la que me interesa? No sé, sigo andando por la callejuela húmeda y oscura. Y no olvido que para adentrarme en la verdad necesito desaparecer de verdad.

33

Enciendo la luz. Vuelvo a recordar que quien quiera ir más allá deberá desaparecer. Después ahuyento pensamientos y evoco la tertulia de ayer con los psiquiatras del Monenembo. Última reunión del año, antes de la Nochebuena. Al contarles que había estado unos días de vacaciones, el doctor Monteiro se preguntó en voz alta –todos le escucharon con atención y se notaba que habían hablado del asunto durante mi ausencia– si no era que yo llevaba una doble vida. «Bueno, muchos de ustedes ya saben que frecuento el burdel. ¿Se refieren a eso?», pregunté. Algunas risas. Y luego dijeron que obviamente no se referían a eso. «Estamos hablando de lo que, con usted todavía de vacaciones, hablamos ayer. De un lugar común entre psiquiatras. Comentamos que la mayoría de los adultos normales nos hallamos perfectamente preparados para iniciar una vida secreta, aunque no para mantenerla», dijo el doctor Bodem. Mostré cierta perplejidad. «Comentamos», quiso aclararme el doctor Bieto, «que la capacidad de guardar un secreto es fundamental para un desarrollo social sano, y también comentamos que el deseo de probar otras identidades puede permanecer hasta bien entrada la edad adulta.»

«En un sentido muy profundo, un hombre no tiene una identidad a no ser que tenga un secreto», dijo el doctor Betancourt, y luego volviéndose hacia mí: «¿No está usted de acuerdo, doctor Pinchon?»

«Aquí, como psiquiatras, todos estamos de acuerdo en que la capacidad para guardar secretos es esencial para un desarrollo sano, para que la mente se mantenga en forma, se mantenga ágil. ¿Y usted qué dice a esto, doctor Pinchon?», me dijo Monteiro

Me sentí algo acosado.

«No sé. Que da la impresión de que todos ustedes tienen

369

su correspondiente amante y llevar una doble vida, tienen hogares paralelos», contesté contraatacando.

«¿Y usted no, doctor Pinchon, no participa de ese desarrollo sano?», preguntó el doctor Costa.

«¿Usted no tiene secretos?», preguntó el doctor Pinha. ¿Usted no ha deseado alguna vez probar a tener otras identidades?», preguntó el doctor Martinho, el más serio de la tertulia.

«Es, por ejemplo, signo de buena salud mental mantener en secreto las relaciones pasadas en las que aún se sigue pensando. Como es también muy sano utilizar distintas identidades para manifestar problemas y resolverlos. ¿No lo ve usted así, doctor Pinchon?», dijo Bieto mirándome con una inquietante fijeza.

Aquello era un interrogatorio.

«Pero ¿qué quieren ustedes saber?», pregunté.

«Si lleva una doble vida. Eso es todo. Si usted es el que no es, pero también es el que es», dijo Pinha.

Era como si todos perdieran su condición de doctor en cuanto me preguntaban o me decían algo por segunda vez. Pasaban para mí a ser un simple apellido, sin la pompa del tratamiento doctoral. Y es que había empezado a verlos a todos no como médicos sino como unos detectives chismosos.

«No llevo ninguna doble vida. Además, ¿cómo se hace eso de utilizar diversas identidades?», dije.

«Unos lo hacen por Internet. Se inventan nombres falsos y resuelven problemas escribiéndose con desconocidos en una zona, la de Internet, relativamente libre de consecuencias», explicó el doctor Souza.

«Y otros simplemente camuflándose bajo un nombre falso», sugirió Monteiro.

«Y otros, como yo, escribiendo», dije.

«¿Qué quiere decir con eso?», preguntó el doctor Pinilla, que parecía estar siempre en las nubes y sin enterarse de nada.

«Que escribir es hacerse pasar por otro», dije, «y por eso es una actividad tan recomendable, pues uno no necesita llevar ninguna vida doble, la escribe y ya está. Señores, bueno es que sepan que escribir esas *Tentativas* que ustedes escuchan con tanta desidia me permite llevar una vida muy sana.»

«¿Y es Pinchon su apellido?», preguntó Bodem.

«Lo es. Soy Pynchon», dije con un aplomo que no era habitual en mí, como si sentirme acorralado me empujara a descubrir la seguridad que siempre había anidado en mí mismo. Percibí en ese momento las ventajas de hablar y no escribir. La *i* latina de Pinchon, por ejemplo, podía convertirse en una *y* sin que aparentemente nadie lo notara.

«¿Alguna pregunta más?», dije con un aplomo ya total.

«¿Y cuál es su otro apellido?», preguntó el doctor Lopes.

«Maas», respondí casi sin pensar, rápidamente, en homenaje al personaje pynchoniano de Edipa Maas.

Al mismo tiempo el «maas» parecía una pregunta.

«¿Mas o Maaaas?», quiso saber infantilmente Lopes, haciendo un poco de teatro.

«Seguro que le gustaría llamarse de otra manera...», dijo Bodem.

«Ingravallo, por ejemplo. Me gustaría llamarme Ingravallo», contesté. «No es muy corriente y suena bien. Pero estoy contento con ser Pynchon. Tengo la impresión de que llamarse Pynchon equivale a ser una persona de la que no se sabe nada. Ése debe de ser seguramente el resorte invisible que les empuja a preguntarme si me llamo Pynchon. No olviden que yo también soy psiquiatra. Puedo estar eventualmente retirado, pero me acuerdo de todo lo que estudié y también de lo que yo mismo, por mi cuenta, averigüé.»

«¿Y cree que es sano llevar la vida de un Pynchon?», me dijo Monteiro.

Pregunta rara y que seguramente venía a insistir en que mi apellido verdadero no era Pynchon, aunque daba la impresión de que Monteiro funcionaba por su cuenta, sus preguntas se dirigían en un sentido diferente de las de los otros. No había que olvidar que Monteiro no ignoraba que había un escritor muy famoso que se llamaba Pynchon y vivía en Nueva York. O bien Humbol le había informado recientemente de esto, o bien él lo había sabido siempre, pues, a fin de cuentas, tenía conocimientos literarios y referencias, aunque fueran vagas, de la existencia, por ejemplo, del escritor Robert Walser. Y, en cuanto a los otros tertulianos, podían haber sido informados por Monteiro de esta circunstancia, pero no me parecía que fuera así, los otros preguntaban a su aire, convencidos de que aquélla era simplemente una tertulia de psiquiatras.

Ahora bien, eso sí, me miraban todos con notable fijación y recelo. Y yo empezaba a sentirme en la callejuela real, húmeda, oscura y estrecha. Y al mismo tiempo tenía la impresión de estar bajando en gabarra por un río tranquilo. Después de todo, no había cometido ningún delito. El único problema estaba en que quisieran seguir indagando y acabaran por devolverme a mi indeseable identidad anterior, o a la anterior de mi identidad anterior, aún más indeseable.

«Y dígame, doctor Pinchon, ¿hasta cuándo piensa ocultarnos su verdadero nombre?», preguntó Monteiro, implacable.

«Aquí ya nada es fácil», me señaló, muy oportuno, el doctor Ingravallo. Y por poco hasta muevo la cabeza para darle toda la razón a mi voz interior.

«Tampoco ha de extrañarle que hablemos de esto. Se trata de la vieja cuestión de quién es quién y si somos o no quienes creemos ser», trató de explicarme el sesudo Souza.

«¿Quién cree usted ser?», preguntó Bieto, hombre muy llano y directo.

Me levanté y les dije que mañana sería otro día. Soñaba con no hacer nada, tumbado sobre la cama, en mi cuarto de hotel. Eso les dije. «Además», añadí, «no quiero ser nadie.»

«¿Nadie?», preguntó Costa, molesto al ver que me escabullía.

«Está bien», dije también yo enfadado, «mi verdadero nombre es Emmanuel Bove y nací en París, de madre española y padre francés. ¿De acuerdo? Pasé la adolescencia en el Paseo de San Juan de Barcelona y la juventud en el Bronx de Nueva York. Allí conocí al verdadero Pynchon, que me dio permiso para utilizar su nombre y despistar a sus perseguidores, a todos aquellos que quieren averiguar cuál es su rostro. Soy psiquiatra, en eso no les he mentido. Y es cierto, llevo una vida doble, pero sólo cuando vivo en Lisboa, donde tengo una esposa perfecta y maravillosa y una hijita llamada Nora, pero por las noches voy de bares y me dedico a acostarme con mujeres a las que humillo y degrado hasta límites insospechados. Si ando por estas tierras es porque el día en que me jubilé, decidí tomarme un periodo de vacaciones en Lokunowo y de paso descansar de mi doble vida en Lisboa. ¿Satisfechos, señores?»

«¿Y, entonces, quién es el verdadero Pinchon?», preguntó Pinilla, siempre en las nubes.

34

Al día siguiente, en plena plaza Bangasu, Humbol se plantó ante mí. Tenía ya las fotografías de la rue Vaneau. Pobre hombre, pensé. Cada día me llegaba con más fuerza la impresión de que debía dejar pronto Lokunowo, donde me había yo mismo complicado demasiado la vida. Haría bien en ir a esconderme lo más pronto posible en algún lugar menos civilizado que Lokunowo, un lugar donde ya no tuviera que ser ni siquiera el doctor Pynchon.

Vi las fotos. Vi la infantil pegatina, una inocente y pequeña manzana en el cristal de la ventana de la casa de Bove.

¿Había realmente Bove vivido allí? Parecía mentira viendo aquella pobre manzana roja. Vi la embajada de Siria en el momento en que su puerta era franqueada por tres ciudadanos que se volvían para mirar con recelo a la cámara. Con razón, el detective de la rue Oudinot se había jugado el pellejo. Vi la farmacia Depeyroux con los dos refulgentes cristales de sus escaparates. Y dentro, pensé, la dependienta que sólo a mí no quiere venderme aspirinas francesas. Vi la casa de las misteriosas sombras. Apariencia de normalidad a la luz del día, pero también claroscuro e inmovilidad a la espera de una catástrofe. Vi a los obreros destrozando el vestíbulo del Suède. Vi el apartamento de Marx sin obreros. Me metí en la piel de Jakob von Gunten y me vi sirviendo a Marx en el calor de su hogar. Me comportaba como un mayordomo muy servicial con Marx, pero al mismo tiempo algo perverso, obsesionado en pasarle información sobre la lucidez de Walser con preguntas como ésta: «¿A quién dan de comer las conquistas interiores, señor?» Perplejidad pasajera de Karl Marx. «Ya le contesto yo mismo. A nadie. Por eso a mí me encantaría ser rico, pasear en berlina y malgastar dinero. Nada de conquistas interiores. Lléveme a la mansión de Chanaleilles, señor.» Vi la mansión de Chanaleilles y en ella, fumando un gran habano, Saint-Exupéry diciéndome: «Estoy totalmente de acuerdo con el reglamento de los aviadores.»

Vi también –pero no en foto– el regalo de Nochebuena que pensaba Humbol darle a la mujer de su segundo hijo, «una mujer que se llama Dorotea y es como un niño», precisó. Humbol estaba excitado y parecía sumido en un mundo de ficción ya permanente, constante. Parecía confirmarse que, desde que me había conocido y le había hablado yo de los misterios de la rue Vaneau, había quedado algo más que preso de aquella historia que deseaba escribir en el aire. «Querrá decir como una niña», dije refiriéndome a Dorotea. Se quedó mordiéndose el labio inferior. «No, como un niño, quiero decir como un niño. Y no me haga entrar en más detalles, doctor Bove», dijo haciendo más que evidente que había hablado con los psiquiatras de mi tertulia.

«Doctor Bove», remarcó, diciéndomelo muy directamente a los ojos. Luego, me explicó que el regalo para Dorotea lo había encontrado, hacía años, en un anticuario de Praga. Y me lo enseñó con una sonrisa que ocultaba una angustia de callejuela real, húmeda, oscura y estrecha. Una angustia muy grande, en definitiva. El regalo era «un juego de paciencia», que diría Kafka, y no mucho más grande que un reloj de bolsillo. En la superficie de madera de color caoba había tallados unos caminos laberínticos de color azul que desembocaban en un pequeño hoyo. El objetivo consistía en conducir, moviendo e inclinando el tablero, la bola primero a uno de los caminos y luego al hoyo. Imaginé que cuando la bola estaba desocupada se dedicaba a maldecir a los que querían introducirla –como a una vulgar muerta– en el hoyo.

«Todos acabaremos como esta bola, ¿no le parece?», me dijo Humbol viendo que me fijaba mucho en ella. «No, no me lo parece», le contesté muy serio, casi molesto. «Pues yo creo que sí, que ése es nuestro destino, pero que, mientras tanto, lo mejor que podemos hacer es adentrarnos en los laberintos de una gran conspiración internacional. ¿No está viendo usted ahora a un detective que descubre una intriga cuyo centro se sitúa en el apartamento del 1 bis de la rue Vaneau, en la *rez de chaussé* donde vivió Bove? ¿No ve una intriga conectada directamente con una aparentemente inocente manzana infantil que en realidad es un ojo que espía las entradas y salidas de la embajada de Siria?»

«Pues no, señor. Por ahí no vamos a ninguna parte», le dije cada vez más molesto. Le había regalado una novela (para que la escribiera en el aire o donde quisiera), pero no estaba dispuesto a escuchar necedades. Me despedí bruscamente mientras me decía para mis adentros que debía abandonar pronto Lokunowo. Ya había dejado atrás para siempre mi tierra natal y mi tendencia natural a escribir ficciones. Me convenía ahora seguir dejando atrás más lastres.

Unos minutos después, entraba con paso resuelto en el cybercafé de la Avenida Huambo, esquina plaza Bangasu. Entré allí con la idea de examinar, después de mucho tiempo, mi correo electrónico. Quizás había llegado la hora de atreverme a saber qué me escribía la gente. Pero no tardé en darme cuenta de que desde hacía varios meses había quedado cancelada mi cuenta en el servidor Terra y, por tanto, era imposible que pudiera acceder a mi correspondencia electrónica. Entonces se me ocurrió navegar un rato por Internet, buscar cuáles eran las últimas noticias que se habían publicado sobre mí en España y en el mundo. En España ni una sola noticia. Y en el mundo, igual. Era para desanimarse si no fuera porque aquello era en realidad muy favorable a mis intereses. Suponiendo que aún fuera mínimamente recordado, lo más probable era que me situaran vagando por el fin del mundo, por la Patagonia. No había peligro de que me localizaran. ¿Acaso no era eso lo que había estado buscando? Decidí dejar de examinar noticias sobre aquel extraño escritor que había sido yo en otros días y miré a ver si decían algo sobre un tal Pinchon, que se paseaba por Lokunowo. Y encontré sólo información sobre un plato de «pinchon relleno con castañas y foie» que daban en un restaurante de Port de la Selva. Me reí bastante, tanto por la inesperada aparición de un «pinchon relleno» como por la asociación, no menos inesperada, de ese «pinchon» con Port de la Selva, el paraíso de mi infancia.

¡Pynchon y Port de la Selva!

Y por un momento volví una vez más a preguntarme si esas coincidencias con las que algunos convivimos eran casualidad, destino, o un ejemplo práctico de la teoría de las probabilidades. Y me dije que, en cualquier caso, lo que tenía que hacer era dejar de mantenerme alerta ante estos sucesos. Todo eso tenía que quedar para gente como el doctor Humbol. En cualquier caso, movido todavía un poco por lo que hasta entonces tanto me había atraído, busqué en Google la asociación «Pasavento + Rue Vaneau». No era tan fácil dejar atrás la rue Vaneau. Busqué y no encontré nada, sólo un duro y estremecedor vacío. Tampoco había nada en «Pinchon + Lokunowo», ni en la variante «Pynchon + Lokunowo». Tras estos fiascos, se me ocurrió buscar en «Chesnot + Malbrunot», y allí, entre una multitud de entradas, di con una revista digital que se llamaba a sí misma *revolucionaria* y donde en el interior de la para mí oscura noticia de la liberación de los dos periodistas franceses parecía abrirse un foco de luz que daba directamente a una incierta verdad que podía estar detrás de la siempre nada transparente realidad.

Leí allí que Mohamed Al Yundi, el chófer sirio, después de ser encontrado en Faluya por militares norteamericanos el 12 de noviembre, había sido encarcelado de inmediato y torturado durante cinco días. Aunque la noticia no había llegado a la prensa escrita, el chófer, en contra de la sorprendente opinión de RSF (Reporteros Sin Fronteras), llevaba días en París queriendo denunciar a la US Army por esos «malos tratos, tortura y amenazas».

Lo que él quería denunciar era que al ser descubierto en una casa abandonada de Faluya, había sido esposado por la fuerza y conducido, por callejuelas húmedas y estrechas, a un campo militar donde había recibido brutales golpes de botas militares en la cara, y después trasladado a las afueras de Faluya, donde le habían interrogado de rodillas mientras le preguntaban las direcciones de las personas que lo habían secuestrado y de aquellas que lo habían ayudado. Había pasado por tres simulacros de ejecución, con la pistola en la sien. Y, al final, había sido interrogado por civiles que se divertían aplicándole descargas eléctricas. Le enseñaron fotos de personas buscadas, y no reconoció a ninguna. Después, quisieron llevarlo a la casa donde había sido encontrado, pero renunciaron a esto a causa de los combates. Sólo entonces le dejaron marcharse.

Cuando salí del cybercafé, me dije que también esto lo dejaba para Humbol y su observatorio de la realidad con destino a la ficción. En los días que vivimos, pensé, la verdad va por un lado bien distinto de la realidad y, por supuesto, también bien alejado de la ficción.

Tal vez para paliar el espanto que me había causado la descripción de las torturas al chófer, imaginé a Mohamed Al Yundi primero tomándose un exquisito aperitivo en la embajada de Siria en Francia y discutiendo con los turbios o, como mínimo, enigmáticos representantes de Reporteros Sin Fronteras. Y luego le imaginé saliendo extenuado a la rue Vaneau y deteniéndose por un momento en el umbral de la mansión de las tres sombras inmóviles y, tras unos vacilantes pasos, seguir su camino. Le seguí con la imaginación hasta donde pude y le vi doblar la esquina (como si él se encontrara dentro de *Rayuela*, la novela de Cortázar) y le vi adentrarse en la rue de Varenne por el mismo lugar en el que muchos años antes, bajo la lluvia, la Maga se había colgado del brazo de Oliveira. Y me pareció que Mohamed Al Yundi caminaba, como yo, hacia el umbral de lo desconocido.

GRACIAS POR DEJARME ESCRIBIR EL TÍTULO

Ayer tomé un papelillo y escribí: «Allá Humbol con sus ficciones», lo escribí hasta veinte veces, creo. Frenéticamente. Después, destruí el papel. Hoy he vuelto a escribir la frase, lo he hecho en este papelillo que va sin título y que luego le daré al doctor Ingravallo para que lo archive o él mismo le ponga un título adecuado. Se lo daré para que, como si se tratara de un Max Brod cualquiera, lo publique con mis cuadernos cuando yo haya ya desaparecido del todo. Los papelillos deberán ser leídos aparte y considerados humildemente escritos por mí, mientras que los cuadernos será mejor que se los atribuya el propio Ingravallo. No aspiro a ser el autor de nada más, sólo el responsable de unos cuantos papeles que deberán ser llamados *papelillos de la soledad*.

35

Hace unas horas, Ingravallo y yo estábamos sentados frente al estanque del jardín de Roa contemplando el hielo blanco y grueso que lo cubría. Un estanque notablemente grande, uno de los orgullos de la ciudad. En el hielo quedaban, a modo de cicatrices, multitud de recuerdos del paso implacable de las docenas de patines que a diario circulan por allí. Como era día de Navidad, no había nadie. Día de Navidad y cuarenta y ocho aniversario de la muerte de Robert Walser. No se veía ni la sombra de una sombra cualquiera. Frío. Sólo Ingravallo y yo. Y la compañía de un libro de Bove, su *Journal écrit en hiver*.

«Cuando dos personas hablan, una de ellas debe guardar silencio. Por ejemplo, ahora estamos conversando y mientras yo hablo, tú estás obligado a permanecer callado», me ha dicho Ingravallo. No he querido llevarle la contraria. Además, me han parecido correctas sus palabras. «Si habláramos al mismo tiempo, ninguno de los dos podría oír lo que dice el otro», ha continuado Ingravallo, hablándome ahora con un acento afrancesado a medio camino entre Cortázar y Serge Reggiani y diciéndome, de pronto, que los ingleses inventaron Irak. Me he preguntado para qué o por qué habrá dicho eso. Una frase muy breve, pero contundente. La ha repetido. Los ingleses inventaron Irak. He estado a punto de decirle que ésa era una frase para Humbol y creo que esperaba que le dijera precisamente eso. Pero he preferido callar. Luego, me ha preguntado cómo pensaba hacer para averiguar la verdad que se agazapaba detrás del affaire de Mohamed Al Yundi. «¿Por qué callejón o laberinto quieres llegar al hoyo?», me ha dicho entonces Ingravallo, y ha reído. Imitar a Humbol le hace una gracia inmensa. Luego, ha añadido: «¿O es que piensas averiguarlo todo desde tu habitación del Lubango, sin moverte? ¿Vas a actuar como si fueras Descartes y no un activo detective?»

Supongo que al hablarme de Descartes ha querido referirse a que éste pensó y vio el mundo sin moverse de su bien caldeado estudio de Ulm, en Alemania. Con la evocación del estudio bien caldeado nos han entrado a los dos deseos urgentes de dejar de contemplar la pista helada y acercarnos al fuego de la chimenea del vestíbulo del Lubango. Y hemos abandonado al poco rato el jardín de Roa. Ya en el hotel, frente al fuego, hemos vuelto a Descartes, al solipsismo, a la idea del yo y el otro, a todas esas viejas cuestiones que vienen algunas de Montaigne y otras de Descartes.

«Nuestro sentido del yo», me ha dicho entonces Ingravallo, «está formado por el inacabable monólogo, las conversaciones que mantenemos con nosotros mismos y que duran toda la vida.» Se ha producido un largo silencio, yo tenía puestos mis ojos en los leños ardientes, y los de Ingravallo parecían situados en el mundo de lo invisible. «Y todo esto», le he dicho finalmente, «sucede en la más absoluta soledad. Porque es imposible, por ejemplo, saber lo que están pensando las otras personas. Del otro sólo podemos ver su exterior, y eso cuando lo podemos ver. Del otro sólo podemos escuchar sus palabras, pero no podemos ver los pensamientos, ¿verdad?» Otro largo silencio hasta que Ingravallo me ha dicho que, por muy lejos que uno se encuentre en un sentido físico (aunque esté en una isla desierta o encerrado en una celda solitaria), descubre que está habitado por otros. «Paradojas de la soledad. Cuanto más solos estamos, menos nos encontramos a nosotros mismos y en cambio encontramos al mundo», ha dicho. Y ha seguido una larga pausa. Me ha dado casi miedo interrumpir sus reflexiones. Finalmente ha regresado al mundo del habla. «Haces bien en delegar en Humbol todas las investigaciones sobre la realidad. Que invente él, quiero decir que escriba él las novelas, aunque sean novelas en el aire», me ha dicho, sin duda muy solidario con mis decisiones más recientes. Y poco después ha conseguido sorprenderme cuando me ha recomendado que buscara el enigma de la poesía y no perdiera más el tiempo con otros misterios.

Tras el silencio que ha seguido a esta recomendación, me ha pedido mis cuadernos para poder ser él quien escriba en ellos. «Pensaba hacerlo», le he dicho. Y se los he dado sin más problema, hasta creo que andaba yo deseando que me los pidiera ya. Le he dado también mis papelillos, y él se ha ido con todo. «Seré yo ahora quien intente escribir lo que escribiría si escribiera», me ha dicho arrastrando mucho la voz.

Yo he vuelto a la lectura del libro invernal de Bove y me he sentido de golpe atraído casi de forma magnética por dos frases de este escritor: «Aunque no sé contar historias, sé decir la verdad. Quizás es mi destino en la tierra.» He recordado que, comentando precisamente estas dos frases, Peter Handke llegó a la conclusión de que Bove era grande. «Y entiendo por grande saber ceder su lugar al otro», explicó en su momento Handke. De pronto, me he preguntado si no era ésta una de las mejores cualidades de Ingravallo. No ser visto le permite más que a nadie ceder el lugar al otro.

36

Ha muerto en Barcelona Miquel Bauçà, el Salinger catalán. La noticia, leída casualmente en un periódico, me ha sorprendido y ha terminado por dejarme completamente paralizado. Es como si hubiera muerto mi doble, con la diferencia de que a él parece que están dispuestos a llorarle, cosa que no creo que hagan jamás por mí.

Murió a finales de diciembre, pero nadie se preguntó dónde estaba, nadie lo buscó. En esto se parece como una gota de agua a mí. Nadie lo buscó, pues no en vano, por voluntad propia, vivía en domicilio desconocido y no se relacionaba con nadie, llevaba una vida oculta en un piso del centro de Barcelona. Hacía años que no aparecían fotografías suyas y ya nadie sabía qué aspecto físico presentaba. Fueron los vecinos los que, alertados por el hedor, avisaron a la policía. De modo que no se sabe exactamente qué día murió. Hacía muchos años que no se relacionaba con nadie y para comunicarse con sus editores lo hacía a través de un apartado postal. No encontraron su cuerpo hasta como mínimo una semana después de su muerte y no fue hecha pública la noticia hasta hoy, 11 de febrero. El historiador Miquel Barceló escribe: «Tras una extraordinariamente larga desaparición de la vida pública que se supone que un escritor ha de llevar, ahora que se ha confirmado su muerte sería improcedente hacer interpretaciones sobre los posibles significados de la literatura de Bauçà. Para empezar, no está nada claro cuál era el sujeto de su escritura. ¿Sobre qué escribía? Que yo sepa nadie lo ha dicho todavía.»

Creo que se me ha adelantado en todo, porque Bauçà seguramente llevó a la práctica, a través de sí mismo y de sus textos, la tan traída y llevada «desaparición del sujeto». Me entero por el corresponsal del periódico en Mallorca de que Bauçà estudió Filosofía y Letras en la Universidad Central de Barcelona. Bebedor, tipo duro, algo intratable, fue profesor de catalán hasta su jubilación anticipada hace más de dos décadas. En 1971 se autodefinió como «una miseria inestable, no admitida, vergonzosa, o dicho de otro modo, un estatus no estable, permanentemente vergonzoso». Había estado casado y tenía una hija, pero rehusaba el contacto familiar. Devino un observador de la realidad a través de Internet y de la cadena de noticias CNN, según se intuía en sus escritos torrenciales y expresivamente herméticos. «A él le hubiera encantado su circunstancia última, que no se supiera qué día había fallecido», reconoció ayer su editor. «Es asombroso. Vivía en el centro mismo de Barcelona y no se dejó ver a lo largo de más de treinta años», dijo Angelo Scorcelletti. «Un ejercicio de desaparición muy conseguido», añade ahora el doctor Ingravallo arrastrando mucho su voz.

37

Ha muerto Rafik Hariri en la ciudad de Beirut. Un atentado terrorista con muchos kilos de dinamita. «Grave crisis entre Francia y Siria, aunque el régimen de Damasco condena el atentado», dice el subtitular del periódico *Le Monde* de hoy, 12 de febrero, donde cuentan que los acontecimientos comenzaron a desbordarse hace cuatro meses. Antes de octubre, Beirut había recobrado su antigua fama de ciudad alegre y tranquila de Oriente Medio. La política de reconstrucción dirigida por Hariri, las inversiones financieras, el apoyo de dirigentes internacionales como Chirac (amigo de Hariri), habían renovado la vida en esa ciudad. Pero en octubre todo comenzó a deslizarse por el camino salvaje al romperse el equilibrio norteamericano-sirio que permitía que Damasco continuase su tutela militar sobre los asuntos internos libaneses. Ese octubre, Rafik Hariri había dimitido de su cargo de primer ministro y se había incorporado a las fuerzas opositoras al presidente Lahud. Y ahí había empezado a complicarse todo.

Larga sombra de la rue Vaneau. A Humbol, he pensado, la noticia habrá de interesarle.

Me dirigía hacia la terraza del Li Astol cuando me he encontrado, frente a frente, con el joven español de la voz alta, su novia y el carnicero y una mujer que no había visto hasta ahora y que me ha parecido el vivo retrato de Lidia. Lo primero que he pensado ha sido que el joven no es un turista como en un principio me había parecido, pues lleva ya demasiado tiempo en Lokunowo para serlo. Me había casi olvidado de él y de repente me lo he encontrado delante de mí. He seguido avanzando, como si no pasara nada. Pero enseguida he visto que, como una continuación de la última vez que le vi, seguía mirándome con interés, y ya no digamos el interés con el que me miraba el carnicero. A modo de venganza, he imaginado que el carnicero era simplemente un personaje de novela, de una novela del nuevo realismo posmodernista. En fin, un personaje de Pynchon.

«Usted es...», me ha dicho el joven. «No. Yo no soy. Me llamo así. Me llamo Yo no soy», le he interrumpido inmediatamente. Ha quedado rara esta disuasoria respuesta, pero no me ha parecido que sorprendiera demasiado al joven. «¿Y hasta cuándo será usted el doctor que se llama Yo no soy?», se ha atrevido a preguntarme, con una sonrisa en los labios.

«Hasta nunca ser nada», me he atrevido a contestarle. Y me he quedado en riguroso silencio, con la sensación de tener mi cerebro atravesado por una larga metáfora: restos de cruces de un cementerio nevado se erguían y se doblaban siempre que el trastornado viento que circulaba por mi mente cambiaba para un lado o para el otro.

Un simple vértigo, en realidad. Pero también cierto temor a haber sido descubierto. Y la impresión, siempre de fondo, de que, en efecto, lo más conveniente será dejar pronto Lokunowo.

He doblado una esquina, después otra. He caminado, como si huyera de algo. Más de media hora y a buen ritmo. Hasta que, casi sin darme cuenta, me he plantado en la puerta de la selva. He comido un emparedado y luego he tomado un café en el quiosco de la entrada. Me he ido calmando. He dado la espalda a la selva, con la intención de calmarme aún más y emprender el viaje de regreso, volver a pie al Lubango. Entonces, cuando ya iba a marcharme de allí, el hombre que hace retratos en la puerta de la selva me ha preguntado si quería hacerme uno. He dudado. Y finalmente me he negado. Le he citado a Plotino al pobre retratista. Le he dicho: «Yo mismo soy una sombra, una sombra del arquetipo que está en el cielo. A qué hacer una sombra de esa sombra.»

Ha sonreído como puede sonreír alguien que cree haber escuchado las palabras de un loco. Sin embargo, lo que ha escuchado ha sido una reflexión sobre el arte. Porque Plotino pensaba que el arte era una apariencia de segundo grado. Si el hombre es deleznable, ¿cómo puede ser adorable una imagen del hombre?

Una hora después, al entrar en mi cuarto de hotel, me he mirado en el espejo y, horrorizado, he visto a Pynchon y he tenido que desviar inmediatamente la mirada. ¿Cómo explicarme ese momento de terror? Tal vez, me he dicho, el retratista de la entrada en la selva ha querido vengarse de mí a través de este espejo. Algo más tarde, sólo unos segundos después, me he serenado. Me ha parecido que era absurdo haber visto a Pynchon si ni siquiera sabía qué aspecto tenía. A menos, claro está, que hubiera pasado a ser yo uno de los rostros del escurridizo Pynchon.

No le he dicho a Lidia que dejaba Lokunowo, pero me he despedido de ella por un tiempo. No me ha parecido nada afectada. La he mirado fijamente en silencio, casi implorándole que me implorara que me quedara, pero no ha reaccionado en este sentido. «Debes haber hecho grandes estudios sobre manicomios», me ha dicho con admiración y como si se sintiera obligada a alabarme en algo. ¿Quién le habría dicho que yo era doctor en psiquiatría? Como no sabía qué decirle, ella ha repetido los elogios. «Se te nota que has hecho muchos estudios sobre manicomios», me ha dicho. «Sólo sobre el mío», le he contestado. Entonces ha tratado de hacerme aún más cumplidos por *mi manicomio*.

Al salir a la calle, me ha dado por pensar en los diques, los muelles, las compuertas de las orillas del Sena. Hacía semanas que no pensaba con esa intensidad en París. Después, he comprado el periódico y allí, en primera página, estaba la noticia del día.

Siria en el ojo del huracán.

El presidente de Siria, Bachar el Asad, ha anunciado ante la Asamblea Popular del Pueblo que pronto desaparecerán del Líbano todos los soldados de Siria. La desaparición, ha dicho, se hará de forma gradual, pero completa.

Me he preguntado quiénes iban a desaparecer primero, si los sirios o yo.

Y al entrar en el hotel me he dicho que aquello parecía —aunque seguramente sólo lo parecía— el final de una larga historia de difuminaciones.

40

Aquí para todos soy el doctor Pynchon, sin más problema. Llevo ya unos días viviendo en esta ciudad de bellas arcadas que está a kilómetros y kilómetros de distancia de Lokunowo. Aquí siempre estoy bien, siempre estoy encantado con todo. Llevo días viviendo en esta ciudad que parece estar siempre bajo una espectral luz de lluvia y donde procuro hablar lo indispensable con la gente, no quiero cometer más errores. Aquí todo es fácil y me siento bien conmigo siempre. A veces me acuerdo de algo que escribió Walser en *El retiro:* «Tú ve allí, que allí todo es fácil, quiero decir que estando allí no necesitarás nada, y te sentirás bien contigo siempre.»

Me siento bien aquí conmigo siempre. Sigue no interesándome la realidad, sino la verdad. Pero sólo en el ámbito solitario de mi caldeada habitación de hotel dedico tiempo a indagar en la verdad. Me esperan aquí largos inviernos helados y la azarosa geometría de la blancura. Yo vivo aquí emboscado, como si practicara la natación en un gélido mar sin fondo en el centro de la tierra. Y soy como aquel bandido walseriano que se diluía y ocultaba tanto en el texto que acababa incluso desdoblándose en dos. Pero no estoy aquí para escribir demasiado, sino para dedicarme al arte de desvanecerse. Mi estrategia consiste en dedicarme a ser visto sólo lo imprescindible y a tratar de desaparecer cada día más.

Mi verdadera vida la vive por mí Ingravallo. Justo cuando cree que ha llegado la hora del silencio, le vengo yo con otra historia de las mías. Le llamo doctor y le pido que anote la historia, y él me dice que no es doctor. «Non sono dottore», protesta arrastrando mucho la voz, «non sono dottore.» Y se va. Pero al poco rato vuelve, vuelve justo cuando soy yo el que se dispone a caer en el silencio, vuelve entonces Ingravallo con algún relato suyo. Ayer me vino con la historia de alguien que se perdió en Sevilla, viajó al norte de Suiza y vio tumbas verticales en la nieve y acabó buscando, a través del enigma de la poesía, la verdad de la calle única de su vida. La historia de alguien al que la belleza del mundo le conducía a la desolación, la historia de alguien que ahora se va, pero se queda, pero se va. Pero vuelve.

Nunca le había visto gravitar tanto en el centro de su bella desdicha, nunca moverse en el umbral mismo de ese mundo ulterior que él intuye perfectamente que está detrás de la bruma, como si ya sólo se dedicara a esperar que se disipe la niebla y aparezca como visible lo que hasta ahora tan sólo era invisible, como si se dedicara ya únicamente a esperar la entrada en esa visibilidad que habría de permitirle a él precisamente hacerse invisible.

«¿Acaso la naturaleza viaja al extranjero?», me pregunta ahora, y parece que esté atravesando la luz de la bruma en esta alameda situada en el fin del mundo. «Permaneceré aquí. Qué motivo podría haberme arrastrado hacia esta tierra desolada, sino el deseo de permanecer aquí», dice. Y se va. Pero se queda, pero se va. ¿Acaso se ha quedado? Le veo proseguir su camino y veo cómo da un paso más allá y, por la callejuela húmeda, oscura y estrecha, acaba llegando a su rincón, y allí, sin sonido ni palabras, aparte se queda ya.

ÍNDICE

I. La desaparición del sujeto 9

II. El que se da por desaparecido 71

III. El mito de la desaparición 163

IV. Escribir para ausentarse 241